Jenny B. Jones
SCHEINBAR VERLIEBT

Jenny B. Jones

Scheinbar verliebt

francke

Über die Autorin:
Jenny B. Jones lebt als Highschool-Lehrerin in Arkansas. Der Durchbruch als Autorin gelang ihr mit einer erfolgreichen Jugendbuchserie. *„Ein Sommer am See"* ist ihr erster Erwachsenenroman.

Bibliografische Information Der Deutschen Bibliothek
Die Deutsche Bibliothek verzeichnet diese Publikation in der Deutschen Nationalbibliografie; detaillierte bibliografische Daten sind im Internet über http://dnb.ddb.de abrufbar.

ISBN 978-3-86827-303-8

Originally published in English under the title: *Save the Date*
by Jenny B. Jones

Published by Thomas Nelson, Inc.

35037 Marburg an der Lahn
Deutsch von Rebekka Jilg
Umschlagbilder: Natallia Khlapushyna / © Dreamstime.com
© iStockphoto.com / Arand
Umschlaggestaltung: Verlag der Francke-Buchhandlung GmbH /
Christian Heinritz
Satz: Verlag der Francke-Buchhandlung GmbH
Druck: Bercker Graphischer Betrieb, Kevelaer

www.francke-buch.de

Prolog

Es war eine gute Nacht, um sich zu verloben.

Der Mond stand rund und voll am Himmel. Die Kerzen waren entzündet. Und Lucy Wiltshire trug ein neues schwarzes Kleid, das Audrey Hepburn vor Neid hätte erblassen lassen. Ihre Freundinnen hätten bestimmt gesagt, dass es nur einer von vielen weiteren Funden aus dem Secondhandladen war, doch Lucy hatte vom ersten Augenblick an gewusst, dass dieses Kleid etwas ganz Besonderes war. Sie hatte es eingeklemmt zwischen einem avocadofarbenen Mantel und einem ausgebleichten Jeanskleid gefunden, das zu viele Bon Jovi-Konzerte miterlebt hatte. Das Kleid hatte sofort zu ihr gesprochen. *Kauf mich. Ich bin dein. Wir gehören zusammen.*

Und gekauft hatte sie es. Abgesehen davon, dass die Taille ein bisschen eng gewesen war und sie ein paar Zentimeter Stoff hatte herauslassen müssen, fühlte sich das Kleid perfekt an. Es brachte Lucy dazu, vor Freude in ihrer kleinen Küche herumzuwirbeln.

Es war das perfekte Outfit, um einen Heiratsantrag entgegenzunehmen. Sie hatte von diesem Tag geträumt, seit sie sechs Jahre alt gewesen war und eine Hochzeit für ihre Barbie-Puppe geplant hatte. Und nun stand ihr eigener Ken nur ein paar Meter von ihr entfernt und war so nervös, als stünde er schon vor dem Traualtar und hätte einen Ring in der Jackentasche.

Matthew lockerte seine dunkelblaue Krawatte und setzte sich an den Küchentisch.

„Hattest du einen schönen Tag?", fragte Lucy, während sie das Knoblauchbrot in den Ofen schob und vor sich hin summte.

„War in Ordnung." Seine Stimme klang abwesend und sein Blick war auf den Stapel ungeöffneter Post gerichtet, den sie noch nicht angerührt hatte. „Was ist das?" Er hob eine mit Gold verzierte Karte hoch.

Sie sah in seine Richtung, wandte sich dann aber schnell wieder ab. „Das ist nichts."

„Sieht aus wie eine Einladung zum Klassentreffen oder sowas. Ich dachte, du hättest deinen Abschluss nicht in Charleston gemacht."

Ihre Kindheit und Jugend in South Carolina war das Letzte, was sie heute Abend diskutieren wollte. Was sie überhaupt jemals diskutieren wollte. „Ganz offensichtlich ist da irgendjemandem ein Fehler unterlaufen." Oder ein gemeiner Witz. Als Tochter eines Hausmädchens war Lucy an der elitären Montrose Academy in der Hackordnung ganz weit unten gewesen. Ihre Mutter hatte die Häuser ihrer Mitschüler sauber gehalten. Und sie hatten Lucy niemals vergessen lassen, dass sie nicht zu ihnen gehörte. Aber jetzt, hier in Charleston, hätte es nicht schöner sein können.

„Oder sie wollen dich aus einem anderen Grund sehen."

Lucy setzte sich und starrte den Mann an, der sie heute vor einem Jahr zum ersten Mal ausgeführt hatte. Matts Finger trommelten neben seinem Teller auf die Tischplatte und momentan entsprach er überhaupt nicht dem ruhigen Typ, der er sonst war. Sein sandblondes Haar war wie immer ordentlich links gescheitelt. Sein weißes Hemd gestärkt und die Ärmel hatten eine klare Bügelfalte.

Der Timer am Ofen klingelte und Lucy sprang auf, um das Brot herauszunehmen. „Ich hoffe, du bist hungrig. Ich hab dein Lieblingsessen gemacht."

„Hab ich gemerkt."

Lucy warf das Brot in einen Korb und stellte ihn auf den Tisch. Nachdem sie Matts Teller genommen hatte, schaufelte sie selbstgemachte Nudeln, ihre geheime Soße und Salat – mit seinem Lieblingsdressing – darauf. Lucy konnte sich schon jetzt vorstellen, wie sie in dreißig Jahren hier sitzen, zusammen essen und sich von ihrem Tag erzählen würden.

„Vielleicht solltest du hingehen. Zu dem Klassentreffen meine ich." Matt legte gewissenhaft seine Serviette auf den Schoß. „Wenn du wirklich dieses Mädchenheim gründen willst, musst du dich bei den Schönen und Reichen bekannt machen."

Lucy beobachtete ihn, während sie sich hinsetzte. „Ich werde die finanziellen Mittel schon irgendwie anders aufbringen. Wofür gibt es denn Bundeszuschüsse. Und außerdem ist das Treffen am gleichen Abend wie deine feierliche Preisverleihung."

Matt würde für seine Wohltätigkeitsarbeit unter älteren Mitbürgern geehrt werden. Als Buchhalter hatte er zahllose Stunden für die Senioren in Charleston geopfert und ihnen in Steuerfragen kostenlos mit Rat und Tat zur Seite gestanden. Jeden Tag dankte Lucy Gott dafür, dass er ihr Matt über den Weg geschickt hatte. Er war … einfach perfekt.

Zweimal die Woche telefonierte er mit seiner Mutter. Er leitete einen Bibelkreis und spielte Baseball im Team ihrer Kirchengemeinde. Er las Autobiographien und sah sich im Fernsehen den Wirtschaftskanal an. Der Mann fuhr einen Volvo und keinen protzigen Geländewagen. Was konnte sie sich sonst noch wünschen?

„Lucy?" Matts Gesicht war ernst, als er ihre Hand ergriff.

Das war es. Sie würde Mrs Matthew Campbell werden. Sie hoffte, dass ihr Lipgloss noch saß. Und wo hatte sie nur die Kamera hingelegt? Wenn es einen Moment gab, den man festhalten musste, dann doch einen Heiratsantrag.

Er schluckte und umschloss ihre Hand mit seinen Fingern. „Es gibt etwas, über das ich gerne mit dir reden würde."

Lucys Gedanken rasten. Sie würden einen Sohn und eine Tochter bekommen. Ihre Tochter würden sie Anna nennen, nach Lucys Mutter. Matt konnte ruhig den Jungennamen aussuchen. Ihr war egal, wie ihr Sohn heißen würde, solange es nicht Maynard war. Wie der Onkel, den Matt so sehr liebte.

„Lucy, wir sind jetzt schon seit einer Weile zusammen."

„Ein Jahr", sagte sie. „Heute vor einem Jahr war unser erstes Date." Was natürlich Teil seines ausgeklügelten Planes war.

Sein Griff um ihre Hand lockerte sich. „Und es war großartig. Ich habe unsere gemeinsame Zeit genossen. Du bist eine ganz unglaubliche Frau."

Matt griff in seine Tasche.

Der Ring. Er suchte nach dem Ring. Diamant, Schliff, Karat – das alles war ihr vollkommen egal.

„Matt", schniefte Lucy, „du sollst wissen, dass ich Gott mehr als dankbar dafür bin, dass er dich in mein Leben gebracht hat und –"

Er öffnete seine Hand.

Und legte eine Visitenkarte auf den Tisch.

Lucys Lippen wurden schmal. Das waren mit Sicherheit keine Hochzeitsglocken, die sie gerade läuten hörte.

„Was ist das?" Sie nahm die Karte in die Hand. „Matthew Campbell, Chefbuchhalter, Digby, Wallace und Hinds?"

Sein Lächeln war zögerlich. „Ich habe ein Jobangebot."

„Angebot?“ Sie fuhr mit dem Finger über den schön geprägten Namen auf der Visitenkarte – seinen Namen. „Sieht so aus, als wärst du darüber längst hinaus. Wann wolltest du es mir sagen?“

„Ich habe es versucht.“ Er schob seinen Teller beiseite. „Du warst so beschäftigt mit dem Kinderhort.“

„Wohnheim“, korrigierte sie ihn. „Saving Grace ist ein Wohnheim.“

„Du warst so beschäftigt mit den ganzen Planungen, dass ich in letzter Zeit kaum noch deine Aufmerksamkeit erregen konnte.“

„Jetzt hast du sie.“ Irgendetwas lief hier völlig falsch. „Was ist los? Ich habe noch nie etwas von diesen Leuten gehört. Digby? Wallace? Sind die neu?“

Seine grünen Augen fokussierten sich auf die Kerze in der Mitte des Tisches. „Nein. Eher alteingesessen, würde ich sagen. Sehr renommiert.“

„Und *wo* sind sie alteingesessen und renommiert?“ Sie konnte nicht umziehen. Das wusste er. Nicht jetzt, wo das Mädchenheim nur wenige Monate vor der Eröffnung stand. Würde er umziehen? Ohne sie?

„In Dallas.“

Lucys Herz sank auf die Höhe ihrer Schuhe. „Wann gehst du?“

Er schloss seine Augen. „Es tut mir leid, Lucy.“

„Da musst du dir schon ein bisschen mehr Mühe geben.“

„Ich glaube, wir beide hätten es einfach langsamer angehen lassen sollen.“

Lucy dachte an die Hochzeitsmagazine unter ihrem Bett. „Dann lass es uns langsamer angehen. Das ist in Ordnung für mich. Ich glaube, wenn wir nur –“

„Ich gehe schon nächste Woche. Das ist eine Gelegenheit, die ich mir nicht entgehen lassen kann.“ Er sprach leise und geduldig, so als rede er mit einem Kind. „Ich glaube, dass wir eine Pause machen müssen. Mein Umzug ist die perfekte Gelegenheit, um ein bisschen Abstand zueinander zu gewinnen. Dann sehen wir einfach, was passiert.“

Ihre Träume fielen in sich zusammen. *War es zu viel verlangt, Gott? War es zu viel, sich nach einer Familie zu sehnen? Danach, endlich ein Zuhause zu haben?* Zum ersten Mal in ihrem Leben hatte sie sich dazu verleiten lassen, zu glauben, dass alles möglich war.

Ihr Lachen klang sogar in ihren eigenen Ohren jämmerlich und gezwungen. „Kannst du dir vorstellen“ – Tränen schnürten ihr fast den

Hals zu – „dass ich dachte, du würdest mir heute einen Heiratsantrag machen?"

Matt stand auf, kam zu ihr herüber und küsste sie auf die Stirn. „Ich glaube, ich sollte jetzt gehen."

Sie ergriff seine Hand, als er sie zurückziehen wollte. „Liegt es an mir?" Lag es denn nicht immer an ihr?

Sanft strich er eine Strähne hinter ihr Ohr. „Nein. Ich weiß, dass du bereit für die Bindung fürs Leben bist. Aber ich muss erst meine Karriere vorwärtsbringen – ob ich will oder nicht."

„Ich kann warten. Wir könnten es mit einer Fernbeziehung versuchen."

„Es tut mir leid." Er schnappte sich seine Jacke von der Stuhllehne. „Ich glaube, dass du die Richtige sein könntest. Aber es ist einfach nicht der richtige Zeitpunkt."

Zwei Minuten später stand Lucy im Wohnzimmer, sah aus dem Fenster und beobachtete, wie Matt davonfuhr.

Kein Ring. Keine Verlobung.

Kein Glücklichsein bis ans Lebensende.

Sie ging nach oben ins Schlafzimmer.

Ganz langsam zog sie den Reißverschluss des Audrey-Hepburn-Kleides auf.

Sie ließ das Kleid auf den Boden fallen.

Dann schüttelte sie den Kopf und warf es aus dem Fenster.

1. Kapitel

Zwei Jahre später

Draußen vor dem Fenster sangen die Vögel ihre fröhlichen Lieder in Bäumen, die alt genug waren, um schon Abraham Lincoln Schatten gespendet zu haben. Eine kräftige Maisonne schwebte über den Baumwipfeln und Hausdächern und trieb die Menschen von Charleston nach drinnen ins Kühle. „Saving Grace" befand sich in einem alten Stadthaus im Zentrum von Charleston, direkt neben einem italienischen Restaurant, das Tag und Nacht den Duft von Basilikum und gebackenem Pizzateig verströmte. Aber im Haus selbst saß Lucy in ihrem Bürostuhl und fragte sich, wie oft eine Welt eigentlich zusammenbrechen konnte.

„Es tut mir leid, ich glaube, ich habe Sie nicht richtig verstanden?" Sie starrte die schlanke Frau an, die ihr gegenübersaß.

„Sinclair Hotels wird die Finanzierung für Saving Grace mit sofortiger Wirkung um vierzig Prozent zurückschrauben."

Lucy hatte kaum die Möglichkeit gehabt, ihren Morgenkaffee zu trinken, da hatte schon die PR-Verantwortliche von Sinclairs an ihre Tür geklopft. Während sie den leichten Seidenschal um ihren Hals noch weiter lockerte, fragte sie sich, was sie tun konnte.

„Miss Pierson", sagte Lucy nun. „Vor nicht einmal sechs Monaten wurde mir dieser Betrag zugesichert."

„Leider erfordert die momentane wirtschaftliche Situation Budgetkürzungen. Ich bin sicher, Sie werden das verstehen." Miss Pierson bedachte Lucy mit einem herablassenden Blick, den sie sich sicher schon in der Highschool zugelegt hatte. Sofort fühlte Lucy sich in ihre Jugend zurückversetzt. Die Blicke. Der Spott. Ihre Mitschüler hatten alles dafür getan, dass sich die arme Stipendiatin immer darüber im Klaren war, dass sie nicht zu ihnen gehörte. „Marcus Sinclair und der Vorstand sind natürlich untröstlich wegen dieser Entscheidung. Deshalb haben sie mich auch persönlich geschickt, um es Ihnen mitzuteilen."

„Dafür bin ich sehr dankbar", zwang sich Lucy zu einer Antwort. „Sinclair war bisher immer sehr großzügig. Aber wenn ich die private

Unterstützung nicht aufbringen kann, werde ich auch die staatliche Förderung verlieren."

„Wie Sie bestimmt gelesen haben, hat Sinclair Hotels in den vergangenen drei Jahren schwere Einbußen hinnehmen müssen. Der Geschäftsführer war sein Geld leider nicht wert. Also ist Mr Sinclair persönlich aus seinem mehr als wohlverdienten Ruhestand zurückgekehrt und kümmert sich nun wieder um die Belange des Unternehmens."

Miss Pierson trug höchstens Size Zero, Größe 32. Was für eine Schande, dass der heldenhafte Mr Sinclair ihr nicht einmal genug bezahlte, damit sie sich ordentlich ernähren konnte. Im Gegensatz dazu schnitt Lucys Rock in Größe 38 mittlerweile unangenehm in ihre Hüfte.

„Gibt es denn gar nichts, was ich tun kann?" *Herr, hilf mir, ruhig zu bleiben. Schenk mir deinen Frieden. Ich atme ein. Und aus. Und ein. Und aus – also ehrlich, ihre Arme sind dünner als Zahnstocher.*

„Es war eine Vorstandsentscheidung."

„Vielleicht könnte ich persönlich mit Mr Sinclair reden?"

„Das wird leider nicht möglich sein. Er ist von seinen Verpflichtungen im Unternehmen im Moment sehr in Anspruch genommen. Außerdem kümmert er sich auch rührend um die Kampagne seines Sohnes."

Lucy wollte nicht über Alex Sinclair nachdenken. Alleinerbe des Familienvermögens. Nicht, dass er das Geld eines anderen gebraucht hätte. Er hatte als erfolgreicher Quarterback bei den New York Warriors sein eigenes Vermögen angehäuft. Lucy war mit ihm zur Schule gegangen. Sie war eine Klasse unter ihm gewesen. Wenn er die Menschen in seiner Umgebung immer noch so behandelte wie früher, war es ein Wunder, dass ihn noch niemand im Schlaf erdrosselt hatte.

„Zu der Gala am Freitag sind Sie natürlich immer noch herzlich eingeladen." Miss Piersons Augen flogen über die Wände von Lucys Büro. Die vielen Schwarz-weiß-Fotos der früheren und momentanen jungen Bewohnerinnen waren nicht direkt Kunst, aber für Lucy waren sie schöner als jeder Van Gogh.

Morgen war das jährliche Ereignis, an dem sie eigentlich offiziell den Spendenscheck überreicht bekommen hätte. Es wäre die Sicherheit gewesen, dass Saving Grace noch mindestens ein weiteres Jahr hätte bestehen können. Mädchen hätten ihre Ausbildung bekommen. Wären aufs Arbeitsleben vorbereitet worden. Hätten ein Dach über dem

Kopf gehabt. Doch jetzt wusste Lucy nicht einmal, wie sie den Winter überstehen sollten.

Miss Pierson erhob sich elegant von dem knarrenden Holzstuhl. „Im Namen von Sinclair Hotels möchte ich mich bedanken, dass wir dank Ihnen unserer Gesellschaft einen Dienst erweisen konnten." Mit einem schlaffen Händeschütteln verabschiedete sich Miss Pierson, nahm ihre Handtasche und ging.

Lucy legte den Kopf auf ihren Schreibtisch. „Warum ich?" Es musste doch etwas geben, das sie tun konnte. Sie konnte nicht einfach hier sitzen und Saving Grace wegen einer einzigen Spende sterben lassen, so wichtig sie auch war. *Herr, was soll ich tun? Ich brauche ganz dringend deine Hilfe.*

Sie ließ ihren Kopf wieder auf den Schreibtisch sinken und murmelte vor sich hin.

„Ist das ein privater mentaler Zusammenbruch oder kann ich mitmachen?"

Lucys blonde Locken sprangen auf und ab, als sie sich hektisch aufsetzte. „Hey." Ihre beste Freundin Morgan zu sehen, hätte ihr ein Trost sein sollen. Doch das junge Mädchen an Morgans Seite sagte Lucy, dass sie ihr Herz vorerst nicht würde ausschütten können.

„Ich habe Marinell hier gerade noch erzählt, was du für eine vernünftige, zuverlässige Person bist." Morgan ließ sich in den Stuhl fallen, auf dem vor Kurzem noch Miss Pierson gesessen hatte und bot auch dem Mädchen einen Platz an. „Aber das natürlich erst, wenn du deine allmorgendliche Dosis Koffein intus hast."

Lucy konnte dem Blick ihrer lächelnden Freundin kaum standhalten. „Ich versuch's heute mal mit ein bisschen Verrücktheit. Und bisher ... gelingt es mir eigentlich ganz gut." Lucy wandte sich dem Mädchen zu, das sie an eine junge Selma Hayek erinnerte. „Hallo, Marinell. Ich bin froh, dass du dich dazu entschieden hast, dich mit mir zu treffen."

Als Sachbearbeiterin in der Pflegeeinrichtung hatte Morgan ihre Freundin Lucy mit allen wichtigen Details der Akte des Mädchens vertraut gemacht. Achtzehn Jahre alt. Hatte die letzten eineinhalb Jahre in vier verschiedenen Heimen verbracht und war aufgrund der schlechten Zustände im letzten Heim ausgerissen. Bereitete sich darauf vor, den Schulabschluss nachzuholen und war im Moment obdachlos.

„Ich hab Miss Morgan versprochen, Ihnen zuzuhören, aber ich will hier nicht einziehen", sagte Marinell. „Es geht mir da gut, wo ich bin."

„Und wo ist das noch gleich?", fragte Lucy.

„Bei einem Verwandten."

Den meisten Mädchen ging es so schlecht, dass sie nicht zu hoffen wagten, dass ihr Leben für sie noch etwas Gutes bereit hielt. Lucy wusste, dass Marinell in Charleston außer ihrer Mutter keine Familie hatte. Und der war das Sorgerecht schon lange entzogen worden. Ihr jüngerer Bruder war in einem Jungenheim untergebracht worden. „Ein Verwandter, ja?"

Sie zuckte die Schultern „Ein Freund."

„Dann ist es wohl mein Job, dich davon zu überzeugen, dass du hierbleiben solltest." Was genau das Richtige wäre, wenn Saving Grace nicht kurz vor dem Aus stehen würde. „Morgan hat mit dir schon die Erwartungen durchgesprochen, richtig?" Marinell starrte sie nur an. „Wir sind eine Organisation, die auf dem christlichen Glauben basiert. Du müsstest einfach nur zur Schule gehen und bereit sein, hart zu arbeiten und unsere Regeln zu befolgen." Es gab auch Ausgehverbote, Bibelstudien, Sozialkundeunterricht und Aufgaben, die die Mädchen im Haus zu übernehmen hatten. Lucy und die beiden anderen Erwachsenen, von denen immer mindestens einer im Haus war, sorgten dafür, dass alle Regeln eingehalten wurden.

Sie und Morgan arbeiteten eng zusammen. Als Sozialarbeiterin für das Land hatte Morgan viele Kontakte zu Mädchen, die durch das Heimsystem fielen. Wenn sie die Schule beendet hatten und achtzehn waren, sah der Staat sie als Erwachsene an. Saving Grace bot denen ein Dach über dem Kopf, die keinen Ort hatten, wo sie sonst hingehen konnten. Obwohl der Staat bis zum einundzwanzigsten Lebensjahr noch eine kleine Unterstützung anbot, nutzten das die wenigsten, sondern versuchten, selbst über die Runden zu kommen. Und da es sowieso viel mehr Heimkinder als Pflege- oder Adoptivfamilien gab, landeten immer mehr Kinder auf der Straße. Es war eine nationale Epidemie, von der die meisten Menschen nichts wussten. Diese Ungerechtigkeit entfachte immer wieder Lucys Ärger.

Morgan erwartete, dass Lucy dem Mädchen nun überzeugende Argumente bot, um sich doch für einen Aufenthalt hier zu entscheiden. „Warum machen wir nicht einfach einen kleinen Rundgang?"

„Warum nicht."

Lucy und Marinell ließen Morgan im Büro zurück und gingen durch die Eingangshalle. Zuerst zeigte Lucy das große, lichtdurchflutete Wohnzimmer. „Wir hatten große Unterstützung von der Kirchengemeinde hier, die uns bei der Einrichtung geholfen hat. Hier hängen die Mädchen abends rum, schauen Filme oder machen Hausaufgaben. Jeden Mittwochabend haben wir hier unseren Bibelkreis." Während sie selbst ihren Blick durch den Raum schweifen ließ, musste sie den beängstigenden Gedanken verdrängen, dass sie all das bald verlieren könnte. „Wir haben zwei Flure mit Schlafzimmern. Jeder Raum wurde von einem Gemeindemitglied ausgestattet. Das heißt, kein Raum gleicht dem anderen."

Lucy knipste das Licht in einem der Zimmer an und betrat den Raum.

Marinell konnte ihre Überraschung nicht verbergen. „So etwas habe ich noch nie gesehen."

„Es ist cool, oder? Das ist unser letztes freies Zimmer."

Marinell fuhr vorsichtig mit der Hand über die cremefarbene Tagesdecke auf dem Bett, dann über die bedruckten Kissen.

„Erzähl mir von deiner Familie." Jedes Mädchen, das durch Lucys Tür kam, hatte seine eigene Geschichte.

Marinell betrachtete ein Bild an der Wand. „Meine Mutter ist vor ein paar Jahren hierher gezogen. Mein Bruder ist krank geworden und sie hat ihren Job verloren. Als einer von meinen Lehrern rausgefunden hat, dass wir kein Haus mehr haben, hat uns der Staat einkassiert."

„Und wo ist dein Vater?"

„Weg." Marinell zuckte mit den Schultern, als mache es ihr nicht sonderlich viel aus. „Bekommen wir hier auch Essen?"

„Ja. Und ihr lernt, wie man kocht." Dank einiger Freiwilliger hatten die Mädchen die Chance, wichtige Dinge zu erlernen, wie zum Beispiel Kochen oder wie man mit seinem Geld umging.

Als sie zurück in den Flur gingen, konnte Lucy sich kaum auf das Gespräch konzentrieren. Ihr Verstand ratterte. Sie brauchte Zeit. Sie musste Telefonate führen, Unternehmen kontaktieren. Sie musste neue Spender finden. Und das alles sehr schnell.

Lucy führte Marinell zurück in ihr Büro, doch das Mädchen blieb erstaunt stehen. „Was ist das?" Marinell zeigte auf eine gleichmäßige

Reihe von leichten Vertiefungen im abgenutzten Holz des Fußbodens.

„Saving Grace war bis vor ein paar Jahren ein Konvent.“ Bei diesem Gedanken wurde ihr immer wieder warm ums Herz. „Hier haben die Nonnen gebetet. Diese Vertiefungen sind durch die vielen Stunden entstanden, die die Frauen auf ihren Knien verbracht haben.“

„Ehrlich?“

Lucy nickte. „Ich mag den Gedanken, dass die Schwestern sich sicher über das gefreut hätten, was wir hier tun. Diese Vertiefungen erinnern mich daran, dass auch ich nichts erreichen kann, wenn ich mich nicht immer wieder auf Gott besinne.“

„Meine Eltern sind katholisch. Ähm, meine Mutter, meine ich.“

„Aber du nicht?“, fragte Lucy.

Marinell wandte ihren Blick vom Boden ab. „Ich bin gar nichts.“

Lucy tauschte einen raschen Blick mit Morgan aus, bevor sie dem Mädchen ihre Karte gab. „So kannst du mich erreichen. Wenn du irgendetwas brauchst, ruf mich an – Tag und Nacht.“ Als sie Marinell die Karte in die Hand drückte, spürte sie die warme Haut und das junge Leben, das in dem Mädchen pulsierte. *Bitte hilf mir, sie zu retten.* „Wir würden uns freuen, wenn du hier einziehen würdest, Marinell.“ Lucy lächelte. „Und wir würden uns freuen, deine neue Familie zu sein.“

„Wissen Sie, wie viele Leute das schon zu mir gesagt haben?“ Marinell hob herausfordernd ihr Kinn. „Ich brauche jemanden, der mich aushält, wie ich bin. Es bringt mir nichts, wenn das hier nur wieder ein Ort mehr ist, der mich irgendwann fallen lässt.“

Morgan lächelte. „Dann habe ich dich genau an den richtigen Ort gebracht.“ Lucy lauschte den Worten ihrer besten Freundin und gab sich Mühe, nicht in Tränen auszubrechen. „Ich verspreche dir, dass Lucy dich nicht im Stich lassen wird.“

2. Kapitel

„Du solltest wirklich nicht zu dieser Gala gehen, Lucy." Morgan steckte zum fünften Mal ihren Kopf zur Badezimmertür herein. Lucys Apartment füllte sich langsam mit Freunden, die alle für eine lange Filmnacht mit „Dr. Who", einer Science-Fiction-Serie, gekommen waren. Obwohl Morgan heute die Gastgeberin war, trafen sich die *Hobbits* wie immer an ihrem Heimatstandort – Lucys Wohnung. Offiziell trafen sie sich zweimal im Monat, um die neusten Bücher, Filme und alles andere zu besprechen, was mit Fantasy oder Science-Fiction zu tun hatte. Inoffiziell aber hingen sie ohnehin die ganze Zeit gemeinsam herum.

„Sie hat recht." Chuck, Morgans Verlobter, kam aus dem überfüllten Wohnzimmer herüber und lehnte sich in den Türrahmen. „Es gibt einen kleinen Unterschied zwischen Nachfragen und Stalking."

Lucy schloss das Hängeschränkchen mit einem Schnappen und betrachtete die beiden. „Ich verstecke mich doch nicht heimlich auf jemandes Rücksitz oder so. Ich will nur eine ruhige, zivilisierte Unterhaltung mit ein paar Vorstandsmitgliedern führen."

Sie waren ein komischer Haufen – Morgan, Chuck und die anderen, die im Wohnzimmer Pizzabrötchen aßen. Morgan war Lucys erste Freundin gewesen, nachdem sie vor drei Jahren nach South Carolina zurückgekommen war. Und als Morgan ihre neue Freundin den Hobbits vorgestellt hatte, hatte sich Lucy zum ersten Mal in ihrem Leben nicht fehl am Platz gefühlt.

Nachdem sie in Florida ihren Schulabschluss gemacht hatte, war Lucy dort geblieben, um für das Gesundheitsministerium zu arbeiten. Drei Jahre in diesem Job und ein Routinebesuch hatten sie in ein Heim geführt, das wie Saving Grace aufgebaut war. Sie hatte diesen Ort als Sozialarbeiterin betreten, war jedoch als Frau daraus hervorgegangen, die einen ganz klaren Ruf für ihr Leben verspürte. Und auch, wenn sie nie geplant hatte, zurück nach Charleston zu kommen, hatte Gott alles vorbereitet und sie persönlich ins Flugzeug geschubst.

Mit einem Blick auf ihr Handy sah Lucy nach der Uhrzeit. „Ich muss los." Sie drückte sich an ihren Freunden vorbei und betrat das kleine Wohnzimmer.

„Lucy, du siehst heute fantastisch aus." Sanjay, ein Mitglied der Hobbits, stand ein bisschen zu nah an ihrer Seite und schnupperte an ihrem parfümierten Hals. Tagsüber arbeitete Sanjay als IT-Fachmann. Aber mindestens zweimal im Monat entwickelte er sich zu Lucys privatem harmlosem Stalker.

„Ich kann leider nicht bleiben." Sie lächelte in die Runde. „Ich habe … etwas zu tun."

„Ich bin genau der Richtige, um … etwas zu tun." Sanjay hob vielsagend eine seiner dunklen Augenbrauen.

„Überleg es dir doch noch mal, Lucy. Oder lass uns wenigstens mitkommen", sagte Morgan und stieß Chuck an.

„Ähm, genau." Er hörte sich genauso interessiert an, wie Lucy es wäre, wenn jemand über Sport reden würde. „Wir würden gern mit dir auf diese elitäre Party gehen."

„Nichts für ungut, aber ihr wärt mir nur im Weg." Lucy zupfte an der Taille ihres Kleides, das in letzter Zeit zusammengeschrumpft zu sein schien. „Ich habe eine Strategie. Ich schulde es den Mädchen, diesen letzten Versuch zu unternehmen und dafür muss ich mich konzentrieren."

Sanjay war ein nicht leicht abzuschüttelnder Verehrer. „Und mein Sexappeal würde sie zu sehr ablenken."

Lucy verdrehte die Augen und schob ihn zur Seite.

Morgan folgte Lucy zur Tür. „Hast du dir zumindest ein klein wenig überlegt, was du denen überhaupt sagen willst?"

„Etwas in der Art, dass sie gerade dabei sind, zwölf junge Mädchen auf die Straße zu setzen." Lucy tippte auf ihr Handy. „Ich will ihnen auch ein paar Fotos zeigen. Sie sollen wissen, wen sie obdachlos machen."

Chuck nickte langsam. „Diese Situation schreit förmlich nach Säbelrasseln."

„Du hättest mir die ganze Sache erzählen sollen, bevor ich Marinell ein Zimmer bei dir angeboten habe", sagte Morgan.

Darüber konnte Lucy sich jetzt keine Gedanken machen. Wenn sie erfolgreich wäre, könnte sie noch heute Abend eine Lösung herbeiführen.

In Augenblicken wie diesen wünschte sie sich, sie könnte das Telefon in die Hand nehmen und ihre Mutter anrufen. Lucy war achtzehn gewesen, als ihre Mutter starb und ein schmerzendes Loch in ihrem Herzen hinterlassen hatte. Manchmal fragte sie sich sogar, wie ihr Leben verlaufen wäre, wenn ihr Vater noch leben würde. Lucy hatte ihn nie kennengelernt. Sie besaß nur zwei Fotos von ihm, aber sie konnte sich vorstellen, dass er sie geliebt und ihr ein gutes Zuhause geboten hätte. Wenn er noch leben würde, hätte er sie heute vielleicht zum Barbecue eingeladen und ihr gute Ratschläge über seinen Kugelgrill hinweg gegeben.

„Lass mich für dich beten – für den Fall, dass du nicht lebendig zurückkommst." Chuck legte einen Arm um ihre Schulter, während er sich räusperte und seine Jugendpfarrerstimme fand. „Herr, wir bitten dich, dass du Lucy heute Abend beistehst, wenn sie mit den Vorstandsmitgliedern redet. Hilf ihnen, ihre Meinung zu ändern. Und wenn das nicht möglich ist, bitten wir dich, dass du Saving Grace eine andere Tür öffnest, die bis jetzt nur du alleine kennst. Oh ... und sorg dafür, dass Lucy ruhig bleibt. Und nicht verhaftet wird. Amen"

Lucy hob ihren Kopf. „Ich verspreche euch, dass ich anrufe, wenn ich Unterstützung brauche."

„Zeig es ihnen, Mädchen." Chuck umarmte Morgan und Lucy mit seinem großen Big-Mac-Körper. „Und möge die Macht mit dir sein."

Lucys Hände zitterten, als sie ihr kurzes schwarzes Kleid glatt strich, ein Taftdesign mit perlenbesetzten Trägern, das sie in einem gerade neu eröffneten Wiederverkaufsladen entdeckt hatte. Die klassische A-Linie hatte einen schlank machenden Effekt und schien nicht zu schreien: „Ich bin allergisch gegen Sport!"

Okay, Lucy. Jetzt geht's los. Es gibt Arbeit. Ein Mädchenheim retten. Vorstandsmitglieder nerven. Herr, ich brauche wirklich deine Hilfe.

Als sie sich in dem eleganten Ballsaal umsah und ihren Blick über die Crème de la Crème von South Caroline schweifen ließ, bekam sie kaum Luft. Sie war ein unförmiger Zirkon in einem Meer von geschliffenen Diamanten.

Lucy drängte sich durch die Menge, den Kopf voller Gedanken an ihre Mädchen, die Geldsorgen und den neusten Star-Wars-Roman, der auf ihrem Nachtschrank auf sie wartete.

„Lucy Wiltshire."

Sie drehte sich zu der nasalen Stimme um.

Oh nein. Nicht jetzt. Dafür hatte sie keine Zeit. „Hey, Bianca."

Bianca Drummond segelte auf Lucy zu. Ihr Designerkleid funkelte im Licht der Saalbeleuchtung. Sie war eine feste Instanz auf allen gesellschaftlichen Ereignissen in Charleston und konnte den Stammbaum ihrer reichen Familie bis zurück zur Mayflower verfolgen. Sie sorgte dafür, dass es niemals jemand vergaß.

„Wie geht es dir?" Sie setzte einen Schmollmund auf, während sie ihr platinblondes Haar von der perfekt gerundeten Brust schnipste. „Ich habe schon gehört, dass die Spenden dieses Jahr kläglicher ausfallen als sonst. Schrecklich. Deine kleine gemeinnützige Sache wird doch sicher darunter leiden? Ich wollte meine Spende persönlich abgeben."

„Oh, gut. Danke. Wir freuen uns über die Hilfe."

„Ich will nicht helfen." Bianca reichte ihr einen Scheck. „Das ist für die Umzugskosten. Dein Haus steht auf dem Land, das für einen großen Parkplatz ausgeschrieben ist. Mein Daddy ist im Stadtrat und es ist nur eine Frage der Zeit, bis das Gebäude abgerissen wird." Wieder schürzte sie die pinken Lippen. „Hast du es denn noch nicht gehört?"

Manche Verbindungsmädchen wurden einfach nie erwachsen. „Ich habe einen sicheren Pachtvertrag, der so schnell nicht gekündigt werden kann. Ich bin sicher, du hast da was falsch verstanden."

Bianca lachte. „Was die Stadt will, bekommt sie auch. Vor allem, wenn die Zukunft eines Mieters so ungewiss ist. Die Besitzer des Hauses waren bisher sehr kooperativ." Plötzlich blickte sie an Lucy vorbei. „Ich muss jetzt mit dem Sohn des Bürgermeisters reden. Schick mir bitte eine Quittung." Mit einem letzten Blick musterte sie Lucy von oben bis unten und verschwand.

Panik stieg in Lucy auf und hätte sie fast gelähmt. Als hätte sie noch mehr schlechte Neuigkeiten gebrauchen können. Jetzt musste sie nicht nur hunderttausende von Dollar organisieren, sondern vielleicht auch ein neues Haus suchen, wenn Biancas Informationen stimmten.

Wie viel schlimmer konnte es jetzt noch werden?

Alex Sinclair warf einen Blick auf seine TAG Heuer-Armbanduhr, obwohl es eigentlich keinen Zweck hatte. Heute würde er sich nicht einfach davonstehlen können, denn er war nicht nur als Repräsentant von Sinclair Hotels hier. Heute Abend warb er um Stimmen im ersten Distrikt von South Carolina. Der Raum summte wie ein Bienenkorb und war voll von Würdenträgern und Beziehungen, die er dringend brauchen konnte. Die Wahl war in weniger als drei Monaten. Er spürte, dass ihm langsam die Zeit davonlief.

„Ich habe Sie gestern im Fernsehen gesehen." Bürgermeister Blackwell legte seine Hand auf Alex' Schulter. „Gute Arbeit. Aber die Sache mit dem Artikel neulich in der *Gazette* ist einfach zu schade."

„Mein Team versucht gerade herauszufinden, wo das Leck ist. Ich kann mir nicht vorstellen, wie so geheime Informationen nach außen dringen konnten." Die Zeitung hatte die Höhen der Spenden einiger seiner einflussreichsten Unterstützer veröffentlicht. Mächtige Leute, die ihre Parteizugehörigkeit verständlicherweise lieber für sich behalten hätten. Bürger, die nun sehr unzufrieden mit Alex waren. Ein weiterer Schlag gegen seine ohnehin recht farblose Kampagne.

Als der Kongressabgeordnete Patton unerwartet an einem Herzinfarkt gestorben war, hätte niemand damit gerechnet, dass Alex plötzlich auf der Bildfläche erscheinen würde. Ein kaputtes Knie hatte ihn dazu gezwungen, den Football schon mit zweiunddreißig Jahren aufzugeben. Und obwohl der Wahlkampf sich härter als jede seiner sportlichen Herausforderungen entpuppt hatte, würde er nicht aufgeben.

Sein Vater gesellte sich zu ihnen. „Mein Sohn ist die beste Option auf dem Zettel. Er hat so viele Ideen für eine Erneuerung des Gesundheitssystems, Ausgabensenkungen des Staates und Steuersenkungen für die mittlere und untere Schicht, da wären die Leute von South Carolina verrückt, wenn sie ihn nicht wählen würden."

Alex lachte widerwillig. „Ich denke darüber nach, meine Wahlkampfmanager zu feuern und stattdessen meine Eltern zu engagieren."

Obwohl die Medien auch in seinem Privatleben herumschnüffelten, würde er nicht aufgeben. Es war ein fremdes Gefühl – zu verlieren. Er war ein Eroberer. Ein Gewinner. Genau wie auf dem Spielfeld wollte er auch auf der politischen Bühne in der Lage sein, seine Schwäche zu überwinden, um seinen Gegner zu besiegen. Aber irgendwie funktionierte es nicht so recht. Jeder Tag hielt einen weiteren Rückschlag für ihn bereit. Erst letzte Woche hatte das *People Magazine* einen seitenlangen Artikel über jede seiner frustrierten Exfreundinnen gebracht. Allein ihr Gruppenfoto hatte eine komplette Doppelseite eingenommen. Aber nur ein Bruchteil des Artikels hatte auch tatsächlich der Wahrheit entsprochen. Das meiste waren Lügen und haltlose Behauptungen gewesen. Doch eine Handvoll unehrlicher Frauen zu verklagen, würde ihm bei den Wählern auch nicht mehr Sympathien einbringen. Heute hatte die *Gazette* einen Artikel darüber veröffentlicht, dass er bei seinem letzten Super Bowl-Spiel gegen seine Mannschaft gewettet hatte. Wie konnte er den Wählern beweisen, dass er nicht der Mensch war, für den ihn alle hielten? Durch sein früheres Verhalten hatte er den Ruf bekommen, ein Frauenheld zu sein und auf jede Party zu gehen. Seine Eskapaden hatten ihm den Spitznamen Playboy eingebracht. Aber die Dinge hatten sich geändert. Er hatte sich geändert. Der Tod des eigenen Bruders hatte einen anderen Menschen aus ihm gemacht.

Im Moment fühlte er sich machtlos und hatte den Eindruck, dass er seinen Abstieg in der Wählergunst nicht mehr vermeiden konnte. Zwar hatte er die Vorwahlen für sich entscheiden können, die Parlamentswahl war jedoch eine ganz andere Hausnummer. Der achte August rückte immer näher und die Prognosen sahen ihn ganz unten in der Gunst der Wähler. Enttäuschungen kannte er bisher nicht, deshalb musste ihm endlich etwas einfallen. Schleunigst. Er hatte sich sogar dabei ertappt, dass er wieder betete, etwas, das er seit dem Verschwinden seines Bruders immer mal wieder getan hatte.

Alex wandte den Blick von seinen Gesprächspartnern ab und seine Augen trafen die einer Frau, die ihn aus der Ferne finster anstarrte. Wenn Blicke töten könnten, wäre er jetzt bereits gevierteilt, erhängt und erschossen.

Er stieß seinen Vater an. „Wer ist das?“

Sein Vater warf einen kurzen Blick in die Richtung, die Alex ihm mit seinen Augen wies. „Ach, Lucy Wiltshire. Leitet eine dieser wohltätigen Organisationen, für die wir heute Abend spenden. Tolles Mädchen. Leistet gute Arbeit. Es ist eine Schande, dass wir ihr die Unterstützung kürzen mussten.“

Lucy Wiltshire. Der Name kam ihm irgendwie vertraut vor.

Ihr blondgelocktes Haar umrahmte zarte Wangen und ein empört in die Luft gerecktes Kinn. Ihr Kleid mit der schmalen Taille und dem ausgestellten Rock erinnerte ihn an eine moderne Doris Day. Der schwarze Stoff bildete einen deutlichen Kontrast zu ihrer zarten porzellanfarbenen Haut. Ihre Hände machten ausladende Gesten, während sie mit Ruth Ellington, Vorstandsmitglied von Sinclair Hotels, diskutierte. Er sah, dass Ruth den Kopf schüttelte und sich abwandte.

„Sieht aus, als würde sie deine Vorstandsmitglieder belästigen", sagte Alex, als er sah, dass die Frau schon auf das nächste Opfer zusteuerte. „Vielleicht solltest du sie davon abhalten."

„Ja, ich –" In diesem Moment klingelte das Handy und sein Vater verzog das Gesicht. „Ich muss rangehen. Kannst du dich um Lucy Wiltshire kümmern? Halt sie vom Vorstand fern."

Alex unterdrückte ein Seufzen, bis sein Vater verschwunden war. Der Mann war in den letzten zwölf Monaten um zehn Jahre gealtert und im Moment gab es wohl nichts, was Alex ihm abgeschlagen hätte.

„Entschuldigen Sie mich, Gentlemen." Alex tauschte ein paar Höflichkeiten aus, während er zielsicher auf Lucy zusteuerte. „Mrs Rindquist, Sie sehen wunderbar aus heute Abend! Mr Ruiz, vergessen Sie nicht unser Golfspiel am Samstag."

Er sah, dass Lucys blaue Augen groß wurden, als er sich ihr näherte. Dann kam das Feuer zurück und sie hob ihr Kinn, wie um ihm zu zeigen, dass sie nicht weichen würde.

Alex spürte das erste echte Lächeln des heutigen Abends in sich aufsteigen. Er wusste nicht, was Lucy Wiltshire vorhatte, aber er war ein Kämpfer.

Und es gab mehr als eine Art, mit einem Gegner fertigzuwerden.

3. Kapitel

Der Playboy kam auf sie zu.

Das Letzte, was Lucy jetzt wollte, war, mit einem verwöhnten Sportler zu reden, der Verehrung zum Leben brauchte wie andere den Sauerstoff. Schon in der Schule war er so gewesen. Der Kerl erinnerte sich wahrscheinlich nicht einmal mehr an sie.

Sein volles, dunkles Haar war so gestylt, dass die Welt sehen konnte, dass er Vergnügen und Geschäft vereinte. Ein Designerhemd bedeckte seinen athletischen Körper, doch Lucy wusste, was daruntersteckte. Die ganze Welt wusste es. Auf der Höhe seiner Karriere als Quarterback hatte er jede Werbetafel in knapper Markenunterwäsche geziert – vom entlegensten Dorf bis zum Times Square in New York. Aber das hatte Lucy nie besonders interessiert.

Sie versuchte, sich auf Mr und Mrs Carter zu konzentrieren, die neusten Mitglieder des Vorstandes, aber das gelang ihr kaum, während Alex sie beobachtete. Mit all seinen Muskeln hätte er sich eigentlich ungelenk wie ein Nashorn bewegen müssen. Stattdessen wirkte er wie ein Panther, der sich an seine Beute anschlich. Geschmeidig. Raubtierhaft. Und er kam direkt auf sie zu.

„Guten Abend", sagte Alex, als er bei ihrer kleinen Gruppe angekommen war. „Schön, Sie alle heute Abend hierzuhaben." Seine Augen schienen sie zu durchbohren, doch Lucy würde ihm nicht die Genugtuung gestatten und den Blick abwenden. Er sollte sie von ihrem Ziel abbringen, das war ihr klar, aber sie konnte reden, mit wem sie wollte.

„Es ist eine wundervolle Gala", sagte Mr Carter. „Ich bin froh, dass wir dieses Jahr dabei sein können."

„Ich habe ihnen gerade von Saving Grace berichtet." Selbst in ihren Ohren klang ihr Tonfall mehr als bestimmt. Die Familie Sinclair war in den letzten zwei Jahren mehr als großzügig gewesen. Aber die Angst brachte Lucy dazu, aggressiver vorzugehen, als es die Höflichkeit verlangt hätte. Und dieser Mann – diese Sportskanone – glaubte doch wirklich, er könnte sich in die Politik schleimen. Er war kein bisschen erwachsen geworden. Er dachte anscheinend immer noch, dass ihm die Welt gehörte.

Alex war einen Kopf größer als Lucy und in seinen Augen stand eine Warnung. „Es tut uns allen sehr leid, dass Sinclair Hotels die Gelder für Ihre Organisation kürzen musste. Aber wir sind froh, Sie auch weiterhin unterstützen zu können."

„Es war ein hartes Jahr." Mr Carter sah sich um und streckte sein leeres Weinglas einem sich nahenden Kellner entgegen.

„Vielleicht haben Sie nächstes Mal wieder mehr Grund zum Feiern", sagte Alex.

„Ich befürchte, dass es für uns kein nächstes Mal mehr geben wird", sagte Lucy. „Wenn wir nicht neue Sponsoren finden, müssen wir im Herbst schließen."

Als sie Mrs Carters mitleidigen Blick sah, trat Lucy einen Schritt auf sie zu, doch Alex schob sich zwischen sie und ihre Gesprächspartner. „Ms Wiltshire, warum besprechen wir das nicht in Ruhe und lassen die Carters diesen Abend genießen?"

Mrs Carter tätschelte Alex' Schulter und ihr Blick war voller Bewunderung. „Ich bin sicher, dass Alex gute Beziehungen hat."

„Zu anderen Unterwäschemodells?"

Alex' volle Lippen zuckten, als er Lucy anlächelte. „Ich glaube, mir gefällt Ihr Tonfall nicht. Im Namen aller Unterwäschemodells der Welt –"

„Alex! Da sind Sie ja." Ein weiteres Vorstandsmitglied gesellte sich zu ihnen.

Dasjenige, das Lucy bisher mit voller Absicht gemieden hatte.

Clare Deveraux, die frühere First Lady von South Carolina, trug ein schimmerndes langes Kleid mit dem dazu passenden Jäckchen. Obwohl man sie wegen ihrer stoischen Art und ihrem Oberschicht-Gehabe immer noch als Queen Elizabeth des Südens bezeichnete, konnte Lucy sich niemanden vorstellen, der noch tiefer gesunken war als sie. Einen ganzen Sommer lang hatte Clare Deveraux dafür gesorgt, dass ihre Mutter nirgendwo einen Job bekam, indem sie Anna Wiltshire auf die schwarze Liste gesetzt hatte. Wer würde eine arme, alleinerziehende Mutter so ruinieren?

Lucy war Mrs Deveraux schon ein paar Mal auf dieser Gala begegnet, doch nie hatte sie mehr als feindselige Blicke der älteren Frau geerntet. Wahrscheinlich sprach sie nur mit Menschen, in deren Adern blaues Blut floss.

„Clare, Sie sehen bezaubernd aus.“ Alex nahm ihre Hände in die seinen und küsste ihre unnatürlich straffe Wange. „Wie geht es Ihnen?“

„Es ist kaum zu glauben, dass Steven erst drei Monate tot ist.“ Clare ließ ihren Blick schweifen. „Meinem Sohn hätte es heute Abend hier gefallen. Ich bin froh, dass ich meine Arbeit habe, die mich ablenkt.“

Lucy öffnete ihren Mund, um etwas zu sagen, doch Alex legte seine Hand auf ihre Schulter und seine Finger drückten warnend zu. Dieser Mann musste definitiv seine bestimmende Art *und* seine Hände bei sich behalten!

„Sie haben mein Mitgefühl.“

Lucy hatte in der Zeitung von Steven Deverauxs Tod gelesen. Krebs mit vierundfünfzig.

„Mir tut es auch leid“, sagte Lucy, als ihr ihre Manieren wieder einfielen.

Clare verengte die Augen zu Schlitzen und musterte Lucy von oben bis unten. „Schwarz ist nicht Ihre Farbe.“

Und Höflichkeit war nicht Clares Stärke. „Ich bin aber froh, Sie hier zu treffen, Mrs Deveraux. Ich finde, wir haben uns früher öfter auf dem falschen Fuß erwischt.“ Obwohl Lucy bisher wohl kaum mehr als zehn Worte mit ihr gewechselt hatte. „Wenn ich etwas getan haben sollte, mit dem ich Sie beleidigt habe, tut es mir leid. Oder wenn Sie etwas nicht verstehen, was mit Saving Grace zu tun hat –“

„Ich verstehe alles, was ich wissen muss“, sagte Claire kalt.

„Ich hätte gerne die Chance, mit Ihnen über das zu reden, was zwischen uns steht.“ Hatte Clare gegen Lucy gestimmt, weil sie ihre Mutter nicht hatte leiden können? „Meine Mädchen sind diejenigen, die die Konsequenzen unserer Unstimmigkeiten tragen müssen. Würden Sie vielleicht über Ihren Schatten –“

Der Druck auf ihrer Schulter erhöhte sich. „Lucy, hatten Sie nicht erwähnt, dass Sie gerne tanzen würden?“

„Vielleicht möchten Sie sich einmal persönlich davon überzeugen, was wir in dem Heim leisten, wie wir –“

„Nicht nötig“, schnappte Clare.

„Hören Sie doch, Lucy.“ Alex legte scheinbar lauschend seinen Kopf schief. „Sie spielen gerade Ihr Lieblingslied.“

„Was haben Sie gegen mich?“, fragte Lucy. „Erst haben Sie versucht, meine Mutter zu sabotieren, und jetzt –“

„Okay, Sie haben mich überredet. Aber nur ein paar Runden." Mit Schwung zog Alex sie an sich. „Sie wissen ja, wie empfindlich mein Knie ist."

„Nein, ich muss –"

„Tanzen. Jetzt." Er nahm Lucy an der Hand und zog sie an Clare und den verdutzt dreinschauenden Carters vorbei.

„Was machen Sie?", fragte Lucy, als sie mitten auf der Tanzfläche standen.

„Vermeidung." Er legte seine Hand auf ihre Hüfte und fasste sanft ihre Hand. „Eine Taktik, die ich bei euch Frauen regelmäßig anwende."

„Ich war kurz davor, Antworten zu bekommen."

„Sie waren kurz davor, Clares Chardonnay ins Gesicht zu bekommen."

„Mrs Deveraux hat meine Mutter praktisch ruiniert. Diese Frau ist pures Gift und ich hätte gedacht, dass Ihr Vater von seinen Vorstandsmitgliedern wenigstens ein geringes Maß an moralischer Integrität erwartet."

„Würden Sie bitte aufhören zu führen?" Er sah sie ernst an. „Sie können hier nicht herumlaufen und die Leute stören. Wenn Sie hierbleiben wollen, entspannen Sie sich einfach und tun so, als würden Sie den Abend genießen. Heute Abend wird niemand mit Ihnen verhandeln."

Die Band spielte eine Jazzversion eines Sinatra-Songs, doch alles, was Lucy hören konnte, war das Rauschen des Blutes in ihrem Kopf. Obwohl Alex ein übergroßer Sportler war, misslang ihm kein einziger Schritt. Er wirbelte sie mit einem Dreh seines Handgelenkes herum und fing sie wieder auf. „Nebenbei, ich bin Alex Sinclair."

Oh, wenn sie doch nur die Arroganz aus seinem Gesicht wischen könnte. „Wir sind zehn Jahre auf die gleiche Schule gegangen. Ich weiß, wer Sie sind." Abgesehen davon, dass sein Grinsen regelmäßig irgendwelche Zeitschriften zierte.

Alex hob eine dunkle Augenbraue. „Ich glaube, daran würde ich mich erinnern."

„Ach wirklich? Erinnern Sie sich daran, wie Sie und Ihre Freunde meinen Sportbeutel als Fußball benutzt haben, bis er aufgeplatzt ist und mein Sport-BH auf den Hallenboden fiel?"

„Nein, daran kann ich mich nicht erinnern." Immerhin sah er aus, als wäre es ihm unangenehm.

„Und Sie erinnern sich bestimmt auch nicht mehr daran, dass Sie mich zu Ihrer Sommerpoolparty eingeladen haben, damit ich Sie und Ihre Freunde wie ein Dienstmädchen bedienen sollte?"

Er wandte den Blick ab. „Ich war schrecklich früher. Mein Bruder war der Heilige."

Lucy wusste, dass Will Sinclair nicht nur als Reporter in Indien gearbeitet, sondern dort auch eine Schule gegründet hatte. Wie er und Alex verwandt sein konnten, entzog sich ihrem Verstand. Einer hell und freundlich, der andere dunkel und bösartig. Sie konnte sich kaum an den Will aus der Schulzeit erinnern, doch sie wusste, dass er nie zu Alex' Clique gehört hatte. Das alleine hob ihn in Lucys Ansehen.

„Also, was haben Sie getan, um sich Clares Abneigung zu verdienen?" Sein Lächeln war wieder da.

„Ich habe geatmet. Das reicht, denke ich", sagte Lucy. „Meine Mutter hat früher für sie gearbeitet. Es lief nicht gut."

Das Lied war zu Ende, doch er verstärkte seinen Griff. „Tanzen Sie einfach weiter. Denken Sie nicht mal dran, hier wegzugehen."

Sie reichte ihm kaum bis zum Kinn und musste sich zurücklehnen, um ihn anzuschauen. „Wenn Sie zu Ihren Cheerleaderfreundinnen auch so waren, ist es kein Wunder, dass die alle sauer auf Sie sind." Ihre Finger verkrampften sich auf seinem dunklen Smoking.

„Sie sind nur sauer, weil sie mich nicht *alle* haben können."

Doch Lucy wusste, dass dieser Artikel seiner Kampagne stark geschadet hatte. War es falsch, dass sie eine gewisse Befriedigung bei dem Gedanken verspürte, dass Alex Sinclair sich doch nicht alles kaufen konnte, was er wollte? Während er noch Football gespielt hatte, hatte er die Männer durch sein Spiel und die Frauen durch sein Aussehen gewonnen. Aber die Menschen in South Carolina waren offensichtlich intelligent genug, um zu erkennen, dass er darüber hinaus keinerlei Qualifikation besaß.

„Lebt Ihre Mutter noch in Charleston?", fragte er, als die Musiker ein langsames Lied anstimmten.

„Nein. Sie ist … tot." Der Schmerz, der früher wie ein Schrei in ihr getobt hatte, war nun weniger geworden und zu einem Flüstern verklungen, das die Jahre überdauert hatte. „Ich bin vor meinem Abschlussjahr nach Florida gezogen." Ihre Mutter hatte sich in einen Mann aus Tallahassee verliebt und Lucy hatte sich endlich ihren Wunsch erfüllen können und Charleston verlassen. „Es war ein Autounfall." Lucy schüttelte die traurige Stimmung ab, die sich in ihr ausbreiten wollte. „Es ist lange her. Wichtig ist, was heute passiert. Ich muss mit den Vorstandsmitgliedern reden. Ich muss irgendwie ihre Meinung wegen dieser drastischen Kürzung ändern."

„Das wird nichts", sagte er. „Unser ehemaliger Geschäftsführer hat so viel gespendet, dass er Sinclair Hotels fast in den Ruin getrieben hätte. Mein Onkel war viel zu großzügig."

„Ich habe das immer an ihm geschätzt."

„Sie müssen das vergessen. Ich bin sicher, dass Ihre Arbeit wichtig ist, aber wenn Sie weiterhin unterstützt werden wollen, müssen Sie sich eben neu aufstellen."

„Wissen Sie überhaupt, was wir im Saving Grace machen?" Und konnte er sich überhaupt vorstellen, was es sie an Überwindung kostete, um Geld zu betteln? Das arme Mädchen, das seine Hände ausstreckte und die Reichen um Hilfe bat? „Wussten Sie, dass Jugendliche, die in Heimen aufgewachsen sind, in unserem Land schon mit achtzehn volljährig sind und nicht erst mit einundzwanzig? Damit sie dem Staat nicht so sehr auf der Tasche liegen. Sie müssen die Einrichtungen verlassen und werden obdachlos. Sie bekommen keine Hilfe, haben keine Ausbildung. Sie gehen mit fünfunddreißigprozentig höherer Wahrscheinlichkeit ins Gefängnis. Nur zwei Prozent können das College besuchen –"

„Das reicht." Er wirbelte sie herum.

„Vielleicht könnten Sie mit dem Vorstand reden? Wenn Sie bei uns vorbeikommen und sich ansehen würden, was wir dort machen –" Wenn sie nur eine Person auf ihre Seite ziehen könnte. „Und jetzt scheint auch noch die Stadt ein Auge auf unser Grundstück geworfen zu haben und will einen Parkplatz bauen. Sind Sie sich bewusst, dass diese Kinder –"

„Sind Sie sich bewusst, dass Sie viel zu viel Abstand von mir halten?" Er zog sie näher an sich. „Ich habe etwas über diesen Parkplatz gehört. Sie werden schon einen anderen Ort finden."

Sie verlor. Sie spürte es. „Aber es ist unser Zuhause! Es ist ein sicherer Ort für die Mädchen. Sie haben ihre eigenen Zimmer. Und passen Sie auf, wo Sie Ihre Hände hinlegen."

Seine braunen Augen fesselten die ihren. „Sie sind die verklemmteste Frau, die ich jemals kennengelernt habe."

„Und Sie sind der arroganteste Mann, den ich jemals –"

„Außerdem haben Sie wahnhafte Vorstellungen. Als würde ich hier vor all diesen Menschen nicht darauf achten, wo meine Hände sind!"

„Nun, da Sie anscheinend bei den Cheerleadern nicht mehr landen können, versuchen Sie es jetzt vielleicht mit echten Frauen."

Sein Lächeln war nur andeutungsweise zu sehen. „In Ihren wildesten Träumen vielleicht."

„Ich mache das alles für die Mädchen, Alex." Sie schaute ihm tapfer in seine Hollywood-Augen. „Ich würde alles tun."

„Alles?" Sie hörte ein verstecktes Lachen in seiner Stimme.

„Ich bin verzweifelt."

Seine Augenbrauen hoben sich, als er sie abschätzend betrachtete. „Interessant."

„Für die Mädchen geht es um Leben und Tod."

Hinter ihnen räusperte sich jemand. „Darf ich unterbrechen?"

Und wieder wurde Lucys Welt erschüttert.

Denn diese Stimme kannte sie. Sie hörte sie immer noch in ihren Träumen.

Als sie sich umgedreht hatte, starrte sie den Mann an, der einst ihre Zukunft bedeutet hatte. Und er hatte sie ihr glatt vor die Füße geschmissen. „Matt?" Ihre Worte waren kaum mehr als ein Flüstern. „Was tust du hier?"

„Hallo, Lucy." Er nickte Alex knapp zu, dann wandte er seine grünen Augen wieder ihr zu. „Ich bin deinetwegen hier."

4. Kapitel

Die glitzernde Diskokugel hätte Lucy direkt auf den Kopf fallen können und sie hätte es nicht einmal bemerkt.

„Darf ich?", fragte Matt. Er trat auf sie zu, wie eine Erscheinung im Smoking. Aber sie konnte stark sein. Sie konnte gleichmütig sein. Oh, er trug ihr Lieblingsparfum.

„Sie gehört Ihnen." Alex sah Lucy aus zusammengekniffenen Augen an. „Ich muss sowieso mit dem Bürgermeister reden. Lucy, ich vertraue Ihnen, dass Sie noch einen schönen Abend hier verbringen."

Mit anderen Worten, *wenn Sie noch mal einem Vorstandsmitglied auflauern, können Sie was erleben.*

Ihr ganzer Körper war taub und Lucy ließ sich widerstandslos in Matts Umarmung ziehen.

„Wie ist es dir ergangen?" Sein Atem strich über ihr Ohr.

Ich war alleine. Traurig. Überfordert. „Gut. Und dir?"

„Würdest du mir glauben, wenn ich dir sage, dass ich dich vermisst habe?"

Sie hob ihren Kopf und starrte in die Augen, die sie so gut kannte. „Warum bist du hier?"

„Ich habe bei Sinclair Hotels einen Job als Chefbuchhalter bekommen. Diese Woche habe ich angefangen."

Einfach so. Er war wieder da. Er war einfach gegangen und jetzt war er einfach wieder da.

„Ich würde dich gerne sehen." Er zog sie nah an sich und navigierte sie zwischen zwei anderen Paaren hindurch. „Mein Team und ich müssen in einer Stunde die Stadt für eine Geschäftsreise verlassen, aber in einer Woche werde ich zurück sein."

„Ich glaube nicht, dass das eine gute Idee ist." Sie hatte all ihre Hoffnungen auf diesen Mann gesetzt, überzeugt davon, dass er der Richtige war.

„Ich weiß, dass ich es vermasselt habe. Unser letzter Abend hat schrecklich geendet."

„Du hast zwei Bissen Spaghetti gegessen und mir dann gesagt, dass es vorbei ist.“ Sie hatte emotionalere Trennungen erlebt, wenn sie ihren Friseur gewechselt hatte.

Er drückte seine Stirn an ihre. „Ich hatte unrecht. Aber jetzt bin ich genau da, wo ich sein will. In den letzten zwei Jahren habe ich jeden einzelnen Tag an dich gedacht. Mein Leben in Dallas war nichts ohne dich. Deshalb bin ich wieder hier.“ Er fuhr sanft mit dem Daumen über ihre Wange. „*Deinetwegen* bin ich wieder hier.“

So fühlte es sich also an, wenn ein Mann einen auf diese besondere Art anschaute. Sie wollte ihm jedes seiner wunderbaren Worte glauben, wollte glauben, dass die Intensität in seinen Augen allein auf sie gerichtet war.

„Gib mir bitte die Möglichkeit, mich zu erklären“, fuhr er fort. „Das ist alles, worum ich dich bitte.“

„Okay.“ Lucy nickte, als ihre Hoffnung mit ihrem Widerwillen stritt. „Wenn du zurückkommst, können wir –“ Ihre Aufmerksamkeit wurde abgelenkt, als ein bekannter Mann an ihnen vorbeitanzte. „Mr Zaminski!“ Nachdem sie sich schnell aus Matts Umarmung befreit und seine Hände abgestreift hatte, ging sie auf das ältliche Vorstandsmitglied und seine neueste Frau zu. Nummer fünf, wenn sie sich recht erinnerte. Und noch jünger als ihre Vorgängerin.

Paare wirbelten um sie herum und Lucy musste sich durch sie hindurchschlängeln. Für einen Fünfundsiebzigjährigen legte Mr Zaminski ein ordentliches Tempo vor.

„Mr Zaminski!“ Endlich hatte sie die beiden erreicht. „Sir, ich bin Lucy Wiltshire. Ich habe mich gefragt, ob ich einen Augenblick mit Ihnen reden könnte?“ Lucy bewegte sich neben dem tanzenden Paar her. „Vielleicht nicht hier auf der Tanzfläche?“

Der Mann blinzelte sie hinter seiner Brille verwirrt an. „Kennen wir uns?“

Sie sprang auf seine andere Seite, als er sich mit seiner Partnerin drehte. „Ich vermute, dass Sie vor ein paar Tagen dafür gestimmt haben, Spendengelder zu kürzen.“

„Ich beschäftige mich nicht mit den Spendenprojekten von Sinclair. Nur mit den Hotels.“ Er wandte seiner Frau wieder sein runzliges Gesicht zu. „Jetzt verschwinden Sie. Sie belästigen mich.“

„Aber, Sir.“ Lucy trat schnell zur Seite, bevor sie die beiden verlor. „Wenn Sie mich nur kurz erklären lassen könnten.“ Der Mann machte eine überraschende Drehung und Lucy streckte ihre Hand aus, um ihn aufzuhalten. „Mr Zaminski, ich –"

Sie schnappte nach Luft, als ihr Arm etwas Hartes traf. Aus dem Augenwinkel konnte Lucy zuerst den Kellner sehen und dann sein Tablett, das in hohem Bogen durch den Raum segelte. Hektisch griff sie danach, und im selben Moment gab einer ihrer perlenbesetzten Träger seinen schwachen Halt auf. Schwarze Perlen ergossen sich auf den Boden und Gläser mit Shrimpscocktails zerbarsten klirrend darum herum.

Lucy umklammerte ihr Oberteil. „Es tut mir leid. Ich habe Sie nicht gesehen und –" Alles schien wie in Zeitlupe zu geschehen, als Mr Zaminski sich foxtrottend fortbewegte. Sein Fuß kam der glitschigen Bescherung gefährlich nahe. „Mr Zaminski!"

Aber es war zu spät. Seine polierten schwarzen Schuhe rutschten auf den Shrimps aus und es war vorbei. Sein Mund wurde groß, seine Arme ruderten in der Luft. Und dann lag er auf einmal auf dem Boden. Die Besucher der Gala teilten sich in zwei Hälften, als hätte Mose noch einmal seinen Stab in die Luft gereckt.

Lucy sprang an Mr Zaminskis Seite. „Sir, geht es Ihnen gut?" Lucys Top rutschte bedenklich, als sie sich nach unten beugte und nach der Hand des alten Mannes griff.

Mr Zaminski blinzelte ein paar Mal und blickte dann seine Frau zu seiner Rechten und Lucy zu seiner Linken an. „Sie!", zischte er.

„Es tut mir wirklich leid." Ihre Wangen wurden flammend rot. Der halbe Ballsaal starrte sie an. „Ich wollte Ihnen doch nur von –"

„Schaffen Sie mir diese Frau aus den Augen!"

Lucy konnte sich gerade noch zur Seite lehnen, als der alte Mann eine Handvoll Hors d'oeuvres nach ihr warf. Sie musste hier verschwinden. Die Leute starrten sie an, irgendein Idiot hatte mit seinem Handy gerade ein Foto gemacht und ihre Schuhe waren voller Cocktailsoße.

Der Stoff ihres Kleides ächzte, als sie sich erhob und wieder auf die Füße kam. Sie schlängelte sich schnell durch die Masse und suchte den nächsten Ausgang. Das alte Schamgefühl folgte ihr und trieb sie an. Sie war bereits dreißig Jahre alt, doch diese Menschen hatten immer noch die Macht, sie zu dem Trampel zu machen, der sie in ihrer Kindheit schon gewesen war. Das Mädchen, das nichts richtig machen konnte.

Lucy flog fast zu der Doppeltür am Ende des Flures. Sie platzte hinaus in die Nachtluft und floh.

Alex hatte keine Ahnung, warum er diese Frau verfolgte. Was kümmerte es ihn, wenn sie vollkommen aufgelöst war? Er hatte sich um wichtigere Dinge zu kümmern, das war klar. Es war ja nicht seine Schuld, dass sie sich wie eine Verrückte benommen hatte. Kein Wunder, dass sie nicht an Spendengelder kam. Sie war chaotisch und unberechenbar.

Vor sich sah Alex einen schwarzen Fleck durch die Flügeltür verschwinden. Er beschleunigte seinen Schritt und folgte ihr durch die Tür nach draußen. „Lucy!"

Die verrückte Frau warf einen Blick über ihre Schulter und fing an zu rennen. Als könnte sie vor ihm davonlaufen. Als er nur noch knapp hinter ihr war, breitete er einfach seine Arme aus, umfing ihre Schultern und hob sie ohne Probleme in die Luft.

„Lassen Sie mich los!" Sie strampelte erbost und traf dabei mehr als einmal seine Schienbeine. „Lassen Sie mich sofort runter, Sie Blödmann."

Er lockerte seinen Griff, ließ sie aber nicht ganz los. „Nicht, bevor ich sicher sein kann, dass Sie nicht kopflos auf den Freeway rennen."

„Lassen Sie mich los!"

„So kommen wir nicht weiter. Wo ist Ihre südstaatliche Freundlichkeit?"

„Auf dem Boden bei den Shrimps." Immer noch versuchte sie, sich seinem Griff zu entwinden. „Zwingen Sie mich nicht dazu, mein Pfefferspray zu benutzen."

„Ich bin sicher, dass ich hier gerade in der besseren Position bin." Sie hörte auf zu zappeln und er spürte ihre unregelmäßigen Atemzüge. „Haben Sie sich beruhigt?" Schniefend wischte sie sich über ihre feuchten Augen.

„Ja", kam die kleinlaute Antwort. „Lassen Sie mich einfach runter … bitte."

Er stellte sie vorsichtig ins Gras. „Haben Sie bemerkt, dass Ihnen ein Schuh fehlt?"

Sie sah auf. Ihre Augen waren feucht. Ihre Unterlippe zitterte.

Nein, bitte keine Tränen! Mit allem anderen konnte er umgehen. Bevor er wusste, was er tat, legte er seine Arme um sie und tätschelte ihr brüderlich den Rücken. „Wäre es unhöflich, wenn ich Sie bäte, nicht auf meinen Smoking zu weinen?"

„Das ist die schrecklichste Nacht meines Lebens", sagte Lucy und vergrub ihren Kopf in seinem Hemd. „Sogar noch schlimmer als damals, als James Allred mich auf den Ball ausgeführt hat." Sie atmete zitternd ein. „Zwei Jahre hintereinander."

Er musste irgendetwas sagen, um das hier zu lösen. Um sie zu beruhigen. Zu trösten. „James war ein Idiot, der Kleber geschnüffelt hat. Jeder mit ein bisschen Verstand wusste das."

„Ich wusste es nicht." Er sah, wie zwei Tränen ihre Wange hinunterliefen, als sie einen Schritt zurücktrat und versuchte, ihr Kleid festzuhalten. „Also attackiere ich nicht nur arglose ältere Mitbürger und zeige der halben Stadt meinen alten BH, sondern bin jetzt auch noch dumm?"

Alex hob seine Augen in Richtung Himmel. Wo hatte er seine Redegewandtheit verloren? Sonst wurde alles, was er anpackte, zu Gold. „Lucy, warum gehen wir nicht wieder nach drinnen?"

„Ich werde diesen Menschen nie wieder unter die Augen treten." Sie schüttelte seinen Arm ab und fing an, sich zu entfernen.

„Wollen Sie etwa nach Hause laufen?"

„Lassen Sie mich in Ruhe, Sie reicher Junge."

„Sie werden noch wegen des Verstoßes gegen die öffentliche Ordnung festgenommen, wenn Sie so durch die Straßen laufen."

„Machen Sie sich keine Sorgen. Ich würde Sie nicht aus der Zelle anrufen."

Sein Bruder war immer der Verständnisvolle gewesen, der mit den Gefühlen der Menschen umgehen konnte. In diesem Moment hätte Will mit Sicherheit gewusst, was er zu tun und zu sagen hätte.

Grummelnd folgte Alex Lucy, zog sein Jackett aus und legte es ihr über die Schultern. „Ich will Ihre Inhaftierung nicht auch noch auf meinem Sündenkonto haben. Es ist schon schlimm genug, dass ich Sie in der Schule terrorisiert habe."

Sie zog die Jacke fest um sich und wandte sich ihm zu. „Immerhin können Sie es endlich zugeben."

Was auch immer die Menschen über seinen Charakter dachten, seine Mutter hatte ihn zu einem Gentleman erzogen. „Ich würde Sie gerne nach Hause bringen."

„Funktioniert diese Masche wirklich bei Ihnen?"

Je schneller er diese Situation löste, desto schneller konnte er endlich wieder auf die Gala zurückkehren und um Stimmen werben. Er hatte noch eine Menge zu tun. „Was haben Sie sich eigentlich dabei gedacht, als Sie das alles angestellt haben?"

„Bevor oder nachdem ich Mr Zaminski eine Gehirnerschütterung verpasst habe?" Lucy schüttelte den Kopf. „Verschwinden Sie einfach."

Er wusste nicht, was mit ihm los war, doch seine Hände schienen sich wie von alleine zu bewegen. Er berührte sanft ihre Schultern und drehte sie zu sich um. Lucy ließ ihren Kopf sinken. Doch Alex würde sich nicht abwimmeln lassen. Mit einem Finger hob er ihr Kinn. „Rede mit mir."

„Warum sind Sie ... bist du hier draußen?"

„Weil du traurig bist."

„Ich bin nicht traurig." Sie atmete seufzend aus und die Locken um ihr Gesicht herum bewegten sich sanft hin und her. „Wenn du es wirklich wissen willst ... Ich hatte eine absolut furchtbare Woche. Eine unglaublich schreckliche Woche. Und ich weiß nicht, wie ich alles wieder in den Griff bekommen soll."

Ihr Mascara hatte eine dunkle Spur auf ihrer Wange hinterlassen und ihre Lippen schimmerten, entweder durch Lipgloss oder Tränen, das konnte er nicht sagen.

„Du weißt doch, dass der Vorstand die Spenden an euch nicht aus persönlichen Gründen gekürzt hat."

„Sag das Clare Deveraux. Hast du gesehen, wie sie mich angeschaut hat? Ich war nie eine von euch und das werde ich auch niemals sein."

„Du meinst reich? Privilegiert?" Er kniff die Lippen zusammen. „Nein, du bist ganz eindeutig besser als wir."

Alex konnte sehen, wie der Zorn in ihren Augen funkelte, als sie sich ihm nun wieder zuwandte. „Hast du auch nur den Hauch einer Ahnung, wie es sich anfühlt, bei den Leuten um Geld zu betteln, die dir dein Leben früher zur Hölle gemacht haben?"

„Nein, hab ich nicht."

„Natürlich nicht. Alle Probleme, die du hast, können mit Geld geregelt werden."

„Nein, nicht alle." Nicht die schmerzende Last, die sich auf ihn gelegt hatte, seit sein Bruder verschwunden war. Oder die Konsequenzen, mit einem vom Sport ruinierten Knie leben zu müssen. Oder die Tatsache, dass er sich seitdem mit einem Leben abfinden musste, das er sich nicht gewünscht hatte und kaum kannte.

Eine Brise kam auf und zupfte an Lucys Haaren. Die Locken bewegten sich sanft hin und her. Wie verzaubert hob er eine Hand, fing eine der blonden Strähnen und strich sie ihr hinters Ohr.

Hinter ihm zuckte der Blitz einer Kamera. Alex fuhr herum. Zwei Reporter standen ein paar Meter von ihnen entfernt und fingen jede seiner Bewegungen ein.

Die Medien – ein Aspekt seines Lebens, den er hasste. Und jetzt, wo er sich für den Kongress hatte aufstellen lassen, war alles nur noch schlimmer geworden. Er zog Lucy mit sich in den Schatten einer Hausecke. „Ich kann ein paar Anrufe machen und mit ein paar Leuten reden."

„Klar." Sie sah ihn an, als hätte er gerade angekündigt, sich einen dritten Arm wachsen zu lassen. „Ich schaffe das schon alleine."

„Dann ist es dir wohl doch nicht so ernst damit, Saving Grace zu retten."

Entgeistert sah sie ihn an. „Du würdest Aufrichtigkeit nicht mal erkennen, wenn sie dich zwischen die Augen treffen würde, oder? Natürlich würde ich alles tun! Es ist alles, was ich habe. Alles, was die Mädchen haben."

„Dann musst du darum kämpfen." Die leichte Note ihres Parfums flog zu ihm hinüber. Der Blumenduft passte perfekt zu ihr. Wenn er ihm einen Namen geben müsste, wäre es *Verbitterung*.

„Was glaubst du, was ich jeden einzelnen Tag meines Lebens tue? Nicht alle von uns können einen Ball durch die Gegend werfen und mit einem Spiel Geld verdienen."

Alex zuckte die Schultern. „Bin wohl unter einem guten Stern geboren." Er beobachtete, wie die Reporter noch ein paar Fotos machten und dann davongingen.

„Du kennst echte Probleme überhaupt nicht! Ich kümmere mich um junge Frauen, die zu mir kommen und nicht einmal ein Dach über dem Kopf haben – geschweige denn, etwas zu essen. Die Gesellschaft setzt sie einfach auf die Straße und überlässt sie sich selbst. Wenn *du* ein Problem hast, stellst du einen Scheck aus."

Er kannte Probleme. Und Schmerz. Doch er wusste weder, wie er mit dem einen, noch wie er mit dem anderen umgehen sollte. „Wenn du dich einmauern willst, dann tu das meinetwegen." Gegen die Gefühle in seiner Stimme konnte er nichts tun. „Ich wollte nur sicher gehen, dass du nicht auf das nächste Dach kletterst und springst."

„Nur, wenn du es mir vormachst", murmelte sie.

Jetzt konnte er ein Lachen nicht mehr unterdrücken. „Immerhin hast du deinen Charme nicht verloren."

„Doch, irgendwo zwischen herumfliegenden Shrimps und einer möglichen Anzeige von einem Vorstandsmitglied."

Die Tür zum Ballsaal flog auf und der neuste Angestellte seines Vaters kam angerannt. Wenn das ihr Freund war, kam er ein bisschen zu spät. Die Frau hätte sich mittlerweile sonst was antun können.

„Lucy, geht es dir gut?"

Alex sah, wie Lucys Züge weicher wurden, als sie den Mann sah. Sie fiel ihm nicht um den Hals, doch sie ließ zu, dass er seinen Arm um ihre Schultern legte.

„Ich denke, es geht ihr gut." Alex trat einen Schritt zurück. „Nichts, was ein heißer Tee nicht richten könnte. Übernehmen Sie?"

„Ja, ich bringe sie nach Hause", sagte der Freund.

„Sorgen Sie dafür, dass sie da auch bleibt." Und mit einem letzten Blick ging Alex zurück in Richtung Ballsaal und war froh, dass er Lucy Wiltshire nun ein Jahr lang nicht mehr sehen müsste.

Und selbst das kam ihm noch zu kurz vor.

Wie in Trance beobachtete Lucy Matts Hände, die mit ihrem Schlüssel die Wohnungstür aufschlossen. Hände, die sie gehalten hatten. Und dann fallen gelassen.

Drinnen ließ sich Lucy auf die Couch fallen und fand endlich ihre Stimme wieder. „Seit wann bist du wieder da?"

Er wandte seine Augen nicht von den ihren und ließ sich in dem Sessel nieder, der der Couch gegenüberstand. „Ich habe dich vermisst." Er fuhr sich mit einer Hand durchs Gesicht. „Weißt du eigentlich wie sehr?"

Sie starrte auf einen Punkt neben seinen polierten Schuhen. „Deine sporadischen E-Mails alle paar Monate haben nichts davon verraten."

Und dann saß er plötzlich neben ihr und seine Hand griff nach ihrer. „Lucy, ich muss heute Nacht noch einen Flug erwischen und ich finde es schrecklich, dass wir uns nicht die Zeit nehmen können, die wir jetzt bräuchten. Aber du musst mir glauben, dass ich unbedingt möchte, dass du wieder ein Teil meines Lebens wirst. Ohne dich war ich verloren."

„Du weißt, dass ich an diesem Abend vor zwei Jahren dachte, du würdest mir einen Heiratsantrag machen. Ich hatte gedacht, wir würden den Rest unseres Lebens gemeinsam verbringen." Der alte Schmerz schnürte ihr den Hals zu und ließ ihre Worte heiser klingen. „Ich kann das jetzt einfach nicht, Matt."

Er griff nach ihr, als sie aufstehen wollte. „Wenn ich nächste Woche wieder da bin, werde ich dir beweisen, dass ich der Mann sein kann, den du dir gewünscht hast."

„Ich weiß nicht." Als sie ihn jetzt anschaute, wurde Lucy klar, dass es einfach sein würde, sich wieder in ihn zu verlieben. Aber wäre das auch eine gute Idee?

„Was auch immer es braucht und wie lange es auch immer dauern mag, ich werde dich überzeugen. Denn ich gehe hier nicht mehr weg." Er beugte sich zu ihr und drückte ihr einen Kuss auf die Wange. „Außer jetzt gleich, denn das Flugzeug wartet nicht auf mich." Seine Augen ließen die ihren nicht los, während er die Wohnungstür öffnete. „Ich liebe dich, Lucy. Glaub es mir."

Und dann war er weg.

Das letzte Mal, als er sie hier alleine gelassen hatte, hatte er ihr Herz mitgenommen.

Und Lucy war sich nicht sicher, ob sie noch eins hatte, das sie ihm schenken konnte.

5. Kapitel

Ihr Leben hätte eine preisgekrönte Seifenoper sein können. Mit dem Stress wegen Saving Grace, dem Fiasko am Freitagabend und Matts Rückkehr hatte Lucy wirklich einiges für ein passendes Drehbuch zu bieten.

„Ja, hier ist Lucy Wiltshire. Ich möchte gerne Mr Greene sprechen. Noch immer." Lucy tippte mit einem Stift auf die Schreibtischunterlage. Sie musste das wahre Ausmaß der Probleme erfahren, in denen Saving Grace steckte, doch sie konnte nicht einmal ihren Vermieter dazu bewegen, sie zurückzurufen. Vielleicht wollte er das Haus ja doch nicht an die Stadt verkaufen. „Sagen Sie ihm, dass er mich dringend zurückrufen soll. Es ist wirklich wichtig."

Ihr Kopf wog heute zu viel für ihre Schultern und ihre Augen brannten vor Schlafmangel. Die Montagmorgensonne schien durch das kleine Fenster herein, doch Lucys Stimmung war alles andere als heiter. Sie hatte das ganze Wochenende über nicht geschlafen. Jedes Mal, wenn sie die Augen schloss, überfielen sie die Gedanken an die armen Mädchen, die bald wieder ohne Dach über dem Kopf dastehen würden.

Sie hob ihr Wasserglas an den Mund und nahm einen kleinen Schluck.

„Ich würde auch trinken, wenn ich so ein Wochenende gehabt hätte wie du."

Morgan kam ins Büro geweht und sah schrecklich erholt und wunderschön aus. Sie hatte das dunkle, lange Haar einer exotischen Schönheit und eine Figur, die eigentlich auf einen Laufsteg gehört hätte. Es war ein Wunder, dass Lucy mit ihr befreundet sein konnte. Chuck betrat hinter ihr den Raum, ein Ohr an sein Handy gepresst.

Morgan ließ sich Lucy gegenüber in einen Sessel fallen. „Wollen wir reden?"

Mittlerweile hatte sich Lucys Unwohlsein zu einem pulsierenden Kopfschmerz weiterentwickelt. „Worüber?"

„Du kannst mir nicht eine Kurzmitteilung schicken und dann erwarten, dass ich es einfach so stehen lasse. *Matt hat gerade meine Wohnung verlassen.* Was soll das heißen?"

Chuck steckte sein Handy weg. „Spuck es aus. Wir wollen Details."

„Müsst ihr nicht an die Arbeit oder so was?"

„Wir gehen später, damit wir erst noch mit Shayla frühstücken können." Jedes Mädchen in Saving Grace hatte drei Paten. Morgan hatte die Patenschaft für das zwanzigjährige Mädchen übernommen, das sich momentan durch sein erstes Semester am Community College quälte. „Und jetzt rede endlich."

Lucy berichtete in knappen Worten über den Freitagabend, ließ kein Detail aus und kam auch auf die Sache mit den Shrimps zu sprechen.

„Also, ganz offensichtlich brauchst du einen Regenschirm", sagte Morgan schließlich. „Denn, Mädchen, es regnet Männer." Sie warf eine Zeitung auf die zerkratzte Platte des Schreibtisches.

„Was?" Lucy nahm noch einen Schluck von ihrem Wasser und sah auf die Titelseite. Als sie das Foto erblickte, verschluckte sie sich und Wasser ergoss sich über die Zeitung. „Was zum …" Sie wischte ihren Mund ab und zog die Zeitung näher an sich heran. „Was soll das? Ist das ein schlechter Scherz?"

Dort, auf Seite eins der *Charleston Post,* war ein Bild von Lucy, die in Alex' Armen auf der Gala tanzte. Sie las die Überschrift. „Der Prinz und Cinderella?" Sie überflog den ersten Absatz, der erzählte, dass Alex Sinclair, millionenschwerer Footballstar, sich mit Lucy Wiltshire traf, Leiterin einer gemeinnützigen Einrichtung, die ums Überleben kämpfte. Es hörte sich wie ein schnulziger Liebesroman an.

„Das ist doch albern." Sie las weiter. „Totaler Müll. Als würde ich mit ihm ausgehen." Als würde Alex mit *ihr* ausgehen. Die Leute mussten sich doch über so eine Meldung kaputtlachen!

„Es geht noch weiter." Morgan reichte ihr eine weitere Zeitung. „Leiterin eines Mädchenheimes angelt sich South Carolinas Footballhelden. Wird sie ihm die Vorzüge des heimischen Kamins schmackhaft machen?"

„Okay, das ist nicht nur falscher, sondern richtig schlechter Journalismus! Dieser Reporter sollte allein schon für seinen Stil gefeuert werden."

Lucy schnappte sich eine weitere Zeitung von dem Stapel, den Morgan vor sie hingelegt hatte. Ihr Herzschlag wurde immer schneller, während sie die Bilder betrachtete. Eins zeigte sie in Alex Jackett und sie stand nur wenige Zentimeter entfernt von ihm. Lucy konnte sich nicht überwinden, die Bildunterschrift zu lesen. Das nächste Foto war das schlimmste. Eine Nahaufnahme von Alex, der ihr eine Haarsträhne hinters Ohr schob. So aus dem Zusammenhang gerissen wirkte es … intim.

Chuck wackelte mit den Augenbrauen. „Hast du uns irgendetwas zu sagen?"

Lucy ließ die Zeitung auf den Tisch fallen. „Jetzt hör aber auf. Ich … er … wir." Sie fand einfach keine Worte.

„Ich bin Pastor." Chuck rückte den Schirm seiner Baseballmütze zurecht. „Beichten ist gut für die Seele, mein Kind."

Morgan lächelte. „Ihr seht gut aus zusammen."

„Ach was!" Mit Alex würde jede gut aussehen. Das dunkle Haar mit den leichten Wellen. Ein Körper, durch den jahrelangen Sport perfekt durchtrainiert. Ein Gesicht, mit dem er in Hollywoodfilmen spielen könnte. Und wer war sie? Ein Mädchen, das nicht mal wusste, wie man ein völlig funktionstüchtiges schwarzes Kleid kaufte.

„Wir könnten eine Doppelhochzeit machen." Morgan zeigte mit dem Daumen auf Chuck, der sich bisher erfolgreich aus allen Vorbereitungen herausgehalten hatte. „Obwohl ich mir nicht sicher bin, ob dieser Kerl hier überhaupt auftaucht."

Der zukünftige Bräutigam schaffte es, empört dreinzuschauen. „Natürlich komme ich!"

„Ja, in Jeans und Flip Flops." Morgan wandte sich ihm zu. „Du hast noch nicht einmal deine Gästeliste fertig. Wie schwer ist es, die zehn engsten Familienmitglieder aufzuschreiben?"

„Ich bin ein viel beschäftigter Mann", sagte Chuck mit seinem unerschütterlichen Grinsen. „Ich rette jeden Tag Seelen."

Morgan verdrehte die Augen. „Gestern warst du mit dem Diakon golfen."

„Ich kann mit Sicherheit sagen, dass wir viel gebetet haben."

Da es noch einige Monate bis zur Hochzeit dauerte, war das Thema nicht akut und Morgan wandte sich wieder an Lucy. „Irgendwelche Fortschritte wegen Saving Grace?"

Lucy konnte diese Frage nicht mehr hören. „Wenn Sorgen einen Wert hätten, hätten wir längst ein neues Haus in bester Lage", sagte Lucy. „Ich habe mit jedem Unternehmen und jeder wichtigen Person in der Gegend telefoniert. Mit allen, die wir jedes Jahr anrufen. Wir haben zwei Spenden bekommen, aber nichts, was uns lange über die Runden bringen könnte."

„Vielleicht können wir die Kirche um Unterstützung bitten."

„Chuck, ein Kuchenverkauf wird uns nicht weiterhelfen", sagte Lucy. „Wir brauchen ein echtes Wunder."

„Ich habe Beziehungen." Er streckte ihr beide Hände entgegen. „Lass uns einfach beten und um ein gigantisches Wunder bitten."

Und das taten sie. Mit gebeugtem Kopf bat Chuck um Hilfe für Saving Grace, ein schützendes Heim für die Mädchen und darum, dass Gott schnell eine kreative Lösung fand.

Lucy hielt die Hände ihrer Freunde und zog Kraft aus ihrer Nähe und ihrem Vertrauen auf Gott. Jede Faser ihres Körpers stimmte Chucks abschließenden Worten zu. *Herr, bitte zeig Deine Größe und Deine Kraft!*

Und sei schnell.

„Ich danke euch", sagte Lucy. „Eure Unterstützung bedeutet mir sehr viel."

„Gott liebt diese Mädchen auch, Lucy." Morgan drückte noch einmal Lucys Hand. „Was auch immer geschieht, er wird sich um sie kümmern." Wie ausgewechselt lehnte Morgan sich plötzlich nach vorne. „Und? Was wirst du Matt sagen?"

„Er und ich sind kein Paar. Nur weil er wieder hier auftaucht und ein paar wunderbare, schöne und total überzeugende Dinge sagt, werden wir nicht gleich wieder zusammenkommen."

Morgan schüttelte den Kopf. „Dieser Kerl hat dir vor zwei Jahren dein Herz gebrochen. Vergiss nicht, wie sehr wir dich wieder aufpäppeln mussten. Wie wir jedes Wochenende lange aufgeblieben sind und Star Wars geschaut haben. Wie wir dich mit Eiscreme füttern mussten, bis du dich der Welt wieder stellen konntest."

Lucy hatte immer noch die fünf Kilo mehr auf den Hüften, die es bewiesen. „Matt wirkt jetzt beständiger. Verändert."

Chuck seufzte. „All diese Bananensplits umsonst! Dieser Mann spukt immer noch in deinem Kopf herum."

„Gott hat ihn doch nicht ohne Grund zurück in mein Leben gebracht." Matt war immer noch alles, was sie sich jemals erträumt hatte – zuverlässig, gut aussehend, nett.

Morgan seufzte und betrachtete ihre Freundin. „Versprich mir nur, dass du nicht etwas völlig Verrücktes tust."

„Ich? Etwas Verrücktes?" Lucy hob eine Zeitung auf und tippte auf

Alex Sinclairs Gesicht. „Wie eine Romanze mit einem amerikanischen Footballstar?"

Morgan lachte. „*Darüber* müssen wir uns ja zum Glück keine Gedanken machen."

6. Kapitel

Alex saß mit dem Telefon am Ohr hinter seinem Schreibtisch, lauschte mit dem anderen Ohr seinen Beratern und fokussierte mit beiden Augen den Sportsender ESPN. Er hatte Kopfschmerzen, die so schlimm waren wie selten. Und die Statistik in seiner Hand machte die Sache um keinen Deut besser.

Lauren Billings setzte sich und schlug ihre Beine übereinander. „Deine Beliebtheit schießt immer mehr in die Höhe."

Er nickte abwesend und sprach ins Telefon. „Ich komme sobald wie möglich vorbei, Dad, aber bitte halte Mum davon ab, sich immer wieder hier zu melden. Und wenn Tante Marge noch einmal anruft, boykottiere ich die Familienfeier am vierten Juli." Alex überflog einen Bericht, während sein Vater redete. „Weil ich einfach zu viel zu tun habe. Meine Kampagnen machen auch vor Feiertagen keinen Halt … Ja, ich verstehe, dass ich meiner Mutter das Herz breche." Er bedeutete seinen wartenden Besuchern, sich noch einen Moment zu gedulden. „Sag Finley einfach, dass ich sie bald mal zum Essen ausführe." Sein schlechtes Gewissen erwachte bei der Erwähnung seiner siebzehnjährigen Schwester. Alex war fünfzehn gewesen, als seine Schwester geboren wurde, doch er und sein Zwilling hatten sie sofort ins Herz geschlossen. Er wusste, dass seine Schwester dieses Jahr zu leiden hatte. Das hatte seine ganze Familie. Aber Alex hatte eine untergehende Kampagne zu retten und im Moment kam das an erster Stelle.

„Hast du die letzten Zahlen gesehen?" David Spear schob ihm einen weiteren Bericht zu, sobald Alex aufgelegt hatte.

Alex schaltete den Fernseher aus und lenkte endlich seine ganze Aufmerksamkeit auf die beiden in seinem Büro. Als er sich auf die Suche nach seinen Beratern gemacht hatte, war es ihm wichtig gewesen, nur die Besten zu engagieren. David und Lauren hatten beide schon erfolgreich an Präsidentschaftskandidaturen gearbeitet. Sie waren unermüdlich und Kämpfernaturen. Zwei Eigenschaften, die Alex bewunderte. Und brauchte.

Er überflog das Dokument in seinen Händen. „Das ist … unerwartet."

„Es ist ein phänomenaler Erfolg in sehr kurzer Zeit."

Das Leder von Alex' Bürostuhl knarrte, als er sich zurücklehnte. „Vielleicht sind es diese Fernsehwerbungen."

„Du weißt ganz genau, was es ist, Alex." Lauren stand auf und schnappte sich eine Zeitung. Mit ihren manikürten Fingernägeln tippte sie auf Seite zwölf. „*In Touch* behauptet, es wäre etwas Ernstes mit dir und Lucy Wiltshire. Weißt du eigentlich, wie viele Interviewanfragen wir seit den Pressefotos mit euch beiden auf der Gala vor zwei Wochen hatten? Die Menschen lieben dein neues bodenständiges Image. Das ist genau das, was uns bisher gefehlt hat."

„Pech. Such etwas anderes, mit dem wir die Wähler beeindrucken können." Alex streckte die verspannten Muskeln in seinem Nacken. Seit sechs Uhr an diesem Donnerstagmorgen war er im Stress. Wenn er heute hier herauskam und noch ein bisschen Sport gemacht hatte, würde es schon zu spät zum Abendessen sein.

„So wie du dich im Moment verhältst, bringt uns das nichts – außer vielleicht den zweiten Platz." Dave lockerte den Schlips um seinen Hals. Diesen Mann konnte man einfach nicht davon überzeugen, sich auch einmal leger zu kleiden, nicht einmal am Wochenende. Alex wusste nicht, ob er das bewundern oder es ihm übel nehmen sollte. „Du bist eine der bekanntesten Persönlichkeiten im Bezirk. Du kannst den Menschen hier entweder etwas von dir preisgeben, oder sie erfinden eben ihre eigenen Geschichten über dich und dein Privatleben. Sie machen es sich passend. Und ehrlich gesagt, war dein Privatleben, vor allem dein *Liebes*leben, bisher unser größtes Problem."

„Ich würde immer noch gerne etwas über deinen vermissten Bruder bringen", sagte Lauren jetzt. „Ich glaube, wenn du dich endlich mit *Good Morning America* treffen und über deine Gefühle reden würdest –"

„Nein." Der Gedanke allein trieb ihm schon die Tränen in die Augen. Erst gestern hatte das Untersuchungsteam, das er privat engagiert hatte, von einer möglichen Sichtung seines Bruders berichtet. Doch er hatte Angst, sich zu viele Hoffnungen zu machen. „Dieses Thema steht nicht zur Diskussion." Es war nun ein Jahr her, seit sein Bruder verschwunden war. Seitdem war die Zeit viel zu langsam und gleichzeitig doch viel zu schnell vergangen. Er hatte mit dem Football aufgehört, als sein Bruder sechs Monate lang vermisst wurde. Neben dem ständig verletzten Knie hatte das Spiel völlig seinen Reiz verloren. Das schnelle Leben hatte ihn ausbrennen lassen und er war reif für eine Veränderung gewesen.

„Alles, was die Leute von dir sehen, ist deine berühmte Seite.“ David erhob sich und stützte sich mit den Händen auf Alex’ Schreibtisch. „Wenn du dein Playboy-Image loswerden willst, musst du Opfer bringen.“ Er zeigte auf das aufgeschlagene Magazin. „Und so seltsam es auch klingen mag, deine Verbandelung mit Ms Wiltshire scheint den Leuten zu gefallen. Es zeigt ihnen eine Seite an dir, die sie bisher noch nicht kannten.“

„Es gibt keine Verbandelung mit Lucy Wiltshire.“

„Wir sind deine Berater“, mischte sich Lauren nun wieder ein. „Wenn du zu uns nicht ehrlich sein kannst, zu wem dann?“

„Ich will Politiker werden“, sagte er mit einem schwachen Grinsen. „Ich muss nicht ehrlich sein.“

„Seit die ersten Fotos von euch beiden erschienen sind, hat *Entertainment Tonight* zweimal angerufen“, erklärte Lauren. „Sie wollen mit dir gute Einschaltquoten machen.“

„Es gibt keine Quoten. Es gibt keine Lucy. Es –“

„Wenn du diese Sache gewinnen willst, musst du langsam etwas tun.“

Als Lauren ihn nun wieder unterbrach, sah Alex sie an und beobachtete, wie sie sich eine ihrer langen dunklen Strähnen hinters Ohr strich. Diese Frau war einfach wunderschön. Beine, die kein Cheerleader der Welt abgelehnt hätte. Ein Verstand, der genauso profiliert war wie ihr Modellgesicht. Tief in seinem Inneren wusste er, dass sie es nicht ablehnen würde, wenn er sie zu einem romantischen Dinner nach Feierabend einladen würde.

Und doch war er nicht interessiert. Nicht im Geringsten. Wo war der alte Alex? Das vergangene Jahr war hart gewesen. Er hatte seinen Bruder verloren, seinen Sport und wahrscheinlich auch seinen Kampf um das Amt des Kongressabgeordneten. Der Playboy war müde. Und ausgewrungen wie ein verschwitztes Sporthandtuch. Es musste in seinem Leben doch mehr geben als alles, was er bisher kannte. Er würde herausfinden, was es war. Die Frauen, mit denen er sein Leben in den vergangenen Jahren geteilt hatte, waren nur auf eins aus gewesen – Ruhm. Alex war bereit, wieder in die Realität zurückzukehren. Zu Menschen, auf die er sich verlassen konnte und die nicht gleich zum nächsten Hochglanzmagazin rannten und Geheimnisse über ihn ausplauderten. Aber jetzt hatte er ein neues Ziel und das beinhaltete für lange Zeit weder eine Frau noch Kinder. Das schuldete er dem Leben seines Bruders.

„Du wirst deine Wähler an deinem wahren Leben teilhaben lassen müssen", unterbrach Lauren seine Gedanken. „Sie wollen mehr von dir sehen." Sie tippte wieder auf die Zeitschrift. „Das ist unser bester Ansatzpunkt gegen diese Schmutzkampagne, die neuerdings gegen dich läuft – ob sie nun Wahres sagt oder nicht. Wir müssen es schaffen, dass du in den Augen der Wähler endlich die guten amerikanischen Werte verkörperst. Familie. Stabilität."

David nickte. „Und wir brauchen dich an Bord."

„Lasst uns eine Sache klarstellen." Alex schob die Zeitschrift von sich weg. „Ihr beide arbeitet für mich. Ich bezahle euch für eure Beratung und eure Vorschläge – nicht für eure Forderungen. Habt ihr das verstanden?"

„Alex –" David räusperte sich und trat einen Schritt zurück – „ich glaube, du verstehst nicht, worum es für dich geht. Wenn du nicht endlich in Bewegung kommst, ist deine Kampagne vorbei. Du musst etwas tun, wenn du dein Ziel wirklich so unbedingt erreichen willst, wie du es immer sagst. Du musst kämpfen."

„Das Einzige, was dir in deiner Situation noch helfen kann, ist ein Wunder." Lauren schnappte sich ihre Handtasche. „Also kümmere dich um eins."

„... laut neusten Augenzeugenberichten. Sie behaupten, Informationen über NBC-Reporter Ben Hayes und den ebenfalls verschollenen Will Sinclair, Bruder des früheren Football-Stars Alex Sinclair, zu haben."

Lucy legte ihren Stift beiseite und richtete ihre Aufmerksamkeit auf den Fernseher. Die Eilmeldungen erfüllten lautstark ihr Wohnzimmer.

„Ein Einheimischer aus Durnama berichtete, dass er gesehen habe, wie ein Mann lebendig aus den Trümmern der Schule gerettet und in einen Van verbracht wurde. Diese Schule, gegründet von Will Sinclair, war Ziel eines Terrorangriffes gewesen, als Rebellen das Dorf stürmten. Und nun

stellt sich die Frage, ob wir es zusätzlich auch noch mit einer Geiselnahme zu tun haben. Zurück zu dir, Anderson.“

Die arme Familie Sinclair. Egal, welchen Groll Lucy ihnen gegenüber hegte, einen solchen Schmerz hätte sie niemandem gewünscht. Mit geschlossenen Augen betete sie für die beiden verschwundenen Männer. Für die Familien, die Kinder verloren hatten. Und sogar für Alex Sinclair.

Und für sich selbst.

Denn als sie nun die Augen wieder öffnete, strich sie den letzten möglichen Spender auf ihrer ohnehin viel zu kurzen Liste durch. Jetzt hatte Saving Grace nur noch ein paar Monate.

Lucy fuhr sich mit der Hand übers Gesicht und spürte ihre geschwollenen Augen. Den ganzen Tag über hatte sie es vermieden, in den Spiegel zu schauen, doch sie wusste, was sie dort erwarten würde. Ein aufgedunsenes Gesicht, als hätte sie die ganze Nacht Alkohol getrunken und wäre erst morgens ins Bett gewankt. Doch es war völlig anders gewesen. Sie hatte sich die ganze Nacht ruhelos hin und her gewälzt und vor Sorge kein Auge zugetan. Dann war sie schließlich vor Sonnenaufgang aufgestanden, hatte sich auf dem Teppich neben ihrem Bett auf die Knie fallen lassen und inständig gebetet.

Dort war sie dann eingeschlafen. Das Teppichmuster auf ihrer Wange bewies es.

Nun hatte sie ihre Bibel vor sich aufgeschlagen auf dem Tisch liegen und das Lesebändchen markierte eine Stelle im Römerbrief.

> *Wir wissen, dass Gott bei denen, die ihn lieben, alles zum Guten führt, bei denen, die nach seinem ewigen Plan berufen sind.*

Noch konnte Lucy nicht erkennen, wie Gott dieses Schlamassel zum Guten führen sollte.

Ein Klopfen an der Tür riss sie aus ihren Grübeleien. Mit einem Blick auf die Uhr an ihrer Mikrowelle musste sie lächeln. Matt war gekommen. Pünktlich wie immer.

Wenn es eine gute Sache in ihrer Woche zu vermelden gab, war es dieser Mann. Er war zwar an der Westküste unterwegs gewesen, doch seit der Gala hatte er sie jeden Tag angerufen. Und heute Abend würden sie endlich miteinander reden. Sie wusste, dass er auf ihre Entscheidung wartete, ob sie da weitermachen sollten, wo er die Sache beendet hatte. Doch irgendetwas in ihr hielt sie zurück. Bestimmt war es die Angst, wieder verletzt zu werden. Aber bis jetzt hatte es noch keine Anzeichen dafür gegeben, dass sie sich bei der neuen und verbesserten Version von Matt Sorgen machen musste.

Schnell fuhr sie sich noch einmal mit der Hand durch ihre Haare, um den Locken ein wenig mehr Sprungkraft zu verleihen. *Ich glaube, ich bin endlich bereit dafür, Gott. Endlich ein eigenes Zuhause.*

Lucy öffnete die Tür. Und lächelte.

„Blumenlieferung."

Da stand er vor ihr. Das Bouquet aus Rosen war so groß, dass sie kaum sein Gesicht sehen konnte. Aber sie kannte sowieso jeden seiner Gesichtszüge. Immerhin hatte sie vorgehabt, für den Rest ihres Lebens neben ihm aufzuwachen. Und jetzt stand er vor ihr und sie war nervös wie eine Sechzehnjährige an ihrem ersten Date.

„Sie sind wunderschön", sagte Lucy.

Matt streckte ihr den Strauß entgegen und küsste sie auf die Wange. „Genau wie du."

Lucy stellte die Blumen schnell in eine Vase in der Küche und ging dann zu Matt ins Wohnzimmer.

„Du siehst müde aus." Sein Gesicht war voller Mitgefühl, als er sich neben sie auf die Couch setzte.

Lucy knetete ihre Hände im Schoß. „Am Montag muss ich meinen Mädchen sagen, dass wir Ende September ausziehen müssen." Es war einfach nicht mehr genug Geld da. Und Spenden würde es auch keine mehr geben.

„Ach, Luce." Matt legte seine Hände über ihre. „Gib nicht auf."

„Ich muss aber realistisch sein." Obwohl sie um ein Wunder gebeten hatte, war kein Millionenlos in ihrem Briefkasten gewesen. „Ich habe die ganze Woche versucht, meinen Vermieter zu erreichen. Er hat nicht einmal den Mumm, mich zurückzurufen. Also suche ich jetzt nach alternativen Häusern für uns – vielleicht sogar eine vorübergehende Pflegefamilie für jedes der Mädchen." Erneut umzuziehen war wohl etwas, was keines der Mädchen gebrauchen konnte. Sie brauchten Stabilität und Sicherheit.

„Ich bin sicher, dass du eine Lösung findest." Matts ständige positive Einstellung ging ihr auf die Nerven, doch sie schob ihren Ärger beiseite, als er nun sanft ihre Hand streichelte. „Hast du noch einmal … über *uns* nachgedacht?"

Natürlich hatte sie das. Und wenn sie nicht langsam damit aufhörte, sich darüber und über all die anderen Dinge Gedanken zu machen, wäre sie spätestens im Frühjahr grau. „Ich weiß es einfach nicht, Matt." Sie durfte sich nicht wieder zu sehr in diese ganze Sache hineinsteigern. Obwohl sie sich am liebsten in Matts Arme geworfen hätte. „Du willst meine absolut ehrliche Meinung wissen?"

„Ich will, dass wir immer ehrlich zueinander sind."

Ein wenig Ehrlichkeit wäre auch vor zwei Jahren nicht schlecht gewesen, dann hätte sie Matts Entscheidung nicht vor den Kopf gestoßen und völlig aus der Bahn geworfen. „Meine Vermutung ist, dass der Job in Dallas doch nicht so toll war, wie du es erwartet hattest. Du bist ein Mensch, der die Routine liebt – das Bekannte. Also bist du nach Charleston zurückgekommen, sobald sich die Möglichkeit geboten hat. Und da du offensichtlich keine neue feste Freundin hast, hast du dir überlegt, dass es am einfachsten wäre, wenn wir beide einfach wieder da weitermachen, wo wir aufgehört haben." Lucy lehnte sich zurück und verschränkte ihre Arme. Sie wollte sichergehen, dass er wusste, dass sie sich ihm nicht sofort wieder in die Arme werfen würde.

Ein halbes Lächeln trat auf sein Gesicht, so schmerzhaft vertraut, dass Lucy sich wünschte, er würde sie wieder finster anstarren. „Du hast unrecht." Seine Stimme war rau wie Schmirgelpapier. „Ich habe es innerhalb eines halben Jahres zum Partner in unserer Firma gebracht. Hatte ein Haus in Highland Park. Ein Spesenkonto. Aber ich habe jeden Tag einfach nur vor mich hingelebt. Weil du nicht da warst. Und ich wusste, dass du nicht umziehen kannst. Lucy, ohne dich war das alles nichts."

Ihr Herz war eine Polarkappe. Und die schmolz gerade.

Seine Augen suchten die ihren. „Ich habe das alles für dich zurückgelassen. Ich bin deinetwegen hier. Mein ganzes Leben … bist du."

Schon immer.

Schon immer habe ich auf diese Worte gewartet.

Matts Finger strichen an ihrer Wange entlang. „Ich liebe dich, Lucy." Sie seufzte, als seine Lippen sanft die ihren berührten. „Und ich will, dass du meine Frau wirst."

7. Kapitel

Wenn Alex Sinclair etwas wirklich wollte, ließ er sich durch nichts davon abbringen. Und auch heute war keine Ausnahme.

Während er in die kleine Empfangshalle blickte, konnte er Musik hören, die den Flur hinunterdröhnte. „Ich möchte gerne zu Lucy Wiltshire", sagte er zu der jungen Frau, die ihm die Tür geöffnet hatte und ihn jetzt erschrocken anstarrte.

„Mhm", war ihre atemlose Antwort.

Er wartete geduldig, bis die von Ehrfurcht ergriffene Frau ihre Stimme wiedergefunden hatte. Er war doch trotz allem ein Bürger dieser Stadt. Wann würden die Menschen endlich aufhören, ihn wie einen Star zu behandeln und ihn als einen der Ihren annehmen?

„Haben Sie einen Termin?", fragte sie endlich.

„Ja." Es war keine komplette Lüge. Doch immerhin hatte Lucy ihm vorgeschlagen, sich das Heim und die Arbeit hier irgendwann mal anzuschauen.

„Okay." Die junge Frau ließ ihren Autoschlüssel fallen und bückte sich dann hektisch, um ihn wieder aufzuheben. „Okay, ähm, sie ist in der Bibliothek oder so … Also …" Wieder dieses ehrfürchtige Starren.

„Folge ich den Klängen von Etta James?"

Die Assistentin zuckte zusammen, nickte dann und stolperte über ihre Füße, als sie an ihm vorbei aus der Tür rannte.

Nach einem vergeblichen Spaziergang zu ihrer Wohnung, war Alex froh, Lucy endlich aufgespürt zu haben. Denn gestern Nacht hatte er zum ersten Mal seit einem Jahr sechs erholsame Stunden durchgeschlafen. Endlich fühlte sich irgendetwas in ihm richtig an. Alles, was er jetzt noch brauchte, war ihre Kooperation.

Alex folgte der Musik von Etta James und auch Lucys Stimme wurde immer lauter. Er fand sie schließlich in einem großen Esszimmer, wo sie laut sang, während sie einen riesigen Geschirrschrank abstaubte.

Für einen Moment hielt er inne und genoss die Szene vor sich. Lucy schwang den Staubwedel und bewegte sich zur Musik. Sie war völlig aus dem Takt und sang aus vollem Halse schief mit.

Von den Locken, die mit einem giftgrünen Band zusammengehalten wurden, bis hin zu der Bluse, die aussah, als hätte sie Lucys Mutter gehört, als die ihren Schulabschluss gemacht hatte, war Lucy das absolute Gegenteil von Glanz und Glamour. Sie war ungeschliffen. Eine geladene Waffe, die nur darauf wartete, Etikette und Konventionen den Garaus zu machen.

Und sie war seine Rettung.

Mit schief gelegtem Kopf betrachtete er sie weiter und erkannte, dass Lucy nicht die gertenschlanke Figur seiner bisherigen Dates hatte. Auch würde sie mit ihrem Gesicht niemals Parfumwerbung machen können. Und sie war nicht von dieser unnahbaren Aura umgeben, die die Damen in seiner Gesellschaftsschicht sonst wie einen Mantel mit sich zu tragen pflegten. Aber wenn er einmal ihre Feindseligkeit und ihr görenhaftes Verhalten außer Acht ließ, musste er zugeben, dass sie trotz allem ein Hingucker war.

Gewissheit machte sich in ihm breit, als Alex sein Ziel fixierte.

Und die Charmeoffensive startete.

„Was für eine wunderbare Interpretation."

Lucy sprang erschrocken herum und schrie auf.

Er fand den Lautstärkeregler und schaltete die Musik aus. „Du hast eindeutig deinen Beruf verfehlt."

Sie hatte die Hand aufs Herz gelegt und starrte ihn mit großen Augen an. „Was um alles in der Welt machst du hier?"

„Du siehst gut aus mit Staub auf der Nase." Wie eine verärgerte Elfe. Doch eine Furie starrte ihn an. „Ich wiederhole, was machst du hier?"

„Du hast mich eingeladen, schon vergessen?"

„Ja, zu einem offiziellen Besuch. Nicht, wenn alle ausgeflogen sind. Wer hat dich reingelassen?"

„Eine junge Frau. Nettes Mädchen, aber nicht sehr gesprächig." Alex lächelte. „Vielleicht hat sie aber auch nur versucht, so viel von deinem Konzert wie möglich mitzubekommen, bevor sie gegangen ist."

„Ich habe ein Telefon, das weißt du. Du hättest anrufen können – anstatt dich hier wie ein Widerling anzuschleichen und mich halb zu Tode zu erschrecken." Sie umkrampfte den Staubwedel in ihren Händen. „Wie ein musikkritischer Widerling."

„Ich war ja bei deiner Wohnung, aber Mr Jenkins hat gesagt, du würdest hier sein. Netter Kerl." Alex senkte seine Stimme und sah sich um. „Obwohl seine Frau ein bisschen nervig zu sein scheint."

Lucy hatte einen riesigen Staubfleck auf der Bluse, doch Alex entschied sich dazu, ganz Gentleman zu sein und es ihr nicht auf die Nase zu binden.

„Wenn du in der Politik so gut bist wie darin, Leute zu Tode zu erschrecken, wirst du es bis ins Weiße Haus schaffen."

Die Worte trafen ihn, doch er hatte sich genug unter Kontrolle, um sich nichts anmerken zu lassen. „Witzig, dass du die Politik erwähnst – und danke für deine Unterstützung. Ich mag Frauen, die Visionen haben."

„Und ich mag Männer, die verschwinden, wenn sie merken, dass ihre Anwesenheit nicht erwünscht ist."

„Du solltest wirklich die Türen abschließen." Er schüttelte den Kopf, als er die Stühle zählte, die um den Esstisch standen. Hier würde der halbe Kongress Platz finden. „Jeder könnte hier reinkommen."

„Ganz offensichtlich." Sie starrte ihn immer noch eisig an. „Die Stadt wimmelt nur so von Verrückten."

„Wo wir gerade davon reden, wenn man den Zeitungen Glauben schenken darf, haben wir beide ein Date nach dem anderen." Er lächelte versöhnlich. „Ich finde es schade, dass du mir nicht öfter mal Abendessen kochst, aber ansonsten warst du bisher eine vorbildliche Freundin."

Wenn sie ein Tiger wäre, würde sie jetzt knurren und ihre Krallen zeigen. „Also, wenn du keine positiven Neuigkeiten über Sinclairs Spende hast, haben wir nichts mehr zu besprechen."

„Oh, das sehe ich aber anders." Er trat einen Schritt auf sie zu. „Ich habe dir ein Angebot zu machen." Er sprach weiter, als sie ihren Mund schon zum Protest geöffnet hatte. „Hör mich an, bevor du dich entscheidest."

„Dann mach schnell. Ich bin zum Mittagessen verabredet."

„Sag es ab."

„Verschwinde."

„Ich habe gesagt, sag es ab."

Lucy blinzelte. „Warum?"

Dieser Blick in ihren Augen. Diese Unsicherheit. Sie war jetzt viel weniger furchteinflößend als noch vor ein paar Augenblicken. „Es wird sich lohnen."

„Ich kann mir vorstellen, dass dir nach dem Artikel im *People Maga-*

zine alle Frauen hier zu Füßen liegen, aber ich bin nicht interessiert." Sie verzog ihre Lippen, als würde sie nachdenken. „Ich habe eine Cousine vierten Grades in Savannah, die bestimmt nichts gegen ein Date mit dir hätte." Sie wandte sich wieder dem Schrank hinter sich zu. „Sie ist fünfundachtzig."

Alex atmete tief ein. Musste denn alles in seinem Leben so unglaublich schwer sein? „Normalerweise bekomme ich eine andere Reaktion, wenn ich eine Frau zum Essen einlade. Tränen der Dankbarkeit etwa."

„Bevor oder nachdem du ihr einen von dir signierten Football schenkst?"

Ganz offensichtlich war Lucy keine Frau, die man mit schönen Worten beeindrucken konnte, also würde er jetzt doch gleich zur Sache kommen. „Ich will mit dir über eine Spende für das Heim hier reden. Also … sag endlich deine Verabredung ab."

Sie hob eine Augenbraue. „Also will Sinclairs uns jetzt *doch* helfen?"

„Nein."

„Aber du hast doch gerade gesagt –"

„Sinclairs wird euch dieses Jahr nicht mehr helfen. Aber *ich* werde es." Für diesen Gesichtsausdruck hatte sich der ganze Stress schon gelohnt. Vielleicht würde es ja ganz amüsant werden. Ein Schub für seine Karriere *und* ein Heilmittel gegen die ständige Langeweile, die ihn in den letzten Monaten erfasst hatte. „Ich will aber nicht auf leeren Magen über Geschäftliches reden. Außerdem brauche ich dringend einen Kuchen."

„Ich glaube nicht, dass ich –"

„Es geht um eine Menge Geld."

Sie sah ihn vorsichtig an. „Und was erwartest du im Gegenzug?"

„Ach, alles, was du tun musst, ist" – jetzt konnte er sich ein breites Grinsen nicht mehr verkneifen – „mich zu heiraten."

„Ich soll *was*?"

„Beruhig dich, ja?" Alex lächelte und nickte einem Paar zu, das zwei Tische entfernt von ihnen saß. Wie in Trance war Lucy mit Alex hierher zu Jestines gekommen, einem bekannten Restaurant für Hausmannskost und einer der letzten Orte, von denen Lucy erwartet hätte, dass Alex ihn kennen würde.

Alex ließ seinen Blick durch das Restaurant schweifen. „Hier gibt es überall Zuhörer. *Wählende* Zuhörer."

„Absolut wahnsinnig!" Lucy stocherte in einem Stück gebratenem Hühnchen auf ihrem Teller herum. Oh, dieser schreckliche Mann. Sie wusste, dass er arrogant, herablassend und egoistisch war. Aber verrückt? Das hatte sie nicht kommen sehen. „Ich weiß, dass du in den letzten Jahren ziemlich viele Schläge auf den Kopf einstecken musstest, aber ich werde dich nicht nur für einen Scheck heiraten. Ich bin doch keine –" Sie konnte den Gedanken kaum aussprechen. „Keine Katalogbraut. Keine … Prostituierte."

„Ganz ruhig. Im Gegensatz zu dem, was der Artikel in der *OK!* behauptet hat, habe ich mit solchen Frauen nichts am Hut." Alex deutete mit seiner Gabel in ihre Richtung. „Es ist nur ein Geschäft. Ganz einfach."

Sie lehnte sich über den Tisch in seine Richtung. „Von wegen ganz einfach. Dich für Geld heiraten? Dafür bin ich mir zu gut, ganz ehrlich." Sie konnte das Essen hier beim besten Willen nicht genießen, obwohl es ihre Geschmacksnerven sonst zum Schwärmen brachte.

„Hör mich an. In den Umfragen diese Woche bin ich in der Wählergunst so stark gestiegen wie noch nie. Und weißt du warum?"

„Weil du ihnen Gratiskulis geschenkt hast?"

„Wegen diesen Fotos von der Gala. Sie sind überall."

„Wir beide wissen doch, dass sie nichts zu bedeuten haben."

„Aber so sieht es nicht aus. Die Amerikaner lieben den Schein." Er schnitt grinsend ein Stück von seinem Steak ab. „Ich bin das Nummer eins Suchthema in Google."

Lucy verdrehte die Augen. „Der Typ, der den Pulitzer-Preis gewonnen hat, ist bestimmt total eifersüchtig."

„Du bist Nummer drei."

Lucy hielt mit dem Glas an den Lippen inne. „Drei?"

„Ja."

„Wer ist Nummer zwei?" Jetzt nahm sie einen kleinen Schluck und stellte dann ihr Glas wieder ab. „Vergiss es. Ich interessiere mich nicht für sowas. Nur, weil der *Enquirer* denkt, wir wären interessant, müssen wir noch lange nicht heiraten." Lucy senkte ihre Stimme und beugte sich verschwörerisch zu ihm. „Lass es mich so sagen – ich finde was Besseres als dich."

Während er sie nicht aus den Augen ließ, kaute er seelenruhig auf seinem Essen herum. Wie konnte er nur so kalt und berechnend sein?

„Ich will ja keine echte Frau."

„Du willst eine künstliche?" Er war völlig durchgeknallt. In der Politik würde er es weit bringen.

„Ja." Er sah aus dem Fenster, wo schon Leute anstanden, um den nächsten freien Platz im Restaurant zu ergattern. „Und nein."

„Ich wette, in deinen Wahlkampftreffen bist du ein absolutes Genie."

„Jetzt lass mich dir meinen Plan doch erst mal erklären." Alex sah über beide Schultern, bevor er flüsternd fortfuhr. „Du tust einfach so, als wärst du meine Freundin. Wir gehen zusammen aus, du lächelst mich ab und zu an und versuchst, dein Gift nicht auf mein Golfhemd tropfen zu lassen. Wenn wir uns eine Weile getroffen haben, mache ich dir einen Heiratsantrag. In der Öffentlichkeit. Es werden Kameras da sein. Die ganze Welt wird uns sehen. Und für den Rest der Kampagne tust du so, als wärst du meine Verlobte. Zwei Monate nach der Wahl trennen wir uns und jeder geht wieder seiner eigenen Wege. Ich mit einem politischen Amt, du mit einem dicken Scheck in der Tasche."

Lucy schob ihre Kartoffeln auf dem Teller hin und her. Das ergab alles keinen Sinn. Sie sah, wie Alex' Lippen sich bewegten. Doch ihre Gedanken weigerten sich, die Worte aufzunehmen und zu begreifen. „Alex, das … ist einfach das Bescheuertste, was ich jemals gehört habe. Ich meine, das kann doch nicht dein Ernst sein." Sie hatte um ein Wunder gebeten, aber sie hatte bestimmt nicht damit gerechnet, dass es ihr von dem Präsidenten des Clubs *Sünde und Verderbtheit* auf dem Silbertablett serviert werden würde.

„Auf dem Football-Feld war ich einer der Besten. Und ich weiß, dass ich es auch im Kongress sein kann. Ich brauche nur die Chance, es zu beweisen. Mein Gegner hat eine absolute Schmierenkampagne gegen mich gestartet und mein Image hat darunter stark gelitten."

„Diese bösen, bösen Cheerleader. Wie konnten sie nur Zugeständnisse von dir erwarten." Sie presste sich ihre Serviette auf die Lippen. „Alle zwölf."

„Jetzt hör mal, du musst damit aufhören, solche stichelnden Kommentare zu machen, wenn wir verlobt sind." Er schüttelte tadelnd den

Kopf. „Meine zukünftige Frau muss mich unterstützen. Sie darf nicht alles glauben, was sie liest. Und sie muss mir vor allem von Zeit zu Zeit Plätzchen backen."

„Deine zukünftige Frau muss am Gehirn operiert worden sein, sonst würde sie dich nie heiraten."

„Fünf Monate. Das ist alles." Alex ließ einen Arm über die Lehne seines Stuhles hängen, während er sich vollkommen entspannt zurücklehnte. Als würde er über das Wetter reden. Und nicht über eine unehrliche und betrügerische Farce. „Versteh es einfach als längerfristigen Schauspielauftrag."

Die moralischen Folgen gingen ihr durch den Kopf. Sie würde eine Lüge leben. Es würde das politische System ad absurdum führen. Die Ehe. Ihr eigenes Leben. „Ich kann es nicht. Ich kann sowas einfach nicht machen." Und da war auch noch Matt. Er war gerade erst wieder in ihr Leben getreten.

„Aber es reizt dich schon."

„Nein, kein bisschen." Die Lügen. Sie würde nicht mit ihnen leben können. Auch wenn sie verzweifelt versuchte, Saving Grace zu retten. Die Mädchen durften ihr Zuhause nicht verlieren. Für sie war es so viel mehr als nur ein Platz zum Schlafen. Aber was Alex vorschlug … Es war wie ein Angebot in einem schlechten Spielfilm.

Alex zog seinen Stuhl näher an sie heran. Seine Hand strich über ihre. „Lucy, ich habe heute mit Roger vom Stadtrat geredet. Euer Haus ist verkauft."

Der Boden unter ihr schien zu schwanken. „Aber Mr Greene – er hat doch gesagt, dass er uns den Rest der Miete erlassen würde. Er hat es versprochen."

„Ein Versprechen. Bist du wirklich so leichtgläubig? Eure Abmachung wird bei einem Verkauf null und nichtig – mit oder ohne Versprechen. Du weißt, dass die Stadt euch die Miete nicht erlassen wird. Sie brauchen das Grundstück."

Das war alles so unfair. Warum fiel alles auseinander? „Wir finden ein anderes Haus."

„Aber die Zeit wird knapp. Du hast mir gesagt, ihr hättet nur noch zwei Monate. Ich biete dir die perfekte Lösung." Seine braunen Augen suchten ihr Gesicht ab, bis er ihr schließlich wieder in die Augen sah. „Nimm es an."

„Dir geht es nur darum zu gewinnen, oder? Bist du wirklich so verquer? Das politische Rennen – und diese alberne Hochzeit – sind doch nur ein weiteres Spiel für dich."

Alex biss die Zähne zusammen. „Ich will gewinnen, das gebe ich zu. Aber hier geht es um viel mehr als einen Sieg."

Lucy schüttelte den Kopf. Sie kaufte es ihm nicht eine Sekunde lang ab. „Du kannst es einfach nicht ertragen zu verlieren. Jeder weiß das."

Alex fuhr sich mit den Fingern durchs Haar. „Lucy, ich …" Er schloss seinen Mund wieder und trommelte mit den Fingern auf den Tisch, als würde er eine Entscheidung abwägen. „Ich will aus persönlichen Gründen gewinnen, okay? Können wir es einfach dabei belassen?"

„Ach was. Vergiss es."

Er stieß ein Grollen aus, das sicher den einen oder anderen Gegner eingeschüchtert hätte, doch sie würde nicht nachgeben.

„Also gut", sagte er nach einem Augenblick. „Ich … ich will etwas bewirken."

Lucy stieß ein Lachen aus. „Oh, das ist wirklich gut." Als ob Leute wie er sich um andere kümmern würden. „Das hat sich jetzt fast glaubhaft angehört. Für einen Moment hattest du mich fast." Kalte Augen starrten sie an. Und … wurde er etwa rot? Alex Sinclair? „Oh. Du meintest das ernst."

„Natürlich meinte ich es ernst."

Sie wusste nicht, wie sie darauf reagieren sollte. Also starrte sie ihn nur an. Und zuckte mit den Schultern. „Aber … deine Taktik."

„Egal, was die Nachrichten auch behaupten mögen, die Wahrscheinlichkeit, dass mein Bruder tot ist, ist sehr hoch", sagte er einfach. „Will war der Gute von uns beiden. Er hat für alles, was er erreicht hat, hart gearbeitet und ein beeindruckendes Vermächtnis hinterlassen." Alex starrte auf seine Hände, während er sprach. „Wir hätten nicht verschiedener sein können. Er hat sein Leben damit verbracht, anderen zu helfen – etwas zu bewirken. Er hat die Welt gerettet – ich habe Sport gemacht. In ein paar Monaten wollte er wieder nach Hause kommen. Er wollte nur noch diese eine Schule aufbauen."

Lucy wusste, dass Will sich schon immer aus dem Familiengeschäft rausgehalten hatte, deshalb hatte sie ihn seit Jahren nicht mehr gesehen. Aber sie konnte sich daran erinnern, dass er ein gutes Herz gehabt hatte. Sanftmütig. Bedacht. Das absolute Gegenteil zu seinem aufbrausenden Bruder. Er hatte seinen Weg vom Lokalreporter zum CNN-Korrespondenten und Philanthropen gemacht.

Sie fuhr sich mit der Zunge über die Lippen und nahm die Unterhaltung vorsichtig wieder auf. „Also willst du für deinen Bruder etwas bewirken?“ Alex sagte nichts. „Du willst die Lücke füllen, die er hinterlassen hat?“

„So in der Art, ja.“

„Aber du bist nicht Will.“

Seine Augen wurden hart. „Meinst du, dass ich das nicht selber weiß?“

„Warum ich? Von all den Frauen, die du kennst, wählst du ausgerechnet mich? Brauchst du nicht eine Verlobte, die Glamour ausstrahlt? Die in deine Welt passt?“ Sie konnte nicht glauben, in welche Richtung sich diese Unterhaltung entwickelte. Sie half diesem Kerl, eine Scheinehefrau zu finden. „Jemand Flottes. Der gut posieren und sich vor den Kameras bewegen kann.“

Alex straffte sich, als eine Kellnerin an ihrem Tisch stehen blieb, um die leeren Teller abzuräumen. „Die Zahlen sprechen für sich“, antwortete er, als sie wieder alleine waren. „Die Menschen reagieren auf dich. Sie mögen dich.“

„Ähm, ich bin sicher, dass du es bist, den sie mögen. Du bist der Prominente.“ Sie hustete leise. „Und sie wissen, wie du in Unterhosen aussiehst.“

„Du bringst die Eigenschaften mit, die mir fehlen.“

„Wie ein voll funktionstüchtiges Gehirn?“

„Ein großes Herz, einen bodenständigen Charme, Familienwerte. Du widmest dein Leben jungen Frauen, die ohne dich unter die Räder kommen würden. Du bist nicht reich – damit können die Menschen sich identifizieren.“

„Du meinst, ich bin arm.“

„Du setzt in deinem Leben andere Prioritäten. Alles, was du erreicht hast, hast du aus eigener Kraft erreicht.“

„Genau wie du.“

„Wenn du mit einem Silberlöffel im Mund geboren wurdest, wird niemand sagen, dass du für deinen Erfolg ganz alleine verantwortlich bist.“

„Da hab ich ja Glück, dass meine Mutter arm war“, stichelte sie.

„Sieh es einfach als Job. Einen sehr sehr gut bezahlten Job."

So, wie er sie jetzt gerade anschaute, konnte Lucy verstehen, dass sämtliche Cheerleader sich in ihn verliebt hatten. Dieses Gesicht konnte eine Frau davon überzeugen, ihre moralischen Überzeugungen über Bord zu werfen. Und erst diese Stimme. Mit seinem warmen, tiefen Timbre konnte er die Welt erobern.

„Du weißt, dass ich das nicht machen kann. Es … gibt da jemanden in meinem Leben."

„Dieses steife Hemd von der Gala?"

Sie beäugte ihr Buttermesser und hätte es in diesem Moment am liebsten nicht in die Margarine gestochen. „Matt ist ein besserer Mann, als du es je sein wirst."

Alex lehnte sich zurück und lachte ein lautes und tiefes Lachen, das sie unter anderen Umständen zum Schmunzeln gebracht hätte. „Du weißt ganz eindeutig nicht, was ein guter Mann ist. Aber zum Glück für dich kann ich es dir –"

„Kein Deal, Sinclair."

Alex' Gesichtsausdruck änderte sich von einem Moment auf den anderen. „Lucy … hast du in deinem Leben jemals etwas Unbesonnenes gemacht?" Er beugte sich so nah zu ihr, dass sie seinen Atem auf ihrer Wange spüren konnte. Er roch nach Shampoo und Gewürzen. „Wenn mein Bruder tot sein sollte, hat er immerhin alles gegeben. Bist du es nicht leid, nur in Sicherheit zu leben? Willst du nicht mal etwas riskieren?"

Ja, wenn sie ehrlich war, wollte sie das. Aber das bedeutete nicht, dass sie mit den Haien schwimmen wollte.

„Ich rette dein Haus und du deine Mädchen. Und ich bekomme so mein Ticket nach Washington, wo ich wirklich etwas bewirken kann. Etwas sagt mir, dass du nicht verlieren willst. Alles, was du dafür tun musst, ist, ein paar Dates mit mir zu überstehen und so zu tun, als würdest du mich mögen."

„Aber du weißt schon, dass ich dich *nicht* mag, ja? Da sind wir uns doch einig."

„Mein Stolz ist schwer angeschlagen, aber ich kann damit leben." Seine Augen funkelten im Kerzenlicht. „Was sagst du also?"

„Ich –" Lucys Handy vibrierte in ihrer Handtasche. „Ich, ähm, gehe besser ran." Dankbar für die Unterbrechung sah sie auf das Display.

„Hallo? Ja, bin ich." Angst kroch in ihre Glieder, während sie der aufgelösten Stimme am anderen Ende der Leitung lauschte. „Okay, keine Angst, ich bin so schnell wie möglich bei dir." Sie klappte ihr Handy zu. „Ich muss gehen."

Er legte seine Stirn in Falten. „Was ist los?"

„Ein neues Mädchen, das heute in Saving Grace war. Sie wurde festgenommen."

Alex erhob sich schnell. „Ich fahre dich."

„Nein." Sie bedeutete ihm mit der Hand, stehen zu bleiben. „Danke."

Bevor sie verschwinden konnte, trat er ihr in den Weg. „Denk über das nach, was ich dir angeboten habe. Deine Mädchen brauchen dich."

Sie schüttelte den Kopf. „Nicht zu diesem Preis."

„Warte." Er zog einen gefalteten Scheck aus der Tasche und legte ihn ihr in die Hand.

„Was ist das?"

Seine warme Hand bedeckte die ihre und seine Augen fesselten sie. „Das, meine Liebe, ist deine Zukunft."

Wieder vibrierte ihr Handy. „Ich muss jetzt wirklich weg."

„Aber fahr vorsichtig." Er wandte sich wieder in Richtung des Tisches. „Wir müssen immerhin eine Hochzeit planen."

8. Kapitel

Es war unmöglich. Unglaublich.

Alex Sinclair musste seinen Verstand verloren haben. Ein Leben im Jetset und zu viele Schläge auf den Kopf hatten ihn jeglichen logischen Denkens beraubt. Ein Scheck über zwei Millionen Dollar? Für sie war es eine unfassbare Menge Geld, aber für ihn schien es nichts zu bedeuten. Sie konnte es nicht erwarten, Morgan davon zu erzählen. Lucy, die in ihrem Leben nie mehr als tausend Dollar auf dem Konto gehabt hatte, verlobt mit Alex Sinclair, dem Football-Playboy der Nation.

Lucy betrat die Polizeiwache. Da sie noch nie hier gewesen war, sah sie sich einfach suchend um, bis jemand sie bemerkte.

„Kann ich Ihnen helfen?"

Ein Mann in Handschellen stürmte von zwei Polizisten gehalten durch die Eingangstür und schrie laut vor sich hin. Die uniformierte Frau vor Lucy blinzelte nicht einmal.

„Keine Sorge. Das ist Abe McGillis." Sie verdrehte die Augen. „Er betrinkt sich jeden Tag, steht vor der Börse herum und predigt die Gefahr von Tattoos, dem Internet und rothaarigen Frauen."

Lucy wandte ihre Augen von dem rasenden Abe ab. „Also, ich habe einen Anruf von Marinell Hernandez erhalten."

„Sind Sie ihr Vormund? Sie meinte nämlich, dass sie keinen hätte."

„Hat sie auch nicht. Achtzehn. Auf sich selbst gestellt." Lucy kämpfte darum, ihre Aufmerksamkeit ganz auf diese Situation zu lenken. „Wo ist sie?"

„Kommen Sie mit nach hinten."

Die Frau führte Lucy in ein Büro, das ein paar Fenster mehr vertragen hätte. Nur mit einer einzelnen kleinen Lampe beleuchtet, war es ein schrecklicher Ort, um eine Jugendliche zu verhören.

„Ich bin Detectiv Benningfield." Ein großer Mann mit grauen Schläfen schüttelte Lucys Hand. Neben seinem Schreibtisch saß Marinell, die sich an einem Trinkpäckchen festklammerte.

„Ich habe nichts falsch gemacht."

„Wir haben sie nur hierhergebracht, um uns mit ihr unterhalten zu können“, sagte Benningfield. „Und um ihr etwas zu essen zu geben. Ich glaube nicht, dass sie in den letzten Tagen etwas zu sich genommen hat. Sind Sie eine Angehörige?“

Marinell warf der hellhäutigen Lucy einen Blick zu. „Klar, wir sind Zwillinge.“

„Ich komme von Saving Grace.“ *Herr, bitte lass es eine einfache Sache sein heute. Denn ich habe keine Ahnung, wie ich dem Mädchen beibringen soll, dass sie auch in Zukunft kein Zuhause haben wird.* „Und ich bin mit ihr befreundet.“

„Meine Männer waren vor einer Stunde auf Patrouille. Sie waren bei ein paar verlassenen Häusern unterwegs.“ Der Detectiv reichte Marinell eine Serviette von seinem Schreibtisch. „Sie haben Schreie gehört und sind dem nachgegangen. Scheint so, als hätte ihre Freundin sich in einem Haus eine Bleibe gesucht, in dem auch schon ein paar Drogenabhängige untergekommen sind.“ Er betrachtete Marinell über den Rand seiner Brille hinweg. „Es sei denn, sie arbeitet für die.“

„Ich hab Ihnen doch gesagt, dass ich mit Drogen nichts am Hut habe. Und diese Typen hatte ich vorher auch noch nie gesehen.“

Der Mann tippte mit einem Bleistift auf seinen Schreibtisch, während er fortfuhr. „Unsere Drogenfreunde versuchten gerade, das Mädchen unsanft aus ihrem Haus zu entfernen, als meine Männer eintrafen. Es hätte schlimm enden können.“

„Was hast du überhaupt da gemacht?“, wollte Lucy wissen.

„Ich interessiere mich für Architektur.“ Marinell sah auf die Spitzen ihrer abgewetzten Schuhe. „Es sah von außen ganz gemütlich aus, also wollte ich es einfach mal ausprobieren.“

„Es ist ein verlassenes, heruntergekommenes Gebäude, in dem sich nicht einmal die Ratten wohlfühlen“, widersprach Benningfield. „Sie hatte einen Schlafsack bei sich. Ein paar Klamotten. Einen Rucksack.“

„Und den will ich auch wiederhaben. Wenn ich meine Schulbücher verliere, bin ich geliefert.“

„Wenn du in Drogenhäusern herumhängst, sind deine Schulbücher bald dein geringstes Problem.“ Der Detectiv nahm einen Schluck Kaffee aus seiner Tasse und schaffte es dabei, seine Gefangene nicht aus den Augen zu lassen.

„Warum warst du eigentlich nicht in der Schule?“, fragte Lucy.

Marinell zuckte nur mit den Schultern.

Lucy war schockiert gewesen, als Morgan ihr erzählt hatte, dass Marinell bis zu ihrem Wintersemester zu den besten Schülern gehört hatte. Viele Mädchen, die nach Saving Grace kamen, hatten mit Schule nichts am Hut. Wie sollte man sich auch auf die Hausaufgaben konzentrieren, wenn man nicht einmal wusste, wo man in der Nacht schlafen sollte oder ob man überhaupt etwas zu essen finden würde?

„Marinell sagt, sie würde mit Ihnen nach Hause gehen?"

„Sie haben gesagt, ich kann mich jederzeit an Sie wenden, wenn ich Hilfe brauche", sagte Marinell schnell. „Ich meine, ich hatte eigentlich vor, im Hilton zu übernachten, aber irgendwo scheine ich meine American Express verloren zu haben."

„Natürlich kannst du mit mir ins Saving Grace kommen", stimmte Lucy zu. *Du kannst da nur nicht leben.* „Ich dachte, du bleibst bei ein paar Freunden?"

Mit gesenktem Kopf antwortete das Mädchen leise: „Vielleicht habe ich ein bisschen übertrieben."

„Sie kann jederzeit gehen. Wir haben keinen Grund, sie hier zu behalten." Der Detectiv erhob sich und sammelte einige Akten zusammen. Dann sah er Marinell fest an. „Aber wir wollen dich hier auch nie wiedersehen, verstanden? Marinell, heute Nachmittag hattest du Glück. Diese Kerle hätten dir ernsthaft gefährlich werden können." Er nickte knapp und ließ sie dann alleine.

Die Deckenlichter summten und flackerten. Es war ein schrecklicher Ort und Lucy wollte ihn endlich wieder verlassen.

Gott, wie kannst du mich nur in eine solche Lage bringen? Ich kann sie doch nicht mitnehmen, nur um sie dann in ein paar Wochen wieder auf die Straße zu setzen.

„Marinell, du solltest wissen, dass Saving Grace ein akutes finanzielles Problem hat. Wir wissen nicht, wie lange wir noch –"

„Also, ich mach Ihnen keinen Stress. Sie haben mir gesagt, ich könnte bleiben. Wenn Sie keinen Platz mehr für mich haben, sagen Sie es einfach."

Hinter der Angst konnte Lucy in diesen braunen Augen Stärke erkennen, eine Stärke, die sie selbst in diesem Alter nicht gehabt hatte. Morgen war ein neuer Tag. Dieses Mädchen brauchte ihre Hilfe jetzt sofort. „Es gibt einen Platz für dich, Marinell. Wir wollen dich bei uns haben."

„Also gut. Dann komme ich wohl mit." Sie streckte Lucy ihr leeres Getränk entgegen. „Aber können wir irgendwo anhalten und noch mehr hiervon kaufen?"

Dreißig Minuten später stand Marinell in ihrem neuen Zimmer. „Das gehört alles mir?"

„Ja." Vorerst. Im September müsste Lucy wahrscheinlich dreizehn Mädchen in ihrer Wohnung unterbringen.

In die Stille des Raumes hinein drang das unmissverständliche Knurren eines hungrigen Magens.

„Wann hast du zum letzten Mal was gegessen?" Lucy warf einen Blick auf ihre Uhr. Es war kurz nach drei.

„Gestern Abend, denke ich." Marinell setzte sich auf das Bett und grinste. „Ich hatte einen dieser neunundsechzig Cent Burritos von Taco Hut. War nicht lecker, aber mehr konnte ich mir nicht leisten."

„Dann lass uns in der Küche nachsehen, was wir finden. Wir könnten ein Sandwich machen. Vielleicht haben wir auch noch ein paar Kekse." Lucy ging auf die Tür zu.

„Miss Lucy?"

„Ja?"

„Wenn es in Ordnung wäre, würde ich mich einfach gerne ins Bett legen."

„Haben dich diese Männer verletzt?"

Sie schüttelte den Kopf, sodass ihre Ohrringe mitschwangen. „Nein. Ich habe nur noch nie etwas anderes als eine alte Couch zum Schlafen gehabt. Ist es in Ordnung für Sie, wenn ich hier ein bisschen abhänge?"

„Nimm dir Zeit." Obwohl sie sich alles andere als zuversichtlich fühlte, brachte sie ein Lächeln zustande und ließ Marinell alleine.

Lucy presste sich das Telefon ans Ohr, während sie mit einer Hand versuchte, den Papierstau im Drucker zu beseitigen. „Ich glaube, ich habe mich verhört. Sagen Sie das nochmal." Das dumme Papier wollte sich nicht lösen.

„Sie haben vierundzwanzig Stunden, um das Haus zu räumen, Lucy. Es tut mir leid."

„Mr Greene, wir hatten eine Abmachung." Gleich würde sie in Panik ausbrechen. „Sie sagten, ich könnte meine Option, das Gebäude nicht nur zu mieten, sondern es zu kaufen, jederzeit einlösen."

„Wollen Sie mir etwa sagen, dass Sie genug Geld haben, um das Haus zu kaufen?"

Sie dachte an den Scheck in ihrer Tasche. „Nein, aber wenn Sie mir noch sechs Monate geben –"

„Das reicht nicht. Normalerweise führe ich meine Geschäfte nicht so, aber die Stadt hat mir ein knallhartes Angebot gemacht. Sie wollen das Grundstück und zwar sofort."

„Und sie können es auch haben. Wenn unser Vertrag ausläuft, was erst im September ist."

„Sie haben mir einen riesigen Bonus angeboten, wenn ich diese Woche verkaufe. Ich habe zwei Kinder, die aufs College gehen."

„Und ich habe dreizehn Mädchen, die dann obdachlos sind. Wir hatten einen Vertrag. Ein rechtskräftiges Dokument. Soll ich wirklich meinen Anwalt einschalten? Das können Sie doch nicht wollen."

„Da haben Sie recht. Aber Sie könnten es sich nicht leisten, die ganze Sache in die Länge zu ziehen. Dazu fehlen Ihnen die finanziellen Mittel. Und die Stadt wird in dieser Sache sicher nicht fair kämpfen, das können Sie mir glauben. Sie können nicht gewinnen."

„Treffen Sie sich mit mir in der Mitte. Wir können über alles reden."

„Das kann ich nicht machen. Es tut mir leid."

Ihre Kehle war wie zugeschnürt. „Wir können nirgendwo hin. Und erst recht können wir es nicht bis morgen schaffen, das ganze Haus leer zu räumen. Bitte, Mr Greene, die Mädchen verlassen sich darauf, dass ich mich um sie kümmere."

Die Leitung war tot. Mr Greene war fertig mit ihr. Mit Saving Grace. Ihre Arbeit. Ihr Traum. Innerhalb weniger Tage würde alles zu Staub werden.

Wie sollte sie all diese Möbel hier herausschaffen? Wo sollte sie sie lassen? Wie sollte sie es den Mädchen beibringen?

Betäubt. Erschöpft. Geschlagen.

Immer noch hielt Lucy das Telefon in der Hand. Langsam ging sie in die Mitte des Raumes und ließ sich auf den Boden sinken. Dorthin, wo die Knie der Schwestern ihre Spuren hinterlassen hatten. Frauen, die mehr Vertrauen in Gott gehabt haben mussten als sie. Frauen, die in so einer Situation sicher nicht verzweifelt wären. Die wüssten, was zu tun wäre.

Lucy kniete sich hin, wie schon die Frauen vor ihr es getan haben mussten und berührte mit der Stirn den Boden.

Doch sie fand keine Worte.

Sekunden vergingen. Minuten.

Mit zitternden Fingern tippte sie schließlich eine Nummer ins Telefon. Matt liebte sie. Das war alles, was im Moment noch zählte.

Zumindest hätte sie gedacht, dass es noch zählte.

Lucy bemühte sich nicht, vom Boden aufzustehen, während das Telefon am anderen Ende der Leitung läutete.

Es klickte und eine tiefe Stimme erklang. „Alex Sinclair."

Sie schloss die Augen.

„Hallo?"

„Ich bin es." Sie räusperte sich. „Lucy."

„Hallo, Lucy." Seine Stimme klang vorsichtig. Stille folgte. „Willst du mir irgendwas sagen?"

„Alex?"

„Ja?"

„Ich mache es."

9. Kapitel

Während sich am Charlestoner Himmel die Abenddämmerung abzeichnete, saß Lucy auf ihrer Couch und trommelte zum Rhythmus eines Harry-Connick-Junior-Songs auf ihre Knie.

Wo hatte sie sich da nur hineinmanövriert? Sie war dem Untergang geweiht. Heute Nachmittag hatte sie auf der kleinen gepunkteten Linie unterschrieben, die ihre Prinzipien verkaufte und sie auf den Weg des Unheils und der Zerstörung führte.

Von ihrer Wohnungstür her erklang ein selbstbewusstes Klopfen.

Die Stunde der Abrechnung war gekommen.

Sie konnte diese Tür nicht aufmachen. Es zu tun, würde eine Welt des Schmerzes öffnen, eine Büchse der Pandora, einen Tsunami des moralischen Verfalls.

Aber welche Wahl hatte sie? Sie hatte *jetzt* eine Lösung für ihre Probleme gebraucht und nicht erst in einem Monat.

Alex Sinclair klopfte noch einmal. Lauter. Auf der anderen Seite der Tür stand ein Mann, der es nicht gewöhnt war, dass man ihn warten ließ. Der seinen Willen bekam.

Lucy blieb sitzen, ihr Körper fühlte sich seltsam taub an.

„Ich weiß, dass du da bist", rief er. „Mach die Tür auf. Es ist heiß und ich mag es nicht zu schwitzen."

Mit einem geflüsterten Gebet auf den Lippen erhob sie sich, wischte ihre klammen Hände an der Jeans ab und machte sich langsam auf den Weg zur Tür. Ihre zitternden Finger fanden den Türknauf.

Und da stand er, umstrahlt vom Glühen der untergehenden Sonne in seinem Rücken. Lässig lehnte er an der Wand, als käme er nur zum Fernsehschauen vorbei und nicht, um eine Scheinverlobung zu besprechen. „Du wolltest nicht aufmachen."

„Stimmt."

„Du willst einen Rückzieher machen, oder?"

„Ja. Ich meine, nein." Lucy schüttelte den Kopf. „Nein." Sein selbstgefälliges Lächeln machte sie nur noch nervöser.

Ohne darauf zu warten, dass sie ihn hereinbat, ging Alex an ihr vorbei ins Wohnzimmer. Sie beobachtete ihn, wie er sich umwandte und das

Zimmer unter die Lupe nahm. Sie versuchte selbst, es durch seine Augen zu sehen. Sauber, ordentlich. Obwohl der beige Teppich ein bisschen abgenutzt war. Die offene Küche war klein und bot kaum genug Platz für ihren Esstisch. Fotos von einigen ihrer Mädchen hingen am Kühlschrank, gehalten von Marienkäfermagneten. *Herr, ich bin nicht mehr das ängstliche Mädchen. Ich bin eine erfahrene, selbstständige Frau.*

Alex ging zur Couch und füllte das kleine Wohnzimmer mit seinen vielen Muskeln und seiner noch größeren Persönlichkeit. Kurz fragte sie sich, warum er wirklich für den Kongress kandidierte. Mit seiner Ausstrahlung konnte er bestimmt auch gleich ins Weiße Haus einziehen. Da war nur die kleine, aber deshalb nicht weniger beängstigende Tatsache, dass er meinte, eine Verlobte zu brauchen.

Er setzte sich, verschränkte die Arme und ließ seinen Blick über den kleinen Couchtisch wandern. „Ich sehe, du liest gerne." Nach einer Weile zog Alex das unterste Magazin aus einem Zeitschriftenstapel hervor. „*Science Fiction Monthly*?" Er blätterte in dem Magazin herum und las schließlich aus dem Inhaltsverzeichnis vor. „Lernen von Luke Skywalker: Was die Wahl deines Laserschwertes über dich aussagt." Lucys Wangen wurden warm, während er eine weitere Seite aufschlug. „Computer-Grafiken: Fluch oder Segen für das moderne Kino?" Seine vollen Lippen verzogen sich zu einem breiten Grinsen, als er Lucy schließlich ansah. „Irgendwelche Ausfalt-Poster in der Mitte der Zeitschrift?"

Sie schnappte sich das Magazin und versteckte es hinter ihrem Rücken. „Schnüffelst du immer in den Sachen von fremden Leuten rum?"

„Nur in denen von meiner zukünftigen Nicht-Frau." Er ließ sich bequem zurücksinken und legte einen Arm auf die Couchlehne. „Außerdem, wenn wir uns verloben, sollte ich doch wissen, was dir gefällt, meinst du nicht?"

„Ich schick dir ein Memo."

„Nein." Er sprach das Wort langsam aus, als genieße er ihre momentane Situation. „Wir werden uns wohl auf die altmodische Art kennenlernen müssen. Reden. Zeit miteinander verbringen. Simsen."

Lucy betete darum, dass ihre wackeligen Knie nicht nachgeben würden. Alex war ein Meister darin, Spielchen zu spielen. Aber wer war sie? Doch nur das arme Mädchen von der anderen Seite der Stadt, das nichts von Manipulationen und gesellschaftlichen Intrigen verstand.

Niemand, der sich mit einem bekannten, reichen Mann … einem wirklich gut aussehenden Mann … treffen wollte.

„Kannst du das Zuhause meiner Mädchen retten?“ Das war alles, was sie wissen musste.

„Schon passiert.“

Sie ging zu dem Stuhl, der am weitesten von ihm entfernt stand. „Einfach so? Unmöglich.“

Seine Augen bohrten sich in die ihren. „Eins der ersten Dinge, die meine Gegner auf dem Feld gelernt haben – unterschätze mich nie.“

„Dein Geld“, warf sie ein. „Du meinst, unterschätze niemals *dein Geld*.“

Etwas flackerte in seinen Augen, bevor er mit den Schultern zuckte. „Wie auch immer. Ich würde sagen, dass du trotzdem dankbar sein solltest. Mein Geld hat heute dein Haus gerettet.“

„Saving Grace kann bleiben?“

„Die Stadt hat ein neues Grundstück für ihr Parkhaus gefunden. Und dein Haus hat einen neuen Eigentümer.“

„Was hast du gemacht? Mit Geld rumgewedelt und Saisonkarten verteilt?“

„Und je einen signierten Football für Bürgermeister Billings Söhne gestiftet.“ Seine Finger trommelten auf die Rückenlehne der Couch. „Und ich musste eine großzügige Spende tätigen, damit sich die Stadt den Aufpreis für das neue Grundstück leisten kann.“ Er griff in die Tasche seiner Jacke und zog einen Umschlag hervor. „Nach unserer Unterhaltung heute Mittag habe ich mir erlaubt, die Details unserer Übereinkunft festzuhalten.“ Alex hob eine Augenbraue und fixierte Lucy. „Hast du wirklich so eine große Angst vor mir, dass du dich nicht traust, auf der gleichen Couch zu sitzen?“

Lucy schob sich eine wilde Locke aus dem Gesicht. „Ich habe keine Angst vor dir.“

„Dann beweis es.“ Er tätschelte den Platz neben sich. „Wir müssen die Vertragsdetails durchgehen, bevor wir morgen die Stadt als neues Superpaar beeindrucken.“ Er musterte sie von Kopf bis Fuß. „Nettes Outfit. Ich mag es, wenn meine Frauen modisch gekleidet sind.“

„Meine Cheerleader-Uniform ist in der Reinigung.“

„Ich denke, ich muss einfach meine Vorstellungskraft bemühen.“

Die Sohlen von Lucys Hausschuhen schlurften über den Teppich, als sie sich zu ihm begab. Hastig schnappte sie sich ein Kissen und presste es an sich, als sie neben ihm saß. „Mach ruhig weiter."

„Wirst du jetzt immer so hochnäsig sein, wenn wir zusammen sind?" Er lehnte sich ein wenig zu ihr. „Du wirst lernen müssen zu lächeln. Vielleicht sogar ab und an zu lachen." Er beugte sich nun so nah zu ihr, dass ihre Nasen sich fast berührten. „Es ist wichtig für mein Ego, dass ich mich unwiderstehlich fühle. Wir wollen doch nicht, dass mein Selbstwertgefühl ins Wanken gerät."

Sein Gesicht war so nah, dass Lucy einfach die kleine Narbe auf seiner Wange hätte berühren können. „Ich tu einfach so, als würde ich dich attraktiv finden – wie Tom Brady."

Mit einem Lächeln legte er ihr den Vertrag in die Hände. „Also, noch einmal zu den Details. Wir geben vor, uns etwa einen Monat zu treffen. Im Juni werde ich dir dann irgendwo in der Öffentlichkeit einen Heiratsantrag machen." Seine Stimme war so ausdruckslos, als rede er über seine Vorlieben bei Sportsocken. „In fünf Monaten – einen Monat vor unserer Hochzeit – werden wir beide eine stille, freundschaftliche Trennung haben. Wir werden merken, dass wir uns für unser Leben unterschiedliche Dinge vorstellen und unsere eigenen Wege gehen. Das ist die Story, die wir vor der Presse äußern. Keine Abweichungen."

„Und wer wird uns abnehmen, dass wir uns schon nach einem Monat verloben?"

„Das ist schon geregelt. Ich habe einen Freund, der ein richtiger Crack in der Bildbearbeitung ist. Es wird bald rauskommen, dass wir uns schon seit vier Monaten heimlich treffen."

Und was würde Matt denken, wenn er das aus der Presse erfahren würde?

„Du darfst niemandem etwas anderes erzählen."

„Ich muss es aber doch meiner besten Freundin sagen."

„Nein."

„Denk doch mal drüber nach. Wir reden jeden Tag miteinander, sie wird die Sache sofort durchschauen."

Er rieb seinen Nacken, während er darüber nachdachte. „Weißt du, wie viel Geld jemand für so eine Story kassieren könnte?"

„Du kannst Morgan vertrauen."

Er sah nicht aus, als würde er ihr glauben. „Ich habe ein ganzes Team von Anwälten. Also überlasse ich es dir zu entscheiden, ob du es deiner

Freundin erzählst oder nicht. Aber wenn etwas herauskommen sollte, dann werdet ihr beide es bereuen, meinen Namen jemals gehört zu haben."

Lucy nickte schwach. „Ich muss es noch jemandem sagen." Sie würde zu Matt gehen. Ihm alles erklären. Wenn sie zwei Jahre warten konnte, konnte er es doch fünf Monate aushalten. Oder nicht?

„Nur einer Person."

„Nein, du verstehst nicht." Panik machte sich in ihr breit und schnürte ihr die Brust zu. „Ich kann mich nicht auf diese Sache einlassen, ohne dass mein Exfreund –"

„Ich habe meine Hausaufgaben gemacht. Du bist aktuell mit niemandem liiert."

Lucy setzte sich jetzt aufrechter hin. „Wie kommst du dazu –"

„Der Kerl von der Gala?" Er schüttelte den Kopf. „Nein."

„Meine Zukunft hängt davon ab."

„Ja." Mit dem Blick, den er ihr jetzt zuwarf, hatte er sicher schon ganze Footballteams in die Knie gezwungen. „Das tut sie auf jeden Fall. Du musst eine Entscheidung treffen. Wir machen es entweder auf meine Art oder ich verschwinde. Mit dem Scheck und dem Grundstück."

Lucy wandte den Kopf ab, um sich eine Träne aus dem Augenwinkel zu wischen. Sie dachte an Trina, die Zwanzigjährige, die gerade ihren Collegeabschluss gemacht hatte und im Herbst auf die Universität gehen würde. Und Padma, die nach einem Jahr in Saving Grace endlich anfangen konnte, ihre schreckliche Kindheit zu verarbeiten. Und dann war da noch Marinell.

Sie würde dafür beten, dass Gott Matt die Wahrheit ins Herz pflanzen würde. *Herr, ich liebe diesen Mann. Und die Zukunft, die ich mit ihm haben könnte. Lass sie irgendwie entstehen, wenn das alles hier vorbei ist.*

„Gut." Lucy wandte sich Alex langsam wieder zu. „Morgan wird die Einzige sein."

Alex erhob sich und ging umher. „Wir haben keinen Spielraum für Fehler, Lucy." Er wandte sich von dem signierten Foto von Leonard Nimoy ab. „Ich habe zu viel zu verlieren."

„Ich werde es schon nicht vermasseln." Doch selbst während sie diese Worte aussprach, nagten Zweifel an ihr. *Ein Zuhause. Eine Familie. Kinder. Alles verloren.*

„Für fünf Monate musst du dich nun so benehmen, als wäre ich der Stern, um den dein Raumschiff Enterprise kreist. Das fängt heute Abend an. Ich habe eine Reservierung zum Dinner, dann Karten fürs Theater." Er hatte wieder sein unnahbares Grinsen aufgesetzt. „Ich behalte dein bisheriges Gehalt bei. Auch die Spenden. Am Ende bekommst du die Besitzurkunde für das Grundstück und das Gebäude."

„Und den Scheck?"

„Alles deins."

„Einfach so?" Es war so schrecklich verzwickt … und gleichzeitig so furchtbar einfach.

Er reichte ihr einen Stift. „Unterschreib."

Mit zitternden Fingern und pochendem Herzen nahm Lucy den Stift und schrieb ihren Namen mit Tinte, die weitaus haltbarer als ihr Abkommen sein würde.

Als sie aufsah, merkte sie, dass Alex auf den Vertrag starrte. „Gibt es ein Problem?", fragte sie.

Er blinzelte und schüttelte den Kopf. „Natürlich nicht." Er bot ihr seinen Arm an. „Lass uns unsere Beziehung beginnen."

Sie hakte sich bei ihm unter und ließ sich von ihm zur Tür führen. „Du solltest noch wissen, dass ich dich bei Scheinverabredungen nicht an mich ranlasse."

„Du wartest also bis zur Scheinhochzeit?"

Leise seufzte sie. „Eine Frau muss ihre Prinzipien haben."

10. Kapitel

Während des Dinners hätte sie fast einen Menschen umgebracht. Es waren ihre Nerven. Sie waren völlig am Ende. Und wenn Lucy nervös wurde, wurde sie unruhig. Das war ein Fluch, mit dem sie geboren worden war. In der ersten Klasse hatte sie im Buchstabierwettbewerb das Wort *Violine* bekommen. Vor lauter Aufregung und in dem Bewusstsein, dass Vokale nicht ihre Stärke waren, hatte sie das Mikrofon umgeschmissen und dem armen Johnny Rodriguez so ein Veilchen verpasst. Dann war da der Physikwettbewerb in der achten Klasse gewesen, wo sie vor versammelter Klasse ohnmächtig geworden war und sich die Nase gebrochen hatte.

Während des Dinners im Peninsula Grill hatte sie das gleiche Unbehagen gespürt, das ständig an ihr nagte und sie keinen klaren Gedanken fassen ließ. Wie tausende Schmetterlinge, die einfach nicht den Weg aus ihrem Bauch heraus fanden. Während Alex Smalltalk machte und von seinem Fischfilet kostete, ging Lucy immer wieder durch den Kopf, auf was für eine folgenschwere Abmachung sie sich eingelassen hatte. Wie in einem Film lief alles vor ihrem inneren Auge ab. Und die Schmetterlinge flatterten immer schneller. Zu ihrer Verteidigung musste sie sagen, dass es eigentlich nicht ihre Schuld war, dass der Ober gerade in dem Moment nach dem Brotkorb gegriffen hatte, indem ihr das Messer entglitten war. Oder dass sie ihm die Wasserkaraffe aus der Hand geschlagen hatte, weil sie ihm helfen wollte. Und dass er dann auf dem Eis ausgerutscht war und das Tischtuch mit sich gerissen hatte, dazu konnte sie nun wirklich nichts.

Nicht ihre Schuld.

Jetzt saß Lucy auf dem Beifahrersitz in Alex' Mercedes und versuchte, die Tränen zu verdrängen, die ihr immer wieder in die Augen traten. Sie hatte schon viel schlimmere Situationen als diese hier überlebt. Zum Beispiel … gut, im Moment erinnerte sie sich an nichts Schlimmeres, aber es gab mit Sicherheit etwas. Sie versuchte, sich auf etwas anderes zu konzentrieren. Doch ihr fielen nur die Worte ein, die sie zu Matt sagen müsste und die ihre Zukunft für immer ruinieren würden.

„Dem Ober wird es bald wieder gut gehen." Alex' tiefe Stimme unterbrach ihre selbstmitleidigen Gedanken. „Hast du nicht gehört, wie der Koch sagte, dass die Blutung schon gestillt ist?"

„Nein, das habe ich nicht mitbekommen."

„Das muss gerade da gewesen sein, als du dich auf den Teppich übergeben hast."

„Ich kann kein Blut sehen."

„Ich wusste gar nicht, um wen ich mich zuerst kümmern sollte – um dich oder den Verletzten."

Sie hörte sein Lachen und wandte sich ihm im dämmrigen Licht des Wagens zu. „Es tut mir leid."

„Ich glaube, das hast du schon ein paar Mal gesagt."

„Ich wollte es nur noch einmal bekräftigen."

„Fünfzigmal reicht völlig, Lucy."

„Es ist nur … ich muss im Moment über eine ganze Menge Dinge nachdenken." Sie lehnte ihre Stirn an die kühle Fensterscheibe. *Gott, könnte es bitte schon morgen sein, wenn ich die Augen öffne?*

Alex drehte an seinem Radio herum, bis er einen Sender gefunden hatte, in dem Rock gespielt wurde. „Für mich ist es auch nicht gerade einfach."

„Es war schön, dass du vor dem Essen gebetet hast."

Er warf einen schnellen Blick in ihre Richtung. „Du sagst das, als hätte dich das überrascht."

„Hat es auch", gab sie zu. „Ich dachte, der Einzige, den Alex Sinclair anbetet, wäre er selbst."

In dem Blick, den er ihr jetzt zuwarf, lag kein Ärger. Nur leichte Belustigung. „Ich weiß, wer das Sagen hat."

„Ich bin sicher, er ist gerade *richtig* stolz auf uns." Darauf konnte Alex nichts erwidern, also beschloss Lucy, das Thema zu wechseln. „Wo fahren wir als Nächstes hin?"

„Ins Theater. Eine russische Balletttruppe zeigt dort *Schwanensee*." Er lenkte den Wagen in eine Kurve und ließ dabei die Straße nicht aus den Augen. „Ein paar ziemlich wichtige Leute werden heute Abend da sein."

„Ins Ballett?" Sie griff nach seiner Hand auf der Armlehne. „Willst du mich auf den Arm nehmen?"

„Ich wünschte, es wäre so. Heute Abend spielen die Stingrays und ich wäre viel lieber dort. Tu mir einen Gefallen – weck mich nur, wenn ich anfange zu schnarchen. Etwas einnicken ist in Ordnung, aber sobald ich mit offenem Mund im Sessel hänge und alle Blicke auf mich ziehe, musst du mich retten."

„Ich bin doch gar nicht richtig angezogen für so eine Veranstaltung." Ihr Pullover und die engen Hosen waren gut genug, um damit essen zu gehen, aber nicht, um ein Ballett zu besuchen.

„Du siehst gut aus."

Männer. Was wussten die schon. „Russisches Ballett ist eine große Sache."

„Es sind Menschen in Tutus. Männer in Strumpfhosen, die herumhüpfen."

„Na klar, Football ist ja sooo viel besser."

„Hey, gleich muss ich das Auto an den Straßenrand lenken und ein ernstes Wort mit dir reden."

„Football ist ein Sport, wo man von Männern plattgewalzt wird."

Sie hörte, wie er langsam einatmete. Bestimmt bereute er es schon, dass er ausgerechnet sie als seine Scheinfreundin ausgesucht hatte.

„Du musst so tun, als würdest du Football mögen", sagte er endlich. „Steht im Vertrag."

„Ist das so?"

„Seite sieben. Abschnitt vier."

Sie würde dieses vermaledeite Dokument zerreißen, wenn sie nach Hause kam.

„Weißt du überhaupt irgendetwas über Football?"

Sie wackelte mit ihren großen Zehen. „Man wirft einen Ball in der Gegend herum und schmeißt Leute auf den Boden. Was gibt es sonst noch zu wissen?"

Fast konnte sie hören, wie er mit den Zähnen knirschte. „Okay, was ist ein *Birdcage*?"

Während sie darüber nachdachte, tippte sie sich mit einem Finger an die Lippe. „Die Kneipe, in der du deine letzte Freundin kennengelernt hast?"

„Ein Cut?"

„Oh, das lässt mich an deinen Hals denken."

Seine Hände verkrampften sich um das Lenkrad. „Ein Hot Receiver?"

„Ein Fehler, den du auf dem College gemacht hast?"

Er hörte auf, seine Zähne zusammenzubeißen, und warf ihr einen

Seitenblick zu. „Du bist eine hämische Frau, Lucy Wiltshire. Ich hoffe, das färbt später nicht auf unsere Scheinkinder ab." Er blinkte und bog nach links ab. „Ist dir eigentlich klar, dass du mich bei allen kulturellen Events *Traummann* nennen musst? Heute Abend zum Beispiel."

„Sicher nicht."

„Doch." Er fuhr auf den Parkplatz des Theaters. „Mindestens fünfmal. Laut. Und mit einem hingebungsvollen Seufzen."

Obwohl sie versuchte, es zu unterdrücken, musste Lucy lächeln. Doch über seine Witze zu lachen, bedeutete ja nicht, ihn zu mögen oder eine bessere Meinung von ihm zu haben.

Alex stellte das Auto ab und Lucy öffnete ihre Tür.

„Mach sie wieder zu", verlangte er.

„Bitte?"

Er verdrehte die Augen und hätte damit bestimmt den einen oder anderen weiblichen Fan zum Dahinschmelzen gebracht. „Es ist meine Aufgabe, dir die Tür aufzuhalten. Hattest du noch nie eine Verabredung mit einem Kavalier?"

„In den letzten Tagen bin ich keinem begegnet."

Er stieg aus dem Auto und tauchte auf ihrer Seite auf. „Nimm meine Hand, als wäre ich der Mittelpunkt deines Lebens, oder unser nächstes Date findet in einer Sportkneipe statt, mit Brezeln und abgestandenem Bier."

Sie ergriff seine Hand. Die warme Abendluft umfing sie, während sie auf das Gebäude zugingen und Lucy konnte seinen Duft wahrnehmen. Er roch genauso verlockend, wie er aussah. Zum Glück stand Lucy gar nicht auf diesen Typ Mann. Aber sie konnte verstehen, wie leicht eine Frau seinem Charme verfallen konnte. Doch Lucy kannte den wahren Alex. Er war nicht mehr als ein verzogenes, zu groß geratenes Kind, das es gewöhnt war, seinen Willen zu bekommen. Er würde vor nichts zurückschrecken, um seine Wünsche durchzusetzen. Und sie selbst sollte das auf keinen Fall vergessen.

Lucy schnappte nach Luft, als sie das großartige Foyer betraten. Kleine schwarze Kleidchen hier, paillettenbesetzte Roben dort. Sie war umgeben von Eleganz. „Du hast mir gesagt, ich soll mir was Hübsches anziehen", flüsterte sie Alex zu. „Nicht, dass wir zu einer Abendgala gehen würden." Es war, als hätte man sie wieder in die Zeit ihrer Highschool zurückversetzt.

Alex winkte einem Mann zu, der am anderen Ende des Raumes stand, doch seine Worte waren nur für sie gedacht. „Du siehst gut aus. Es ist nur ein Ballett."

Lucy las ein Spruchband, das an der Wand angebracht worden war. „Eine Benefizgala? Du hast mich auf eine Veranstaltung für Reiche geschleppt?"

Er lächelte und sprach durch zusammengepresste Zähne. „Hör auf, so böse zu gucken, *Schatz*. Die Leute hier beobachten uns." Er legte ihr einen Arm um die Schulter und zog sie zu sich heran. „Gouverneur", rief er plötzlich jovial. „Schön, Sie hier zu sehen." Lucy stand schweigend da, während sie den anderen vorgestellt wurde. Als sie die erste Dame in blauschimmerndem Cocktailkleid entdeckte, wurde ihr klar, dass die Szene im Restaurant noch nicht die Krönung des Abends gewesen war. Es konnte immer noch schlimmer werden. Und im Moment war es das. Sobald sie mit Alex alleine war, würde sie ihn erwürgen.

„Wie schön, Sie kennenzulernen, Ms Wiltshire", sagte Gouverneur Trenton. „Wir sind so froh, unseren beliebtesten Footballspieler endlich wieder hier in unserem Staat zu haben."

Alex' Griff um ihre Taille wurde fester. „Ja", rief Lucy halb. „Keiner könnte glücklicher sein als ich, dass er wieder ganz hier ist." Es war so schrecklich, diesen sinnlosen Smalltalk zu führen, wo sie doch am liebsten zu Matt gerannt wäre und ihm alles erklärt hätte. Den ganzen Nachmittag über hatte sie sich vorgestellt, was sie zu ihm sagen würde. Sie musste unbedingt mit ihm reden, bevor die Medien die ersten Bilder von Alex und ihr veröffentlichten.

„Lucy führt das Mädchenheim *Saving Grace* hier in Charleston." Alex sah sie mit einem Blick an, der so wirkte, als bewundere er sie dafür. „Vielleicht haben Sie schon davon gehört, Gouverneur Trenton. Sie hat unglaubliche Dinge vollbracht, um armen Mädchen zu helfen, die aufgrund ihres Alters aus dem Raster des Pflegefamilien-Systems gefallen sind."

Nun beteiligte sich auch die Frau des Gouverneurs an der Unterhaltung und berichtete von ihren eigenen Initiativen, um Teenagern zu helfen. Während Lucy ihnen von ihrem Programm erzählte, fing sie Alex' Blick ein. Er zwinkerte ihr unauffällig zu und streichelte ihr sanft über den Rücken.

Er war zufrieden.

Als Alex sie zu ihrem Platz brachte, konnte Lucy das Starren und Gemurmel nicht ignorieren, das er überall auslöste, wo er hinkam. Immer zog er alle Aufmerksamkeit auf sich. Alex hielt kurz inne, murmelte etwas Unverständliches und hob dann eine Hand, um ein Paar zu begrüßen, das Lucy sofort als seine Eltern erkannte. Lucy musste ihre Bitterkeit hinunterschlucken, als sie die Gesichter von Donna und Marcus Sinclair sah. Sie waren die Hiltons des Südens und machten selbst im Schlaf noch Geld. Sie waren genau die Art von Leuten, denen Lucy ihr gesamtes Leben über aus dem Weg gegangen war.

Alex stellte sie einander kurz und knapp vor. „Ich dachte, ihr beide wärt gar nicht in der Stadt?"

„Wir hatten ein paar Probleme mit Finley", erklärte seine Mutter. „Deine Schwester ist innerhalb eines Monats von siebzehn auf fünfundzwanzig gealtert. Es ist dieser neue Freund. Wir mussten unsere Wochenendpläne ändern. Und ihre."

„Hast du meine E-Mail bekommen?", fragte Marcus Sinclair seinen Sohn. „Ich muss nach Orlando und da nach einem Hotelentwurf schauen. Komm doch mit mir – wir könnten eine paar Bälle schlagen."

„Kein Interesse." Alex starrte einfach geradeaus, seine Hand immer noch auf Lucys. „Ich muss arbeiten."

Sein Vater beugte sich herüber. „Irgendwann wirst du aufwachen und merken, dass du in deinem Leben nichts als Arbeit hast."

„Marcus, nicht heute Abend", mahnte seine Frau. „Alex, denk dran, dass wir am Sonntag gemeinsam mit der ganzen Familie essen. Ich weiß, dass du dein Lieblingsessen nicht ablehnen kannst."

„Tut mir leid, Mum." Alex' Gesicht entspannte sich etwas, als er die elegante Dame anschaute. „Ich bin den ganzen Tag in Meetings. Außer dem Mittagessen mit Lucy." Alex hob ihre Hand an seine Lippen. „Mein Terminplan ist voll, aber sie hat mich überredet." Er warf ihr einen Blick zu, der die Karamellfüllung eines Twix' zum Schmelzen gebracht hätte.

Donna Sinclair beugte sich zu Alex herüber und tätschelte sein Knie. „Wenn du meine Stimme haben willst, Kongressabgeordneter, dann lass dich bei diesem Essen sehen. Bring mich nicht dazu, meinen Einfluss spielen zu lassen."

Marcus nickte. „Ihre Teegesellschaft kann furchteinflößend sein."

„Du musst zum Essen kommen", sagte Donna noch einmal entschieden. „Ich wette, deine Gegner verbringen auch Zeit mit ihren Familien." Donna warf Lucy einen Blick zu. „Wir würden uns freuen, wenn Sie auch kämen." Lucy war überrascht von den freundlichen Augen, die sie ansahen. „Vielleicht können *Sie* Alex ja dazu überreden, Zeit mit seiner Familie zu verbringen."

Marcus sah seinen Sohn finster an. „Deine Mutter weint sich in den Schlaf."

Donna beugte sich wieder zu ihnen, diesmal mit ernstem Gesichtsausdruck. „Du bist mein Sohn", sagte sie leise. „Und ich vermisse dich. Ich einer Zeit wie dieser sollte die Familie zusammenrücken und sich nicht noch voneinander entfernen."

Obwohl Alex' Gesicht so unbeteiligt wie immer wirkte, konnte Lucy die Trauer spüren, die in seinem Inneren wütete. „Wir reden später weiter."

„Auch deine Schwester braucht dich." Marcus senkte seine Stimme. „Und wir müssen einige Entscheidungen wegen der Wohnung deines Bruders in Atlanta treffen. Wegen seiner Hinterlassenschaften."

„Nein." Alex schlug sein Programmheft auf. „Macht das ohne mich. Ich bin sicher, ihr trefft die richtigen Entscheidungen."

Die Lichter wurden gedimmt und schließlich versank der gesamte Zuschauerraum in Dunkelheit.

Lucy spürte Alex' Atem auf ihrer Wange. „Lass deine Hände bei dir", flüsterte er mit dem alten Witz in der Stimme. „Ich will nicht, dass meine Eltern denken, du seist eine von *diesen* Frauen."

Sie wandte sich ihm zu und flüsterte zurück. „Und mit *diesen* meinst du alle anderen, die du vor mir hattest?"

„Sag nicht, dass du wirklich diese Schundmagazine liest."

„Du nennst es Schund, ich nenne es erhellend."

„Erinnere mich dran, dass ich dir ein intelligenteres Zeitungsabonnement verschaffe." Alex lehnte sich in seinem Sitz zurück und legte seinen Arm um ihre Schulter. „*Sports Illustrated* zum Beispiel."

11. Kapitel

Als endlich die Pause begann, war Lucy zu dem Schluss gekommen, dass Ballett-Aufführungen wesentlich besser wären, wenn mehr Frauen mit natürlichen Maßen daran teilnähmen. Eine ganze Bühne voller Frauen mit perfekten Körpern war mehr, als man einer Normalsterblichen zumuten konnte. Vor allem, wenn man neben einem Mann saß, der jedes Model der Welt haben konnte.

Als die Lichter wieder angingen, erklang überall das Rascheln von Kleidern.

„Alex, ich würde mit dir gerne über den vierten Juli sprechen." Seine Mutter blinzelte mehrmals, um sich an das helle Licht zu gewöhnen. „Es ist wichtig, dass wir genauso groß wie immer feiern – für Finley. Deine Schwester braucht jetzt eine Normalität, auf die sie sich verlassen kann."

„An diesem Tag bin ich unterwegs", sagte er.

„Aber, es ist dein Geburtstag und –"

„Lucy hätte gerne etwas zu trinken." Mit einem Blick, den sie nicht deuten konnte, ergriff Alex Lucys Hand und zog sie mit sich. „Wir sind gleich wieder da."

Als er sie durch die Lobby führte, wollte sie ihn aufhalten. Ihn zu seinem Bruder befragen. Zu dem Schmerz, den seine Mutter unter ihrem Lächeln verbarg. Zu seiner eigenen Qual. Stattdessen besann sie sich jedoch auf ein unverfänglicheres Thema. „Willst du deine Familie nicht in unser kleines Spiel einweihen?"

„Natürlich nicht. Werd einfach nicht zu warm mit ihnen, dann ist alles in Ordnung."

„Dann muss ich meinen Wunsch auf ein Country-Club-Dinner mit deiner Mutter wohl begraben."

„Ja, leider. Du würdest sie bestimmt nur mit deinen Star-Trek-Geschichten langweilen."

Er bestellte ein stilles Wasser für sie und für sich selbst ein Mineralwasser. „Ich will ein paar Leute daran erinnern, warum sie mich so lieben", sagte Alex trocken. „Kann ich dich für eine Viertelstunde alleine lassen?"

Sie versuchte, zu ignorieren, wie selbstverständlich er seine Hand in ihren Rücken legte. „Natürlich. Ich bleibe einfach hier stehen und denk mir ein paar Sachen aus, die ich den Leuten über dich erzählen kann."

„Dann gebe ich dir lieber mehr als eine Viertelstunde." Sein Blick ruhte auf ihr. „Es dauert eine ganze Weile, bis man all meine Qualifikationen aufgezählt hat."

„Wie z.B. Bescheidenheit?"

Er warf ihr einen Blick zu, der bestimmt jede andere Frau entzückt hätte.

„Benimm dich, während ich weg bin." Schnell gab er ihr noch einen Kuss auf die Wange.

Sie zuckte bei der Berührung zusammen. „Ich genieße jede Sekunde, die du nicht da bist."

Sein leises, tiefes Lachen folgte ihm, als er den Raum durchquerte und auf eine Gruppe Männer zuging.

Lucy griff in ihre Handtasche und holte ihr Handy hervor. Sie musste mit Matt reden. Morgen früh würden die Bilder von Alex und ihr in allen Medien zu sehen sein.

Es klingelte zweimal. „Hallo, das ist der Anrufbeantworter von Matt Campbell. Hinterlassen Sie eine Nachricht nach …" Frustriert versuchte sie es noch dreimal. Keine Antwort.

„Das ist vielleicht ein Mann, den Sie da heute Abend an Ihrer Seite haben!"

Lucy wandte sich um und sah eine Frau neben sich. Sie wusste, dass sie ihr schon vorgestellt worden war, doch konnte sie sich beim besten Willen nicht an ihren Namen erinnern. „Ja er ist … etwas Besonderes."

„Ich war wirklich beeindruckt von Alex' Plänen für das Gesundheitssystem, die er im Interview mit der *Gazette* dargelegt hat." Riesige Diamanten klimperten an ihren Ohren. Sie sah aus, als hätte sie ungefähr Donna Sinclairs Alter. „Was halten Sie von Robertsons Gegenangriff?"

Lucy fuhr sich mit der Zunge über die Vorderzähne, um eventuelle Lippenstiftreste zu entfernen. „Nun …" Es wurde immer wärmer hier. Und diese ganzen Menschen. Die glitzerten so. „Ich muss diesen … Gegenangriff … wohl verpasst haben. Ich bin im Moment sehr mit meiner eigenen Arbeit beschäftigt."

Die faltigen Augen wurden groß. „Aber jeder redet doch darüber."

„Richtig." Wie lange dauerte es noch, bis die Pause zu Ende war? Wie wäre es jetzt mit einem Feueralarm? „Dieser Gegenangriff. Also, ich denke, dass Robertson keine schlagkräftigen Argumente gegen Alex' Ideen ins Feld führen konnte." Wie auch immer diese Ideen aussehen mochten. Lucy war zu beschäftigt damit gewesen, ihren Mädchen das Dach über dem Kopf zu bewahren, um sich um solche Nebensächlichkeiten zu kümmern.

„Er hat ein paar wirklich gute Vorschläge, was die Versicherungen betrifft", mischte sich nun eine andere Dame ein. „Als Ärztin mit eigener Klinik bin ich natürlich überaus interessiert an dem weiteren Verlauf dieser Debatte." Sie wandte sich Lucy zu. „Was denken Sie darüber?"

„Also ..." Wäre es unhöflich, eine Ohnmacht vorzutäuschen und auf den Boden zu fallen? „Ich bin wirklich stolz auf seine Ideen in Bezug auf die Gesundheitsvorsorge für Kinder." Ja. Das wirkte doch kompetent.

Die Ärztin strich sich über ihre kurzen Haare. „Von diesen Vorschlägen habe ich ja noch gar nichts gehört."

„Oh." Lucy schluckte. „Dann sollte ich wohl nicht zu viel verraten. Aber glauben Sie mir, meine Damen" – sie nickte langsam – „er liebt Kinder. Und hat noch Großes für sie und das Gesundheitssystem vor." *Warum erschießt mich keiner? Irgendjemand muss mich doch aus dieser Situation befreien!*

„Ach ja. Nun gut, es war nett, mit Ihnen zu reden", sagte die Ärztin. Sie und die andere Frau gingen davon. Flüsternd.

Lucy kniff sich in den Nasenrücken, um nicht das Bewusstsein zu verlieren und atmete fünfmal tief ein und aus. Wenn sie Alex' Verlobte sein wollte, würde sie ihre Hausaufgaben machen müssen. Sie wusste, dass er nichts verkörperte, was sie spirituell oder ethisch ablehnte. Außer, dass er in diesem Anzug zum Anbeißen aussah. Warum konnte er nicht hässlich sein? Oder wenigstens durchschnittlich aussehen? Aber *sie* würde seinem Charme nicht verfallen. Nicht, wie jede andere Frau in Amerika es zu tun schien.

„Lucy Wiltshire." Die Frau des Gouverneurs winkte ihr zu. „Kommen Sie doch zu uns."

Wunderbar. Die Frau stand dort umgeben von gesellschaftlichen Piranhas. Und direkt neben ihr stand deren Anführerin – Clare Deveraux.

Mrs Trenton tätschelte Lucys Schulter. „Meine Damen, darf ich Ihnen Alex Sinclairs Freundin vorstellen. Das ist –"

„Ich habe gehört, jemand hat Ihnen ein Geschenk gemacht", sagte Clare und sah sie ein wenig zu intensiv an. „Ihr Heim ist gerettet, wie man hört."

Das hatte sich schon herumgesprochen? Konnte Alex auch nur seine Nase putzen, ohne dass es die ganze Stadt mitbekam? „Ja." Sie setzte einen verträumten Gesichtsausdruck und ein Lächeln auf. „Es ist das schönste Geschenk, das ich je bekommen habe. Alex ist immer so aufmerksam." Lucy starb fast unter all diesen aufmerksamen, forschenden Blicken.

„Wiltshire." Der Gentleman an Clares rechter Seite betrachtete Lucy eingehend. Sie erkannte ihn als stellvertretenden Gouverneur. Seine Frau stand neben ihm. „Ich bin mit einem Mann dieses Namens in Yale gewesen", sagte er schließlich. „Sind Sie Cecil Wiltshires Tochter?"

„Nein." In dieser Stadt bedeutete der Name in bestimmten Kreisen alles.

Er zögerte. „Was für eine Wiltshire sind Sie denn dann?"

Eine Staubsauger schwingende Wiltshire. „Ich habe keine Familie hier", sagte sie und ließ ihren Blick durch den Raum schweifen. Wo war Alex?

„Sie gehören doch nicht etwa dem Schifffahrtsunternehmen Wiltshire an?" Der Mann würde nicht locker lassen.

„Nein, meine Mutter war Zimmermädchen. Wie es der Zufall will, hat sie sogar Mrs Deveraux Haus sauber gehalten." Warum stieg nach all diesen Jahren noch so eine Bitterkeit in ihr auf? Lucy konnte nicht verhindern, dass sie aus jedem ihrer Worte troff. „Sie war gut in dem, was sie tat, und hatte an die Qualität ihrer Arbeit immer hohe Ansprüche."

Eine junge Frau, die stark nach Chanel duftete, zog eine schmale, aufgemalte Augenbraue in die Höhe. „Und *Sie* treffen sich jetzt mit Alex Sinclair?" Ihre Lippen verzogen sich verächtlich. „Meine Güte, da sind Sie ja ganz schön aufgestiegen!"

„Harte Arbeit ist keine Schande." Diese Worte aus Clares Mund klangen schneidend.

Unangenehme Sekunden vergingen, in denen niemand etwas sagte. Endlich ergriff die Frau des Gouverneurs wieder das Wort. „Ach, Hillary Davidson ist auch hier."

„Wieder schulterfrei. Das macht sie schon, seit ich vor dreißig Jahren First Lady war." Clare gluckste. „Als wäre sie nicht schon einundsiebzig. Und da ist Mimsy Taylor."

First Lady Trenton lachte zusammen mit Clare. „Strumpfhosen und offene Schuhe. Wann wird sie es endlich lernen?" Dann zeigte sie auf eine andere Dame. „Lucy, sehen Sie diese Frau dort?"

„Wow." Lucy ließ ihre Augen über die hochtoupierten Haare wandern. „Zurück in die Achtziger, was?"

„Das ist meine Schwester", sagte die Frau des Gouverneurs.

„Oh." Lucy wäre am liebsten im Boden versunken. *Herr, wer bin ich, dass ich mit diesen Leuten in Berührung komme?*

Mrs Trentons Lippen wurden schmal. „Ich wollte vorschlagen, dass Sie sich kennenlernen sollten. Sie arbeitet beim South Carolina Department für Sozialdienste."

„Wenn ... wenn Sie mich jetzt bitte entschuldigen wollen, ich muss zu Alex." *Und mich in der Toilette runterspülen.* „Es war schön, mit Ihnen zu reden."

Clares Hand hielt sie auf. „Junge Frau, wenn Sie weiterhin Alex Sinclair treffen wollen", sagte sie mit leiser Stimme, „sollten Sie sich damit beschäftigen, wer in unserem Staat wirklich wichtig ist." Die Frau warf Lucy noch einen letzten stechenden Blick zu. „Ich fände es schrecklich, wenn Sie hier alles durcheinanderbrächten."

„Richtig." Lucy wandte sich hektisch um und stieß mit dem Kopf direkt an die Brust eines Mannes. „Oh, Entschuldigung." Sie taumelte leicht zurück.

Kalte Hände legten sich auf ihre Schultern. „Lucy Wiltshire?"

Sie sah den Mann skeptisch an und entfernte sich noch einen Schritt von ihm. „Ja?"

„Garrett Lewis von der *Gazette*."

Sie rieb sich die lädierte Nase. Bitte keine Fragen nach dem Gesundheitssystem mehr. Nicht heute Abend.

„Ich habe mich gefragt, ob ich einen Moment mit Ihnen sprechen könnte." Seine hohe Stirn wurde nur noch von einigen spärlichen Haarresten umrahmt.

„Ich muss wirklich gehen. Jemand sucht schon nach mir." Ihre Nerven wollten schon wieder mit ihr durchgehen. Gleich würde es wieder zur Katastrophe kommen, das spürte sie.

„Es dauert nur einen Moment."

„Lieber nicht."

„Würden Sie nicht gerne etwas über Ihre Beziehung zu Alex Sinclair sagen? Es gibt so viele öffentliche Spekulationen. Wie wäre es mit einem Exklusivinterview?"

„Ich bin nicht hier, um über mein Privatleben zu reden. Oder das von Alex."

Glänzende Augen starrten sie an. „Meinen Sie, er kauft sich seinen Sitz im Kongress mit seinem anscheinend unendlich gefüllten Bankkonto?"

Nein. Nur eine Verlobte. „Ich denke, er ist leidenschaftlich, wenn es um die Werte geht, die er vertritt. Er will das Beste für diesen Staat."

„Er hat sich öffentlich gegen den versprochenen Zusatzartikel sieben ausgesprochen. Was halten Sie davon?"

Zusatzartikel sieben? Sie würde in den nächsten Tagen sehr viel Zeit im Internet verbringen müssen. „Ich unterstütze Alex' Argumente in dieser Hinsicht voll und ganz."

Garrett Lewis' setzte ein selbstgefälliges Lächeln auf. „Sagen Sie den Lesern doch bitte in Ihren eigenen Worten, wie Sie diesen Zusatzartikel definieren würden."

Das Steak, was Lucy vor wenigen Stunden zu sich genommen hatte, revoltierte in ihrem Magen. „Ich muss gehen."

Seine schweißigen Hände griffen nach ihren Armen. „Nur noch einen Moment."

„Wir sind hier fertig." Sie schüttelte ihn ab und brachte schnell etwas Abstand zwischen sich und den Reporter. Sie musste Alex finden. Und hier verschwinden.

„Miss Wiltshire!" Ein kurzer Blick über die Schulter sagte ihr, dass der Kerl ihr immer noch auf den Fersen war.

„Entschuldigen Sie bitte." Sie schlängelte sich durch eine Gruppe von Menschen, die beisammenstanden und redeten.

„Miss Wiltshire!"

Das war alles zu viel. Sie hatte nicht eingeplant, den ganzen Abend lang ausgefragt zu werden. Öffentlich beurteilt zu werden. Verurteilt. Ihren Kommentar zu irgendwelchen Zusatzartikeln zu geben. Oder Haarmode.

Sie quetschte sich jetzt durch eine Gruppe von Männern, die sie jedoch gar nicht zu bemerken schienen. „Entschuldigung, ich müsste hier durch." Sie machten ihr keinen Platz. Schienen sie nicht einmal zu hören.

Ein riesiger Mann drehte sich in diesem Moment um und sein Ellenbogen traf mit Schwung Lucy an der Schulter. Sie taumelte in Richtung Wand. „Tut mir leid", murmelte er. „Hey, passen Sie auf das –"

Doch es war zu spät. Lucys Kopf stieß gegen ein Gemälde, das an der Wand hing. Ihre Hände suchten nach Halt. Und als sie auf dem Boden landete, tat es ihr das blumenübersäte Gemälde gleich. Der goldverzierte Rahmen zerbrach in mehrere Stücke.

Lucy starrte auf das Chaos um sich herum. Auf die Menschen in der Lobby, die zurückstarrten. Und dann tat sie das einzige Mögliche.

Sie rannte davon.

Er fand sie auf dem Parkplatz.

Zwischen einem Mercedes und einen Cadillac Escalade hatte sie sich nach vorne gebeugt und rang nach Luft.

„Lucy?" Er trat neben sie. Sie beachtete ihn nicht. „Hyperventilierst du?"

Ihre goldenen Locken sprangen auf und ab, als sie nickte und weiteratmete.

„Wird das jetzt ein neues Hobby von dir?"

Sie starrte ihn aus funkelnden Augen an. „Such dir jemand anderen."

„Sag mir, was los ist."

Lucy schüttelte den Kopf.

Er hatte versucht, in der völlig überfüllten Halle zu ihr zu gelangen. Die Menschenmasse jedoch wurde immer dichter und er hatte es nicht rechtzeitig geschafft. Alex hatte gerade noch gesehen, wie dieser schleimige Reporter Lucy angefasst hatte. Und bemerkt, dass Lucys Gesicht weiß wurde. Dann hatte er sich an einem Senator und Kongressabgeordneten vorbeigequetscht, um sie zu erreichen. Er hätte diesem schmierigen Kerl am liebsten den Arm ausgerissen. Es war egal, dass Lucy nur seine Scheinfreundin war – niemand hatte sie anzufassen.

Alex legte seine Arme um sie und zog sie zu sich. Doch sie versteifte sich. „Es tut mir leid, dass ich dich heute mit hierhergeschleppt habe.

Vielleicht bist du noch nicht bereit für das alles." Aber er hatte keine Zeit, um länger zu warten.

Sie hatte ihren Kopf an seine Brust gedrückt und murmelte in sein Hemd, während ihre Arme einfach nur schlaff herabhingen. „Ich bin immer so ungeschickt, wenn ich nervös werde. Und ich kann mich dann nicht bewegen. Oder atmen." Ihre Stimme brach und er strich ihr sanft über den Rücken. „Und dann wollte dieser Reporter mich einfach nicht in Ruhe lassen. Und ich konnte mich nicht an diesem Kerl vorbeiquetschen, weil er so groß wie ein Hochhaus war. Ich bin gegen die Wand gefallen." Sie schniefte. „Und das Gemälde."

„Über deinem Kamin wird es auch schön aussehen."

Sie sah ihn mit tränennassen Augen an. „Und ich weiß nicht, was Zusatzartikel sieben ist. Ich kenne kaum die Präambel unserer Verfassung. Und eine Dame hatte sich die Haare toupiert wie in den Achtzigern, aber das hätte ich besser nicht erwähnt."

Er fragte sich, ob sie bemerkte, dass sie mittlerweile nicht nur ihre Arme um ihn gelegt hatte, sondern sich immer mehr an seine Brust schmiegte.

„Hör mir zu –"

„Und Clare Deveraux ist eine Schlange mit einem Augenproblem. Und ich kann mich überhaupt nicht an die Namen all dieser schrecklichen Menschen erinnern."

Der tropische Sturm in seinen Armen schien sich in einen Hurrikan der Stufe vier zu wandeln. „Lucy –"

„Schreckliche Menschen, die aber wenigstens angemessen angezogen waren für einen solchen Abend. Im Gegensatz zu *deiner* Freundin, der du einfach nicht erzählt hast, dass sie etwas Schickes tragen muss."

„Es tut mir leid. Es war eine ziemlich kurzfristige Einladung und ich kannte nicht alle Details."

Sie starrte ihn mit einem Blick an, als wolle sie ihn erdolchen. „Ich habe keine einzige Paillette an mir."

Er ergriff ihre Hände. „Ich finde, du siehst heute Abend wunderschön aus."

Sie verdrehte die Augen. „Das sagst du nur, um mich zu beruhigen."

„Das stimmt nicht." Ein schwaches Lächeln trat auf Alex' Gesicht. „Ich brauche dich. Jetzt. In dieser Kampagne. An meiner Seite." Er wusste, dass sie kurz davor war, alles hinzuschmeißen, und ein Gefühl der Panik machte sich in ihm breit. „Du bist die, für die ich mich entschieden habe, Lucy." Er streichelte ihre Wange mit seinem Daumen. Und sagte sich, dass er dringend seinen Blick von diesen zarten Lippen nehmen musste. „Ich weihe dich in alles ein, versprochen."

„Ich weiß nicht, ob ich das schaffe", flüsterte sie.

„Das kannst du." Er legte sanft seine Stirn gegen ihre. Sie brauchte etwas, das er ihr nicht geben konnte. Die Hilfe einer Frau. Einer Mentorin. „Offensichtlich bist du doch aus einem ganz bestimmten Grund zurück nach Charleston gekommen. Also ist es Zeit, der Stadt endlich zu zeigen, wer Lucy Wiltshire wirklich ist." Wenn es eins gab, das Alex auf dem Spielfeld gelernt hatte, dann war es, den Schwachpunkt eines anderen zu erkennen und für sich zu nutzen. „Denk an deine Mädchen."

Sie wischte sich die Tränen weg. „Du hast recht. Ich muss das durchziehen."

Erleichtert atmete Alex aus. „Das ist mein Mädchen." Während er sie noch einmal zärtlich in die Arme nahm, sagte er sich, dass er sie nur vor möglichen Paparazzi beschützen wollte. „Jetzt lass uns gehen."

„Ich kann nicht wieder da rein. Bitte – ich will einfach nur nach Hause." Auf ihrem Gesicht stand ein flehender Ausdruck.

Alex seufzte und nickte schließlich. „Ich bring dich."

Hatte er die richtige Entscheidung getroffen? Diese Frau war ein wandelndes Desaster. Wenn sie das ablegen wollte, würde Lucy nicht ohne Hilfe auskommen.

Und leider kannte er nur eine Frau für diesen Job.

12. Kapitel

Wer auch immer an ihrer Tür stand, würde dafür bezahlen.

Lucys Herz hämmerte unter ihrem Herr-der-Ringe-T-Shirt, während sie dem energischen Klopfen lauschte, das den ganzen Raum erfüllte. Es war acht Uhr morgens. So lange hatte sie in den vergangenen Jahren nie geschlafen. Aber nach der letzten Nacht wünschte sie sich nichts sehnlicher, als sich die Decke über den Kopf zu ziehen und für immer zu schlafen.

Das aufdringliche Klopfen hörte nicht auf.

Lucy schwang ihre Beine aus dem Bett, schlüpfte in ihren Morgenmantel und schlurfte ins Wohnzimmer. Sie drückte ein geschwollenes Auge an den Spion. Und schnappte erschrocken nach Luft.

Clare Deveraux stand vor ihrer Tür. „Was wollen Sie?", rief Lucy. Sie war zu müde, um sich um Höflichkeiten zu scheren.

„Machen Sie auf. Hier draußen ist es wie in einem Backofen", ertönte Clares hochnäsige Stimme.

„Ich wette, bei sich zu Hause haben Sie eine Klimaanlage."

„Ich muss mit Ihnen reden."

Lucy öffnete die Tür und legte eine Hand über die Augen, um nicht von der Sonne geblendet zu werden. „Ich bin heute Morgen nicht auf Besuch eingestellt." Abgesehen von der Tatsache, dass ihr Haar in alle Himmelsrichtungen abstand, hatte Lucy mit der Frau, die Saving Grace schließen wollte und ihre Mutter früher wie eine Sklavin behandelt hatte, sowieso nichts zu bereden. Sie hätte die Tür fast wieder zugeknallt, als sie merkte, dass Clare nicht alleine war. Neben ihr stand ein gähnender Mann in lavendelfarbenen Hosen. „Wenn Sie mir Ihren Freund vorstellen wollen, hätten Sie das auch zu einer angemessenen Stunde machen können."

Clare winkte mit einer behandschuhten Hand ab. „Seien Sie nicht albern. Julian ist zwanzig Jahre jünger als ich."

Der schlanke Mann warf ihr einen fassungslosen Blick zu. „Wohl eher vierzig."

„Wie auch immer." Clare schnappte sich Lucys Zeitung und schlängelte sich an ihr vorbei in die Wohnung. „Lucy Wiltshire, ich habe Ihnen ein Angebot zu machen."

„Oh nein." Lucy konnte in ihrem Leben kein weiteres Angebot mehr gebrauchen. „Was auch immer Sie ausgeheckt haben, vergessen Sie es gleich wieder. Sie und Ihr Freund müssen jetzt leider wieder gehen."

Clare ließ sich auf die Couch fallen und tätschelte das Kissen neben sich. Mit einem entschuldigenden Blick in Lucys Richtung durchquerte Julian den Raum und setzte sich neben Clare.

Mittlerweile wünschte Lucy sich, sie hätte Hausschuhe angezogen. Ergeben ließ sie sich auf einen Stuhl fallen. „Was wollen Sie?"

„Lassen Sie uns frühstücken, ja?" Clare klatschte in die Hände. „Wir können essen und reden."

Lucy blinzelte. „Sie wollen eine Schüssel Cornflakes? Was anderes habe ich nämlich nicht."

Die alte Dame schnaufte. „Natürlich nicht." Sie schnippte in Richtung des Mannes. „Julian kann aus allem, was Sie in Ihrer Küche haben, ein kleines Festmahl zaubern."

„Eine verschimmelte Banane und ein bisschen Proteinpulver." Lucy fuhr sich mit einer Hand übers Gesicht. „Vielleicht sollten Sie beide sich ein paar heiße Waffeln kaufen gehen und später wiederkommen."

„Ich will mit Ihnen über gestern Abend sprechen."

„Ich nicht." Allein die Erwähnung ließ ihren Magen schon wieder revoltieren.

„Sie brauchen jemanden, der Ihnen beibringt, wie es läuft."

„Nein, danke."

„Aber zuerst werden wir frühstücken. Ich bin alt und schwach und muss deshalb jetzt sofort essen." Clare schlug auf die Armlehne. „Wissen Sie eigentlich, wie es ist, alt zu sein? Und so hilfsbedürftig, dass Sie einen persönlichen Assistenten brauchen?"

„Du bist schwach wie eine Rakete", warf ihr junger Freund ein.

Clare ignorierte ihn und fuhr fort. „Natürlich wissen Sie nicht, wie das ist. Ich sitze in meinem Haus herum und habe nichts zu tun. Aber ab heute wird sich das ändern. Sie sind meine neue Aufgabe, Lucy Wiltshire." Sie hielte gerade lang genug inne, um ihren Blick durch die Wohnung schweifen zu lassen. „Ja, ich sehe, dass meine Hilfe benötigt wird." Sie tätschelte das Knie des blonden Mannes. „Ich hoffe, du bekommst keine schlechten Erinnerungen, mein Lieber." Sie wandte sich wieder an Lucy. „Ich habe Julian von der Straße gerettet. Ich will nicht, dass er wieder dahin zurückkehren muss."

Julian verdrehte die Augen. „Ich habe im *König der Löwen* gesungen. Du hast mich nicht von der Straße geholt, du alte Schreckschraube. Du hast mich höchstens vor meiner Abhängigkeit nach Bühnenmakeup und meiner Allergie gegen Kleber und Schnurrhaare gerettet."

Das alles war wirklich verrückt. „Ich würde jetzt gerne wieder zurück ins Bett, also wenn Sie beide mich endlich alleine –"

„Heutzutage sind auch Männer Sekretäre, wussten Sie das?" Clare lächelte ihren Freund an. „Er kann meine E-Mails abholen und gleichzeitig singen. Also, wo war ich? Ach ja." Clare richtete ihren Blick wieder auf Lucy. „Ich wollte sagen, dass Sie ohne meine Hilfe das Leben von Alex zerstören werden."

Lucy schloss die Augen. Wie gemein und hinterhältig Clare auch immer war, sie sagte die Wahrheit. Wer war Lucy, dass sie sich in Alex' Kreisen zu benehmen gewusst hätte? Nur, weil sie nicht mehr siebzehn war, bedeutete das noch lange nicht, dass sie gelernt hatte, mit den Haien zu schwimmen.

„Hören Sie sich einfach an, was ich Ihnen zu sagen habe", sagte Clare mit ihrer kultivierten Südstaaten-Sprachmelodie.

Julian sprang auf. „Ich gehe in die Küche und sehe mal, was ich tun kann."

Clare ging ihm nach und Lucy musste wohl oder übel folgen.

„Sie hatten recht." Schranktüren klapperten, während Julian alles durchsuchte. „Gähnende Leere."

„Ich hatte keine Zeit einzukaufen." *Ich war zu beschäftigt damit, meine Seele zu verschachern.*

Clare setzte sich an den Tisch und entfaltete die Tageszeitung. Sie las einen Moment, währenddem Lucy sich fühlte, als wäre sie Gast in ihrer eigenen Wohnung.

Endlich ließ Clare die Zeitung sinken und musterte Lucy. „Ihr Haar. Ein bisschen widerspenstig." Ihre Augen wanderten wieder zu den Nachrichten. „Die Haare meines Sohnes waren auch so, als er noch klein war. Ich habe sie ihm lang wachsen lassen, doch das mochte mein Mann nicht. Sagte, es sei ihm zu weiblich."

Julian schenkte Saft in ein Weinglas ein. „Es ist doch nichts Falsches daran, mit seiner femininen Seite in Berührung zu kommen."

Es war wie in einer schlechten Fernsehkomödie. Vor ihr saß die Frau, die Lucy ihr ganzes Leben lang herablassend behandelt hatte. Und ausgerechnet die wollte nun mit ihr frühstücken, las *ihre* Zeitung und redete über Frisuren.

„Wer will Pfannkuchen? Ich muss ein bisschen tricksen, aber ich denke, ich bekomme es hin", sagte Julian.

Lucy zählte still bis zehn. „Vielleicht essen wir lieber etwas … Schnelleres."

„Oh, schauen Sie hier, bei den Prominachrichten. Hier steht, dass Lady R. bei Mrs M. zur Teeparty eingeladen war und doch tatsächlich versucht hat, das Tafelsilber mitgehen zu lassen." Sie hob eine Augenbraue und sah Julian an. „Wenn das nicht Roxie Stinson war, gebe ich meine Botoxpartys auf."

„Der Langfinger hat mal wieder zugeschlagen." Julian tat Butter in eine Schüssel. „Weißt du noch, als sie versuchte, deine Perlen zu klauen?"

Clare überflog den Rest des Artikels. „Viel Geld bedeutet nicht automatisch gute Manieren." Endlich legte sie die Zeitung beiseite und richtete ihre Raubtieraugen auf Lucy. „Wo wir gerade davon reden, ich bin hier, um Ihnen meine Hilfe anzubieten."

„Danke." *Und jetzt verschwinden Sie bitte.*

„Alex hat mich heute Morgen kontaktiert und mich gebeten, Sie zu unterstützen. Ich bin eine frühere First Lady." Sie fuhr sich mit der Hand an den Hals und ließ die Worte in der Luft hängen, als erwarte sie etwas von Lucy. Als nichts geschah, fuhr sie fort. „Und ich habe beschlossen, dass es Zeit ist."

„Zeit wofür?", fragte Lucy und schaffte es nicht, sich der Intensität dieser Frau zu entziehen.

Clare öffnete den Mund. Schloss ihn wieder. Warf Julian einen Blick zu. „Zeit, mein Wissen an die jüngere Generation weiterzugeben. Ich kann Ihnen eine ganze Menge beibringen. Und genau darum hat Alex mich gebeten."

Warum fühlten sich diese Worte wie ein Schlag an? Es war eine Sache, zu wissen, dass sie wie ein hässliches Entlein in dieser Welt der Reichen und Schönen war. Etwas völlig anderes war es, dass Alex genau ihrer Meinung zu sein schien. Das schmerzte. „Also hat er Sie gefragt, ob Sie mich *unterrichten*?"

„Ja." Clare konnte die Aufregung in ihrer Stimme nicht verbergen. „Aber es ist weil ... er sich wirklich um Sie zu sorgen scheint."

„Natürlich."

„Das Lustige ist, dass ich mir genau das Gleiche überlegt hatte, als ich gestern Abend nach Hause kam. Habe ich nicht genau das zu dir gesagt, Julian?"

„Ja, genau das." Er wendete einen Pfannkuchen. „Okay, wer möchte gerne etwas essen?" Er fand die Teller und deckte den Tisch, während Lucy wie erstarrt war. Ihr erschien das alles surreal. Sie war nie gut genug gewesen, um sich mit der Charlestoner Aristokratie abzugeben und jetzt wurde sie sie einfach nicht mehr los.

Julian bediente die beiden Frauen und setzte sich dann selbst hin. „Lasst uns beten, in Ordnung?" Er tätschelte Clares Hand. „Ich glaube, du bist dran."

„Ja, das stimmt." Clare sah Lucys überraschten Blick. „Was? Neigen Sie Ihren Kopf. Wissen Sie nicht, was Ihnen die Gebetsetikette vorschreibt? Gebete funktionieren nicht, wenn man nicht den Kopf neigt."

„Wir sind Neulinge auf diesem Gebiet", erklärte Julian.

Lucy verkniff sich eine bissige Antwort und tat wie ihr geheißen.

„Herr, wir danken dir für dieses gute Essen. Auch, wenn jemand hier gerade gar nicht dankbar ist. Und auch, wenn der Marsch durch die Hitze draußen meine Arthritis verschlimmert hat."

„Ja, Herr", rief Julian.

„Und wir bitten dich auch, dass du Lucys Herz auf das vorbereitest, was noch auf sie zukommt. Es wird hart werden. Und herausfordernd. Das wird meine Aufgabe sein."

„Ja, Jesus."

„Bitte begleite Lucy während ihres Trainings. Und ... wenn sie eine Seite an sich entdeckt, die sie so bisher noch nicht kannte. Denn ich muss ihr viel beibringen. Aber ich werde sie in den inneren Kreis bringen, das habe ich mir vorgenommen. Und das schaffe ich nur durch deine große Gnade, Herr. Auch wenn Julian und ich erst neu in deiner Herde sind. Aber allein die Mitgliedschaft zählt."

„Wie eine goldene Kreditkarte, Herr."

„Okay." Lucy nahm den Kopf wieder hoch. „Amen." Sie schnappte sich ihre Gabel und teilte den Pfannkuchen in kleine Stückchen.

„Wir fangen morgen Abend mit Ihrem Unterricht an“, fuhr Clare ungerührt fort. „Sie werden zu mir kommen. Ich lasse Sie von Julian abholen.“

„Da will ich zur Kirche.“

Clare nahm einen gezierten Bissen. „Nehmen Sie Ihre Ellenbogen vom Tisch.“

Sie wurde doch tatsächlich in ihrer eigenen Wohnung herumkommandiert! „Verstehen Sie mich bitte nicht falsch, Mrs Deveraux, aber ich suche mir lieber Hilfe bei jemand anderem.“

„Von wem denn, Liebes?“ Clares Gesichtsausdruck zeigte Lucy, dass sie jetzt lieber keinen Namen nennen sollte.

Sie nippte an ihrem Saft. „Meine Freundin Amy war Miss Magnolienblüte.“ In der dritten Klasse.

„Junge Dame, hier geht es um mehr als Posieren und Beeindrucken. Kennen Sie die Namen der Enkelkinder des Gouverneurs?“

„Nein.“

„Rachelle und Michael.“ Julian presste sich eine Serviette an die Lippen.

„Ich bin sicher, dass Sie mir sagen können, welche Ziele Alex' Gegner in seiner Kampagne verfolgt?“

Der Pfannkuchen fühlte sich in ihrem Mund wie Kleister an. „Nein.“

„Wissen Sie, wo Alex beim Thema Bildung steht?“

Ihr Kopf fing an zu pochen. „Ich bin sicher, er findet sie gut.“

Clare schnaubte und legte ihre Gabel beiseite. „Lass uns allein, Julian.“

Er stand auf und verbeugte sich. „Ja, Madam. Ich gehe ins Wohnzimmer und tue so, als würde ich euch gar nicht hören.“ Und mit einem freundlichen Zwinkern verschwand er.

„Mrs Deveraux –“

„Nennen Sie mich Clare.“

Lucy hätte sie am liebsten eigenhändig rausgeschmissen. „Clare, ich sehe ja ein, dass ich eine Niete bin, wenn es um gesellschaftliche Ereignisse geht. Und ich muss meine Hausaufgaben machen, was Alex' Politik betrifft. Aber das kriege ich schnell hin. Ich brauche keinen Unterricht.“ *Vor allem nicht von so einer alten Schreckschraube.*

„Meine Liebe.“ Clare sah sie intensiv an. „Ich habe viel mehr zu bieten als jahrelange Erfahrung. Ich werde mit Ihnen teilen, was man nicht aus Büchern lernen kann. Etwas, das nur ich lehren kann. Heute bringe ich Ihnen ein Geschenk, das Ihnen Glaubwürdigkeit verleihen wird."

„Ein anständiges Paar Stöckelschuhe?"

Clare lächelte nicht. Sie legte nur ihre Hand auf Lucys. „Ich gebe Ihnen meinen Namen."

Okay, das war verrückt. Einfach nur verrückt.

„Mein liebes Mädchen." Clare umschlang Lucys Finger nun. „Ich weiß, wer Ihr Vater ist."

Eine Million Gedanken zuckten durch Lucys Kopf. „Das tue ich auch. Sein Name war Thomas Miller. Er war Kampfpilot in der Navy." Eine Gänsehaut überzog ihren ganzen Körper.

„Das kann nicht sein."

Lucy kämpfte darum, normal einzuatmen. „Warum nicht?"

Blaue Augen starrten in blaue Augen. „Weil dein Vater ... mein Sohn war."

13. Kapitel

Alex sah sie mit schnellen Schritten und in einem knielangen Bademantel und Schneestiefeln die Pecan Street hinuntergehen.

„Sieh dir diese Verrückte an“, sagte seine Schwester vom Beifahrersitz aus.

Er bremste seinen Mercedes neben Lucy auf Schrittgeschwindigkeit ab und ließ das Fenster herunter.

Finley vergewisserte sich schnell, dass die Türen verschlossen waren.

„Schöner Morgen für einen Spaziergang.“ Das Autodisplay zeigte dreißig Grad an.

Finley beugte sich zu ihm, um einen besseren Blick durch das Fenster zu haben. „Du willst so eine Verrückte doch nicht einsteigen lassen, oder?“

„Nein.“ Alex fuhr weiter neben Lucy her. „Ich will sie nur heiraten.“

Endlich wandte Lucy sich ihm wütend zu. „Jeden Augenblick wache ich auf. Ich wache auf und das alles wird nur ein schrecklicher Traum gewesen sein.“ Sie marschierte einfach weiter, wie ein Soldat, der aufs Schlachtfeld zieht. „Das Mädchenheim“, schnaufte sie. „Clare Deveraux. Mein Vater.“ Ihre nächsten Worte zischte sie nur. „Und *du*.“

„PMS, prämenstruelles Syndrom.“ Er warf Finley einen Blick zu. „Ist jedes Mal schlimm bei ihr.“

„Kenne ich.“

Er beobachtete seine Scheinzukünftige, wie sie zornig vor sich hin stapfte und keine Anstalten machte, ihr Tempo zu verringern. „Schatz, willst du mir nicht sagen, was los ist?“

„Fahr doch einfach von einer Klippe.“

Er lächelte seine Schwester an. „Sie liebt mich so sehr, dass die manchmal Probleme hat, es zu zeigen.“ Er lenkte um ein Schlagloch herum, während drei Autos an ihnen vorbeifuhren. Alle starrten sie an. „Willst du nicht einsteigen?“

Er konnte sehen, wie sich ihre Lippen verzogen. „Sehe ich so aus, als wollte ich einsteigen?“

„Du siehst aus, als wärst du auf dem Weg zu einer Pyjamaparty, um jemanden zu erwürgen.“ Er fuhr ein wenig vor ihr her, um ihr Gesicht besser sehen zu können. „Aber ich habe Menschen noch nie nach ihrem Äußeren beurteilt."

Alex lächelte, als er ihren vorhersagbaren Schnauber hörte.

„Meine Schwester Finley und ich sind gerade auf dem Weg zum Frühstücken. Vielleicht willst du uns ja begleiten und sie kennenlernen."

Lucy legte ihren Kopf schief und sah ins Auto. „Nett, Sie kennenzulernen." Dann lenkte sie ihre Aufmerksamkeit wieder auf den Weg. „Ich habe schon gegessen. Mit meiner Oma."

Etwas sagte ihm, dass Lucy sich nicht durch ein schönes Essen oder einen Wochenendausflug beruhigen lassen würde. Diese Art Frau war sie nicht. Außerdem konnte er Anzeichen erkennen, dass sie irgendetwas sehr mitzunehmen schien. Zum Beispiel an der Art, wie ihr Bademantel mit einem Zipfel in ihren Boxershorts steckte. *Herr, mit dieser Frau brauche ich wirklich Hilfe.*

„Willst du darüber reden?" Er sah, wie die Autoschlange hinter ihnen immer länger wurde.

„Nein."

„Ich kann nicht ewig so neben dir herfahren", sagte er. „Vielleicht fahre ich den Benzintank leer und was würde es für mein Image bedeuten, wenn zwei Frauen meinen Wagen schieben würden?"

Lucy wischte sich mit dem Handrücken über die Augen. Sie weinte viel. Alex hoffte, dass das nicht der Normalzustand war, denn eigentlich konnte er damit nicht umgehen. Finley hatte von frühester Kindheit an gewusst, wie sie ihren Willen bekam. Sie ließ einfach ihren Tränen freien Lauf und sofort hatte die ganze Familie versucht, sie wieder glücklich zu machen.

Alex versuchte es noch einmal. „Können wir dich irgendwo absetzen?"

Seine Schwester sog die Luft ein. „Zum Beispiel in einer psychiatrischen Klinik."

„Ähm, Luce." Er winkte entschuldigend in Richtung der anderen Autos. „Ist dein Outfit nicht ein bisschen … ausgefallen?"

Und dann blieb sie plötzlich stehen. Mitten auf der Pecan Street setzte Lucy sich einfach hin, legte ihre Arme um die Knie und ließ den Kopf sinken. *Oh nein.*

Alex lenkte das Auto an den Straßenrand und sprang heraus. Schnell steckte er noch einmal seinen Kopf zum Fenster hinein. „Fahr ein paar Mal um den Block."

Finley grinste ihn breit an. „Cool."

„Diesmal keine Kratzer."

Mit quietschenden Reifen verschwand sie.

Alex betrachtete kurz Lucys wilde Frisur und kniete sich dann neben sie. „Ich kann dir nicht helfen, wenn du mir nicht sagst, was los ist."

„Niemand kann mir helfen." Sie hob den Kopf und starrte ihn an. „Ich bin in einer total durchgeknallten Seifenoper gefangen. Ich will einfach nur mein Leben zurück." Sie schniefte. „Und du –", sagte sie und piekste ihn mit ihrem Finger in die Brust, „– wie konntest du Clare nur fragen, ob sie mich unterrichten würde?"

„Dir *helfen* würde. Dir Ratschläge geben könnte." Lucy hatte wirklich zwei schöne Beine unter diesem Morgenmantel. „Geht es darum?"

„Ja." Sie fuhr sich mit dem Ärmel über die Nase. „Nein. Vielleicht."

„Hast du was getrunken?"

Lucy steckte die Hände in die Taschen. „Sie sagt, dass sie meine Großmutter ist."

„Wer?"

„Hast du mir nicht zugehört? Clare Deveraux behauptet, dass ihr Sohn Steven mein Vater ist. Kannst du das glauben?"

„Nein." Alex konnte sich beim besten Willen nicht vorstellen, dass ein nichtsnutziger Narr wie Steven Deveraux eine Tochter wie Lucy haben konnte. Steven war eine kaltherzige Schlange gewesen und hatte nur dafür gelebt, um in die Presse zu kommen. „Erzähl mir alles, was sie gesagt hat." Er würde Clare ihren gelifteten Hals umdrehen, wenn er sie das nächste Mal sah. Er hatte sie darum gebeten, sich mit Lucy zu befreunden. Sie zum Mittagessen einzuladen. Ihre Erfahrung mit ihr zu teilen. Und nicht, Lucy zu verschrecken, indem sie ihr mir nichts dir nichts mitteilte, dass sie die gleiche DNS hatten.

„Sie hat mir angeboten, mich zu *unterrichten*." Lucy warf ihm einen erbärmlichen Blick zu. „Ich weiß, dass es gestern richtig schrecklich gelaufen ist. Aber ich kann es besser, wirklich. Ich muss mich nur an das alles gewöhnen." Sie schniefte.

Er legte seine Hand auf ihr Knie. „Du machst das schon gut. Gestern Abend war ein kleiner Ausrutscher." Eher ein Desaster von epischem

Ausmaß. Und eins, das er sich so nicht noch einmal leisten konnte. „Was noch?"

„Dann hat sie gesagt: ‚Mein Sohn ist dein Vater.' Einfach so." Wieder ließ sie ihr Gesicht in die Hände sinken. „Ich weiß jetzt ganz genau, wie sich Luke Skywalker gefühlt hat, als er hörte, dass der Dunkle Lord sein Vater ist."

„Hat Clare dir einen Beweis gegeben?"

„Sie hat ein paar Fotos mitgebracht – Steven als Baby. Steven als Teenager. Aber was beweisen schon Fotos? Ich meine, als Babys sehen wir doch sowieso alle gleich aus." Eine feuchtwarme Brise fuhr durch die Bäume und zupfte an Lucys zerzaustem Haar. „Ich meine, wir waren beide ziemlich blass. Und sein Haar stand zu Berge, als wäre er vom Blitz getroffen worden – genau wie bei mir. Aber das bedeutet doch rein gar nichts."

Alex' Handy vibrierte in seiner Tasche. Er sah auf das Display und seufzte innerlich. Er musste den Anruf entgegennehmen, konnte Lucy aber nicht einfach allein lassen. „Und was waren deine Worte, als du ihr gesagt hast, dass das für dich kein Beweis ist?"

„Ich weiß nicht." Lucy rupfte einen Grashalm der Gehwegbepflanzung heraus. „Ich bin weggerannt. Hab sie einfach mit ihrem seltsamen Freund in meiner Wohnung gelassen."

„Weil ein Spaziergang im Morgenmantel und mit Schneestiefeln dir sinnvoll erschien?"

Lucy zog ihre Augenbrauen zusammen. „Als wären deine Ideen alle brillant. Im *Enquirer* habe ich gelesen, dass du letztes Jahr zwei Freundinnen hattest, die gleichzeitig in Malibu in deinem Strandhaus aufgetaucht sind. Zwei Freundinnen, die nichts voneinander wussten."

„Tut mir leid, aber zwei Frauen und ich? Das nennst du nicht brillant?" Ein Blick in Lucys Gesicht genügte, um Alex zu sagen, dass er lieber den Anruf hätte annehmen sollen. „Du darfst nicht alles glauben, was du liest. Sieh dir nur die ganzen Geschichten über uns an. Und jetzt erzähl mir noch mal, was du über deinen Vater weißt."

Lucy presste die Finger an die Schläfen und ratterte ihre Liste herunter. „Mein Vater war bei der Air Force. Ist bei einem Übungsflug ums Leben gekommen. Hat meine Mutter nie geheiratet, aber sie hatten es vor. Er war Waise. Ich habe ihn nie kennengelernt, aber ich habe Fotos von ihm."

„Und siehst du ihm ähnlich?"

„Weiß ich nicht. Ich denke schon. Vielleicht." Sie zuckte mit den Schultern. „Ich sah eher meiner Mutter ähnlich."

„Es gibt einen Weg, herauszufinden, ob Steve wirklich dein Vater war."

„Clare sagte, sie hätte einen unwiderlegbaren Beweis bei sich zu Hause."

Alex erhob sich. „Dann lass uns dahin fahren."

„Nein!" Lucy ergriff seine Hand. „Das kann ich jetzt nicht." Sie fuhr sich nervös mit der Zunge über die Lippen. Alex sah sie wie in Zeitlupe. Selbst mit ihren zerzausten Haaren sah sie wunderschön aus. „Ich will sie nicht sehen. Ich will einfach nur nach Hause. Ich will mein altes Leben zurück. Und ich will, dass diese Frau aus meiner Wohnung verschwindet. Und –"

„Du willst eine bessere Wahl in Bezug auf dein Schuhwerk treffen?"

Lucy warf einen Blick auf ihre mit Fell besetzten Schneestiefel. „Das war das Einzige, was ich in meiner Garderobe gefunden habe. Ich hab sie mir auf dem Weg nach draußen geschnappt." Und dann fing sie wieder an zu weinen.

Alex strich ihr mit der Hand über die Wange. Er musste schnell mit Finley essen und sich dann wieder auf den Weg ins Büro machen, aber er konnte Lucy auch nicht in Boxershorts am Straßenrand herumsitzen lassen.

„Lucy, du lässt mir keine Wahl." Er fragte sich, ob sie merkte, dass sie immer noch seine Hand hielt. „Es ist Zeit, dir das Hauptquartier für meine Kampagne zu zeigen. Du musst mein Team kennenlernen. Ich will dir einen Einblick in mein Leben geben." Wieder fuhr er ihr sanft über die Wange. „Und dir zeigen, wie man bei Nacht und Nebel Werbeschilder in Rasenflächen rammt."

Sie schniefte. „Ich sehe schrecklich aus."

Er bedachte ihren Pyjama mit einem kurzen Blick. „Nichts, was ein bisschen Lipgloss nicht beheben könnte."

Lucy im Büro zu haben, würde helfen, auch Finley zu beschäftigen.

In letzter Zeit hatten es seine Eltern schwer mit Finley und Alex vermutete, dass sie nur eine kleine Auszeit hatten haben wollen, als sie eine Bruder-Schwester-Unternehmung vorgeschlagen hatten.

Augen, so blau wie der Sommerhimmel, sahen ihn forschend an. „Findest du, dass ich eine Katastrophe bin?"

„Nein." Nur er und Jesus würden wissen, dass das nicht ganz die Wahrheit war. „Ich denke, du bist einfach etwas überfordert. Das ist auch der einzige Grund, warum ich Clare gebeten habe, mit dir Kontakt aufzunehmen. Wenn ich gewusst hätte, dass sie dir eine Atombombe in den Schoß wirft, hätte ich doch nie so einen Vorschlag gemacht."

Lucy wandte sich um, als ein roter Chevy Camaro hupend an ihnen vorbeifuhr. „Matt wollte mir einen Heiratsantrag machen."

Schuldgefühle versetzten Alex einen Stich. „Luce, das tut mir leid." Großartig. Jetzt lebte er nicht nur die größte Lüge seit Watergate, sondern ruinierte auch noch Lucys Zukunft. „Aber wie gut kann dieser Kerl sein, wenn er dich schon einmal verlassen hat?"

Sie starrte ihn finster an. „Du kennst ihn doch nicht mal."

Nein, das tat er wirklich nicht. Aber irgendetwas an Matt Campbell störte ihn. Der Mann wirkte so interessant wie eine Steuererklärung. Mittlerweile kannte er Lucy so gut, dass er wusste, dass sie nach fünf Minuten mit diesem Kerl gelangweilt wäre.

Er musste sie von diesen Gedanken ablenken. „Habe ich schon erwähnt, dass wir nächsten Monat eine große Party schmeißen? Du magst es doch, Partys zu planen, oder?" Mochte das nicht jede Frau?

„Kennst du mich überhaupt?" Lucy entzog ihm ihre Hand und stand auf. „Ich hasse Partys! Alex, vielleicht sollten wir das Ganze einfach beenden. Du suchst dir eine andere und ich –"

„Was willst du tun?" Alex erhob sich nun selbst zu seiner vollen Größe. „Lass mich jetzt nicht im Stich. Du brauchst mein Geld und ich brauche –"

„Was? Meine Fähigkeit, Kellner aufzuspießen? Meine unglaubliche Gabe, unbezahlbare Kunst zu zerstören?"

Sie stapfte davon, doch er hatte sie mit zwei Schritten eingeholt und drehte sie wieder zu sich. Zorn funkelte in ihren Augen. „Lass mich nicht im Stich. Nicht jetzt. Ich habe zu viel zu verlieren." Es bedeutete ihm alles.

Lucy starrte auf seine Hände, dann in sein Gesicht. Sie roch nach Pfannkuchen und sah aus wie eine verirrte Märchenfigur. „Wie viele Leute sollen denn zu dieser Party kommen?"

„Hunderte."

„Werde ich es hassen?"

Er musste seine Augen von ihren wunderschönen Lippen losreißen, um ihr zu antworten. „Wahrscheinlich schon."

Lucy nickte einmal ernst, so, als hätte sie für sich eine Entscheidung getroffen. „Wenn ich Matt nicht zurückbekomme, wenn das alles hier vorbei ist, werde ich dir niemals vergeben."

„Verstanden."

„Und ich werde dich schonungslos verfolgen und dir das Leben schwer machen."

Alex ergriff ihre Hand, als sein Auto in Sicht kam. „Lucy Wiltshire, ich glaube, du hörst dich jetzt schon an wie meine Frau."

14. Kapitel

Manchmal brachte alleine der Anblick einer Kirche Lucy Ruhe und Zufriedenheit, als würde Gott zu ihr sagen: *Ich werde dir heute hier begegnen.*

Aber heute war kein solcher Tag.

Als Lucy aus ihrem Auto stieg, wirkte der rote Backsteinbau auf sie imposant und irgendwie verrückt. Sie fühlte sich allein schon dadurch als Heuchlerin, dass sie es wagte, den Bürgersteig zu betreten, der zu den geweihten Türen führte. *Hey, ich belüge die ganze Welt. Preist den Herrn.*

Einzelne Sonnenstrahlen stachen durch den bewölkten Himmel herab wie von Gott gesandte Pfeile. An fast jeder Ecke stand hier eine Kirche, was bedeutete, dass Lucy nicht weit fahren konnte, ohne dass die Schuld sie wieder und wieder verfolgte. Sie war doch immer das gute Mädchen gewesen. Diejenige, die den richtigen Weg ging und sich nicht beirren ließ. Und jetzt? Ging sie den Weg der Sittenlosigkeit. Doch immer, wenn sie ihre Augen schloss, sah sie die Gesichter ihrer Schützlinge vor sich.

Erst im dritten Anlauf schaffte sie es, von ihrem Auto weg – und auf die Kirche zuzugehen. Als sie noch auf dem Highway gewesen war, hatte sie für einen Moment das Gefühl gehabt, eine rote Limousine würde ihr folgen. Mit Alex zusammen zu sein bedeutete, Paparazzi um sich zu haben. So war die Paranoia schnell zu einem ihrer besten Freunde geworden – direkt nach dem Lippenstift, den sie immer und immer wieder auftrug. Fotos konnten so brutal sein. Wie in der Sonntagszeitung heute Morgen. Ein großes, wenig schmeichelhaftes Bild von ihr im Ballett, das direkt nach dem Fauxpas mit dem Gemälde aufgenommen worden sein musste. Und natürlich war es durch einen Artikel über ihre einfache Herkunft begleitet worden. Offenbar war es eine ereignislose Woche gewesen, wenn ein Reporter sich auf so etwas stürzen musste. Aber es schmerzte dennoch. Lucy hatte ihre Haferflocken noch nicht beendet gehabt, als ihr an diesem Morgen bewusst geworden war, dass sie zu drastischen Maßnahmen greifen musste – egal, was es kostete.

Chuck begrüßte sie an der Tür. „Willkommen, Schwester. Ich freue mich, dass du da bist.“

Sie lachte. „Heute keine Jeans?“

Er zog an dem Schlips unter seinem Kragen, während Morgan an seine Seite trat. „Der Pastor ist krank. Ich übernehme.“

„Nervös?“, fragte Lucy.

Er wischte sich die Stirn ab. „Es kann schon sein, dass ich mir vor einer halben Stunde in die Hose gemacht habe.“

„Er wird es ganz großartig machen“, sagte Morgan und tätschelte Chucks Arm.

„Ja, ich hoffe, dass ich daran denke, dass ich heute zu Menschen spreche, die älter sind als sechzehn.“ Er winkte einem Bekannten. „Es ist doch okay, das Wort ‚Kumpel‘ in einem Gebet zu verwenden, oder?“

Lucy lächelte. Chuck war so gut in dem, was er tat, aber sein Selbstvertrauen musste noch aufgebessert werden. „Hey, wollen wir danach etwas essen gehen? Rumhängen – reden?“ Sie musste mit jemandem über Clare Deverauxs Enthüllung sprechen, wollte ihren Freunden davon berichten und deren Meinung dazu hören.

„Wir können leider nicht“, sagte Morgan. „Wir müssen nachher noch anderen gesellschaftlichen Verpflichtungen nachkommen.“

Chuck begrüßte ein vorübergehendes Pärchen.

„Okay. Dann ein andermal.“ Dann würde es eben warten müssen. „Viel Erfolg da drinnen.“

„Oh, das hätte ich fast vergessen.“ Morgan wandte ihren Kopf um und warf Lucy einen fragenden Blick zu. „Da wartet jemand auf dich.“

Lucy sah an Chuck vorbei in den Gottesdienstraum. Dort, in der zehnten Reihe, saß Alex Sinclair. „Oh.“

„Ja, das habe ich auch gesagt.“ Morgan zögerte. „Lucy, was läuft da zwischen euch?“

Lucy zuckte mit den Schultern. „Genau das, wonach es aussieht.“ Abzüglich einiger pikanter Details.

„Also ist es dir ernst? Ich meine, wir hatten in letzter Zeit nicht viele Gelegenheiten zum Reden, aber *er*? Und *du*?“

„Ja.“ Lucys Stimme war trocken und monoton. „Er ist alles, was man sich wünschen kann, und noch mehr.“

Morgan kaufte es ihr nicht ab. „Und du konntest mir nicht sagen, dass ihr beide euch monatelang getroffen habt?“

„Schau“, mischte sich jetzt auch Chuck ein. „Wir finden, dass du den besten Mann auf diesem Planeten bekommen solltest – das weißt du. Aber Alex Sinclair? Der Playboy? Bist du sicher, dass du weißt, was du tust?“ Er flüsterte nur noch. „Ich bin zwar Pastor, aber wenn er dir auch nur den kleinsten Kummer bereitet, nehme ich mein Laserschwert und räche dich.“

„Ich mag ihn. Er ist gar kein so schlechter Kerl, wenn man ihn erst mal näher kennengelernt hat.“

„Was ist mit Matt?“, wollte Morgan wissen.

Er hatte noch nicht auf ihren Anruf reagiert und das fügte dem Knoten in ihrem Magen noch eine weitere Ausbuchtung hinzu. „Lasst uns das ein andermal besprechen.“

Morgan schüttelte ihren Kopf und beugte sich näher an Lucy heran. „Ich weiß nicht, was hier läuft, aber ich will die Wahrheit hören. Also, wenn ich endlich ein paar dieser Hochzeitsangelegenheiten geregelt habe, werden wir eine lange, ausführliche Unterhaltung führen. Verstanden?“

„Ich gehe jetzt besser. Alex wartet auf mich.“

Sie ging den Mittelgang entlang und schlüpfte auf einen leeren Platz neben Alex.

„Hast du den für mich freigehalten?“, fragte sie leise.

„Ja. Für meine Freundin.“ Er grinste und Grübchen traten auf seine Wangen. „Du kannst hierbleiben, bis sie kommt.“

„Also, was machst du hier?“

„Zur Kirche gehen.“

„Warum?“

„Weil Sonntag ist.“

„Ist das auch für dein Image?“

Etwas in seinen dunklen Schokoladenaugen änderte sich. „Glaub doch, was du willst.“

Sie betrachtete ihn einen Moment lang, unsicher, wie sie auf seine Gegenwart reagieren sollte. „Gut, meine Bibel teile ich aber nicht mit dir.“

Der Kerl grinste wieder. „Ich habe meine eigene.“

„Eine Kinderbibel?“

Er lächelte das Paar an, das sich vor sie setzte. „Ich hoffe, du kriegst das mit deiner bissigen Art in den Griff, bevor wir heiraten. Das halte ich sonst keine fünfzig Jahre aus." Er beugte sich zu ihr und Lucy musste daran denken, das Atmen nicht zu vergessen. Der Schalk verließ seine Augen, während er sie musterte. „Wie geht es dir heute Morgen? Hattest du noch eine Unterhaltung mit Clare?"

Sie wusste nicht, was sie mit den Gefühlen anfangen sollte, die auf seinem Gesicht standen. Mit Sarkasmus hätte sie umgehen können, aber mit diesem sorgenvollen Blick? Und dieser Freundschaft, die sich langsam zwischen ihnen entwickelte? Furchteinflößend! „Sie hat ein paar Mal angerufen. Aber ich habe nicht abgenommen. Ich werde mir von irgendjemand anderem Tipps holen."

„Ich meinte wegen der Sache mit deinem Vater."

„Darüber kann ich jetzt beim besten Willen nicht nachdenken." Lucy beobachtete, wie Chuck seinen Platz einnahm. „Aber komischerweise bin ich froh, dass du da bist. Ich hoffe nur, dass wir gleich nicht vom Blitz erschlagen werden oder sowas."

„Nur zu deiner Information. Ich bin in einer Kirche groß geworden. Ab der fünften Klasse bin ich in die Bibelstunde gegangen."

Endlich konnte sie lächeln. „Wirklich?"

Er nickte. „Ich habe sogar eine Urkunde und all das bekommen."

„Ich bin beeindruckt."

„Leider wurde ich erwischt, als ich Emily Fletcher hinter einem Baum geküsst habe und die Auszeichnung wurde mir wieder abgenommen."

„Du Armer."

Alex zog an einer ihrer Locken. „Alles für mein Mädchen."

Sie musste sich von der Wärme in diesen millionenschweren Augen abwenden. Der Kerl ging ihr langsam unter die Haut.

Der gestrige Tag hatte ihr die Augen geöffnet – ihn in seinem Büro zu sehen, wie er Telefonate führte, Treffen leitete, die Werbeaktionen der nächsten Wochen plante. Sie hatte erwartet, Alex als den Befehlshaber vorzufinden, der seine Angestellten die schwere Arbeit machen ließ und sich ansonsten heraushielt. Doch das Einzige, aus dem er sich herausgehalten hatte, war das Mittagessen gewesen. Darum hatte sich seine Schwester Finley gekümmert.

Alex war ihr ein guter großer Bruder. Wie oft hatte Lucy gesehen, dass er sie zum Lachen gebracht und sie für ihre Hilfe bei den Telefonaten gelobt hatte. Und als wäre das alles nicht schon genug gewesen, hatte er sich die Zeit genommen, Lucy herumzuführen und ihr alle vorzustellen, die mit ihm zusammenarbeiteten. Als wäre sie Teil seines Teams. Ein Mitglied von Alex Sinclairs innerem Kreis.

Und jetzt saß er neben ihr, wie es jeder normale Freund tun würde. Einer, der nicht im großen politischen Rennen mitrannte. Und wenn sie die Augen schloss, konnte sie sich fast vorstellen, dass es wirklich so war. Sie konnte sich einreden, dass ihr Herz nicht wegen Matt brach. Es war so einfach, sich auf diese Fantasie einzulassen, die sie beide erschufen – dass Alex jemand war, der sich um sie sorgte. Der sie in dieser verwirrenden Zeit von Vaterfragen und sozialem Selbstmord beschützen würde.

Chucks Stimme unterbrach ihre wandernden Gedanken. „Im ersten Petrusbrief sagt Gott uns, dass es Zeit ist, wachsam zu sein. Der Teufel streift umher und sucht nach unseren Schwächen. Wisst ihr, wann wir am schwächsten sind?"

Auf den Partys reicher Leute, dachte Lucy.

„Wir sind leichte Beute, wenn wir gebrochen wie ein altes Fahrzeug am Wegesrand liegen", fuhr Chuck fort. „Wenn das Leben uns auf die Knie gezwungen hat und wir nicht wissen, wie wir alles wieder auf die Reihe bekommen sollen. Wenn unser Kopf sich nur noch mit den Schmerzen beschäftigen kann … und alle Lösungsansätze nur wild in unseren Gedanken herumschwirren."

Neben ihr machte Alex sich Notizen auf die Rückseite des heutigen Ablaufplanes. Seine Hand bedeckte einen Teil des Blattes und sie konnte nicht lesen, was er bisher geschrieben hatte.

„Gott sagt uns, dass wir demütig werden sollen. Dass wir zu ihm laufen und in seinen Armen Zuflucht suchen sollen. Wir dürfen es ihm überlassen, für uns zu sorgen, und können aufhören, uns von unseren Sorgen bestimmen zu lassen." Das gestreifte Hemd spannte sich über Chucks großen Bauch, als er die Bibel hochhielt. „Gott hat uns versprochen, dass wir alle Sorgen auf ihn werfen dürfen. Wenn wir eine kurze Zeit gelitten haben, wird er uns wieder aufrichten, stärken, kräftigen und auf festen Grund stellen."

Wenn Lucy noch länger litt, wusste sie nicht, was sie noch tun sollte. Ihre Leidenszeit war eindeutig nicht mehr kurz, sondern dauerte nun schon viel zu lange an. Mit dreißig fühlte sie sich nun schon wieder genauso schrecklich wie damals als Teenager.

„Leute –" Chuck ließ seine Augen über alle Anwesenden im Gottesdienstraum schweifen – „wir müssen standfest bleiben. Wir müssen fest mit Gottes Wort verbunden bleiben und immer wieder betend vor Gott kommen. Macht ihr im Moment eine schwere Zeit durch?“

Ja, eine Scheinverlobung. Sonst noch was?

„Jetzt ist nicht die Zeit aufzugeben. Satan will, dass ihr davonlauft. Aber der Herr sagt euch, dass ihr euren Problemen erhobenen Hauptes begegnen sollt, wie der junge David es mit Goliath getan hat. Gott war auf seiner Seite. Gott ist auch auf unserer Seite. Er ist unsere Zuflucht und unsere Verteidigung. Alle, die den Stürmen des Lebens mutig begegnen, werden sie auch überstehen.“

Das einschläfernde Geräusch der Ventilatoren an der Decke ließ Lucys Gedanken abschweifen und sie dachte an ihre Jahre in Charleston. Sie kamen ihr vor wie ein Theaterstück in zwei Akten. Da waren die schrecklichen Jahre ihrer Kindheit, in denen sie gezwungen gewesen war, das Privatcollege zu besuchen. Ihre Mutter war gestorben. Dann kam der zweite Akt, der vor drei Jahren begonnen hatte, als sie hierher zurückgekommen war, um sich selbst und der Stadt zu beweisen, dass mehr in ihr steckte, als alle geglaubt hatten. Doch alles, was sie bisher gezeigt hatte, war, dass sie keine wohltätige Einrichtung leiten konnte.

Und jetzt die Entwicklungen der letzten Tage. Wenn Clare recht hatte, hatte ihre Mutter sie angelogen. Und niemals vorgehabt, ihr die Wahrheit zu sagen. Clares Geschichte klang zwar unglaublich, doch es gab in der Tat Lücken in der Story ihrer Mutter, die Fragen aufwarfen.

„Was beschäftigt euch heute? Was lässt euch nachts nicht schlafen?“ Chuck ging vor dem Altar auf und ab. „Seid ihr bereit, Gott als Sieger über all das anzuerkennen? Ihm alle eure Ängste, Sorgen und eure Vergangenheit zu übergeben? Und sie einfach loszulassen? Lebt nicht einen Tag länger in Angst. Lasst Gott euer Leben frei machen.“ Nicht einmal die kleinen Kinder in den ersten Reihen gaben einen Laut von sich, während Chuck nun wieder seinen Blick schweifen ließ. „Lasst uns beten.“

Als Lucy ihren Kopf beugte, konnte sie einen Blick auf den Zettel in Alex' Schoß werfen. Der Name seines Bruders stand in großen Lettern ganz oben. Darunter in Stichworten Dinge, die ihn in Zusammenhang mit seinem Bruder beschäftigen mussten. In einer anderen Spalte standen wichtige Stichworte aus Chucks Predigt.

Herr, ich bitte dich für Alex. Hilf ihm, bei der Trauer um seinen Bruder und bei seiner Kampagne. Und Vater, gib mir Antworten. Ich muss wissen, ob alles, was ich über meinen Vater gedacht habe, eine große Lüge war. Ich habe im Moment keinen großen Anspruch, wenn es um Wahrheit und Ehrlichkeit geht, aber ich bitte dich trotzdem darum. Und Gott, ich bitte dich auch um die Stärke, die es braucht, um Alex' Verlobte zu sein. Ich habe keine Lust mehr, der ewige Schwächling zu sein.

Zumindest für heute.

Als Chuck Amen sagte, übernahm der Chor und begleitete die Gemeinde mit seinem Gesang nach draußen. Alex legte seine warme Hand in Lucys Rücken, als er neben ihr herging.

„Guter Gottesdienst." Er schüttelte Chucks Hand.

„Danke, Mann. Kommen Sie bald mal wieder." Chuck senkte seine Stimme. „Aber wenn Sie Lucy wehtun, wäre es mir eine Ehre, Ihre Kniescheiben zu zertrümmern."

Alex hatte mehr Muskeln in seinem linken Oberarm als Chuck in seinem gesamten Körper, trotzdem nickte er langsam. „Ich würde nichts anderes erwarten."

„Alex, kann ich ein Autogramm haben?" Mrs Bakers zehnjähriger Sohn stand mit einem Stift und einem Block vor ihnen. Fünf seiner Freunde standen ehrfürchtig hinter ihm, als hätten sie einen König vor sich.

„Klar, Jungs." Er warf Lucy ein schiefes Grinsen zu und signierte zwei Kirchenblättchen, eine Kappe, zwei Notizbücher und ein Kaugummipapier.

Er kritzelte nicht einfach schnell seinen Namen hin, sondern fragte jeden Jungen nach seinen Hobbys und redete freundlich mit ihnen. Er gab ihnen allen das Gefühl, wichtig zu sein. Als wären sie die Stars und nicht er. Lucy bemerkte, wie sie lächeln musste.

Er sollte nicht charmant sein. Er sollte nicht intelligent und witzig sein und nett zu kleinen Jungs, die ihn anhimmelten. *Sag etwas Arrogantes. Lehn es ab, ein Foto mit ihnen zu machen.* Lucy erkannte mehr und mehr von Alex' Herz. Und das machte sie nervös. Nein, sie würde sich von ihm nicht um den Finger wickeln lassen. Nicht heute und auch an keinem anderen Tag. In den letzten beiden Tagen hatte sie ihre Zeit mit ihm genossen. Und das durfte nicht sein.

„Lucy, ich sehe ein paar Leute, mit denen ich reden möchte", sagte Alex. „Gibst du mir zehn Minuten? Dann würde ich dich gerne zum Essen einladen."

Sie wusste, dass sie lächeln und nicken sollte. Die Rolle der lieben Freundin spielen. Aber Chuck hatte recht. Es war Zeit, sich um ihre eigenen Lasten zu kümmern, und wenn sie es jetzt nicht tun würde, würde sie es sich nie wieder trauen.

„Ich kann nicht." Sie brachte die Worte kaum hervor. „Ich … ich muss nach Hause und –" Ihr Kopf war so leer wie ihr Bankkonto. „Mich um was kümmern."

„Um was kümmern?"

„Ja. Wichtige Dinge." Sie konnte nicht erkennen, ob er ihr glaubte oder nicht. Es kümmerte sie auch nicht. „Ich sehe dich später." Lucy stellte sich auf die Zehenspitzen und drückte ihm einen Kuss auf die Wange.

„Geht es dir gut?"

„Ja."

„Du hast mich gerade geküsst." Er tippte mit einem Finger auf seine Wange. „Freiwillig."

„Ich konnte eben meine Leidenschaft nicht in den Griff bekommen", antwortete sie trocken.

Er lächelte verschmitzt und etwas anzüglich. „Es ist passiert."

Sie kramte hektisch in ihrer Tasche und zog den Autoschlüssel hervor. „Ich ruf dich später an."

Sie ließ ihn einfach stehen und er starrte ihr nach. Das konnte sie spüren. Hektisch ging sie auf ihr Auto zu und riss die Tür auf. Mit laut aufgedrehtem Radio fuhr sie an der Kirche vorbei und versuchte, jeden Gedanken an Alex aus ihrem Kopf zu verbannen.

Zwanzig Minuten später bog sie in eine Allee, in der sich eine Villa an die andere reihte. Vor dem Tor zu einem der imposantesten Gebäude blieb sie stehen und kurbelte das Fenster hinunter. Mit zitternden Fingern drückte sie auf einen roten Knopf an einer Säule links von sich. Eine kleine Kamera über ihrem Kopf verfolgte jede ihrer Bewegungen.

„Ja?", erklang eine Männerstimme.

„Julian?"

„Ja?"

„Hier ist –"

„Sagen Sie bitte Madonna."

„Ähm, nein." Ein roter Vogel landete auf einem perfekt gestutzten Busch. „Hier ist Lucy. Lucy Wiltshire."

„Mist." Dann ein Seufzen. „Dann müssen wir uns eben mit Ihnen begnügen." Das Tor öffnete sich quietschend. „Kommen Sie rein, Herzchen. Wir haben schon auf Sie gewartet."

15. Kapitel

„Lucy." Julian umarmte sie und gab ihr Luftküsschen auf beide Wangen. „Ich bin so froh, dass Sie gekommen sind. Es ist furchtbar langweilig, seit Tizzy Washington in der Reha ist und nicht mehr jeden Tag im Bademantel auf dem Rasen tanzt." Er zog sie mit sich in die Eingangshalle. „Sie kommen gerade richtig zum Mittagessen."

Lucy starrte auf den Reichtum um sich herum. Edle Holzböden. Ein Empfangsraum, der größer war als ihr ganzes Apartment. Seidenvorhänge. Überall frische Blumensträuße. Kunstwerke an den Wänden.

„Ich weiß", sagte Julian. „Es ist ein bisschen viel, aber ich bringe Clare einfach nicht davon ab."

Lucy hatte den Blick auf ihre Reflexion im gebohnerten Boden gerichtet und stand auf der Schwelle zwischen Verzweiflung und Stolz. Wie viel Zeit hatte Steven hier verbracht? Sie war ihr ganzes Leben lang hier an seinem Haus vorbeigekommen. Hatten er und Clare die ganze Zeit über diese Sache Bescheid gewusst? Hatten sie gewusst, dass Lucy und ihre Mutter von einem mageren Gehaltscheck zum nächsten lebten? Von Secondhandläden und Kreditkarten?

„Ähm …" Sie brauchte Anweisungen. Ein Skript, das ihr sagte, wie sie diesen seltsamen Moment überstehen sollte. „Ich habe mich gefragt, ob ich mit Mrs Deveraux sprechen könnte."

„Natürlich. Ich funke sie schnell an." Er griff in seine Hosentasche und zog ein kleines Walkie Talkie hervor. „Du hast Besuch, Honigschnütchen. Ich wiederhole, du hast Besuch. Hier spricht Big Daddy. Over and out." Mit einem Lächeln wandte er seine Aufmerksamkeit wieder Lucy zu und wies auf ein pinkfarbenes Sofa. „Sie wird gleich da sein. Fühlen Sie sich einfach wie zu Hause."

Lucy setzte sich auf die Kante der Couch und hielt ihren Rücken so gerade und gestreckt, wie es der Raum zu verlangen schien.

Was machte sie nur? Das war verrückt. Doch sie brauchte Antworten. Und sie brauchte Clares Erfahrung und Wissen. Sie durfte auf keinen Fall das schwache Glied in Alex' Kampagne sein. Sie würde bei dieser Sache erfolgreich sein. Sie würde es allen zeigen, die immer der Meinung gewesen waren, dass sie nichts erreichen würde. Allen, die seit

Jahren mit ihren hohen Südstaatennasen auf sie herabgeblickt und ihr das Leben schwer gemacht hatten. Tja, also jetzt würde sie die Verlobte eines Kongressabgeordneten werden.

Jedenfalls etwas in der Art.

Lucys gesamter Körper spannte sich an, als sie das unverkennbare Geräusch von schrecklich teuren Highheels auf dem Holz hörte.

„Julian, wie oft habe ich dir schon gesagt, dass du mir nicht diese schrecklichen Namen geben sollst und außerdem –" Clare hielt inne, als sie Lucy sah. „Oh, du bist es."

Ihr Assistent stemmte eine Hand in die Hüfte. „Ich habe dir doch gesagt, dass du einen Gast hast."

Clare presste die Lippen aufeinander, bevor sie antwortete. „Ich habe aber nicht Lucy erwartet."

Julian verdrehte die Augen. „Es wird Zeit, dass du deinen Traum aufgibst, dass George Clooney hier vorbeischneit. Nur weil ihr bei Facebook befreundet seid, heißt das noch gar nichts."

Lucy spielte mit ihrem Ohrring. Sie wollte, dass diese Sache endlich vorbei war. Und zwar schnell. „Ich bin aus zwei Gründen hier, Mrs Deveraux."

„Bitte." Clare setzte sich in einen Sessel ihr gegenüber. „Nenn mich Clare."

Lucy schluckte und schickte ein kurzes Stoßgebet nach oben. „Ich bin hier vorbeigekommen, um zu sagen, dass ich die Geschichte mit meinem Vater nicht glaube. Aber was am allerwichtigsten ist, ich will …" Oh, es war so schwer. Warum diese Frau? „Ich meine, ich ähm … Ich habe gemerkt, dass ich Hilfe brauche. Abgesehen von der Tatsache, dass Ihre Familie nie wirklich nett zu mir gewesen ist, weiß ich doch, dass es keine bessere Expertin als Sie gibt, was das politische und gesellschaftliche Leben von South Carolina betrifft. Ich will nicht dafür verantwortlich sein, dass Alex' Karriere den Bach runtergeht. Also, was auch immer nötig ist, ich will es versuchen."

Clare blinzelte langsam. „Julian, ich glaube, du wolltest uns Steaks in Biersoße machen. Geh zurück in die Küche und mach noch ein Steak mehr." Sie schlug ihre schlanken Beine übereinander. „Ich probiere jede Woche etwas Neues aus. Es war Julians Idee, stimmt's?"

„Ja, mein kleiner Giftpilz." Er verließ murmelnd den Raum.

„Ich habe ein sehr vornehmes Leben geführt. Immer das getan, was andere mir vorgeschrieben haben." Sie trommelte mit ihren roten Nägeln auf der Sessellehne. „Altes Geld verpflichtet, du weißt ja."

Lucy warf einen Blick auf ihre Uhr. „Ich werde nie müde, mir so etwas anzuhören."

„Ja, ich weiß, was du denkst. Ich habe ein wunderbares Leben geführt, aber mir sind auch viele Fehler unterlaufen. Wie ich dich behandelt habe, war einer davon."

„Bitte was?"

Clare erhob eine Hand. „Ich meine, wie ich deine Mutter behandelt habe. Euch beide habe ich aus unserem Leben hier verbannt." Sie hielt einen unerträglichen Moment lang inne. „Ich muss dir sehr viel erzählen."

„Ich will es gar nicht wissen." Jetzt, wo sie da war, wollte sie es sich nicht mehr anhören müssen.

„Doch, willst du." Sie beugte sich nach vorne. „Das sehe ich in deinen Augen. Ich habe dich all diese Jahre beobachtet. Du bist stolz. Du hältst deinen Kopf so hoch, aber das alles ist nur Fassade. Ein Schauspiel. Du kannst mich nicht ausstehen, oder? Mich – oder das, wofür ich stehe."

Lucy merkte, wie ihre Haut warm wurde. Ihr Puls beschleunigte sich. „Sie haben meine Mutter gefeuert. Sie haben sich eine hanebüchene Geschichte ausgedacht, weshalb sie in ganz Charleston keine Anstellung mehr gefunden hat."

Clare nickte. „Das stimmt. Ich habe es getan."

Jetzt erhob Lucy ihre Stimme. „Und deshalb musste meine Mutter über eine Stunde weit aus der Stadt herausfahren, um zu putzen. Und weil sie nicht mehr für Sie und Ihre reichen Freunde arbeiten konnte, musste sie außerdem noch einen Job als Kellnerin annehmen. Also, wenn Sie sich fragen, wie ich mich fühle, wenn ich hier so auf Ihrem schicken Sofa in Ihrem noch schickeren Empfangszimmer sitze und Sie darum bitte, mir die Schlüssel zu Alex' Welt auszuhändigen, kann ich es Ihnen nicht sagen. Zumindest nicht in Worten, die Ihre reichen Ohren nicht abfallen lassen würden." Als die Worte ihren Mund verlassen hatten, bereute Lucy sie schon. Aber sie würde sie nicht zurücknehmen. Was wusste eine Frau wie Clare schon von Christus und Liebe? Oder Gnade und Barmherzigkeit? Wo war ihre Barmherzigkeit gewesen, als Lucys Mutter sich den Rücken krummgeschuftet hatte?

„Ich verdiene es." Clare atmete langsam ein. „Und ich werde nicht um Vergebung bitten. Zumindest nicht, bis du nicht die ganze Wahrheit kennst."

„Thomas Miller ist mein Vater." Lucy riss ihre Tasche auf und durchsuchte den Inhalt, bis sie ein Foto gefunden hatte. „Hier." Sie klatschte das Bild auf den ahornen Kaffeetisch. Schob es zu Clare. „Das ist mein Vater."

Clare sah sich das Foto an.

Runzelte die Stirn.

„Das ist er", sagte Lucy noch einmal. „Er war der Freund meiner Mutter."

Clare setzte ihre Brille auf. „Das bezweifle ich stark. Das ist Randy Pollack. Er hat seinen Abschluss zusammen mit meinem Sohn gemacht."

„Aber ... das ist mein Vater." Sie konnte die Enttäuschung in ihren Worten hören. „Ich habe noch mehr Bilder."

Clare nahm sich ein anderes Foto. „Ich sage es dir, der Mann auf diesen Bildern kann nicht dein Vater sein."

„Und Sie wissen das, weil?"

„Weil Randy heute *Rhonda* Pollack heißt und in Reno lebt. Sie hat ihre eigene Show im Lucky Horseshoe und bringt ihre presbyterianische Mutter regelmäßig zum Weinen."

Lucy sank in die Couch. „Oh."

Lügen. Alles Lügen. Wie hatte ihre Mutter sie nur so aufwachsen lassen können? Wo um alles in der Welt kam sie wirklich her? *Herr, ich will nicht, dass ich Steven Deveraux' Gene habe. Von mir aus alle außer ihm. Alle außer seiner Familie.*

„Bist du bereit für die Geschichte?"

Lucy schloss die Augen und presste sie zusammen.

Aber als sie sie wieder öffnete, war sie immer noch hier. Saß in Clares Empfangszimmer. Und ihr Leben war immer noch verwirrend.

„Ja."

Clare nickte feierlich. „Dann werden wir reden. *Und* essen."

Lucy drückte sich auf der Armlehne nach oben und kam zum Stehen.

„Oh, nein nein." Clare wackelte mit einem Finger. „Eine Dame steht nicht so schluderig auf. Sie erhebt sich, als werde sie von Luft getragen. Sieh mir zu."

„Dafür bin ich im Moment wirklich nicht in Stimmung." Lucy war dankbar, dass ihr Rückgrat sie überhaupt noch aufrecht hielt.

Mit einer fließenden Bewegung und unendlicher Grazie erhob sich Clare. „Gesehen?"

„Hey." Julian stakste in den Raum. „Werdet ihr den ganzen Tag sitzen üben oder mir bei den Steaks Gesellschaft leisten?"

„Auf dem Weg dahin", sagte Clare, „folgst du mir bitte, Lucy, damit du meinen Gang beobachten kannst."

Clare ging vor. Gefolgt von Julian, der ihr mit einem Zwinkern in perfekter Imitation nachging.

Das Esszimmer war ein großer, sonniger Ort. Ein silberner Kronleuchter hing von der Decke, der zu den antiken Lampen an den Wänden passte.

Lucy setzte sich und legte die Serviette auf ihren Schoß. Clare schüttelte den Kopf. Gab es auch etwas, das sie richtig machte? Fand Clare wirklich, dass es eine korrekte Art und Weise gab, eine Serviette aufzufalten?

Julian stellte das letzte Tablett ab. „Okay, lasst uns essen."

Lucy schaffte es, sich so lange aus dem Nebel, der sie umgab, zu befreien, um den köstlichen Duft vor sich wahrzunehmen. „Steaks, Pommes frites, Biersoße, Makkaroni mit Käse und Pudding?" Und diese Frau hatte sie gerade wegen der richtigen Benutzung ihrer Serviette getadelt? Das hier war doch kein perfektes Dinner!

Clare zuckte mit den Schultern. „Wie ich vorhin schon sagte, ich habe mir selbst Dinge untersagt, die für andere völlig normal waren. Aber diese Zeiten sind jetzt vorbei. Julian hat mich überzeugt, dass ich mich ändern muss. Ein bisschen leben sollte."

Julian nickte und faltete dann die Hände zum Gebet. „Wir haben eine To-Do-Liste erstellt. Sie hat schon all die großen Dinge erlebt – hat die Welt vom Eiffelturm aus gesehen, ist durch das Heilige Land gereist, hat Tee mit dem Dalai Lama geschlürft. Was sie brauchte war, die kleineren, einfacheren Freuden des Lebens kennenzulernen."

Clare schloss ihre Lippen um den Strohhalm in ihrer Cola. „Letzte Woche war ich auf einem Garagenflohmarkt." Sie erschauerte. „Schreckliche Sache."

„Ach, wie auch immer." Julian ließ sich nicht im Mindesten von dieser Frau einschüchtern. „Du bist mit einem Weihnachtspullover und einem Toilettenpapierwärmer zurückgekommen."

„Hör auf mit deinem Geplapper und bete für unser Essen." Clares Wangen saugten sich nach innen, als sie einen weiteren Schluck nahm. „Das ist richtig gut. Das solltest du bald wieder machen."

„Sei froh, dass ich deine Cola nicht vergiftet habe, du alte Schachtel."

Sie knurrte missbilligend. „Alles, was ich dir in meinem Testament vermachen werde, ist das Paar Gucci-Highheels, also werde ich heute Nacht ohne Angst schlafen."

Lucy konnte sich wegen der ganzen Fragen in ihrem Kopf nicht auf Julians kurzes Gebet konzentrieren. Wenn sie nachher dieses Haus verließ, würde sie wissen, ob Steven Deveraux wirklich ihr Vater war, warum ihre Mutter gelogen hatte und welche der vielen Gabeln man für das Dessert benutzte.

Lucy wusste, dass sie die Portion auf ihrem Teller niemals würde essen können. Ihr Magen fühlte sich wie verdreht an. „Fangen Sie ganz vorne an", sagte sie. „Ich muss alles wissen."

Clare warf Julian einen bedeutungsvollen Blick zu. Er griff nach Lucys Messer und legte es außer Reichweite.

„Wie du weißt, hat deine Mutter vor vielen Jahren unser Haus geputzt. Wir lebten damals im Gouverneurshaus in Washington, aber das hier war unser eigentliches Zuhause und Steve und ich waren sehr oft hier."

Allein bei der Erwähnung ihrer Mutter fing die Wunde in Lucys Herz wieder an zu bluten.

„Sie war gut in dem, was sie tat. Deine Mutter fand viel Arbeit hier in der Gegend. Ich habe sie all meinen Freunden empfohlen." Clare nahm einen Bissen von ihrem Makkaroni mit Käse und lächelte, als würde sie einen teuren Wein genießen. „Das ist wirklich köstlich, Julian. Lass uns das morgen Abend wieder machen."

„Gerne."

„Mein Sohn war im letzten Jahr am College", fuhr Clare fort. „Sein Vater war im Kongress und auch Steven wollte gerne in die Politik gehen. Er war überall beliebt. Wenn wir unseren Sohn ansahen, dachten wir, wir hätten den nächsten Präsidenten der Vereinigten Staaten vor uns."

Aber irgendetwas musste schiefgelaufen sein. Denn Steven war niemals in die Politik gegangen. Lucy wusste, dass er ein paar Geschäfte aufgebaut hatte, die jedoch alle pleitegegangen waren. Er hatte, soweit es Lucy bekannt war, niemals wirklich gearbeitet und nur von seinem Treuhandfond gelebt.

„An dem Tag, als mein Sohn für die Frühjahrsferien nach Hause kam, wusste ich, dass es Ärger geben würde. Er warf einen Blick auf deine Mutter und war unrettbar verloren. Steven hatte den Ruf eines Weiberhelden."

Julian redete mit vollem Mund. „Das kann jedem mal passieren."

„Wir hatten ihm schon vorher bei ein paar brenzligen Situationen helfen müssen. Aber dieses Mal", sagte Clare, „konnte ich sehen, wohin die ganze Sache führen würde, doch wir konnten nichts tun. Als Steven mit deiner Mutter redete, sah sie ihn an, als sei er ein Gott. Ich habe ihm verboten, sich mit ihr zu treffen. Immerhin war sie eine Angestellte. Mein Sohn war ein Mann der Zukunft – ein Deveraux."

„Meine Mutter war besser als Ihr Sohn an seinem besten Tag", sagte Lucy und das Essen lag ihr wie Blei im Magen. „Sie war freundlich und gut. Sie hätte niemals jemanden nach seinem Aussehen, seiner Herkunft oder seinem Bankkonto beurteilt."

Clare tunkte zwei Pommes in Ketchup und sprach weiter. „Mein Sohn war meine Welt. Damals dachte ich, ich würde ihn beschützen. Wenn ich heute zurückblicke, weiß ich, wie falsch ich damals lag. Wie schrecklich ich mich deiner Mutter gegenüber verhalten habe." Sie schob ihren Teller von sich und richtete ihre blauen Augen auf Lucy. „Ein paar Monate nach den Ferien kam Steven zu mir. Er erzählte mir, Anna sei schwanger. Er war untröstlich. Er bettelte mich an, es nicht seinem Vater zu erzählen. Natürlich habe ich das auch nicht getan. Es hätte meinen Mann umgebracht. Und zu dieser Zeit hätte es auch seine Karriere beenden können. Auf jeden Fall aber hätte es die Zukunft meines Sohnes zerstört. Ich konnte doch nicht zulassen, dass er die Putzfrau heiratet."

Lucy hätte sich am liebsten übergeben. Wie hatte ihre Mutter das vor ihr geheim halten können?

„Steven war in meinen Augen immer noch ein kleiner Junge, den ich beschützen wollte. Mit deiner Mutter war er zu diesem Zeitpunkt schon lange nicht mehr zusammen und traf sich mit anderen, die alle perfekte Ehefrauen abgegeben hätten. Er flehte mich an, ihm zu helfen. Und hatte ich mich nicht sein ganzes Leben lang um ihn gekümmert?" Clare starrte wie in weite Ferne. „Also bin ich zu Anna gegangen. Habe ihr Geld geboten, damit sie die Stadt verlässt. Sie hat abgelehnt. Sagte, sie sei in Charleston zu Hause und deshalb würde sie bleiben."

„Die Gräber ihrer Eltern sind hier", sagte Lucy mit monotoner Stimme. „Es war alles, was sie noch von ihrer Familie hatte."

„Sie lehnte es ab zu gehen. Also machte ich ihr klar, dass mein Sohn sie nicht mehr sehen wollte. Aber das wusste sie zu diesem Zeitpunkt schon. Ich erhöhte den Geldbetrag für ihr Schweigen und endlich nahm sie ihn an. Aber die Stadt wollte sie nicht verlassen." Clare ließ ihren Blick suchend über den Tisch schweifen.

Julian erhob sich wortlos, nahm einen Umschlag und reichte ihn Clare.

„Das ist der Scheck, den ich ihr ausgestellt habe." Sie wedelte ihn hin und her. „Und hier ist auch der Vertrag, den ich sie habe unterschreiben lassen." Sie reichte beides Lucy. „Im Austausch für eine Menge Geld hat deine Mutter versprochen, sich meinem Sohn nie wieder zu nähern und auch nicht über ihn zu sprechen. Und vor allem durfte sie ihn niemals als deinen Vater bezeichnen."

Lucys Hand zitterte, als sie den Scheck nahm. So viel war sie also wert gewesen. All diese Zeit hatte ihre Mutter nie auch nur ein Wort darüber verloren. Warum hatte sie ihr nicht die Wahrheit gesagt? Hatte sie Angst gehabt, dass Lucy sie dafür verurteilte?

Diese schreckliche Privatschule. Bezahlt durch Clares Schweigegeld. Und die Würde ihrer Mutter.

Weitere Puzzleteile fügten sich zusammen. „Also weil meine Mutter die Stadt nicht verlassen wollte, haben Sie es ihr unmöglich gemacht, hier zu arbeiten."

„Ich dachte doch, dass sie nur auf das Geld meines Sohnes aus war. Ja, ich wollte sie nicht immer sehen müssen und vor allem nicht in Stevens Nähe wissen." Clare zerknautschte ihre Serviette. „Lucy, ich hatte unrecht. Ich weiß das jetzt. Die große Schuld hält mich nachts wach."

„Das stimmt", sagte Julian. „Sie schaut viele Shopping-Sender. Letzten Monat hat sie einen Mixer in Stiftgröße gekauft."

„Bitte sag, dass du mir vergibst."

Lucys Zunge konnte kaum einen vollständigen Satz zusammenbringen. „Also sagen Sie mir gerade, dass Sie die ganze Zeit über wussten, wer ich bin?"

„Ja."

„Und der Mann, den Sie als meinen Vater bezeichnen, wusste es auch?“

„Ja.“

„Und er hatte mir nie etwas zu sagen?“ Lucys Stimme wurde immer lauter. „Und alles, was Sie jemals für mich getan haben war, gegen die weitere finanzielle Unterstützung durch Sinclair Hotels zu stimmen?“

„Ich habe für dich gestimmt. Es ist mir wichtig, dass du das weißt. Mein Leben ist jetzt völlig anders.“ Die vornehme Dame nahm einen schlürfenden Bissen von ihrem Pudding. „Verstehst du das?“

„Ich kann mit alldem nicht umgehen.“ Lucy erhob sich mit Tränen in den Augen. „Ich muss gehen.“

„Lucy, warte –“

Sie wandte sich wieder in Richtung Tisch. Sie schrie fast, als sie ihrer Großmutter antwortete. „Mein ganzes Leben lang hast du mich verleugnet. Mich abgelehnt. Genauso wie mein *Vater*. Und du erwartest, dass ich meine Arme öffne und dir vergebe? Ist das wirklich ernst gemeint? Hast du gedacht, dass unser Gespräch so endet? Hast du überhaupt irgendeine Ahnung, was ich durchgemacht habe?“

Clares Augenbrauen widersetzten sich dem Botox und zogen sich zusammen. „Du wolltest die Wahrheit hören. Und ich möchte dich daran erinnern, dass du mich im Moment brauchst. Ich hätte nicht jeden Tag mit dir arbeiten können, wenn eine Lüge zwischen uns gestanden hätte.“ Auch Clare erhob sich jetzt. „Wenn ich die Zeit zurückdrehen könnte, würde ich es tun.“

„Es ist zu spät.“ Lucy griff nach ihrer Handtasche. „Es ist einfach zu spät.“ Sie ging um Clare herum und stürmte aus dem Esszimmer und aus dem Haus.

16. Kapitel

Umzugskartons standen in ordentlichen Stapeln an der Wand von Matts Garage. Lucy wusste nicht, ob sie an der Eingangstür oder der Garage klopfen sollte, deshalb stand sie erst einmal in der Einfahrt und wartete auf eine Erleuchtung.

Vielleicht sollte sie besser gehen. Es morgen versuchen. Oder nächste Woche. Sonntags sollte man sich doch ausruhen. Aber sicher war es nicht besonders entspannend, dem Mann, den man einmal hatte heiraten wollen, zu erzählen, dass man es lieber mit einem ehemaligen Quarterback probieren wollte. Sie wandte sich um und begann wieder in Richtung Auto gehen.

„Lucy?“

Sie erstarrte und fragte sich kurz, ob es möglich wäre, diesen Tag noch einmal von vorne zu beginnen.

„Hallo, Matt.“ Die Distanz zu Matt, der an der Haustür stand, erstreckte sich vor ihr wie der letzte Kilometer bei einem Marathonlauf. All ihre Kraft wollte sie verlassen und in ihrem Kopf herrschte nur Chaos, während sie auf die Tür zuwankte.

„Es sieht alles ziemlich schrecklich aus, aber komm doch rein.“ Er machte keine Anstalten, sie zu berühren, hielt ihr aber die Tür auf, als sie sich an ihm vorbeiquetschte.

Sein Haus sah aus wie ein modernisiertes Farmhaus. Neuer beiger Teppich bedeckte die Böden. Seine braune Ledercouch stand vor einem gemütlichen Kamin, über dem ein Flatscreen prangte. Den Kamin würde Matt nie entzünden. Der Dreck würde ihn stören. Weiße Wände prägten alle Räume, was Lucy stark an Matt's alte Wohnung erinnerte. Sie hatte ihn einmal an einem Wochenende überrascht, sich seinen Schlüssel geschnappt und die Küche in einem wunderschönen Goldgelb gestrichen. Seine Anerkennung war nett und höflich, doch am nächsten Wochenende waren die Küchenwände wieder weiß gewesen. Veränderungen beunruhigten Matt und wenn es Lucy auch manchmal auf die Nerven gegangen war, hatte sie diese Stabilität an ihm zu schätzen gelernt.

„Setz dich.“ Matt wies auf das Sofa.

Während sie den Duft des neuen Teppichs in sich aufnahm, ließ sich Lucy nieder. Und sah die Zeitung auf dem Tisch.

Dort auf der ersten Seite prangte ein Foto von ihr und Alex bei dem Ballett. Mit seinem Arm um ihre Schulter wirkte Alex, als würde er seinen Besitzanspruch deutlich machen. Er zeigte aller Welt unverkennbar, dass Lucy Wiltshire zu ihm gehörte.

Matt räusperte sich. „Als ich das erste Bild von euch gesehen habe, habe ich noch gelacht. Ich wusste, dass du niemals mit einem Kerl wie Sinclair ausgehen würdest."

Richtig. Denn wer würde sich jemals vorstellen, dass die Tochter der Putzfrau sich in einen Märchenprinzen verlieben würde?

„Matt, ich –"

„Aber es ist wahr." Er ging zum Tisch und nahm die Zeitung in die Hand. „Oder nicht?"

Ihre Zunge war wie ein fremder Gegenstand in ihrem Mund. „Ich … wir …"

„Triffst du dich mit diesem Kerl?"

Lucy versuchte, den Kloß in ihrem Hals loszuwerden, und nickte nur.

„Und das konntest du mir nicht sagen?"

„Ich wollte es, aber –"

„Was war an diesem Abend auf der Gala, als ich euch beide draußen gesehen habe? Wart ihr da schon zusammen?"

Und noch eine Lüge am Tag des Herrn. „Ja."

„Und du hast dich von *mir* nach Hause bringen lassen?"

„Alex und ich … haben uns gestritten." Das stimmte wenigstens auf gewisse Art und Weise.

„So sah das für mich nicht aus."

„Ja, gestritten." Sie wandte ihre Augen von der Zeitung ab. „Über Football. Er … ähm, ist süchtig nach Football. Ich wollte ihn schon bei einer Selbsthilfegruppe anmelden." Es war, als hätte Gott den Pausenknopf in ihrem Gehirn gedrückt. Nicht ein einziger vernünftiger Gedanke kam ihr in den Sinn. „Es tut mir leid."

Mit drei Schritten stand er direkt vor ihr, seine Stimme war voller Schmerz. „Ich glaube dir nicht."

„Aber es tut mir wirklich leid. Ich –"

„Ich glaube dir nicht, dass du dich mit diesem Typen triffst."

Tränen traten ihr in die Augen, die sie schnell zurückdrängte. „Weil er zu gut für mich ist?" Später würde sie darüber nachdenken, warum sie das mehr traf als die Tatsache, dass sie sich von Matt abwenden musste. Aber im Moment fühlte sich Lucy wieder wie das Mädchen auf der Montrose Academy, das ihren schmachvollen Weg über die Schulflure antrat – in ihrer abgenutzten Uniform und den Secondhandschuhen.

Matt kniete sich hin und ergriff Lucys Hand. „Er interessiert sich nicht für dich. Verstehst du das nicht? Was willst du mit einem Kerl wie ihm? Er ist arrogant, eingebildet und kümmert sich nur um sich selbst."

„Das stimmt nicht. Er ist überraschend gutherzig. Höflich. Er kann nichts dafür, dass ihn die Medien so schrecklich darstellen. Wie würde es dir gefallen, wenn du den ganzen Tag von Paparazzi verfolgt werden würdest? Wie perfekt würde *dein* Leben dann aussehen?" Lucy schloss ihre Augen und atmete tief durch. Hatte sie gerade für Alex Partei ergriffen? Es war, als hätte etwas Fremdes von ihrem Körper Besitz ergriffen. Sie wusste nicht einmal mehr, wer sie selbst war. Steven Deveraux' Tochter. Clares Enkelin. Und jetzt Alex' Verteidiger? Als Nächstes würde sie wahrscheinlich noch Kautabak spucken, Statistiken zitieren und sich an peinlichen Stellen kratzen.

„Ich liebe dich, Lucy! Ich will mir zusammen mit dir ein Leben aufbauen."

Wieder musste sie gegen die Tränen ankämpfen. „Es … es ist zu spät." Es war zu spät für ihren Traum von einem Zuhause. Einer eigenen Familie, die sich freitags um den Tisch versammelte, Monopoly spielte und Popcorn aß. Vorbei. Alles vorbei. Sie hatte all das gegen die Existenz von Saving Grace eingetauscht.

Schniefend sah Lucy den Mann an, der ihre Zukunft hätte sein können. „Du bist ein netter Kerl, Matt. Und es wäre mir eine Ehre gewesen, dich zu heiraten."

„Du kannst es immer noch." Sein Griff um ihre Hand war fest. „Ich weiß, dass du es noch willst."

Das konnte sie nicht verleugnen. „Aber mein Platz ist jetzt bei Alex."

„Wir passen gut zusammen. Niemand kennt mich so wie du." Seine Stimme versagte fast. „Liebst du ihn?"

Es war, als würde jemand mit einem rostigen Messer in ihrem Herzen herumwühlen. „Ich werde ihn heiraten."

Matt erhob sich und brachte wieder Abstand zwischen sie. „Neulich Nacht haben wir uns unterhalten. Da hast du ihn mit keiner einzigen Silbe erwähnt. Ich *wusste*, dass du zu mir zurückkommen würdest."

Sie schüttelte den Kopf. „Ich war durcheinander."

„Weil du weißt, dass es eine Lüge ist, mit Alex zusammen zu sein."

Oh, er hatte ja keine Ahnung, wie recht er hatte. „Ich muss gehen", flüsterte sie. „Es tut mir leid. Du wirst nie wissen, wie sehr." Sie wollte sich ihm in die Arme werfen und ihn bitten, auf sie zu warten.

„Ich gebe dich nicht auf. Ich habe es einmal vermasselt, aber das wird mir nicht noch einmal passieren."

Es war, als hätte er ein Drehbuch – er sagte genau die richtigen Dinge.

„Alex Sinclair kann dich nicht glücklich machen. Du hast mir einmal gesagt, dass ich genauso bin, wie du dir deinen Mann vorstellst." Seine Augen suchten die ihren. „Er wird niemals in der Lage sein, dir das zu geben, was du brauchst."

„Das stimmt nicht." Mit zitternden Beinen erhob sich Lucy und wunderte sich, dass sie überhaupt aufrecht stehen konnte. „Er hat mir genau das gegeben, was ich brauchte."

„Ich werde dich nicht aufgeben, Lucy."

Sie schnappte sich ihre Tasche und lächelte schwach. „Wenn du das doch nur schon vor zwei Jahren gesagt hättest."

„Es ist noch nicht zu spät", sagte er entschieden.

Ihre Gedanken wanderten zu ihren Mädchen, dem Heim und wo sie in sechs Monaten wohl sein würde.

Und sie hoffte, dass Matt recht behielt.

Ruhelos wie eine Katze auf dem heißen Blechdach lenkte Lucy ihr Auto zu Saving Grace. Sie musste sich davon ablenken, dass ihr Leben ihr gerade um die Ohren flog, und mit den Mädchen reden, für die sie ihr Leben aufgegeben hatte. Denn bei Saving Grace ging es nicht um ein Gebäude. Es waren dreizehn junge Frauen, die mit ihrem Leben den Teufelskreislauf durchbrachen, dem schon viele andere vor ihnen zum Opfer gefallen waren.

„Sie sehen schrecklich aus."

Lucy schloss die Tür des Wohnzimmers, in dem Tyneisha Hollister vor dem Fernseher saß und ihre Nägel in einem knalligen Pink lackierte.

„Es geht mir gut“, sagte Lucy. „Ich bin nur müde.“

Tyneisha musterte sie noch einmal von Kopf bis Fuß und verzog das Gesicht. „Wissen Sie, was Sie brauchen?“

Die Liste von möglichen Erwiderungen war eindeutig viel zu lang. „Nein, sag du es mir.“

Während sie über ihren neuen Rihanna-Haarschnitt strich, lächelte Tyneisha. „Sie brauchen ein Stück Kuchen. Wir haben gestern Abend Deondras Geburtstag gefeiert und es ist noch genug vom Kuchen übrig, um halb Charleston zu füttern.“

„Warst du heute in der Kirche?“

„Klar, wissen Sie doch.“ Tyneisha vollendete das Kunstwerk an ihren Zehen. „Ich hab sogar im Chor mitgesungen.“

„Erzähl mir nichts.“

„Doch!“ Tyneisha musste kichern. „Ehrlich. Ich bin zu dem Gottesdienstleiter gegangen und habe gesagt ‚Mein Name ist Tyneisha Monique Hollister und ich habe beschlossen, Ihrem Chor meinen super Sopran zu leihen‘.“

Wieder traten Tränen in Lucys Augen und sie umarmte Tyneisha, bevor sie Lucys wässrige Augen bemerken konnte. „Ich bin stolz auf dich. Ich bin stolz auf jeden noch so kleinen Teil deines Lebens.“

Tyneisha erwiderte die Umarmung. „Ich liebe Sie, Miss Lucy.“

„Ich dich auch.“

Lucy betupfte ihre laufende Nase und zwang sich dazu, sich zusammenzureißen.

„Oh, übrigens die Neue haut nachts ab.“

„Marinell?“

„Mhm.“ Tyneisha, die selbst ernannte Mama des Hauses, wachte mit Argusaugen darüber, wann die anderen Mädchen kamen und gingen. „Sie denkt, sie kann zur Hintertür raus und keiner würde es bemerken? Tja, nicht mit mir!“

„Hast du es Josie und Tracey gesagt?“ Denn wenn sie es getan hatte, dann hatten die beiden Assistentinnen es noch nicht an Lucy weitergegeben.

„Nee, Sie wissen doch, dass ich meine Nase nicht so gerne in die

Angelegenheiten von anderen stecke. Aber letzte Nacht ist die Neue gar nicht mehr nach Hause gekommen und ich lag wach und hab mir Sorgen gemacht."

Das hatte Lucy gerade noch gefehlt! Wenn Marinell sich nicht an die Regeln hielt, konnte sie nicht hierbleiben. Aber wo sollte sie dann hin?

Erfüllt von ihrer neuen Mission stürmte Lucy den Flur entlang. Sie würde dieser Sache auf den Grund gehen. Die meisten Zimmer waren heute leer, denn die Mädchen gingen sonntags immer mit ihren Mentoren essen. Heute war keine Ausnahme. Aber Marinell war definitiv da.

Sie blieb vor ihrer Tür stehen und klopfte.

„Es ist offen."

Die Standpauke erstarb auf Lucys Lippen, als sie den Raum betrat und einen Blick auf Marinell warf. „Was ist los?"

Marinell blätterte die Seite eines Buches um und machte sich Notizen. „Nichts."

Ohne um Erlaubnis zu fragen, setzte sich Lucy zu ihr. „Du siehst aus, als hättest du eine Woche lang nicht mehr geschlafen."

Wortlos blätterte Marinell durch einen Ordner und zog ein Blatt Papier hervor. „Sie müssten mir das unterschreiben."

„Was ist das?"

„Es ist die Erlaubnis für einen Schulausflug am Dienstag. Unterschreiben Sie einfach unten links."

Lucy kannte diesen Trick bereits von den anderen Mädchen und las sich jede Zeile ganz genau durch. „Es ist eine Nachricht von deinem Schulleiter." Noch einmal überflog sie das Dokument. „Hier steht, dass deine Noten in den letzten Wochen schlechter geworden sind und dass du dich noch nicht für die Ferienkurse angemeldet hast."

„Ich brauche keine Ferienkurse."

„Wenn du nächstes Jahr deinen Abschluss machen willst, brauchst du sie schon. Du kannst nicht ein halbes Jahr schwänzen und dann erwarten, dass du alles ohne Probleme nachholen kannst."

„Ich kann meinen Abschluss an der Abendschule machen."

„Nein." Einige der Mädchen hatten das gemacht, doch Marinells Noten waren so gut gewesen, dass sie ohne Probleme das Abitur schaffen konnte. „Du wirst deine Hochschulzulassung bekommen und wir kommen alle nächstes Jahr auf die Abschlussfeier."

„Damit ihr euch über meinen peinlichen Hut lustig machen könnt?“
„Genau“, sagte Lucy. „Und jetzt rede endlich.“
„Worüber?“
„Darüber, dass du anscheinend auch noch woanders übernachtest.“
„Ich habe einen Freund.“
Lucy wusste nicht warum, doch sie glaubte Marinell nicht. *Herr, bin ich selbst so eine große Lügnerin geworden, dass ich auch bei anderen sofort merke, wenn sie nicht die Wahrheit sagen?* „Wo warst du, Marinell?“
„Einfach … draußen.“
Lucy rieb sich ihre Schläfe. „Ich hatte wirklich einen ganz schrecklichen Tag und meine Nerven liegen blank. Wenn du mir jetzt nicht sofort –“
„Ich war bei meinem Bruder im Krankenhaus, okay?“
Lucy hielt inne. „Ich wusste nicht, dass er krank ist.“
Marinell schniefte und hob endlich ihren Kopf. Gequälte Augen starrten Lucy an. „Rückfall“, sagte sie schlicht. „Carlos hat Nierenprobleme und er ist im Kinderkrankenhaus. Er ist in keine Familie aufgenommen worden, deshalb ist er ganz alleine.“
Lucy bekam keine Luft mehr. „Was ist mit deiner Mutter?“
„Sie hat ihren Job verloren, weil sie zu oft bei ihm im Krankenhaus war. Sie besucht Carlos, sooft sie kann, aber sie hat kein Auto.“
„Ich kann dich jederzeit zu deinem Bruder fahren.“
„Er ist erst acht, wissen Sie? Er braucht eine Familie. Ein Heim ist nicht das Gleiche.“
Lucy schob Marinell das lange braune Haar aus dem Gesicht. „Nein, es ist nicht das Gleiche.“
„Ich muss ein Auge auf ihn haben. Ich habe meinem Dad versprochen, dass ich –“
„Ich dachte, dein Dad wäre tot.“
„Tot? Er ist nur … weg. Nicht hier.“ Marinell zupfte einen Fussel vom Bett. „Ich kann nicht darüber reden.“
„Was soll das denn bedeuten?“
„Nichts, okay?“ Sie starrte Lucy verzweifelt an. „Sie würden mich wirklich zu meinem Bruder bringen?“
„Wir fahren zusammen, ja“, versicherte Lucy. „Aber du musst deine Schularbeiten vernünftig erledigen. Du tust niemandem einen Gefallen, wenn du sitzenbleibst.“

„Ich fühle mich einfach so …"
„Alleine?"
Marinell schloss ihre feuchten Augen. „Ja."
„Aber du bist nicht alleine." Lucy riskierte es und zog das Mädchen vorsichtig an sich. „Du bist nicht alleine. Du hast mich. Und du hast Saving Grace." Sie hielt das Mädchen fest, das an ihrer Schulter den Tränen freien Lauf ließ. „Das kommt dir vielleicht komisch vor, aber ich würde gerne für dich beten, okay?"
Marinell nickte leicht.
„Gott, wir kommen zu dir und bitten um Trost für Marinell. Gib ihr Kraft und Mut und lege deine liebenden Arme um sie. Wir bitten dich um Heilung für den kleinen Carlos. Lass ihn spüren, dass du da bist und ihn berührst. Lass ihn wissen, dass er nicht alleine ist, sondern geliebt wird. Im Namen Jesu, amen."
Marinell streifte mit der Hand über ihr Buch. „Ich muss noch ein bisschen lernen."
Für den Moment war es genug. „Ich sehe in einer Stunde noch mal nach dir." Mit einem leichteren Herzen, als Lucy es in den letzten Tagen gehabt hatte, machte sie sich auf den Weg in ihr Büro.
Und traf auf Alex Sinclair.
„Wo warst du?" Er saß wie der Kapitän einer Yacht in ihrem Bürostuhl. Die Lehne war zurückgestellt, seine Arme lagen auf den Armlehnen. Er erfüllte den ganzen Raum so mit seiner Anwesenheit, dass Lucy einen Schritt zurückprallte.
„Was machst du denn hier?", war alles, was sie hervorbrachte. Hatte sie vorher schon bemerkt, wie gut das grüne T-Shirt zu seinem Teint passte?
Er machte keine Anstalten, sich aus ihrem Stuhl zu erheben, sondern musterte sie nur interessiert. „Ich habe mir Sorgen gemacht, als du nach der Kirche einfach verschwunden bist. Ich habe versucht, dich anzurufen."
Warum sah er sie so an? Als könnte er ihr direkt ins Herz schauen. „Ich musste mich um ein paar Dinge kümmern."
Plötzlich wurde seine Stimme ganz sanft. „Willst du darüber reden?"
Sie war an einem Punkt angelangt, wo reden nur zu neuen Tränen geführt hätte. „So gerne, wie du über deinen Bruder redest."
Und dann erhob sich Alex mit seinem Footballspieler-Körper und

seinem charmanten Lächeln, überbrückte die Distanz zwischen ihnen und trat an sie heran.

„Schlimmer Tag?“, fragte er leise.

Lucy nickte. „Ich habe mir gerade Sorgen um eins meiner Mädchen gemacht.“

„Warum erzählst du mir nicht davon?“ Und er hörte geduldig zu, als sie ihm Marinells Situation erklärte.

„Du –“, er beugte seinen Kopf und musterte sie, „– bist eine ganz wunderbare Person.“

„Abgesehen von ein paar Lügen hier und da?“

Er lächelte. „Hast du heute mit Clare gesprochen?“

„Ja, ich habe bei ihr Mittag gegessen.“

„Hast du mit noch jemandem geredet?“

Sie nickte und erwartete, dass er nachforschen würde, sie unter Druck setzen wollte. Oder zumindest seinen Sarkasmus versprühen würde.

„Es tut mir leid.“ Zögernd legte er seine Hand an ihre Wange und dann an ihren Hinterkopf. Er zog sie an sich und legte seine starken Arme um sie.

Er roch nach Duschgel und teurem Parfum. Die Wärme seiner Haut übertrug sich auf sie und plötzlich war sie wie elektrisiert. Selbst die Luft um sie herum schien aufgeladen zu sein. Lucys Sinne wollten schwinden. Ihre starke körperliche Reaktion auf ihn verwirrte sie völlig.

Dann machte sie sich los. „Ich muss … ähm, Arbeit erledigen.“ Sie wusste, dass es eine schwache Ausrede war. Aber sie würde sich nicht in diesen Kerl verlieben, wie es jede andere Frau tat.

Seine Lippen verzogen sich zu einem schiefen Grinsen. „Du hast Probleme, Lucy Wiltshire.“

„Du meinst meine allergischen Reaktionen auf Footballspieler?“ Sie nickte und seufzte leicht. „Jedes Mal, wenn du mich berührst, bekomme ich Ausschlag.“

Er lachte leise und zwinkerte ihr zu. „Lass mich wissen, falls ich dir mit irgendetwas helfen kann.“ Und dann ging er.

Als sie sich in ihren Stuhl fallen ließ, konnte Lucy immer noch seinen Duft riechen, ja sogar fast körperlich spüren. Sie wusste nicht, was gerade passiert war.

Sie wusste nur, dass es nie wieder passieren durfte.

17. Kapitel

Zwei Wochen und zwölf Dates später stand Morgan eines Tages vor Lucys Tür, die Finger auf sie gerichtet, als wolle sie gleich auf sie schießen.

„Hast du geglaubt, ich würde heute keine Zeitung lesen?"

Lucy zog eine Schüssel aus dem Geschirrschrank und stellte sie neben ihrem Eisteeglas auf den Tisch. Aus dem Apartment über ihr tropfte es bereits seit drei Tagen in ihre Wohnung und entgegen den Versprechungen ihres Vermieters war der Schaden noch nicht behoben worden. Das alte Gebäude schien zu protestieren, so als hätte man es zu etwas gezwungen, was es nicht wollte.

Ihren Vermieter schien es nicht im Mindesten zu interessieren, dass das tropfende Wasser von oben mittlerweile schon das Cover ihres Narnia-Sammelbandes ruiniert hatte. Auch die neue Ausgabe der Vogue, die sich Lucy nur gekauft hatte, weil sie Alex zuliebe einen neuen Kleidungsstil ausprobieren wollte, war aufgeweicht worden. Lucy hatte sie sich noch nicht einmal angeschaut. Sie hätte es bestimmt getan. Vielleicht. Denn wer wollte nichts über Handtaschen wissen, die mehr kosteten als ihr Auto oder über Ohrringe, die optisch den Hals verlängerten und das Bankkonto überzogen?

„Lucy, ich rede mit dir."

Und jetzt stand Morgan vor ihr.

„Riechst du das?" Lucy schnüffelte die abgestandene Luft ihrer Wohnung. „Es stinkt irgendwie, oder?"

„Das Einzige, was hier stinkt, ist die Tatsache, dass du mir monatelang Dinge verschwiegen hast." Sie streckte Lucy die Zeitung hin und wedelte damit auffordernd vor der Nase ihrer Freundin herum. „Hier steht, dass Alex und du euch seit mindestens fünf Monaten trefft. Es gibt sogar Fotos, die das belegen." Sie zeigte auf eines der Bilder, die mit viel Know-how am Computer entworfen un der Presse zugespielt worden waren. „Guck, hier sieht man Alex und dich beim Skifahren in Colorado am fünften Januar."

„Mhm."

„Zufälligerweise weiß ich, dass du an diesem Tag garantiert nicht im

Skigebiet von Vail warst. An diesem Tag hat mir Chuck nämlich den Heiratsantrag gemacht und du hast dich in unserem Kofferraum versteckt und Fotos gemacht. Erinnerst du dich?“

„Ich erinnere mich noch, dass ich an diesem Abend ein paar störrischen Eseln ziemlich nahe gekommen bin.“

„Ich verstehe das nicht!“ Morgan ließ das Magazin sinken. „Erst fängst du an, dich mit Alex zu treffen. Du servierst Matt ab, was mich übrigens überhaupt nicht stört. Aber jetzt soll ich glauben, dass eure Beziehung schon seit Anfang des Jahres läuft?“

„Also gut.“ Lucy konnte es nicht länger vor sich herschieben. „Ich bin eine Lügnerin, Morgan. Ich gehöre zum Abschaum der Gesellschaft.“ Lucy stieß einen erschöpften Seufzer aus und ließ sich auf ihr Sofa fallen. „Ich bin auf die dunkle Seite gewechselt.“

Morgan stieß ein kurzes Lachen aus, doch Lucy fuhr ohne Unterbrechung fort. „Ich wollte es dir schon lange sagen. Aber ich habe nie den richtigen Zeitpunkt gefunden. Außerdem wollte ich dir nicht die traurige Mitteilung machen, dass deine beste Freundin im Begriff ist, wegen ihrer Sünden von Gott von diesem Planeten verbannt zu werden.“

„Sag mir einfach, was los ist.“

Und das tat Lucy endlich. Sie gestand Morgan jedes einzelne Detail ihrer Abmachung mit Alex.

Als sie fertig war und ihr Herz ausgewrungen hatte wie einen nassen Waschlappen, starrte Morgan sie einfach nur mit offenem Mund an. Völlig perplex und schweigend.

„Morgan?“

Ihre Freundin stand auf und ging in die Küche. Sie schenkte sich eine Diätcola ein, ohne Eis. Dann schlurfte sie zurück und kippte die Cola in einem Schluck herunter. Sie wandte ihre funkelnden Augen Lucy zu. „Bist du völlig durchgeknallt?“

„Nein, ich –“

„Du hättest zu mir kommen sollen. Du hättest es mir erzählen müssen.“

Jetzt erwachte auch Lucys Temperament. „Damit du es mir ausredest?“

„Ja!“

„Was hatte ich denn für eine Wahl?“

„Ich weiß nicht." Morgan schlug die Hände über dem Kopf zusammen. „Vielleicht hättest du Gott lieber die ganze Sache überlassen sollen, anstatt eine Verlobung mit einem Schürzenjäger vorzutäuschen?"

„Alex ist ganz anders, als du denkst. Die Presse –"

„Lucy, mach die Augen auf." Morgan schüttelte ihre langen Angelina- Jolie-Haare. „Der Mann ist gefährlich. Er benutzt dich."

„Das tue ich doch auch!" Lucy zeigte auf die Zeitung. „Ich bin eine Meisterin im Manipulieren und wir wussten das vorher nicht einmal. Was ein weiterer Beweis dafür ist, dass ich Steven Deveraux' Tochter sein muss."

„Du musst diese Sache mit Alex beenden. Das ist zu verrückt."

„Ich habe meine Mädchen gerettet."

„Das ist keine Entschuldigung."

„Ich habe dreizehn Leben, die von mir abhängig sind und das Gegenteil beweisen."

„Du hast Gott bei dieser Sache doch gar nicht zum Zug kommen lassen. Du bist einfach auf die erste verrückte Idee angesprungen, die dir über den Weg gelaufen ist."

Lucys Wangen glühten bei diesem Vorwurf. „Ich stand kurz davor, das Heim für meine Mädchen zu verlieren und sie wieder auf die Straße schicken zu müssen. Ich konnte ihnen das nicht antun, weil –" Lucy unterbrach sich. Morgan würde es niemals verstehen. Sie konnte nicht wissen, wie es war, heimatlos zu sein. Niemanden zu haben, der sich um einen kümmerte. Mit den wenigen Besitztümern, die man hatte, unter einer Brücke zu schlafen.

„Gott kommt oft dann, wenn die Nacht am dunkelsten ist", sagte Morgan. „Hatten wir nicht erst vor ein paar Monaten eine Bibelstunde zu diesem Thema mit den Mädchen im Heim?"

„Okay, ja. Ich weiß." Lucy verstand, dass sie sich völlig auf Gott verlassen musste und ihm nicht drei Auswahlmöglichkeiten, sie zu retten, zur Verfügung stellen durfte, wie auf einem Ankreuzbogen. „Ich sage ja nicht, dass das, was ich getan habe, richtig war." Sie befeuchtete ihre trockenen Lippen und betete um die richtigen Worte. „Aber Gott hat sich nicht blicken lassen und ich habe Panik bekommen. Es ist so leicht, mir jetzt zu sagen, was ich hätte tun sollen. Aber es ändert nichts an der Tatsache, dass ich in dieser Sache drinhänge. Saving Grace ist jetzt für mindestens fünf Jahre sicher und wir können sogar noch mehr

Menschen helfen." Und Alex schloss in den Wahlumfragen nun endlich zu seinem Gegner auf.

„Und du hast alles verloren … damit deine Mädchen alles bekommen."

„Ich musste sie retten. Dafür bin ich hier auf dieser Welt."

„Aber nicht aus eigener Kraft."

Lucy konnte die Wahrheit nicht länger bestreiten.

„Deshalb hast du Matt verlassen, stimmt's?", fragte Morgan. „Nicht weil du an ihm gezweifelt hast, sondern weil du dich schon mit Alex eingelassen hattest."

Matt hatte sie unzählige Male angerufen, seit sie bei ihm gewesen war. Lucy hatte immer den Anrufbeantworter drangehen lassen. Sie konnte mit dem Leben, das er ihr anbot, im Moment nichts anfangen. Diese Tür war zugefallen. Vorerst.

Morgan ergriff die Hand ihrer Freundin. „Du hättest es mir sagen sollen. Dafür sind Freunde doch da."

Lucy nahm einen Schluck von ihrem Eistee, aber ihr Hals fühlte sich immer noch an, als hätte sie Staub geschluckt. „Das muss unter uns bleiben, Morgan. Bitte vertrau mir, dass ich es schaffe."

Morgan schüttelte den Kopf. „Das sieht dir gar nicht ähnlich." Wieder zeigte sie auf die Zeitung. „Und auch diese Fotos nicht. Du siehst darauf aus wie auf dem roten Teppich, guckst aber unglücklich."

„Versuch du mal zufrieden zu sein, wenn ununterbrochen Kameras auf dich gerichtet sind."

„Lucy, du siehst schrecklich aus. Was wäre so schlimm daran, wenn du dich anziehen würdest wie immer?"

Es würde ihr vorwurfsvolle Blicke von ihrer Großmutter einbringen. „Ich muss förmlich gekleidet sein, zumindest für die offiziellen Anlässe mit Alex. Du weißt schon, weniger wie … Doris Day."

„Aber jeder liebt Doris Day. So bist du einfach. Es ist süß. Das hier –" Sie zeigte auf ein Foto, das Lucy in einem langen schwarzen Abendkleid zeigte. „Ist was für Miss America. Und sieh dir nur deine Schultern an. Du lässt sie hängen, als laste das Gewicht der ganzen Welt darauf."

„Ich bin sicher, ich war nur müde."

„Nein, du bist völlig niedergeschlagen – wieder einmal. Gott hat dich bis hierhergeführt – geh nicht wieder in die andere Richtung und zweifle an ihm. Warum lässt du die Worte und die Kritik dieser Leute überhaupt in deinen Kopf? Du bist genauso gut wie jeder, den Alex dir vorstellen könnte. Wenn du dieses Spiel unbedingt spielen willst, solltest du dir von denen wenigstens nicht das Selbstvertrauen rauben lassen, das du dir so mühsam aufgebaut hast."

„So ist es nicht. Es geht mir gut." Doch Morgan hatte recht. Charlestons Elite ließ sie sich immer wieder wie ein Nichts fühlen. Sie betete deshalb, aber sie konnte sich selbst immer noch nicht davon überzeugen, dass sie das verletzte kleine Kind in sich hinter sich gelassen hatte und erwachsen geworden war. „Ich brauche bei dieser Sache deine Unterstützung", sagte Lucy. „Es ist wichtig, dass du es verstehst."

„Ich verspreche dir, dass ich für dich da sein werde, aber ob ich es jemals verstehen werde, bezweifle ich."

„Um mehr bitte ich dich auch nicht."

Morgan schüttelte den Kopf. „Sobald ich die Schlagzeile lese, dass du von ihm schwanger bist, mache ich Alex Sinclair fertig."

„Und dafür liebe ich dich." Lucy umarmte Morgan. „Es wird alles gut werden."

„Das hoffe ich für dich", erwiderte Morgan kopfschüttelnd.

18. Kapitel

Am nächsten Tag stand Alex neben Lucy auf dem Grundstück der wunderschönen Drayton Hall, einem der ältesten Plantagenhäuser Amerikas. Neben ihm hing ein Spruchband, das den Jahrestag der Schlacht von Charleston verkündete. Vor mehr als zweihundertfünfundzwanzig Jahren hatten die Briten versucht, den Ashton River zu überqueren und die Stadt einzunehmen. Normalerweise fand die Feier immer schon im Mai statt, doch eine Schlechtwetterfront hatte ein so großes Unwetter über das Land gebracht, dass man die Veranstaltung hatte absagen müssen. Die Charlestoner gaben sich damit jedoch nicht zufrieden und der sonnige Himmel am heutigen Tage versprach, dass man alle Feierlichkeiten würde nachholen können. Zudem bot er Alex die perfekte Chance, mit den historisch interessierten Einwohnern in Kontakt zu treten.

Obwohl die Drayton Hall zu Zeiten der Revolution und auch in den Jahrhunderten danach immer in Gebrauch gewesen war, stand sie heute noch so stolz und ehrfurchtgebietend auf dem saftigen Grün wie zur Zeit ihrer Erbauung. Doch man musste nur einen Blick auf die abblätternde Farbe und die angegrauten Zimmerdecken werfen, um zu erkennen, dass nichts ewig hielt. Nicht einmal ein Großgrundbesitz konnte dem nagenden Zahn der Zeit entkommen.

Die Zeit schien auch Alex' Feind zu sein. Von seinem Bruder hatte man nichts mehr gehört, seit der Augenzeuge mit der Nachricht seines möglichen Überlebens aufgetaucht war. Alex hatte Angst zu hoffen, konnte Will aber auch nicht aufgeben. Jeden Abend ging er mit einem Gebet für seinen Bruder auf den Lippen zu Bett. Während die Tage langsam vor sich hin tröpfelten und die Wahl immer näher rückte, wurde die Wahrscheinlichkeit, dass Will noch lebte, immer geringer. Er und sein Bruder hatten niemals diese berühmte Zwillingsverbundenheit gehabt und Alex hatte sich auch nie danach gesehnt. Bis jetzt.

Er erfuhr Neuigkeiten über die Suche nur in Bruchstücken. Doch sogar die unverlässlichen Quellen spornten ihn an. Der Anruf, der ihn gestern beim Abendessen erreicht hatte, war nichts als ein Bericht über eine Sackgasse gewesen. Lucy, die ihm gegenübergesessen hatte, hatte das Gespräch mitgehört, doch er konnte sich anschließend nicht dazu überwinden, mit ihr darüber zu reden. Er wusste, dass sie sich Sorgen machte. Aber in ein paar Monaten würde sie weggehen und es gab für ihn keinen Grund, ihr wirklich sein Herz zu öffnen.

Seine Anstrengungen in der Kampagne hatten schließlich Auswirkungen gezeigt, was die Sechzehnstundentage endlich rechtfertigte. Zwischen der Überforderung durch die unberechenbare und wie ein Derwisch herumwirbelnde Lucy und der Sorge um seinen Bruder hin und her gerissen, fiel es ihm leicht, sich kopfüber in die Arbeit zu stürzen und die Welt um sich herum für ein paar Stunden zu vergessen. Doch immer, wenn er seinen angespannten Nacken massierte und ein Gähnen beim besten Willen nicht mehr unterdrücken konnte, wusste er, dass dies alles an ihm zehrte. Noch immer rief ihn seine Mutter jeden Tag an, weil sie sich Sorgen machte, dass er sich nicht genug Zeit zum Ausruhen und Kraftschöpfen nahm. Seiner Mutter Sorgen zu bereiten, setzte ihm nur noch einen zusätzlichen Stressfaktor auf die Liste.

Lange Reihen Uniformierter mit federgeschmückten Helmen und imposanten Musketen marschierten über das Feld. Lucy, die an seiner Seite stand, zeigte auf eine große Gruppe, die die Kolonialtruppen darstellen sollten. „Du würdest mit Federn und in engen Kniehosen sicher auch schneidig aussehen."

„Nur, wenn du ein Korsett trägst."

Im Schatten einer alten Eiche, deren Stamm mit Moos überwuchert war, standen sie da und Alex hatte seinen Arm um Lucys Hüfte gelegt. Am Morgen war er bei Saving Grace vorbeigekommen, hatte mit ihr und Marinell gefrühstückt und anschließend dem Mädchen bei seinen Geschichtshausaufgaben geholfen. Geschichte war auf dem College sein Hauptfach gewesen. Lucy hatte das Mädchenheim zu einem wirklich gemütlichen Ort gemacht und jedes Mal, wenn Alex sie dort besuchte, blieb er länger. Als Lucy sich neben ihn gesetzt hatte, war seine Hand wie magisch von ihr angezogen worden. Er dachte mittlerweile gar nicht mehr darüber nach. Wenn sie in der Nähe war, streckte er seine Hand nach ihr aus.

Heute waren hunderte Charlestoner da und Alex beobachtete, wie seine Helfer sich unter sie mischten und Anstecker und Ventilatoren mit seinem Slogan verteilten. *Rückkehr zu den Grundlagen* war Davids Idee gewesen. Alex war klar, dass es viel besser war als *Ich bin berühmt und habe wenig Erfahrung, aber ich schaffe das schon irgendwie.* Zumal das sowieso nicht auf einen Anstecker gepasst hätte.

Die erste Stunde der Feierlichkeit hatte Alex damit zugebracht, mit jedem Einzelnen hier zu sprechen. Viele hatten um ein Autogramm gebeten. An den meisten Tagen machte es ihm nichts aus, doch je näher der August rückte, desto mehr befürchtete er, dass es nichts für die Wahl brachte, wenn er T-Shirts signierte. Was musste er tun, damit sie in ihm mehr als nur den Footballspieler sahen?

„Dein Blogeintrag gestern war wirklich gut", sagte Lucy und riss ihn damit aus seinen Gedanken. Sie mit hierherzunehmen war ein Einfall in letzter Minute gewesen. Er hatte bemerkt, dass er sich besser entspannen konnte, wenn sie auf den Veranstaltungen für seine Kampagne dabei war. Er war einem Gedankenblitz gefolgt und hatte bei Saving Grace vorbeigeschaut und ihr trotz ihres Protestes keine Zeit zum Umziehen gelassen. Sie trug enge schwarze Hosen, die knapp über den Fußknöcheln endeten und knallpinke Riemensandalen, die perfekt zu ihrer Bluse mit den Flügelärmchen passten. Ihre Schuhe entblößten glitzernd pinke Fußnägel von der gleichen Farbe, wie er sie bei Marinell gesehen hatte. Eine schwarze Blume zierte das Haarband, mit dem sie ihre blonde Mähne gebändigt hatte. Es gefiel ihm, sie so zu sehen – sie war ganz sie selbst. Manchmal trug sie Kleider, die Clare für sie ausgesucht hatte, aber er verstand nicht, was es ihr bringen sollte, wenn sie wie Laura Bush herumlief. Beim gestrigen Abendessen mit einigen Offiziellen der Stadt hatte sie zweimal ihr Wasser verschüttet und dann aus Versehen ihre Hand in John Petersons Soufflé gesteckt. Ihr zweiteiliger Geschäftsanzug, hochgeknöpft bis zum Hals, hatte nicht gerade dazu beigetragen, dass sie die Nerven behielt.

Lucy stieß ihn in die Seite. „Mir hat es gefallen, was du darüber gesagt hast, die älteren Mitbürger der Stadt mehr unterstützen zu wollen. Deine Ideen für die Altenheime sind wirklich gut. Mrs Barnes von gegenüber hat auch gleich angerufen und mir gesagt, dass du ihre Stimme sicher hast."

„Danke." Es war seltsam, dass ihm Lucys Meinung so viel bedeutete. Aber so war es.

„Aber du hättest mich vorhin wirklich noch andere Sachen anziehen lassen sollen."

„Das hätte viel zu lange gedauert."

„Sagt der Mann, der immer seine Clinique-Feuchtigkeitscreme mit sich herumschleppt."

„Alles nur für dich, Schatz." Vor zwei Wochen war es Lucy so schlecht gegangen, dass Alex Sorge gehabt hatte, dass sie den Deal platzen lassen würde. Er wusste, dass sie bei Matt gewesen war. Was war das nur mit diesem Kerl? Er war ein schwarz-weißer Stummfilm, während Lucy eher einer lebendigen Technicolor-Produktion gleichkam.

Ihr Handy vibrierte in ihrer Tasche und Lucy sah auf das Display. „Meine Nachbarin ruft an. Ich habe ihr schon gesagt, dass ich nicht an Kosmetikprodukten interessiert bin." Sie steckte das Handy zurück. „Es sei denn, du brauchst noch ein bisschen Haut- oder Fußcreme."

„Kein Wort darüber, Blondie, oder ich erzähle der Presse, dass du die komplette *Herr-der-Ringe*-Trilogie auswendig kannst."

„Du hast den kleinen *Hobbit* vergessen. Außerdem ist daran doch nichts Peinliches."

„Nicht, wenn man ein vierzehn Jahre alter Junge ist."

„Ist das deine Art zu fragen, ob du dir die DVD's ausleihen darfst?"

Ein Blatt fiel vom Ast über ihnen direkt in ihr wildes Haar. Vorsichtig befreite er es und berührte währenddessen mit der anderen Hand ihre weiche Wange. Ihre süßen Lippen öffneten sich ein wenig, so als wolle sie etwas sagen, doch es kamen keine Worte aus ihrem Mund. Nur mit Mühe konnte er seine Augen von ihren Lippen wenden und seinen Blick auf ihre Augen lenken. Alle dachten, sie wäre seine Freundin. Was wäre so schlimm daran, wenn er sie einfach küsste? Wenn sie erst verlobt wären, würde die Öffentlichkeit es sogar erwarten.

Heute schien der perfekte Tag für eine kleine Übungseinheit.

„Lucy?" Er legte seine Hände sanft auf ihre Schultern.

„Ja?" Ihre Stimme klang belegt.

Alex beugte sich zu ihr hinunter. Seine Augen hielten die ihren gefangen. „Ich werde dich jetzt küssen."

Ihre Augen wurden groß, aber sie machte keine Anstalten, zurückzuweichen. „Ich weiß nicht, ob das eine gute Idee ist."

Er konnte sich ein Grinsen nicht verkneifen. „Wir müssen doch aber überzeugend sein."

Er sah, wie sie schluckte. „Wir sollten das lieber nicht machen."

„Hast du Angst, dass du die Selbstbeherrschung verlierst?"

Das ließ sie erröten. „Es ist unhöflich … die Schauspieler zu ignorieren."

„Du kannst sie küssen, wenn ich fertig bin." Und dann legte er seine Hände um ihre Wangen und senkte den Kopf ein paar Zentimeter. Seine Lippen berührten die ihren sanft. Es war kaum mehr als ein Hauch und er hatte gedacht, dass er es nur einmal ausprobieren wollte. Doch einmal war nicht genug. Er wollte sie wieder –

In diesem Moment vibrierte ihr Handy erneut und Lucy sprang zurück, als hätte ihr jemand ein Bajonett in den Rücken gestochen. Mit knallrotem Kopf kramte sie nach ihrem Telefon und ließ dabei die Tasche auf den Boden fallen.

Hin- und hergerissen zwischen Belustigung und Frustration, beugte sich Alex nach unten und hob ihre Tasche auf. Er hätte schwören können, dass ihre Hände zitterten, als sie nach ihrem Blackberry suchte. Er griff in die linke Seitentasche, berührte dabei ihre Finger und zog schließlich das Handy hervor. „Gibt es ein Problem?"

„Nur meine Nachbarin. Wieder." Sie sah ihn an. „Wirst du mir von dem Anruf gestern Abend erzählen? Mir ist es wichtig, was mit deinem Bruder passiert."

Ein Sektkühler über seinem Kopf hätte diesen Moment nicht schneller zerstören können.

„Ich war da, Alex", fuhr sie fort. „Ich habe Wills Namen gehört."

„Es ist nichts."

Jetzt hatte sie wieder diesen enttäuschten Lehrerinnen-Blick aufgesetzt. „Es muss schwer sein, immer kugelsicher zu wirken."

Langsam verlor er die Kontrolle über diese Situation. Er musste ihr zeigen, wer hier das Sagen hatte. „Ich würde das sehr gerne mit dir besprechen – nachdem du den Mut hattest, ein klärendes Gespräch mit Clare Deveraux zu führen."

Sie schnaufte gequält und senkte ihre ozeanblauen Augen. „Das ist etwas ganz anderes."

Er fuhr mit den Fingern über die Blume in ihrem Haar. „Sehr überzeugend."

„Ich *habe* doch mit ihr geredet."

„Du hast Pommes mit ihr gegessen und bist dann aus dem Haus gelaufen."

„Hat sie dir das erzählt?" Irgendwo blies jemand ein Horn und die

Soldaten marschierten in die andere Richtung. „Versuch nicht abzulenken. Immerhin habe ich es mit Clare versucht. Du kannst mit deinen Eltern ja nicht einmal im gleichen Raum sein, ohne dich zu winden wie ein –"

„Sei vorsichtig."

„Wovor hast *du* Angst, Alex? Ich weiß, warum ich meine Familie meide. Was ist mit dir?"

Er würde sich nicht von einer Frau einschüchtern lassen, die immer etwas fallen ließ, wenn jemand ihr Selbstvertrauen herausforderte.

„Alex." Der Leiter seiner Kampagne trat an sie heran. „Der Direktor der Charleston County Schule würde dich gerne kennenlernen." David sah Lucy an, dann zurück zu Alex. „Kommst du?"

„Sofort." Alex wartete, bis David außer Hörweite war, und wandte sich dann wieder an Lucy. „Es geht um den richtigen Fokus. Und im Moment liegt meiner auf der Wahl. Wenn ich denke, dass es etwas gibt, das du über meinen Bruder oder meine Familie wissen solltest, werde ich es dir sagen."

„Gut." Die rosa Lippen, die er gerade noch so sanft berührt hatte, verzogen sich verächtlich. „Da ist endlich wieder der alte Alex, wie ich ihn kenne."

„Werd erwachsen, Lucy."

„Alex!", rief David. „Wir brauchen dich hier."

Alex starrte Lucy noch einen Moment lang an. Sie wirkte, als würde sie gleich explodieren. „Ich ruf dich später an." Pflichtbewusst drückte er ihr noch einen Kuss auf die Wange.

„Keine Eile", sagte sie, als die ersten Salutschüsse der Soldaten erklangen. „Ich nehme mir heute Nacht frei."

19. Kapitel

Er war unverbesserlich. Beleidigend. Unangenehm. Arrogant.

Lucy schlug die Autotür zu und stapfte wütend den Weg zu ihrer Wohnungstür entlang. Hatte Alex wirklich erwartet, dass er nur sanft lächeln und ein paar Tricks aus dem Ärmel zaubern musste, um sie von ihm schwärmen zu lassen wie all die anderen Frauen, die den Planeten Alex vor ihr betreten hatten? Wie konnte der gleiche Mann, der sie an dem schrecklichen Tag nach dem Treffen mit Matt und der Begegnung mit Clare in seinen Armen gehalten hatte, sie so abservieren?

Wütend steckte sie den Schlüssel in das Schlüsselloch und öffnete die Wohnungstür mit einem jahrelang geübten Hüftschwung.

Und wieder wurde ihre Welt erschüttert.

Wasser. Überall.

Die Decke ihrer Wohnung tropfte, als hätte Noah im Apartment über ihr Segel gesetzt. Ihre Schuhe machten schmatzende Geräusche auf dem vollgesaugten Teppich, als sie den Raum durchquerte, Gegenstände aufsammelte und den Schaden zu überblicken versuchte. Ihre Couch – vollgesaugt. Ihre Bücher – nass und wellig. Sogar die Bilder an der einen Wand waren aus ihren Rahmen gefallen.

„Da sind Sie ja!", rief Mrs Bortelli, als sie in Lucys Wohnung humpelte und mit der Zunge schnalzte. „Oh, so ein Durcheinander. Ich habe *versucht*, Sie anzurufen, aber Sie sind nicht ans Telefon gegangen."

Lucy verbiss sich all die Schimpfwörter, die sie am liebsten losgelassen hätte. „Mrs Bortelli, was ist passiert?"

„Bei uns sind ein paar Rohre gebrochen. Alte, verrostete Dinger. Es gab ein Leck, aber wir konnten es nicht lokalisieren."

Lucys Augen wanderten zur Decke. „Ich denke, wir haben es gefunden."

„Der Vermieter hat gesagt, dass er morgen vorbeikommt, um sich den Schaden anzugucken."

„Morgen? Sie wollen mir jetzt doch nicht etwa sagen, dass Sie noch keinen Klempner angerufen haben?"

Mrs Bortelli strich ihr geblümtes Hawaiikleid glatt. „Der Schaden ist doch schon angerichtet, meine Liebe. Ich denke, wir könnten jemanden anrufen, aber mein lieber Mann hat das Wasser schon abgedreht. Ein freundlicher Herr, der mit einem großen Fotoapparat bei Ihnen im Garten saß, hat ihm geholfen. War das nicht nett?"

Lucy wäre am liebsten in einem ihrer Sessel zusammengesunken, aber auch die waren klitschnass.

Mrs Bortellis Augen wurden groß, als Lucy nur ein erbostes Knurren von sich gab. „Oh, meine Güte. Ich denke, mein lieber Fred braucht jetzt seine Herztabletten." Sie nahm ein Sofakissen und drückte halbherzig das Wasser heraus. „Vielleicht können wir ja doch jemanden bestellen, der sich um den Wasserschaden kümmert, bis der Vermieter kommt."

Herr, hat sich Hiob auch so gefühlt? „Nein." Sie würde zu Morgan ziehen müssen. Oder ins Holiday Inn. „Ich rufe den Vermieter noch mal an und sehe, was ich tun kann." Zum Beispiel ihn anschreien und seiner Frau erzählen, mit wem er sich trifft, wenn sie die Stadt verlässt, um ihre Mutter zu besuchen.

Mrs Bortelli strich beruhigend über Lucys Rücken. „Es tut mir leid wegen all Ihrer Sachen. Aber vielleicht kann man ja noch etwas retten." Sie warf einen Blick auf ihre Armbanduhr. „Oh, schon Mittag? Fred wird unleidlich, wenn ich ihm nicht jetzt sofort sein Sandwich mache. Bis später, meine Liebe", flötete sie noch und verschwand über Lucys aufgeweichte Fantasy-Zeitschriften hinweg.

Lucys Hände zitterten, als sie versuchte zu retten, was zu retten war. Wie konnten ein paar Rohre so einen Schaden anrichten? Waren sie direkt mit dem atlantischen Ozean verbunden?

Sie griff nach ihrem Teeglas vom Frühstück, das noch immer auf der Fensterbank stand und an dem sich die Feuchtigkeit niedergeschlagen hatte. In diesem Moment blitzte es draußen und Lucy wandte sich in Richtung Fenster, nur um zwei Paparazzi hinter den Büschen in ihrem Garten zu entdecken.

„Genug!" Sie riss an dem Rollladenband, woraufhin der Rollladen mit einem lauten Krachen nach unten knallte und das Glas auf der Fensterbank zersplittern ließ. „Großartig", murmelte sie. „Einfach großartig."

Mit einer Zeitung schob Lucy die Scherben zusammen. Irgendwie war das alles hier Alex Schuld.

Seufzend ließ Lucy sich auf der Lehne ihrer Couch nieder und sofort saugte sich ihre Hose voll Wasser. Sie kümmerte sich nicht darum.

Sie musste aus dieser Wohnung heraus, bevor sie noch Schimmel ansetzte. Im Wohnheim hatte sie genug zu tun. Die Party für den vierten Juli musste fertig geplant werden und sie wollte Marinells Schulleiter anrufen. Sie würde sogar die Toiletten mit einer Zahnbürste schrubben, nur um nicht mehr hierherkommen zu müssen.

Etwas knirschte unter ihren Schuhen, als sie sich langsam erhob. Auf dem Boden entdeckte sie zwei weitere Scherben. Lucy beugte sich nach unten.

In diesem Moment wurde eine Kameralinse gegen ihre Fensterscheibe gedrückt, und Lucy wäre vor Schreck fast aus den Schuhen gekippt. „Hey!"

Ein stechender Schmerz durchzuckte ihre Hand und Lucy sah erschrocken nach unten. Eine der Scherben hatte sich schmerzhaft in ihre Hand gebohrt und langsam rann warmes Blut ihr Handgelenk entlang.

„Oh oh." Den Schmerz nahm Lucy kaum wahr.

Doch sie konnte ihren Blick nicht von dem Blut abwenden, das nun stetig auf den Boden tropfte.

Eine Gänsehaut machte sich auf ihrem Körper breit. Kalter Schweiß brach ihr aus. „Das ist schlecht", murmelte sie leise. „Ich muss mich … hinsetzen."

Sie hielt ihren Arm hoch und beobachtete wie das Blut weiterhin in einem dünnen Rinnsal ihre Hand hinunterlief. Der Boden begann unter ihr zu schwanken.

Und dann wurde sie ohnmächtig.

Gut, vielleicht hatte er die Beherrschung verloren. Und vielleicht hatte er heute Morgen bei Lucy eine Grenze überschritten, die er nicht hätte überschreiten sollen. Aber er würde jederzeit lieber ein Macho sein als eines dieser Weicheier, die einen Macchiato mit Sojamilch tranken und von ihren Gefühlen schwafelten. Glaubte Lucy etwa, dass es ein Zufall war, dass er für ein Team gespielt hatte, das Warriors – Kämpfer – hieß?

Er war kein Schoßhund. Kein süßer Delfin. Kein Heiliger. Nein, er war ein Kämpfer. Und momentan war er ein sehr böser Kämpfer. Er versuchte bereits seit einer Stunde, sie zu erreichen, aber sie ignorierte ihn einfach. Es war ihm nur gelungen, immer wieder ihre Mailboxansage zu hören, die ihn an ihre strahlenden Augen und vollen Lippen denken ließ.

Zuerst bemerkte er die schlaksige Gestalt eines Fotografen neben dem Magnolienbaum in Lucys Garten. Dann sah er einen zweiten Mann, der sich in der Mülltonne zu schaffen machte.

„Ich glaube nicht, dass Sie dort finden, was Sie suchen." Alex hatte die Hände zu Fäusten geballt, als er hinter den Mann getreten war, der sich durch Kaffeesatz und Bananenschalen wühlte.

Der Mann fuhr erschrocken zusammen und wandte sich um. „Ich, ähm … ich wollte nur –"

„Die Mülltonne gehört den älteren Nachbarn hier", sagte Alex durch zusammengepresste Zähne.

Der Mann versuchte erst gar nicht, sich weiter herauszureden, sondern nahm die Beine in die Hand und verschwand auf dem gleichen Weg, den sein Kumpan schon vorher genommen hatte.

Es war eine Sache, einen vielversprechenden politischen Kandidaten zu verfolgen, doch Lucy nachzustellen, das war wirklich das Letzte, dachte Alex, während er über den Rasen auf die Haustür zuschritt. War es nicht genug, dass Bilder von ihnen beiden jeden Tag in der Zeitung zu sehen waren? Mussten sie auch noch in Lucys Privatleben herumschnüffeln? Alex wollte nicht, dass Lucy wehgetan wurde. Er selbst war es gewöhnt, in diesem Haifischbecken zu überleben. Sie aber war dafür nicht gemacht.

Er klopfte laut an die Tür und wartete. Die Frau im Mädchenheim hatte Alex gesagt, dass Lucy zu Hause arbeiten wollte, aber sie rührte sich nicht. Vorsichtig drehte er den Türknauf und die Tür schwang auf. Alex wunderte sich, denn Lucy hatte ihm gesagt, dass sie die Tür immer abschloss, auch wenn sie zu Hause war.

„Lucy?" Er trat ein und seine Schuhe schmatzten auf dem Teppich. Ein modriger, feuchter Geruch lag in der Luft.

Dann sah er sie.

Sie lag mit blutverschmiertem Arm auf dem Boden, das Gesicht leichenblass. *Herr, hilf mir!*

„Lucy!" Er rannte zu ihr und ließ sich an ihrer Seite auf die Knie fallen. „Was ist passiert?" Konnte sie ihn überhaupt hören?

Ihre Lider flatterten. „Meine Hand." Sie hörte sich an, als hätte sie auf dem Heimweg einen ganzen Kasten Bier getrunken. „Ich kann kein Blut sehen." Lucy richtete sich etwas auf und lehnte sich gegen ihn. „Mir geht's ziemlich schlecht."

„Okay." Sein Herzschlag verlangsamte sich immerhin so viel, dass er wieder logisch denken konnte. „Lass mich deine Hand ansehen."

Sie wandte den Kopf ab und streckte sie ihm entgegen. „Zuerst war hier alles überschwemmt, dann war plötzlich alles dunkel." Ihr hysterisches Kichern war nicht im Mindesten lustig. „Ich hab mein Lieblingsteeglas zerbrochen. Es war vom Flohmarkt."

Sie versuchte, sich hinzusetzen, doch Alex hinderte sie daran. „Vergiss es." Er untersuchte den Schnitt, dann zog er seinen Schlips aus und wickelte ihn fest um ihre Hand. „Bist du noch irgendwo verletzt?"

„Nein."

„Du bist überall mit Blut verschmiert."

Sie presste die Augenlider zu. „Ein Gentleman würde nicht immer wieder darauf hinweisen."

„Leider ist gerade keiner da."

„Ich war eine Weile ohnmächtig, denke ich." Ihre Haut war immer noch bleich. „Vielleicht ist meine blutige Hand auf mein Gesicht gefallen. Oh je, der Teppich!" Sie warf einen Blick auf den Boden. „Das ist jetzt auch schon egal. Der ist sowieso hin. Meine dumme Nachbarin. Jetzt werde ich ihre Avon-Produkte ganz bestimmt nicht mehr kaufen."

Alex machte sich zunehmend Sorgen um Lucys Geisteszustand. „Ich glaube, ich muss dich ins Krankenhaus bringen."

„Das hätte ich nicht so gerne."

„Zu schade." Vorsichtig, ohne ihre Hand zu berühren, hob er sie in seine Arme. „Du siehst wirklich grauenhaft aus."

„Ich will nicht deinen teuren Anzug ruinieren."

„Höre ich da einen gewissen Sarkasmus?" Aus irgendeinem Grund beruhigte ihn das.

Die Sonne brannte auf sie herunter, als er Lucy zum Auto trug. Er sah ein weiteres Kamera-Objektiv, das auf der anderen Straßenseite auf einer Mauer abgestützt wurde, aber er kümmerte sich nicht darum.

„Ich werde deine Ledersitze vollbluten."

„Ich stelle es dir in Rechnung." Alex schnallte sie an.

„Das ist total albern." Sie schlug halbherzig nach seiner Hand. „Diesen Trick wendest du doch bestimmt bei all deinen Cheerleadern an."

„Nur bei den hübschesten." Er rannte auf die andere Seite und stieg ein. „Hast du heute schon Paparazzi gesehen?"

Sie presste den Kopf nach hinten gegen den Sitz und atmete hörbar ein. „Genau vor meinem Fenster. Deshalb habe ich mir in die Hand geschnitten."

Alex verstand nicht, wie das zusammenhängen konnte, aber er wusste, dass er dafür sorgen musste, dass sie nicht mehr so leicht für alle und jeden erreichbar war. Diese Kerle hätten in ihre Wohnung eindringen können. Alex wollte gar nicht weiter darüber nachdenken, was alles hätte passieren können.

Die Sorge um Lucy ließ ihn an seinen Bruder denken. Hatte er gelitten? War auch alles voller Blut gewesen? Hatte er um Hilfe gerufen? „Du brauchst Bodyguards", sagte Alex bestimmt. „Und eine Alarmanlage."

„Glaub nicht, dass du das Recht hast, mein Leben zu bestimmen, nur weil du mir einen ziemlich teuren Verband angelegt hast. Es wird keine Bodyguards geben und du wirst mir erst recht nicht sagen, was ich zu tun habe. Außerdem habe ich gar keine Wohnung mehr, an der man eine Alarmanlage anbringen könnte. Ich habe auch keine Sachen mehr, die man beschützen müsste. Alles ist zerstört."

„Tu doch einfach so, als hätten wir diese Art von Beziehung."

„Welche Art?"

„Die, in der wenigstens einer kluge Entscheidungen trifft."

Er konnte den Rauch fast sehen, der ihr aus den Ohren kam. Sie war bei Weitem nicht mehr so blass. Und zittern tat sie nun eher vor Wut.

Im Gegensatz zu ihm. Ihm steckte der Schreck noch ziemlich in den Knochen.

„Ich bin eine unabhängige Person, *Playboy.*" Woher wusste sie nur, wie sehr er diese Bezeichnung hasste? „Und ich nehme weder von dir noch von jemand anderem Befehle an."

Da er nicht mehr für sich hätte garantieren können, wenn er weiter mit Lucy sprach, nahm er sein Handy und tätigte ein paar Anrufe. Zuerst rief er einen befreundeten Arzt im Krankenhaus an, um ihn wissen zu lassen, dass sie auf dem Weg zu ihm waren. Dann meldete er sich bei Morgan, weil er keine Lust mehr darauf hatte, dass sie ihn jedes Mal wie einen Serienmörder beäugte, wenn sie ihn sah. Beim letzten Anruf beschränkte er sich lediglich auf einige zustimmende Grunzer, denn wenn Lucy gewusst hätte, mit wem er da telefonierte, hätte sie ihn auf der Stelle erwürgt.

„Das ist doch albern, Alex."

„Wir werden gleich im Krankenhaus sein."

Sie atmete immer noch seltsam angestrengt und Schuld machte sich in Alex breit. Nicht wegen des Schnittes. Alex wusste, dass er wahrscheinlich viel schlimmer aussah, als er wirklich war. Eher wegen Lucys Eigentum und ihrer Sicherheit. Das alles war beschädigt, ja sogar zerstört worden. Und das nur, weil er sie zu diesem Schauspiel überredet hatte.

Er fuhr mit seiner Hand über ihr Haar. Es war so weich wie sein Lieblingspullover. Vor allem der Teil, der nicht mit Blut verschmiert war. „Du bist bestimmt mit dem Kopf auf den Boden geschlagen. Du hast eine Beule auf der Stirn."

„Mach dir keine Sorgen." Erschöpft lehnte sie sich an ihn. „Ich erzähle der Presse einfach, dass du sie mir verpasst hast."

„Dann lass dich für das Exklusivinterview aber gut bezahlen."

Fünfzehn Minuten später lenkte er den Wagen mit quietschenden Reifen auf den Parkplatz vor dem Krankenhaus.

„Ich werde da bestimmt nicht reingehen." Sie starrte auf die Türen der Notaufnahme. „Ich habe mich heute schon mit einem launenhaften Politiker, einer durchgeknallten Nachbarin und einem auseinanderfallenden Apartment beschäftigt. Das sind genug Mutproben für einen Tag."

Alex seufzte, als er ausstieg und auf die Beifahrerseite ging. Sie war sogar noch schön, wenn sie völlig verrückt war. Er hatte diese Beziehung platonisch halten wollen, aber nur einem Narren würden diese strahlendblauen Augen, die zarten Sommersprossen auf der Nase und die einladenden Lippen entgehen. „Lucy, es gibt etwas, das du verstehen musst." Er hob sie aus dem Auto, als wäre sie eine zerbrechliche Elfe und drückte ihren Kopf gegen seine Schulter – mehr aus Schutz vor eventuellen Kameras als zu ihrer Bequemlichkeit. „Ich bin der Mann in dieser Beziehung. Und deine rechthaberische Art geht mir langsam auf die Nerven." Er schmunzelte verstohlen und fühlte sich mit jedem Schritt besser. „Wenn du nicht willst, dass ich mich anderweitig umsehe, solltest du langsam anfangen, mich mit süßen Worten und sehnsüchtigen Blicken zu ködern."

Ihre Stimme war honigsüß, als sie ihm antwortete. „Vergiss es, Sinclair."

Er ging zielsicher durch den Eingang. „Wir werden uns später deinem unerhörten Benehmen widmen."

„Entweder, du nimmst mich so, wie ich bin, oder gar nicht", flüsterte sie an seiner Schulter. Noch immer war sie schwach.

Doch bald würde es seiner Lucy wieder gut gehen.

20. Kapitel

„Verschwindet hier. Ihr alle.“ Lucy schwang die Beine aus dem Bett und wollte sich erheben. „Nur, weil ich kein Blut sehen kann und ohnmächtig geworden bin, brauche ich doch kein Privatzimmer. Und was macht ihr überhaupt alle hier?“

„Du gehst nirgendwo hin, bevor der Arzt dich entlässt“, sagte Alex neben ihr und drückte sie sanft auf das Bett zurück.

„Sitz einfach still und zeig ein Minimum an Fassung.“ Clare fuhr mit den Fingern über die Brosche auf ihrer Bluse. „Dein Vater hatte auch einen schwachen Magen, wenn es um Blut ging.“

War das nicht genau das Letzte, was Lucy jetzt hören wollte? Woher Clare überhaupt von der ganzen Sache hier erfahren hatte, musste sie noch herausfinden, doch sie war sich fast sicher, dass Alex dafür verantwortlich war. Lucy sah Morgan an und suchte nach Unterstützung, aber ihre Freundin nickte nur zustimmend.

„Es war nur ein Glas.“ Lucy hob ihre Hand.

„Und eine fiese Beule am Kopf“, sagte Alex. Seine Stimmung hatte sich verdüstert und Lucy wusste nicht warum. Immerhin war nicht *er* derjenige, der zusammengeflickt werden musste und den alle anstarrten.

„Ich fühle mich im Moment wirklich nicht so, als bräuchte ich Gesellschaft.“ Sie würde später mit Alex darüber reden. Und dieses Gespräch würde mit Sicherheit nicht sehr gefasst verlaufen.

Clare presste die Lippen zusammen und sah Alex an. „Es war nur eine Frage der Zeit, bis die Presse anfangen würde, sie zu verfolgen.“

Er nickte nur und hielt seine Augen auf Lucy gerichtet.

Eine Krankenschwester betrat den Raum. „Miss Wiltshire?“ Lucy bemerkte genau, in welchem Moment die junge Frau Alex erkannte. Es war ein Anblick, den sie in letzter Zeit mit ermüdender Häufigkeit sah. „Ähm … oh. Sie sehen aus wie Alex Sinclair. Ich meine natürlich, Sie sind Alex Sinclair. Was ich sagen wollte …“ Sie starrte Alex wie in Trance an. „Papierkram. Der ist fast fertig. Sie können bald … nach Hause.“

„Danke.“ Alex lächelte sie kurz an, doch das würde genügen, um sie heute Nacht von engen Footballhemden und vollem Körpereinsatz träumen zu lassen.

„Mhm." Die Frau schien sich nicht bewegen zu können.

„Wir bedanken uns für die große Hilfe, die wir hier erfahren haben. Lucy ist froh, dass Sie sich so kompetent um sie gekümmert haben." Alex öffnete der Schwester die Tür und entließ sie mühelos mit seinem Charme.

Dann wandte er sich an Lucy, die die Arme vor dem Körper verschränkt hatte und ihn finster anstarrte. „Frauen, die dir zu Füßen fallen – wird das jemals aufhören?"

„Komm schon." Er trat schnell wieder an ihre Seite. „Lass dir nicht das Lokalanästhetikum zu Kopf steigen." Er setzte sich neben sie ans Bett und sein frischer Duft drang bis zu ihr. Lucy hingegen war eher eine wandelnde Reklame für Desinfektionsmittel und Latexhandschuhe. „Ich muss auch damit leben, dass du all diese tollen Männer in deiner Hobbitgruppe hast, also wirst du ja wohl mit der einen oder anderen Krankenschwester zurechtkommen." Er ergriff ihre gesunde Hand und fuhr zärtlich mit dem Daumen darüber. „Unsere Liebe wird das überstehen."

„Es gibt fünf Männer in der Gruppe, von denen über die Hälfte noch bei ihrer Mutter wohnen."

Alex hob eine Schulter. „Die Eifersucht hält mich trotzdem nachts wach."

Morgan räusperte sich. „Also, was ist jetzt damit, dass Lucy bei mir bleibt?"

„Danke, aber ich gehe nach Hause."

„Auf keinen Fall." Alex ließ ihre Hand los und erhob sich. „Deine Wohnung ist zerstört und du wirst nicht alleine leben, bis wir einen sicheren Ort mit Alarmsystem für dich gefunden haben."

„Du kannst doch nicht erwarten, dass wir dich in deinem Zustand alleine zurück in deine Wohnung lassen", warf Morgan ein. „Es ist alles durchweicht und dreckig. Außerdem lungern da zwielichtige Gestalten herum."

„Fotografen", korrigierte Lucy.

„Sag ich doch", erwiderte Morgan.

„Du kommst zu mir", bestimmte Alex.

„Nein", sagten Lucy und Morgan wie aus einem Mund.

„Das würde nicht anständig wirken." Clare hob eine gezupfte Augenbraue. „Denk an dein Image, Alex."

„Wir leben doch nicht in den Fünfzigern."

„Nein", sagte sie. „Aber warum willst du deine Kampagne mehr gefährden, als sie es sowieso schon ist?" Clare wandte sich an Lucy. „Du kannst bei mir wohnen."

Lucy hätte eher im Auto übernachtet. „Ich ziehe nach Saving Grace."

„Willst du eins der Mädchen rausschmeißen?", fragte Morgan. „Marinell hat doch das letzte Zimmer bekommen."

„Es gibt dort auch noch eine sehr gemütliche Couch." Lucy würde nicht zu Clare gehen und sich weitere Entschuldigungen für Steven Deveraux anhören.

„Es geht doch nur um eine Übergangslösung." Alex tippte etwas in sein iPhone. „Nur, bis deine Wohnung getrocknet und renoviert ist. Und ein Sicherheitssystem installiert wurde."

Morgan erhob sich und warf einen Blick auf ihre Armbanduhr. „Also steht die Sache?"

„Ja, sie steht." Alex' Blick warnte Lucy davor, zu widersprechen.

Morgan umarmte ihre Freundin vorsichtig. „Bist du ganz bestimmt in Ordnung? Ich würde gerne bleiben, aber ich konnte Chuck endlich dazu bringen, einen Anprobetermin für einen Smoking festzusetzen."

„Es geht mir gut. Verschwinde ruhig. Kümmer dich um deine Hochzeit." Als Morgan gegangen war, spürte Lucy, wie Panik sich in ihr breit machte. Sie war alleine mit zwei Menschen, die Dinge von ihr wollten, die sie überforderten und ihr früher oder später den Verstand rauben würden.

Alex wandte sich an Clare. „Sie wird mit zu dir gehen."

„Ich habe Freunde, bei denen ich wohnen kann."

„Freunde mit einem Alarmsystem auf dem Anwesen?", fragte Clare.

„Nein." Lucy trank einen kleinen Schluck Wasser. „Obwohl, Christina Meyer hat einen Rauhaardackel."

„Dann können wir auch viel intensiver an deinem Unterricht arbeiten." Clares Stimme hatte wieder diesen elitären Klang angenommen. „Und Julian kann sich um deine Verletzung kümmern. Er ist gut in solchen Dingen."

„Aber –" Lucy sah Alex an, doch der tippte immer noch auf seinem Handy herum.

„Ich muss noch einen kurzen Anruf tätigen. Ihr beide könnt das unter euch ausmachen." Damit verschwand er und überließ Lucy ihrem Schicksal.

Clares Lippen wurden schmal, als sie Alex' Platz neben Lucys Bett einnahm. „Alex hat mir erzählt, wie ernst es zwischen euch beiden ist."

Total verrückt. „Wirklich?"

Clare betrachtete sie einen unbehaglichen Augenblick lang. So als hätte sie telepathische Fähigkeiten und wollte Lucys Gehirn nach jedem noch so kleinen Geheimnis durchforsten. Lucy wandte sich ab.

„Du brauchst Hilfe. Es wird allmählich Zeit, dass du das einsiehst", sagte Clare endlich. „Ich habe dich bei den verschiedensten Anlässen beobachtet. Du bist ein nervliches Wrack."

„Du bist gerade ein paar Wochen meine Oma und schon überhäufst du mich mit Komplimenten."

„Aber du hast großes Potential. Da du eine helfende Hand brauchst – oder besser gesagt ein Wunder – bin ich deine einzige Möglichkeit."

„Willst du mich durch deinen Charme zum Zustimmen bringen?"

Clare legte ihre manikürten Finger auf Lucys. „Meine Liebe, die Wahlen sind in zwei Monaten. Als Alex' Freundin stehst du zugleich für seine zukünftige Ehefrau. Ring oder nicht, du bist ein wichtiger Faktor in seiner Kampagne."

Lucys Kopf pochte vor Schmerzen mittlerweile schlimmer als ihre Hand. „Warum tust du das?"

„Ich würde lügen, wenn ich sagen würde, dass ich es nur tue, weil *du* mich brauchst – obwohl das natürlich auch stimmt." Clare starrte auf ihrer beider Hände – die eine noch jung und frisch, die andere vom Leben zerfurcht. „Ich brauche *dich*, Lucy."

Clares Tonfall ließ in Lucy alle Alarmglocken schrillen.

„Seit ich mit Gott in Kontakt getreten bin, ist mir klar, dass ich einiges gutzumachen habe", fuhr Clare fort. „Komm und wohne ein paar Tage bei mir. Ich bringe dir alles über das politische Geschehen bei, was ich weiß, und wenn du bereit dazu bist, kannst du mir Fragen über deinen Vater stellen. Aber ich werde dich nicht bedrängen. Ich werde geduldig sein, damit auch ich die Chance bekomme, dich besser kennenzulernen."

Lucy kaute auf ihrer Wange herum und betete dafür, dass das Schmerzmittel endlich seine volle Wirkung entfaltete. Warum wurde ihr Leben immer komplizierter? Genau aus diesem Grund hatte sie bisher immer ein ehrliches Leben geführt. Unehrlichkeit brachte nur Ärger.

„Schieb deine Verbitterung vorerst beiseite", sagte Clare. „Wenn diese Wahl vorbei ist, kannst du mich weiter hassen. Dafür mache ich dir keinen Vorwurf. Aber du bist vielleicht der Grund, der Alex diese Wahl gewinnen lässt. Wir können diesen Traum wahr werden lassen. Gemeinsam."

„Warum kümmert es dich, ob er gewinnt oder verliert?"

„Unsere Familien sind alte Freunde." Clare lächelte wissend. „Und er ist bereit, der Welt zu zeigen, wer er wirklich ist. Das ist etwas, womit ich mich verbunden fühle."

„Ich brauche frische Luft. Ich gehe und suche Alex."

Lucy ließ ihre Füße auf den Boden gleiten und machte sich schwankend auf den Weg zur Tür. Dann marschierte sie den Flur entlang auf der Suche nach ihrem Scheinfreund. Sie wollte schon innehalten und nach kreischenden Mädchen lauschen, doch da sie nichts dergleichen hörte, suchte sie einfach weiter.

Im Wartezimmer fand sie ihn. Er stand alleine da und hatte ihr den Rücken zugewandt.

„Hey, Kat."

Lucy erstarrte in der Bewegung, als sie verstand, dass er gerade telefonierte.

„Schön, deine Stimme zu hören", sagte er. „Tut mir leid, dass ich deinen Anruf nicht gleich entgegennehmen konnte. Ich hoffe, ich störe nicht, aber ich muss dringend mit dir reden –"

Hitze stieg Lucy ins Gesicht. Während sie Clare gegenüber immer größere Schuldgefühle entwickelt hatte, weil die alte Dame ihr helfen wollte, Alex eine gute Partnerin zu sein, hatte er sich hierher verdrückt. Und telefonierte. Mit seiner Freundin. Oder einer von seinen Freundinnen.

„Können wir uns treffen?" Alex nickte. „Perfekt. Nur wir beide." Wie ein Gepard, der seine Beute wittert, wandte Alex sich um. Und seine Augen trafen Lucys.

Er schien nicht überrascht. Eher verärgert.

„Ich melde mich später." Er steckte das Handy in die Hosentasche. „Bist du entlassen worden?"

Lucy ging auf ihn zu und fragte sich, ob er es wirklich wert wäre, ihn in Stücke zu reißen. „Ich hatte einen wirklich schrecklichen Tag. Erst finde ich einen Wasserpark in meiner Wohnung. Dann stehen ein paar Spanner vor meinem Fenster und machen Fotos von mir, die morgen wahrscheinlich die ganze Welt sehen wird." Sie machte noch einen Schritt auf ihn zu, sodass sie sein Aftershave riechen konnte. Es kostete wahrscheinlich mehr als ihre Krankenhausrechnung. „Dann schleppt mich *jemand* ins Krankenhaus, obwohl es ein Pflaster auch getan hätte. Und als Nächstes verbietet mir der gleiche Kerl, zurück in mein Apartment zu gehen."

„Hört sich wirklich nicht wiederholenswert an." Seine Stimme war rau und tief und sein Blick hing an ihren Lippen.

„Und zum krönenden Abschluss", zischte sie, „komme ich hierher und höre, wie du nichts Besseres zu tun hast, als mit einer Gespielin aus deinem Harem zu telefonieren." Zum Ende ihrer Standpauke hin war ihre Stimme immer lauter geworden.

Seine Mundwinkel zuckten belustigt. „Eifersüchtig?"

Lucy hielt es für ein Wunder, dass er sich in diesem Moment nicht unter ihren Blicken zu Asche verwandelte. „Eifersüchtig? Auf sie? Auf dich?" Der Kerl hatte Nerven. „Ich bedaure diese Frau, wer auch immer sie ist. Wenn du nicht einmal einer Scheinfreundin treu sein kannst, dann sicher noch viel weniger einer richtigen Freundin."

Alex warf einen Blick über ihre Schulter. „Du solltest hier lieber nicht so herumschreien."

„Das hast du nicht zu entscheiden." Alex hielt es noch nicht einmal für nötig, ihren Blick zu erwidern! „Du kannst mich nicht herumkommandieren, das habe ich dir schon gesagt. Und nur zu deiner Information, ich will nicht bei Clare wohnen. Außerdem, was bringt es mir, wenn ich mich in diese ganze Sache hier so reingebe, und mein toller Verlobter mit irgendeiner Tussi im nächsten Motel erwischt wird?"

„Du weißt, dass ich nie in ein Motel gehen würde. Ich habe mehr Stil."

Er wandte seinen Blick von der Eingangshalle ab und sah sie endlich an.

„Hast *du* denn gar nichts zu sagen, Alex?"

„Doch." Sein Blick wanderte wieder zu ihrem Mund.

Dann beugte er sich zu ihr herunter und zog sie an sich. „Das hier."

Dann bedeckten seine Lippen plötzlich die ihren und sein Kuss raubte ihr den Atem.

Wenn Alex Sinclair so gut Football spielte, wie er küsste, hatte er ein ganzes Regal voller Pokale, das wusste Lucy nun.

Er zog sie näher zu sich und strich mit den Fingern durch ihre Haare.

Lucy murmelte etwas, doch eigentlich wollte sie sich ihm gar nicht mehr entziehen.

„Schließ die Augen."

Jetzt wollte sie doch widersprechen, aber der Tag hatte sie aller Energie beraubt. Sie überließ sich in Alex' Umarmung und bemerkte verwirrt, wie ihr Herz immer schneller schlug. Ihre Haut wurde warm. Und als auch sie ihre Arme um ihn schlang, ergab sie sich der Erkenntnis, dass sie gerade dem größten Playboy des Südens gestattete, sie zu küssen.

Seine Hand strich sanft über ihren Rücken, während seine Lippen die ihren berührten. Lucy wollte ihn aufhalten und zählte innerlich alle Gründe auf, warum das falsch war, was sie hier gerade taten.

Es verkomplizierte alles. Es war falsch. Es war … himmlisch.

„Okay, sie sind weg."

Er trat einen Schritt zurück. Schnipste einen Fussel von seinem Hemd.

Und gähnte.

Lucy stand wie angewurzelt da und blinzelte verwirrt. Was war passiert?

Er hatte gerade –

Und dann hatte er einfach –

Sie folgte seinem Blick und sah zwei Männer davonlaufen, von denen einer eine Kamera trug.

Paparazzi. Natürlich.

„Es geht doch nichts darüber, eine Frau in der Notaufnahme zu nötigen." Lucy war beeindruckt, wie gelangweilt ihre Stimme klang.

„Es scheint dir nichts ausgemacht zu haben."

Sie hätte ihm am liebsten sein selbstgefälliges Grinsen vom Gesicht gerissen.

„Weißt du, Alex, vielleicht bin ich hier nicht die Einzige, die ein bisschen Nachhilfe nötig hat." Sie richtete ihr Haar und sah ihn lässig an. „Denn diese Leistung eben war nicht gerade sehr beeindruckend."

Sie sah, wie seine Augen bedrohlich funkelten. „Ist das so?" Er trat wieder an sie heran und sah hinüber zur Tür der Eingangshalle. „Traust du dich, die Fotografen zurückzurufen und es noch mal auszuprobieren?"

Lucy wurde abwechselnd heiß und kalt. So war es also, wenn man mit dem Feuer spielte. „Ich vermute, dein Footballkönnen ist nicht das Einzige, was in den letzten Jahren abgenommen hat." Sie tätschelte seine Brust. „Aber mach dir keine Sorgen. Ich werde es niemandem sagen. Immerhin ist es Teil meines *Jobs* hier, deinen Ruf zu wahren."

„Ich mag es nicht, wenn jemand mit meinem Einsatz unzufrieden ist." Alex sah sie herausfordernd an.

Eine unerwartete Sehnsucht stieg in Lucy auf. Und dennoch musste sie dem ein Ende setzen. Das hier war ein Spiel, das sie nicht zu spielen bereit war. Sie fixierte Alex' Augen mit den ihren und senkte die Stimme zu einem sanften Flüstern. „Schatz?"

Er sagte nichts, sondern beugte sich nur erwartungsvoll zu ihr und schloss die Augen.

„Ich werde nicht zu meiner Oma ziehen."

Er hob den Kopf und sah sie fassungslos an. „Lucy Wiltshire, du hast wirklich das Talent, den perfekten Augenblick zu ruinieren."

„Ach." Sie blinzelte verwirrt. „War es das, was wir gerade hatten? Das soll ein perfekter Moment gewesen sein?"

„Wenn du nicht zu Clare ziehen willst, gibt es nur noch eine Option: mit zu mir zu kommen." Er hob herausfordernd seine Augenbrauen. „Wir beide. Ungestört."

21. Kapitel

Lucy ging den langen Flur entlang, vorbei an Ölgemälden von Generationen der Familie Deveraux. Hinter dem sechsten oder siebten Schlafzimmer – Lucy hatte den Überblick verloren –, fand sie das Abbild ihres Vaters als junger Mann in den Zwanzigern. Genau in diesem Alter musste er ihre Mutter verführt und dann sitzen gelassen haben.

„Du siehst aus wie er." Clare trat neben sie, den Blick unablässig auf das Bild gerichtet.

„Ich ziehe meine Mutter vor." Eine Frau, die Lucy allerdings mittlerweile auch fremd geworden war.

Clare fingerte an ihrer Brosche herum. „Du hast Annas freundliches Herz. Und das ist ein Segen." Sie wackelte mit dem Zeigefinger. „Und jetzt komm."

Lucys Schlafzimmer hätte den Seiten von *Schöner Wohnen* entsprungen sein können. Sie war umgeben von edlem, elegantem Weiß, wo sie auch hinsah. Ein Himmelbett war der Mittelpunkt des Zimmers, das mit einem schönen Quilt bedeckt war und auf dem so viele weiche Kissen lagen, dass jedes Mädchen sich dort sofort gerne hineingeworfen hätte. Dem Bett gegenüber stand ein weißer Kamin und darüber hing ein antiker Spiegel.

„Es ist … hübsch", sagte Lucy in die Stille hinein.

„Ich weiß, dass du nicht hier sein willst. Aber ich denke, es ist ein Segen."

„Clare, ich weiß noch nicht, was ich mit dieser ganzen Sache anfangen soll. Meine Mutter hat mich *angelogen.*" Sie seufzte. „Über meinen Vater. Darüber, wer ich bin. Und das Komische ist, dass ich sie trotzdem nie mehr vermisst habe als gerade jetzt. Ich will noch einmal die Chance bekommen, mit ihr zu reden – sie zu fragen, warum sie dein Geld genommen hat. Warum sie sich hat kaufen lassen. Sie hätte mir doch wenigstens die Wahrheit sagen können."

Clare setzte sich auf einen Stuhl neben das Bett. „Zuerst einmal glaube ich, dass deine Mutter schreckliche Angst davor hatte, es jemandem zu erzählen. Die Vereinbarung, die sie unterschrieben hat, hat sie an das Schweigen gebunden, gegen eine großzügige Entlohnung."

„Aber ich war ihre Tochter. Es wäre mein Recht gewesen, darüber Bescheid zu wissen. Und nach einer Weile hatte sie doch nichts mehr zu verlieren. Sie wusste sicher, dass du niemals einen Skandal riskiert hättest."

„Ja, da hast du recht." Clare fuhr mit den Fingern über die Schnitzereien in der Armlehne. „Ich denke, deine Mutter wollte etwas Besseres für dich. Mein Sohn ist von einem Skandal in den nächsten gestolpert. Anna wollte vermutlich, dass du einen Helden zum Vater bekommst. Einen guten Mann. Es gab keinen Grund für sie, dich mit meiner Familie in Verbindung zu bringen."

„Wie konntest du sie einfach mit Geld abspeisen, als sei sie ein Niemand? Meine Mutter war eine hart arbeitende, gottesfürchtige Frau." Lucy beobachtete, wie die Sonne allmählich unterging. Sie war völlig ausgelaugt.

„Das ist doch alles so lange her. Ich war damals anders – das waren wir alle. Ich musste meine Familie und unseren guten Ruf beschützen. Ich war nicht mit einem einfachen Mann verheiratet, ich war die Frau eines Gouverneurs." Clare erhob sich und ging zu einem Kleiderschrank. „Du musst mir heute Abend nicht vergeben. Du musst mich nicht einmal mögen. Aber bitte, sprich mit Gott darüber."

Das hatte Lucy schon versucht. Aber ihr waren nicht die richtigen Worte eingefallen. Alles, was sie Gott zu diesem Thema hatte sagen können, war ein simples *Willst du mich auf den Arm nehmen.*

„Alex hat eine Tasche hergeschickt, während wir in der Apotheke waren." Clare öffnete die Türen des Schrankes. „Er hat ein paar Sachen zusammengepackt, von denen er dachte, du würdest sie brauchen. Ich lasse dich jetzt alleine, damit du ankommen kannst. Und ... Lucy?" Clare blieb in der Tür stehen, ganz die Dame eines Herrenhauses.

„Ja?"

„Egal, wie du dich nun entscheidest, ob du mir vergibst oder nicht, wir sollten morgen Abend mit unserem Unterricht anfangen. Ich hoffe, du bist erwachsen genug, deine Gefühle zurückzustellen und Alex zu helfen."

Lucy sagte nichts, während Clare sie verließ.

In dem Kleiderschrank fand sie einen kleinen Koffer, den sie auf das Bett wuchtete. Lucy hatte keine Ahnung, was Alex ihr hatte schicken lassen. Wahrscheinlich das, was seine Assistentin eingepackt hatte.

Sie machte den Koffer auf und fand eine Jeans, ihre roten Lieblingsschuhe und eine weiße Bluse. Außerdem zog sie ein Star Wars-Nachthemd hervor. Ein Zettel flatterte auf den Quilt.

Lucy,
habe zehn Minuten lang nach etwas gesucht, das Spitze hat und sexy ist. Das ist alles, was ich gefunden habe. Hast du jemals von Victoria's Secret gehört? Sie verkaufen Nachtwäsche. Aus diesem Jahrhundert.
Es tut mir leid, dass dein Tag so schrecklich war – bis zu dem Moment natürlich, als du mich geküsst hast. Zweimal.
Ich war peinlich berührt durch diesen plötzlichen Gefühlsausbruch mir gegenüber, aber als ein Mann des Volkes werde ich natürlich meine Pflicht erfüllen.
Schlaf gut. Ich rufe dich Mittwochmorgen an.
Dein Han Solo

Dieser Mann. Er war nicht so, wie sie es erwartet hatte. Worauf sie sich verlassen hatte. Und das bereitete ihr große Kopfschmerzen. Sie fragte sich immer noch, wann er sie abschieben und gegen ein Upgrade eintauschen würde – jemanden aus seiner Klasse und mit seiner Finanzkraft.

Unter der Jeans sah sie ihre Bibel, die Alex in ihrem Bücherregal gefunden haben musste. Sie fuhr mit den Fingern über ihren Namen und den in Auflösung begriffenen Umschlag. Er konnte nicht wissen, dass das nicht die Bibel war, die sie sonst benutzte, sondern die, die ihre Mutter ihr zum sechzehnten Geburtstag geschenkt hatte.

Langsam blätterte sie durch die Seiten, bis sie an einer Textzeile hängenblieb, die mit einem Textmarker hervorgehoben war.

Ich will dich preisen, denn du hast mich wunderbar gemacht.

Worte, an die sich Lucy als Jugendliche geklammert hatte, wenn wieder einmal jemand behauptete, sie sei nicht gut genug. Und jetzt? Ihr Vater war Steven Deveraux. Sie schlief im Haus der früheren First Lady. Und ihr zukünftiger Verlobter war ein legendärer Footballheld.

Wie das sechzehnjährige Mädchen von damals hatte Lucy das Gefühl, sie müsste die Zeile immer und immer wieder lesen. Die Worte laut aussprechen.

Und beten, dass diese Verheißung Gottes sie endlich wirklich erreichen würde.

22. Kapitel

Er war ein griechischer Adonis in einem Waffelhaus.

„Willst du das noch essen?"

Alex reichte mit seiner Gabel über den Tisch im Pfannkuchenhaus und schnappte sich ein Stück Schinken von ihrem Teller.

Er sah aus, als wäre er gerade einem Laufsteg entsprungen. Natürliche, kastanienbraune Strähnchen durchzogen sein dunkles Haar und vervollständigten sein perfektes Aussehen. Sein grauer Anzug hätte ihn seriös erscheinen lassen, betonte aber eher seinen muskulösen Körper.

Lucy fühlte sich schrecklich im Gegensatz zu ihm. Sie hatte kaum eine Viertelstunde geschlafen. Immer wieder hatte sie Albträume gehabt und sich aus Versehen auf ihre verletzte Hand gewälzt. Ihre Augen brannten und sie hatte sich nicht die Mühe gegeben, Make-up aufzutragen. Ihre Frisur war nur ein einfacher Pferdeschwanz.

Und Alex hatte doch tatsächlich die Nerven, morgens einfach vor der Tür zu stehen, sie zum Frühstück auszuführen und wie aus dem Ei gepellt auszusehen.

Sie nippte an ihrem Tee und seufzte.

„Bitter?", fragte Alex.

„Hm", murmelte sie nur und nahm sich einen Löffel Zucker. „Hast du diesen Wahlaufkleber an mein Auto geklebt?"

Er lächelte einfach. „Erhöht den Wiederverkaufswert ungemein."

„Mein Auto ist ein Klassiker."

„Dein Auto will, dass man es von seinem Leid erlöst." Er kaute genussvoll den Schinken. „Lass es in Würde sterben."

„Ja, erinnere mich nächstes Mal bitte daran, dass ich mir einen Bentley kaufe."

Alex zwinkerte ihr zu und wandte sich wieder seinem eigenen Essen zu. „Deine Oma scheint heute Morgen gut drauf gewesen zu sein."

„War das ihr glückliches Gesicht? Ich kann das noch nicht unterscheiden." Das Pfannkuchenhaus war voller Menschen, die sich über ihre dampfenden Teller hinweg unterhielten. Im *Saving Grace* war alles so weit in Ordnung, dass Lucy sich hatte freinehmen können, um mit

Marinells Lehrer Kontakt aufzunehmen und sich wegen ihrer Wohnung mit ihrer Versicherung in Verbindung zu setzen.

„Weigerst du dich immer noch, mit Clare über deinen Vater zu reden?", fragte er.

„Ich habe im Moment schon genug um die Ohren. Wenn ich auch noch zuhören müsste, wie sie ihren Sohn verteidigt, würde ich verrückt werden."

„Witzig", sagte er. „Ich dachte, das wärst du schon."

Sie blies in ihren Earl Grey und sah sich über den Rand ihrer Tasse hinweg im Raum um. „Dreh dich nicht um, aber da sind zwei Kerle ein paar Tische weiter – ich sagte doch, nicht umdrehen. Ich bin mir ziemlich sicher, dass sie uns hierher gefolgt sind. Sie … beobachten uns die ganze Zeit."

Alex runzelte die Stirn, während er eine Nachricht von seinem BlackBerry verschickte. „Das sind Lou und Squid."

„Mitglieder deiner Boygroup?"

„Nein. Deine neuen Freunde."

Sie musterte die beiden Männer. Große, massive Grobiane, die so taten, als äßen sie ihr Frühstück. Mit Gesichtern, die nur eine Mutter lieben konnte, die auf Drogen war. „Lass mich raten, meine neuen Bodyguards."

„Genau."

Lucy stützte ihr Kinn in die Hand. „Zwei Kerle, die mich den ganzen Tag verfolgen. Ich weiß gar nicht, wie ich dir danken soll."

Er zog das Gummiband von der zusammengerollten Tageszeitung ab, die er mit hierhergebracht hatte und pfiff erstaunt. „Ich sehe verdammt gut aus." Er zeigte ihr die Titelseite.

Lucy verschluckte sich an ihrem Tee. „Das sind wir." Jemand hatte fotografiert, wie Alex sie aus ihrem Apartment getragen hatte. Lucys Kopf lag an Alex' Brust und er hielt sie mit besorgtem Gesichtsausdruck an sich gepresst. „Du bist ein wahrer Held."

Er nahm die Zeitung wieder an sich und überflog den Artikel. „Siehst ganz danach aus."

„Ich bin sicher, das wird ein Schub für deine Kampagne."

„Ich wollte nicht, dass das in die Zeitung kommt." Seine Augen durchbohrten sie fast. „Du warst verletzt. Meinst du wirklich, das ist etwas, das ich mit der ganzen Welt teilen will?"

„Stimmt ja, du verabscheust die Öffentlichkeit." Schlafmangel ließ sie immer launisch werden und heute bildete da keine Ausnahme. „Wem schreibst du überhaupt die ganze Zeit? Deiner Freundin?" Er musste ihr immer noch seinen Anruf im Krankenhaus erklären. Doch welches Recht hatte sie, sich da einzumischen? Sie war nur eine Requisite.

„Warum sollte ich eine Freundin wollen, wenn ich schon dich habe?" Er streckte seine Hand aus und wischte einen Krümel von ihrem Kinn.

„Alex?" Sie versuchte, den Blick von ihrer neuen Zweimannmafia zu lösen, doch es hatte keinen Zweck. „Es tut mir leid, dass ich dich gestern wegen deinem Bruder in die Enge getrieben habe." Gestern Nacht hatte sie noch lange für Alex gebetet. Und für Will.

„Mhm." Er blätterte im Sportteil.

„Aber du weißt ..." Menschen öffneten sich Lucy normalerweise leicht. Es war ihre Gabe. Eine, die bei ihren Mädchen immer funktionierte. „Wenn du irgendwann mit mir über ihn reden willst, kannst du das gerne tun."

„Nein danke."

„Wie war er?"

Keine Antwort. Das würde sie nicht akzeptieren.

Sie ergriff seine Hand und schob die Zeitung beiseite. „Ich habe die vergangene Nacht bei Clare ‚Der Drachin' Deveraux verbracht – deinetwegen." Jetzt hatte sie seine ganze Aufmerksamkeit. „Rede mit mir."

Die bernsteinfarbenen Sprenkel in seinen Augen schienen zu glühen. Aber nur einen Augenblick lang. Für einen kurzen Moment sah sie den Schmerz in seinen Augen. Sie kannte diesen Ausdruck. Und wusste, in welchen Verkleidungen er daherkam.

Er seufzte. „Was willst du wissen?"

Sie hörte den lautlosen Countdown ticken und wusste, dass sie nicht viel Zeit haben würde. „Standet ihr euch nahe?" Lucy hatte sich nicht für Alex' Familienverhältnisse interessiert, als sie noch zusammen zur Schule gegangen waren.

„Ja." Er nahm einen Schluck von seinem Kaffee. „Als Kinder standen wir uns sehr nah." Er schwieg, doch Lucy nickte ihm ermutigend zu. „Aber wir waren schon immer sehr verschieden. In der achten Klasse war er auf seiner ersten Missionsreise und ich bin in ein Footballcamp gefahren. Keiner von uns kam unverändert zurück." Seine Finger spannten sich an. „Es war, als würden wir von da an verschiedene

Sprachen sprechen. Er war derjenige, der Gutes tat und meine Eltern furchtbar stolz machte, und ich … war Sportler."

„Du hast mehr getan, als nur Sport zu treiben. ESPN, einer der wichtigsten Sportsender, hat einen Bericht gebracht, als du dich an der University of Texas eingeschrieben hast. Du wurdest Profi, als du … was weiß ich, zwölf oder so warst." Sie wusste ganz genau, wann er ans College gekommen war, aber sie würde es ihn nicht wissen lassen. „Dein Leben ist bedeutsam, Alex."

„Diese Unterhaltung wird seltsam."

„Ich denke, wir sollten für deinen Bruder beten."

„Vielleicht später."

„Oder wir könnten es jetzt sofort tun." Sie beugte ihren Kopf, hielt aber die Augen offen, um zu sehen, ob er es ihr gleichtat. Er ließ es betont langsam angehen. „Herr, wir bitten dich darum, dass du bei Will bist. Dass du ihm unter deinen Flügeln Zuflucht gibst. Umgib ihn mit Deinen heiligen Engeln wie mit einer Schutzmauer. Öffne Türen, die nur du öffnen kannst, um ihn gesund zu uns zurückzubringen."

Alex' Hände wanderten über den Tisch und ergriffen Lucys Finger.

Sie erwiderte seinen Druck.

„Jesus, ich bitte um Frieden und Trost für Alex' Familie." Ihre Wangen glühten wegen ihrer Kühnheit, doch sie sprach weiter. „Und ich bitte dich auch darum, dass du Alex mit deiner Liebe umgibst. Heile sein verletztes Herz."

Nach ihrem Amen hielt Alex Lucys Hände noch immer fest. „Danke." Seine Stimme klang rau.

„Dafür sind Scheinverlobte da."

Alex sah auf sein Handy und blickte finster drein. „Wir müssen leider gehen. Ich habe heute noch ein paar Meetings und ein Mittagessen im Seniorenheim."

„Komm nicht mit einer neuen Freundin wieder."

Er warf Geld auf den Tisch, während er sich erhob. „Nur, wenn ich jemanden mit Zähnen finde." Seine Finger umfingen die ihren, während sie auf seinen Mercedes zugingen. „Ich wünschte wirklich, du würdest noch ein paar Tage bei Clare wohnen."

„Auf keinen Fall." Es war schlimm genug, dass sie zum Unterricht dorthinmusste.

Als sie vom Parkplatz rollten, warf Lucy einen Blick in den Rückspiegel. Die Bodyguards folgten ihnen. „Lou und Squid sind nicht gerade unauffällig.“

„Das sollen sie auch nicht sein.“

Zwanzig Minuten später ging Lucy hinter Alex her, der ihren Koffer auf ihre Wohnung zu trug. Es war keine große Sache – ihn mit ihrem Gepäck zu sehen. Und doch seltsam vertraut. Als wären sie ein richtiges Paar.

Ihre Herz sank, als Alex die Tür öffnete und Lucy einen Blick auf das warf, was einmal ihr Wohnzimmer gewesen war.

„Sieh dich nicht um.“ Alex bedeutete ihr, sich umzudrehen. „Ehrlich, das willst du gar nicht wissen.“

Aber es war zu spät. Sie war gerade in eine Kriegszone getreten.

Klaffende Löcher bedeckten die Wände. Als hätte sie jemand mit einem Vorschlaghammer bearbeitet. Oder einer Kanone.

„Lucy, vielleicht sieht es schlimmer aus, als es ist.“ Er hob ein Bild vom Boden auf und versteckte es hinter seinem Rücken, als sie an ihn herantrat.

„Mein idiotischer Vermieter hat selbst versucht, den Schaden zu beheben.“ Sie hätte ihn am liebsten erwürgt. Jeder würde das. „Wie damals, als er versucht hat, das Dach zu reparieren und es beim nächsten Sturm komplett abgedeckt wurde.“ Mr Jenkins hatte sich nicht einmal die Mühe gemacht, ihre Bilder von den Wänden zu nehmen. Sie lagen zerbrochen auf dem Boden, als wäre das Gebäude von einem Erdbeben erschüttert worden.

„Das kann man reparieren“, sagte Alex beschwichtigend, so als versuche er, sie davon abzuhalten, von einem Hochhaus zu springen. „Ich kümmere mich darum.“

„Zeig mir, was du hinter deinem Rücken versteckst.“

„Du kannst dich später immer noch mit meinem Rücken beschäftigen.“

„Du lenkst ab, Sinclair.“

„Lucy, nur aus Neugier, wie viel ist dieses signierte Foto von Leonard Nimoy wert?“

„Meine Mutter hat es mir geschenkt.“ Ihre Kehle war wie zugeschnürt. „Es ist unbezahlbar.“

Seine Augen wanderten zur Decke, so als wendete er sich an Gott. „Glaub mir, das Leben ist das, was zählt, nicht materielle Dinge.“

Tränen traten ihr in die Augen und diesmal konnte Lucy sie nicht zurückhalten. Und sie konnte auch nicht mit diesem trauernden Mann streiten. „Ich habe Leonard geliebt", flüsterte sie und wandte sich dann ab, damit er nicht wieder einen ihrer Zusammenbrüche miterleben musste.

Lucy spürte Alex und seine tröstende Wärme in ihrem Rücken. Als er seine Arme um sie legte, gab sie nach und lehnte sich an ihn. „Wir reparieren das." Er presste seine Lippen gegen ihre Schläfe.

„Dafür habe ich kein Geld." Sie schniefte laut. „Einer wie du kann einfach mit den Fingern schnipsen und Feenstaub versprühen."

„So habe ich dich dazu bekommen, mit mir auszugehen." Er verstärkte seine Umarmung. „Mach dir keine Sorgen darum."

„Diese Dinge sind mir wichtig – meine Bücher, meine Bilder … mein Leonard." Sie ließ erschöpft den Kopf sinken, und ihr Blick fiel auf die Couch. Ein schwarzer Bilderrahmen lugte darunter hervor. Sie löste sich von Alex und kniete sich hin.

Auf dem Schwarz-weiß-Foto war jemand herumgelaufen. Es war schmutzig und zerrissen. Und es war Lucys Lieblingsfoto – ihre Mutter, die einen Sommertag genoss und mit wehenden Haaren am Folly Beach entlangging. Ein Lachen stand auf ihrem Gesicht und sie wirkte, als könnte sie die ganze Welt umarmen. Zu diesem Zeitpunkt war Lucy noch nicht geboren gewesen. Ihre Mutter hatte weder mit Clare noch mit ihrem nichtsnutzigen Sohn zu tun gehabt.

„Sie hat so viel vor mir geheim gehalten", sagte Lucy. „Wie oft bin ich in der Stadt an meinem Vater vorbeigelaufen und sie hat es nie auch nur mit einem Wort erwähnt? Sie war meine Familie … und ich habe sie nicht wirklich gekannt."

„Tu dir das nicht an. Sie hat dich geliebt und versucht, dich zu beschützen. Sie hat ihr Bestes gegeben." Alex nahm die beiden Hälften des zerrissenen Bildes in die Hand. „Sie ist wunderschön." Seine Augen wanderten von dem Bild zu Lucy. „Sie sieht aus wie du."

Seine Freundlichkeit drohte sie um ihre Fassung zu bringen. „Ich glaube, ich würde gerne alleine sein."

Er nahm ihre Hand und drückte ihr einen Kuss auf die weiße Bandage. „Ich lass dich hier nicht alleine. Du kannst bei Clare bleiben."

„Nein." Nicht dorthin. Nicht schon wieder.

Er streichelte sanft ihren Arm. „Ich kann auch kein Alarmsystem installieren lassen, bis das hier renoviert ist. Ich will dich an einem Ort wissen, wo du sicher bist. Und Clare hat gesagt, dass sie ein Security-Team in ihrem Gästehaus untergebracht hat."

„Ihre Hexenkessel hat sie bestimmt auch schon da." Lucy dachte an ihr leeres Bankkonto und bemerkte bedrückt, dass sie sich nicht mehr als eine Nacht im Hotel würde leisten können. „Sie ist verrückt, Alex."

„Schau, da habt ihr doch wenigstens etwas gemeinsam." Er lächelte und schob eine ihrer wilden Strähnen hinter ihr Ohr. „Können wir aufhören, darüber zu diskutieren? Ich kann dich nicht hier alleine lassen, aber wenn ich nicht zu meinen Meetings erscheine, wird mein Team mich noch feuern."

Er war ihr so nahe, dass sie sein Shampoo riechen konnte. Nur zu deutlich wurde ihr bewusst, wie intensiv er sie betrachtete. So würde sie ihm alles versprechen.

„Gut", flüsterte sie. „Bring mich zu Clare."

Während er sie zur Tür brachte, fragte Lucy sich, ob ihr zuhause wirklich das Einzige war, das zu Grunde ging.

Nein, definitiv auch ihre Willensstärke.

Und ihr Schutzschild gegen unwiderstehliche, aber emotional abwesende Footballstars begann zu zerbrechen.

Zum ersten Mal in ihrem Leben fühlte sich Lucy Wiltshire, die sonst einen gesunden Verstand und ein aufrechtes Rückgrat hatte, nicht mehr immun.

Wenn sie ehrlich war, spürte sie eine absolut unwillkommene Verbundenheit mit allen Cheerleadern von Alex.

23. Kapitel

Seit einer Woche ertrug Lucy nun Clares Unterricht. Als ihr Vermieter ihr mitgeteilt hatte, dass ihre Wohnung in den nächsten Wochen nicht zu beziehen wäre, hatte Lucy nur schweigend genickt und sich in ihr Schicksal ergeben.

Clares Art von Unterricht glich Lucys Vorstellung von Quälerei. Quizfragen über Alex' Kampagne. Lernkarten von Landes- und Bundespolitikern. Sogar Geschichtsunterricht mit Schwerpunkt auf den früheren First Ladys des Weißen Hauses. Das Einzige, wofür Lucy dankbar war, war Julian, der sie für ihre Lernleistungen mit köstlichen Fruchtpasteten und Strudeln belohnte. So fiel ihr das Lernen wenigstens ein bisschen leichter. Und sie lernte eine ganze Menge, das konnte sie nicht bestreiten. Zum Beispiel, dass keiner ihrer Röcke ihr wirklich passte, was Clare zum Anlass nahm, mit ihr einkaufen zu gehen. Nämlich *Kostüme, die einer Frau an der Seite eines Politikers eher entsprachen.*

Die Hitze des Montagnachmittags wurde gelindert, als sich der Himmel zuzog und Regenschauer über das Land fegten. Lucy schaltete den Scheibenwischer an und musste sich Mühe geben, die weiße Fahrbahnmarkierung noch zu erkennen.

„Müssen Scheibenwischer so komisch quietschen?“, fragte Marinell vom Beifahrersitz aus.

„Sie sind in Ordnung.“

„Sie hören sich wie ein zorniges Schwein an.“

„Du hast zu viel Zeit mit Alex verbracht.“ Alex hatte an den vergangenen Abenden in *Saving Grace* vorbeigeschaut, um Marinell mit der Arbeit für die Ferienkurse zu helfen. Jedes Mal, wenn Lucy ihn sah, musste sie wieder an ihren Kuss denken. Aber er hatte ihn nicht mehr erwähnt.

„Tyneisha sagt, dass du das Haus gestern nach der Sperrstunde verlassen hast.“ Lucy ordnete sich in die Ausfahrt ein, die sie zum Kinderkrankenhaus bringen würde. „Wir haben doch darüber gesprochen. Wenn du deinen Bruder sehen willst, sag mir Bescheid.“

„Das habe ich verstanden.“

Lucy sah in den Rückspiegel und beobachtete, wie ihre Bodyguards ihr folgten. „Marinell, wir haben Regeln. Ein dritter Verstoß und du bist draußen. Ich kann dich dann nicht bleiben lassen."

„Manchmal muss ich meinen Bruder auch nachts besuchen, okay?"

„Solange du vor der Sperrstunde wieder da bist, ist das kein Problem. Ich finde, das kann ich von dir verlangen." Irgendetwas stimmte nicht, doch Lucy hoffte, dass Marinell es schnell lösen würde. Sie wollte das Mädchen nicht wegschicken müssen. „Ich weiß, dass du nicht gut schläfst, und ich merke, dass du immer mehr Gewicht verlierst."

„Ich will Supermodel werden." Marinell kaute auf einem Fingernagel.

„Wenn du für deinen Bruder da sein willst, musst du auf dich aufpassen. Und das bedeutet auch, genug zu essen – ob du dich danach fühlst oder nicht." Manche Menschen verloren ihren Apettit, wenn es ihnen nicht gut ging, und Marinell schien in diese Kategorie zu fallen. Lucy fragte sich, wie sich so etwas anfühlte.

„Also, zwischen Alex und Ihnen scheint es echt ernst zu sein."

„Ja", sagte Lucy trocken. „Er ist der Wind unter meinen Flügeln." Sie wollte heute nicht über Alex reden. Der Mann nahm zu viel Platz in ihren Gedanken ein und das Leben war zu kurz, um sich immerzu mit einem gut aussehenden, emotional unterkühlten Kerl zu beschäftigen. Egal, wie gut er küsste.

„Er hat erzählt, dass er Sie am Freitag auf eine coole Party ausführt." Marinell grinste schief. „Auf einer Yacht. Stimmt das?"

Alex hatte wieder einmal eine seiner Soireen, diesmal auf der Yacht eines Freundes. Lucys Vorschlag, ihren Overall und ein paar Flip-Flops anzuziehen, hatte ihr einen fassungslosen Blick von Clare eingebracht und wieder einmal waren sie einkaufen gegangen.

Sie lenkte ihren Wagen in eine Parklücke und nahm Marinell mit unter ihren Schirm, während sie im Regen auf das Krankenhaus zurannten.

Im Inneren versuchte Lucy, den Schirm wieder zusammenzuklappen, doch aus irgendeinem Grund funktionierte es nicht. „Komm schon", murmelte sie und fummelte an einem Knopf herum.

„Lucy?"

Als sie sich ihr feuchtes Haar aus dem Gesicht geschoben hatte, sank ihr Herz. „Matt."

Da stand er, sein blondes Haar neu frisiert, ein weißes Hemd mit aufgeknöpftem Kragen und eine Hose mit Bügelfalten, auf die jeder General stolz gewesen wäre.

„Wie geht es dir?“, fragte er.

„Ich geh schon mal hoch“, sagte Marinell. „Kommen Sie nach.“

Lucy konnte nur nicken, als das Mädchen davonging.

„Schön, dich zu sehen.“ Es hörte sich steif an, das merkte Lucy. „Wie läuft's an der Arbeit?“ Vermisste er sie? Liebte er sie noch?

„An der Arbeit läuft's super.“ Wie er sie anstarrte. Hatte er das vorher schon jemals getan?

„Besuchst du jemanden hier?“, fragte Lucy.

„Ich bin im Krankenhaus-Besuchsteam unserer Gemeinde.“

Er besuchte kranke Kinder in seiner Mittagspause. Daran würde sie denken, wenn sie sich das nächste Mal wieder von Alex einlullen ließ.

„Ich habe in der Zeitung gelesen, dass du einen Unfall hattest.“ Matt zeigte auf ihre Hand.

„Das war nichts.“

„Ich habe schon immer gesagt, dass die Rohre in deiner Wohnung eine Katastrophe sind.“

War das sein Code für *Ich liebe dich immer noch und werde auf dich warten?* „Ich habe dich …“ Lucy zwang sich dazu, innezuhalten. „Ich habe es vermisst, mit dir zu reden.“ Und sein Gesicht zu sehen. Seine Stimme zu hören. Seine perfekt gestärkten Kleider in ihrem Schrank hängen zu sehen.

Ein Paar ging Hand in Hand an ihnen vorbei und Matt trat näher an Lucy heran.

„Ich denke die ganze Zeit an dich.“ Seine Augen suchten ihren Blick und stellten Fragen, die Lucy nicht beantworten konnte. „Ich wünschte … Ich wünschte, die Dinge wären anders gelaufen. Es gibt so vieles, das ich bereue.“ Lucy hätte selbst eine ganze Liste solcher Dinge niederschreiben können. „Ich rede mir immer wieder ein, dass du glücklich bist.“ Er trat noch näher an sie heran. „Du bist doch glücklich, oder? Denn auf einigen dieser Fotos … Ich frage mich –“

„Ich sollte jetzt nach Marinell sehen.“ Ihr Herz erzitterte. Hier stand sie und alles, was sie sich wünschte, war nur eine Armlänge entfernt. Alles, außer die Sicherheit für ihre Mädchen. „Bis bald.“ Ihre Stimme versagte und Lucy wusste, dass sie schleunigst verschwinden musste, bevor sie zusammenbrach und Matt alles gestand.

„Lucy –"

„Ich muss gehen." Sie ignorierte seine ausgestreckte Hand und rannte an ihm vorbei in Richtung Aufzug.

Nur noch vier Monate. Sie konnte das schaffen. Es war eine große Bitte an Gott, doch Lucy wiederholte ihr Gebet, dass Matt auf sie warten würde.

Lucy fand Carlos' Zimmer, klopfte leise an der Tür und trat ein. Maschinen piepten und klickten und umgaben einen kleinen Jungen, der in seinem Bett saß.

„Hey, Carlos", sagte Lucy. Sie hatte Marinell schon ein paar Mal zu ihrem Bruder gebracht und den kleinen Kerl mit jedem Mal mehr in ihr Herz geschlossen.

Marinell stand neben seinem Bett und strich sanft durch das zerzauste Haar ihres Bruders. Eine Frau, die Lucy noch nie zuvor gesehen hatte, saß auf dem einzigen Stuhl im Raum.

„Miss Lucy, das ist meine Mutter. Esther."

„Hallo", sagte Lucy freundlich. Dann kramte sie in ihrer Tasche nach dem Malbuch und den Stiften, die sie für Carlos gekauft hatte.

Esther Hernandez erhob sich. „Sie helfen meiner Tochter", sagte sie mit dem Englischen kämpfend. „Danke."

„Das tue ich gerne. Wir kümmern uns um sie."

„Mom kommt jeden Morgen, wenn ich keine Zeit habe", sagte Marinell. „Aber manchmal findet sie keine Mitfahrgelegenheit."

Marinell redete in feurigem Spanisch mit ihrer Mutter und Lucy setzte sich zu dem kleinen Carlos.

„Ich habe meiner Mutter erklärt, dass sie bei Carlos nun mit der Dialyse anfangen", sagte Marinell zu Lucy. „Zweimal die Woche. Es dauert immer ziemlich lange und dann wird ihm langweilig. Ihr Malbuch ist genau das Richtige für meinen Bruder."

„Ich gehe jetzt", sagte Esther mit besorgtem Blick in Richtung ihres Sohnes. „Sei tapfer und tu, was die Ärzte dir sagen."

„Nein", jammerte Carlos. „Du hast gesagt, du würdest bleiben. Warum kommst du nicht her, wenn Papa da ist?"

Die Augen der Frau wurden groß und sie redete auf Spanisch auf ihren Sohn ein. Der Junge ließ den Kopf hängen und seine Unterlippe zuckte.

Esther küsste ihn sanft. „Ich komme später wieder."

Marinell umarmte ihren Bruder. „Sag Mama auf Wiedersehen."

Esther wandte sich noch zweimal um, bevor sie den Raum endgültig verließ.

Die Traurigkeit in diesem Zimmer war mit Händen zu greifen. Carlos drückte den Kopf in sein Kissen und schluchzte leise.

Marinell streichelte beruhigend über seinen Dinosaurierpyjama. „Alles ist gut, *mi hermano*, mein Bruder. Sie kommt bald wieder." Sie warf Lucy einen Blick zu.

„Und Papi? Kommt er heute auch noch?"

„Ja, Marinell", sagte Lucy. „Wird dein Vater heute Nacht hier erscheinen?"

Lucy wartete, bis Marinell und sie wieder im Auto saßen, bevor sie mit der Befragung anfing. „Also, willst du mir erklären, warum du dich nachts mit deinem Vater im Krankenhaus triffst?"

„Das habe ich nicht. Carlos meinte nicht seinen Vater. Er ist durcheinander."

Verwirrung darüber, wer der eigene Vater war, erschien Lucy momentan gar nicht so abwegig. Trotzdem ließ sie sich nicht auf Marinells Ausreden ein. „Marinell, ich mache diesen Job schon eine ganze Weile und habe das alles schon mal gehört." Sie ergriff die Hand des Mädchens. „Du kannst mir vertrauen."

Marinell schnallte sich an und sah aus dem Fenster. „Es ist kompliziert."

„Der Mann, von dem ich immer dachte, er sei mein Vater, ist jetzt eine Frau. Versuch es."

„Mein Vater lebt … irgendwo anders. Er ist in Mexiko aufgewachsen und früh in eine Gang eingetreten. Er ist schnell aufgestiegen, doch dann hat er meine Mutter kennengelernt. Die Gang wollte ihn aber nicht gehen lassen."

„Eine Drogengang?"

„Ja. Schreckliche Typen. Bevor ich geboren wurde, sind meine Eltern nach Texas ausgewandert. Aber die Gang hat meinen Vater gefunden. Seitdem ist er auf der Flucht."

„So wie du."

„Wir wissen, dass sie immer noch da draußen sind und es gefährlich für ihn ist, in unsere Nähe zu kommen. Die letzten Jahre waren am schlimmsten und er konnte uns nicht oft sehen. Er kann uns kein Geld schicken, weil sie ihm sonst auf die Spur kommen könnten. Meine Mutter hat alles getan, was sie konnte, aber seit mein Bruder krank ist, reicht das Geld vorne und hinten nicht mehr. Deshalb sind wir ihr weggenommen worden. Seitdem ist alles schrecklich."

„Also kommt dein Vater manchmal und besucht deinen Bruder hier?"

„Er war erst zweimal da. Manchmal gehe ich ins Krankenhaus für den Fall, dass er wieder auftaucht."

„Was kann ich tun, um dir zu helfen?"

Marinell wandte sich in ihrem Sitz um, eine Jugendliche, deren Welt in Trümmer zu fallen drohte. „Lassen Sie bitte meinen kleinen Bruder nicht sterben."

„Einkaufen." Julian klatschte in die Hände, während es hinter den Fenstern der Limousine Nachmittag wurde. „Das wird so lustig."

„Hoffen wir es", murmelte Lucy. „Lasst uns einfach schnell machen, bitte."

„Quatsch." Clare schnalzte. „Alex will, dass wir dir ein ganz zauberhaftes Kleid für Freitag besorgen und das werden wir auch. Auf meine Art."

„Ich finde immer noch, dass mein rotes Kleid es auch getan hätte", gab Lucy zu bedenken.

„Das ist ein Kleid für das Land", schnappte Clare. „Du brauchst ein Kleid für das Wasser."

„Ausgerechnet die habe ich letztes Jahr alle auf dem Flohmarkt verkauft."

„Ich höre deine Impertinenz, aber ich weiß, wovon ich rede. Meine Liebe, mein Job ist es, dich für Alex perfekt zu machen."

„Wenn du mich in einen Taucheranzug stecken willst, gehe ich in meinem Mickey-Mouse-Hemd."

Clares Diamantohrringe funkelten, als sie vehement den Kopf schüttelte. „Ich sehe, wir müssen immer noch an deiner Einstellung arbeiten. Julian, merk dir das."

„Ich notiere es mir sofort." Julian streckte seine Hand aus und musterte seine Fingernägel.

„Ich mag Charlaine's, wenn es um Abendkleider geht, du nicht auch?", fragte Clare und blätterte durch ein Modemagazin.

„Ihre Entwürfe sind göttlich." Julian tätschelt Lucys Knie. „Sie sollten sich glücklich schätzen."

„Ach, nebenbei bemerkt, ich hörte, du hast deinen alten Freund gesehen, einen Mr Campbell."

Lucy erstarrte innerlich. „Woher weißt du, dass ich Matt getroffen habe?"

„Meine Liebe." Ihre Stimme war so voller Tadel, wie nur Clare es bewerkstelligen konnte. „Ich habe in der ganzen Stadt Freunde. Und du solltest immer daran denken, dass sie dich beobachten – sie warten darauf, dass Alex oder du einen falschen Schritt machen. Vor allem im Hinblick auf die Wichtigkeit des Freitagabends solltest du keinen Gedanken mehr an diesen Matt Campbell verschwenden, sondern dein Augenmerk einzig und allein auf deinen wunderbaren Freund richten."

„Was meinst du mit Wichtigkeit?" Lucys Geduld war allmählich aufgezehrt. „Das ist doch einfach nur ein weiteres langweiliges politisches Event. Ein Treffen für die Kampagne." Lucy starrte Clare an. „Oder etwa nicht?"

„Wenn du es so nennen willst."

„Wie würdest *du* es denn nennen?"

Clare schlug die Hände zusammen und setzte das wahrscheinlich erste ehrliche Lächeln auf, das sie Lucy jemals geschenkt hatte. „Eine wunderbare Nacht für einen Heiratsantrag."

24. Kapitel

Hyperventilation. Fieber. Benommenheit. Das unbändige Verlangen nach Zucker und Kalorien.

Und das waren noch die angenehmeren Aspekte ihrer Panikattacke.

Lucy saß auf dem kalten Marmorboden von Clares Gästebad und wartete darauf, dass ihre Angst sie vollends hinwegspülte.

In dreißig Minuten würde Alex hier sein, schneidig und selbstbewusst, um sie auf diese versnobte Yacht zu bringen, wo sie an seiner Seite stehen und lächeln musste. Und wo er ihr vor hunderten von Menschen einen Antrag machen würde.

Lucy konnte es nicht. Man würde es ihnen niemals abnehmen.

In der dritten Klasse hatte sie sich für die Theatergruppe beworben. Lucy hatte wochenlang den Text gelernt, weil sie in ihrem jungen Herzen gewusst hatte, dass sie die geborene Pocahontas war. Aber als sich der Vorhang gehoben hatte, stand sie ganz hinten auf der Bühne und spielte die Indianerin Nummer dreizehn. Kein Text. Keine Schauspielerei.

Weil Lucy einfach keine Schauspielerin war. Ihre Lehrerin hatte es damals sofort erkannt. Und das war bis heute so. Mädchen, denen die Rolle des stummen Indianers gegeben wurde, konnten keine Scheinverlobung an den Mann bringen.

„Ich schaffe es", flüsterte Lucy krächzend. „Ich schaffe es." Dieses Mal wirkte sie ein wenig enthusiastischer.

Herr, was ist, wenn seine Freunde über mich lachen? Was werden die Boulevardblätter schreiben? Alex Sinclair findet eine Braut und heiratet weit unter seinem Stand?

„Wie geht's Ihnen, Mäuschen?", fragte Julian von der anderen Seite der Tür.

„Schrecklich." Heiße Tränen rannen nun über ihre Wangen. War es zu spät, die ganze Sache abzusagen? Die Veranstaltung zu verschieben? Wie schwer konnte es schon sein, zweihundert Menschen anzurufen und ihnen zu sagen, dass sie ein andermal wiederkommen sollen?

„Könnten Sie die Tür aufmachen?" Julian drehte den Knauf.

„Nein, sie klemmt." Ihr Abendkleid baumelte unheilsschwanger von einem Haken an der Wand. „Muss wohl noch eine Weile hier drinbleiben."

„Machen Sie doch bitte auf, Schätzchen."

„Ich kann das nicht. Sagen Sie Alex, dass ich es mir anders überlegt habe. Er wird das verstehen." Sie fuhr sich durch ihr wirres Haar und seufzte tief. Bei dem Versuch, ihre Locken zu bändigen, hatte sie ein Glätteisen zu Hilfe genommen, nur um etwas zwischen einer Welle und einem Desaster zu produzieren. Wie eine schlechte Achtzigerdauerwelle – nur noch schlimmer. „Ich gehe nicht auf diese Party. Sagen Sie Alex, dass ich krank bin."

„Seien Sie nicht albern. Er wird in ein paar Minuten hier sein."

„Es ist mir ernst." Sie würde nicht die Witzfigur für diese hochnäsigen Oberklassenpüppchen spielen. „Ich bleibe heute Nacht hier. Und es ist mir egal, wie Sie ihn loswerden. Machen Sie es einfach."

„Ich kenne mich mit dem Showbusiness aus, aber Wunder kann ich nicht vollbringen. Man kann Alex nicht loswerden. Wenn er etwas will, bekommt er es auch. Und was er will, sind Sie."

Alles wegen einem dummen Vertrag. Alex fühlte nicht das Geringste für sie. Und sie nicht für ihn.

„Sagen Sie ihm, dass ich Schluss machen muss." Lucys Atem ging jetzt stoßweise. „Denn ich werde hier nie wieder rauskommen."

Um sieben Uhr klopfte Alex an die Badezimmertür.

„Lucy, mach auf." Er legte seine ganze Autorität in seine Stimme. Sein Team war ihm aufgrund dieses Tonfalls jahrelang gefolgt. Niemand konnte sich seiner Stimme widersetzen.

„Verschwinde."

Warum hatte Clare die Sache mit dem Heiratsantrag nur herausposaunen müssen? Alex hatte gewollt, dass es eine Überraschung wird, damit Lucy nicht von einer Panikattacke überwältigt würde. So wie jetzt.

Er rüttelte am Türknauf. „Julian sagt, dass du nicht rauskommen willst."

„Wenigstens ein Mann auf diesem Planeten hört mir zu."

Alex senkte seine Stimme zu einem beruhigenden Brummen. „Ich weiß, dass du wegen heute Abend aufgeregt bist. Aber du wirst das bestimmt richtig gut machen. Ich werde bei dir sein." Er entschloss sich dazu, ihr einen Köder hinzuwerfen. „Ich bin auch ein bisschen nervös, wenn dir das vielleicht weiterhilft."

„Kein bisschen."

Sie würden zu spät kommen, wenn er sie nicht aus diesem Bad herausbekam. Und ein Mann konnte auf keinen Fall zu spät zu seiner eigenen Party kommen. „Lucy, ich will, dass du bei drei die Tür aufmachst, verstanden? Eins ... zwei ..." Das sah nicht gut aus. Überhaupt nicht gut. „Zweieinhalb. Zweidreiviertel."

Keine Reaktion.

Er fuhr sich mit einer Hand übers Gesicht und lehnte sich gegen die Tür. „Sag mir, was los ist."

„Verstehst du es denn nicht? Ich bin keine Pocahontas."

Alex presste die Stirn gegen den Türrahmen und schloss die Augen.

„Ich kann das einfach nicht mehr", sagte sie entschuldigend. „Wie konnte ich nur denken, dass ich das stemmen kann? Dass ich jemand bin, der in deinen Kreisen verkehren kann? Ich kann nicht einmal mein Haar frisieren."

„Mach dir einen Zopf. Meinetwegen setz eine Duschhaube auf. Mir ist das egal."

„Das ist kein Tennismatch im Country-Club. Niemand wird da mit einem Pferdeschwanz auftauchen."

„Ich interessiere mich nicht für andere Frauen, Lucy. Nur für dich. So, wie du bist."

Er konnte hören, dass sie tief einatmete. „Ganz toll."

„Lass mich rein."

„Nein."

„Du öffnest jetzt sofort die Tür oder ich gehe in die Offensive und breche sie auf."

„Zu deiner Information, Frauen finden brutale Gewalt nicht gerade attraktiv."

„Gedichte schreibe ich dir dann später."

Sie ließ ihn noch eine weitere Minute schmoren. Sechzig Sekunden, die er wie ein Idiot vor ihrer Badezimmertür stand, nutzlos, hilflos. Genug Zeit, um zu versuchen, die eigenen Nerven zu beruhigen.

Diese Frau würde ihn noch ins Grab bringen.

Der heutige Abend war wichtig. Er musste perfekt werden. Die ganze

Welt würde die Nachricht von ihrer Verlobung hören und alles musste stimmen. Das war der entscheidende Schachzug seiner Kampagne. Wenn sie es vermasseln würden, wäre es vorbei. Und was sollte er dann machen?

Alex verdrängte die negativen Gedanken. Es würde perfekt laufen. Und er würde die Wahl gewinnen. Und dann würde er endlich den Frieden finden, dem er so lange nachgejagt hatte. Er würde beenden, was sein Bruder nicht mehr geschafft hatte und er würde nachts endlich wieder die Augen schließen können. Er würde die Stimme in seinem Kopf zum Schweigen bringen, die ihm immer wieder sagte, dass er nur ein hübsches Gesicht auf einer Packung Unterwäsche war.

Endlich klickte das Schloss.

Und die Tür öffnete sich.

Und da stand Lucy. Ein Engel mit einem Heiligenschein von blonden Fusseln.

Er starrte auf das, was sie beide als Desaster erkannten und sagte das einzig Mögliche. „Ich liebe es."

Mit zitternden Lippen sank Lucy auf den Boden, ihr pinkes *Quiddich: Der Sport für wahre Männer*-T-Shirt hing über ihre Shorts.

Er ließ sich neben sie auf den Boden nieder. „Ich weiß, dass du wegen heute Abend nervös bist."

„Ich bin nicht nervös. Ich bin einem Nervenzusammenbruch nahe, du unsensibler Neandertaler."

Die Uhr tickte. Jetzt war der Augenblick gekommen, größere Geschütze aufzufahren. „Denk an deine Mädchen." Er fuhr mit seinen Fingern an ihrer Wange entlang und spürte die Zartheit ihrer Haut. „Du tust das alles für sie. Weißt du, wie glücklich sie sein können, dass sie dich haben?" Ihr Selbstvertrauen war momentan so zerbrechlich wie Pergamentpapier. „Wie glücklich ich bin, dich zu haben?"

Sie lehnte ihre Wange in seine Hand. „Ich will dir das nicht ruinieren."

„Das kann nur passieren, wenn du mich jetzt im Stich lässt." Seine Lippen fanden ihre Stirn und wanderten dann zu ihrer Wange, suchten nach Bestätigung. Nach ihr. Und nach ihm selbst. „Ich brauche dich, Luce."

Drei Ewigkeiten vergingen, bis sie ihre rote Nase schnäuzte und nickte. „Gut. Ich komme mit."

Erst jetzt merkte Alex, dass er unbewusst die Luft angehalten hatte, und er entließ sie mit einem erleichterten Seufzen.

„Aber der Erste, der einen dummen Kommentar über meine Haare macht –"

„Den werde ich k.o. schlagen." Alex zog sie auf die Füße.

„Du tust doch so, als würdest du mich lieben, also musst du dir schon was Härteres überlegen."

„Ich werde ihn mit meinem Laserschwert zur Rechenschaft ziehen."

„Wow." Lucy tätschelte seine Brust. „Das würdest du für mich tun?"

Er ergriff ihre Hand und legte sie an sein Herz. „Für mein Mädchen ist mir nichts zu viel."

Fünfzehn Minuten später tauchte sie wieder auf, in einem Traum von cremeweiß, ihr Haar hatte sie auf dem Kopf zusammengesteckt.

„Ist das das Kleid, das du heute Abend anziehen willst?"

Das war das Falscheste, was er hatte sagen können. „Stimmt was nicht damit?"

Der tiefe Ausschnitt enthüllte nicht zu viel, bot einem Mann jedoch einen Blickpunkt. Zarte Perlen bedeckten das Oberteil, als sei es in Eis getaucht worden. Ein Schlitz gab den Blick auf Lucys lange Beine frei. Sie sah aus wie dem Titelblatt der *Vogue* entsprungen. Wie ein Pariser Modell. Eine Hollywood-Schönheit.

„Zieh es aus", sagte er.

Sie verschränkte die Arme. „Du und ich sollten vielleicht noch mal über das Thema Sex vor der Ehe reden."

„Dein Kleid muss zu dir passen." Das war nicht seine Lucy. „Ich weiß, dass du etwas anderes hast, was du anziehen kannst."

„Aber Clare hat gesagt –"

„Es ist mir egal, was sie gesagt hat." Dachte Clare etwa, dass er wollte, dass Lucy aussah, als wolle sie sich zur Miss-Charleston-Wahl stellen? „Du hast fünf Minuten, um dir was anderes zu suchen", sagte Alex. „Solange du darin aussiehst wie du selbst, ist es mir egal, was es ist." Seine Augen wanderten zu ihrem Haar. „Noch eine Sache, ich hole Julian."

Dreißig Minuten später stand Lucy mit zehn Zentimeter hohen Absätzen vor ihm und führte ein blaugrünes Retrokleid vor. Es sah aus, als wäre es einem Katherine Hepburn-Film entsprungen. Ein weiter U-Ausschnitt enthüllte milchweiße Schultern und lockte einen Mann, diese zarten Linien nachzuziehen. Der schmalen Taille schloss sich ein ausgestellter Rock an, der knapp über die Knie ging. Dreiviertel-Ärmel betonten die schlanken Arme.

Er wusste, dass Lucy auf einen Kommentar wartete. Die Wahrheit hätte wahrscheinlich dafür gesorgt, dass sie sich wieder im Badezimmer eingeschlossen hätte. Er war von Männern umgerannt worden, die zweimal so groß waren wie er, doch niemals hatte er sich so aus dem Gleichgewicht gebracht gefühlt.

„Du bist wunderschön." Seine Stimme klang rauer, als er es beabsichtigt hatte.

Sie lächelte schwach. „Das ist die Frisur."

Mit ihrer Hand in seiner geleitete er sie die Treppe hinunter, um sich Julian und Clare zu zeigen.

„Das ist unser Fund von Goodwills letzte Woche." Julian bedeutete ihr mit dem Finger, sich ein paar Mal zu drehen. „Noch nie habe ich einen so perfekten Vintage-Look gesehen. Passt großartig zu Ihnen, meine Liebe, wenn ich das bemerken darf."

Alex sah, wie ihre Wangen rot wurden, als der Tellerrock sich anmutig mit ihr drehte. Sie hatte absolut keine Ahnung, wie faszinierend sie war. Sie hatte nicht die aufgesetzte Schönheit der Models und Schauspielerinnen, mit denen er früher ausgegangen war. Sie hatte etwas ganz Besonderes. Etwas Besseres. In ihrer Nähe fühlte er sich mehr wie er selbst. Sein Name machte keinen Eindruck auf sie, auch nicht sein Geld. Er musste hart dafür arbeiten, sie zu beeindrucken, und in letzter Zeit bemerkte er immer häufiger, dass er das auch wirklich tat. Sein Wettbewerbsdrang, vermutete er.

Clare, in ein elegantes bodenlanges schwarzes Kleid gehüllt, erhob sich und musterte ihren Schützling. „Hm. Das ist nicht das, was ich mir für diesen Abend gewünscht habe, aber es ist nicht schlecht. Ich denke, das wird funktionieren."

Alex hielt Lucys Hand sanft in der seinen. „Jede Frau dort wird eifersüchtig auf dich sein."

Clares rasiermesserscharfer Blick musterte Lucy von ihren rot gemalten Zehen, die aus den vorne offenen Pumps lugten, bis hin zu ihrem Kopf. „Die Frisur ist schrecklich, aber du hältst einfach dein Kinn hoch erhoben“, sagte Clare. „Wenn jemand etwas gegen dich sagt, sorge ich dafür, dass es das letzte gesellschaftliche Event war, was derjenige hier in Charleston erlebt hat.“

„Danke.“ Lucy nickte leicht. „Das ist sehr liebenswürdig.“

In Alex’ Tasche fing gerade sein Handy an zu vibrieren, doch er ignorierte es, nahm Lucys Stola und führte sie hinaus in die Abendluft.

Es war Zeit, dass die nächste Phase seiner Kampagne begann. Am Ende des Abends würde Lucy Wiltshire seinen Ring tragen.

Und ihn in den Kongress befördern.

25. Kapitel

Die Sonne sank, als die *Southern Mischief* langsam durch den Charlestoner Hafen glitt. Die Häuser am Ufer waren in sanften Pastelltönen gestrichen, die beruhigend wirkten. Doch Lucys Magen war zu einem Doppelknoten verdreht und in Gedanken sehnte sie sich danach, eine weitere Folge des mysteriösen Zeitreisenden Dr. Who anzusehen. Doch die DVD-Kollektion lag im Gegensatz zu ihr sicher in Clares Gästezimmer.

Alex würde sie fragen, ob sie ihn heiraten wollte. Heute. Er hatte ihr nicht gesagt, wann oder wo oder wie und das zerrte noch mehr an ihren Nerven. Letzte Nacht hatte sie geträumt, dass er sich vor sie hinkniete, die Frage aller Fragen stellte und das gesamte Schiff in Gelächter ausbrach. In ihrem Traum hatten die Gäste sie angestarrt, auf sie gedeutet. Selbst Alex hatte sie angeschaut, als sähe er sie zum ersten Mal. Und dann war er einfach weggegangen.

„Sohn." Marcus Sinclair kam auf sie zu und ergriff Alex' Hand, als wären sie Geschäftspartner. „Schön, dich zu sehen. Ich vermute, du hast meinen Anruf wegen des Golfmatches gestern nicht mehr abgehört?"

„Ich war beschäftigt, Dad. Ich habe da diese kleine Wahl vor mir." Alex' Stimme war so trocken wie Toastbrot.

„Du hast aber immer noch eine Familie", erwiderte Marcus.

Alex beugte sich vor, um seine Mutter auf die Wange zu küssen, dann seine Schwester. „Ihr seht hübsch aus, meine Damen."

„Wir sind einfach nur froh, dass wir eine Einladung bekommen haben", sagte seine Mutter mit einem trockenen Grinsen. „Politische Anlässe sind die einzigen, wo wir dich noch zu Gesicht bekommen." Sie streckte Lucy ihre Hand entgegen. „Wunderschönes Kleid. Da hat jemand einen sehr guten Geschmack."

Lucy wandte sich um, nur um sich Finleys starrendem Blick gegenüber zu finden. „Sie sehen gar nicht mehr wie die Verrückte aus, die im Pyjama durch die Stadt läuft."

Ein fünfzehnköpfiges Orchester hatte sich in der Nähe aufgebaut und die klingenden Töne Beethovens passten perfekt zu der Eleganz der Yacht. Doch Lucy wusste, wenn es nach Alex gegangen wäre, hätten sie Aerosmith gespielt.

Donna legte ihre Hand auf den Unterarm ihres Sohnes, eine Geste von Vertrautheit und Trost. Lucy fragte sich, was ihre eigene Mutter wohl von dem heutigen Abend gehalten hätte. Wenigstens hatte sie Lucy nicht verurteilen können.

„Wir müssen über die Feierlichkeiten am vierten Juli sprechen, Alex", sagte Donna Sinclair. „Du kommst doch zu uns ins Strandhaus, nicht wahr?" Schnell erklärte sie Lucy: „Wir haben eine Familientradition. Über die Feiertage verbringen wir dort immer ein wenig Zeit miteinander." Ihr Lächeln wurde wissend, als sie ihren Sohn ansah. „Und natürlich hat er da Geburtstag."

Anspannung umwirbelte Alex wie Morgennebel den Hafen. Lucy hatte keine Ahnung gehabt. Er hätte den Tag einfach verstreichen lassen. „Ja, ich zähle schon die Tage bis zu … Alex' Geburtstag." Wie es jede zukünftige Verlobte getan hätte. Aber wie feierte eine Familie den Geburtstag des einen Sohnes, wenn sie den anderen verloren hatte?

Seine Mutter seufzte. „Sie waren meine Babys vom Unabhängigkeitstag."

Lucy spürte, wie sie dichter an Alex gezogen wurde. „Lucy und ich schauen vielleicht vorbei. Aber ich kann es mir nicht leisten, mehr als ein paar Stunden zu opfern."

Donnas Gesicht fiel in sich zusammen. „Oh. Gut. Wie auch immer."

„Ich merke, du hast wieder eine Karriere gewählt, die dich von deiner Familie forttreibt." Sein Vater sah genauso aus wie Alex. Dunkle Haare, die bei ihm jedoch schon mit grauen Strähnen durchzogen waren. Eine große Statur und Augen, denen nichts entging. „Wir müssten dieses Jahr als Familie noch enger zusammenhalten als sonst."

„Vergiss es." Finley sah auf ihr Handy. „Das interessiert ihn doch sowieso nicht."

Alex stand wie in Stein gemeißelt. „Ich sehe da jemanden, mit dem ich dringend sprechen muss. Habt noch einen schönen Abend." Er zwickte seiner Schwester in die Nase. „Benimm dich."

Das Schnauben, das Finley ihrem Bruder als Antwort schenkte, war filmreif. Lucy nahm es mit Bewunderung wahr und versuchte, es sich für eine spätere Anwendung zu merken. Mit ausgestrecktem Arm schnappte sie Alex am Ärmel und zog ihn zurück zu seiner Familie. Er konnte doch wenigstens mit seiner Familie reden.

„Lucy, wir würden uns freuen, wenn wir Sie am vierten Juli auch begrüßen könnten." Das liebenswürdige Lächeln war auf Donnas Gesicht zurückgekehrt. „Wir würden gerne Zeit mit Ihnen verbringen."

Alex, der eine Hand auf Lucys Schulter gelegt hatte, drückte sie warnend, doch sie ließ sich davon nicht aus der Ruhe bringen. „Vielen Dank", sagte sie. „Ich werde sehen, was ich tun kann. Und ich stimme Ihnen zu – man muss auch einmal Zeit mit seiner Familie verbringen. Jeder Mensch braucht das."

Der Vater starrte seinen Sohn an. „Genau."

Alex' Hand legte sich in Lucys Nacken, um ihn sanft zu massieren. „Wir müssen uns jetzt leider unter die Leute mischen."

„Ich meine, was ist ein Feiertag wert, wenn man ihn nicht mit den Menschen verbringt, die man liebt?" Was auch immer zwischen Alex und seinen Eltern stand, es musste geklärt werden. Er hatte sie gezwungen, sich mit Clare auseinanderzusetzen, also musste er nun auch damit leben, dass sie es mit ihm und seinen Eltern genauso machte. Außerdem waren die Sinclairs unerwartet freundlich. Lucy hatte erwartet, dass sie hochnäsig und eingebildet sein würden, aber sie waren so seltsam normal. Marcus hatte den Arm um seine Frau gelegt und Donna konnte ihre besorgten Augen nicht von ihrem Sohn wenden.

„Überreden Sie ihn dazu, dass er kommt." Donna lächelte ihrer neuen Freundin zu. „Ich werde eine köstliche Shrimpspfanne kochen."

Lucy riskierte einen Blick auf ihren baldigen Verlobten. „Er erzählt mir immer wieder, wie sehr er Ihre Kochkünste vermisst."

„Dann werdet ihr also kommen?" Finley versuchte, möglichst desinteressiert zu schauen. „Wirklich?"

„Er wird da sein. Das ganze Wochenende."

Lucy sah Alex ins Gesicht und merkte, dass die *Southern Mischief* bald in sehr unruhiges Fahrwasser geraten würde.

Er war nicht einmal mit Lucy verheiratet und schon mischte sich die Nervensäge in Sachen ein, die sie nichts angingen. Sicher und bestimmt führte er seine hinterhältige Freundin über das Deck. „Was sollte das denn?“, fragte er steif.

„Du warst so eine große Hilfe dabei, dass Clare und ich uns näher gekommen sind, da dachte ich, ich erweise dir auch diesen Gefallen.“

Er nickte einigen Freunden zu. „Die Beziehung zu meiner Familie ist überaus gut.“

„Du behandelst sie, als könntest du in ihrer Gegenwart nicht einmal atmen.“

Alex blieb abrupt stehen und sah Lucy scharf an. „Du hast keine Ahnung, wovon du da redest.“

„Du hast eine Familie, die dich liebt.“ Sie sah ihn mitleidsvoll an und er hätte am liebsten geschrien. Er verdiente kein Mitleid. „Sie auf Abstand zu halten, wird deinen Bruder auch nicht zurückbringen.“

Die Muskeln in seinem Kiefer verspannten sich und Lucy streckte ihre Hand aus. Ihre kühlen Finger berührten seine Wange, als wolle sie die Anspannung wegstreichen. Er konnte sich nicht rühren, konnte nicht atmen.

Lucys Augen wurden groß, als hätte sie sich selbst bei etwas ertappt. Sie zog ihre Hand fort, als hätte sie sich verbrannt, aber er hielt sie fest. Er blickte in ihr fragendes Gesicht. Wie konnte er seinen Verlust nur erklären? Seine innere Leere? Es gab keine Worte dafür, wie sehr die Freundlichkeit seiner Familie an ihm nagte.

„Sie brauchen dich, Alex.“

Er öffnete den Mund, um ihr zu widersprechen, um Worte zu sagen, die sie so verletzen würden, wie er verletzt war.

Aber er konnte es nicht. Nicht bei Lucy. Der Frau, die heimatlose Mädchen rettete und tapfer Abend für Abend an seiner Seite stand. Er presste die Lippen zusammen und wandte sich in Richtung Wasser. Während Alex die salzige Luft einatmete, starrte er in den verblassenden Sonnenuntergang und schwieg eine ganze Weile. „Es gibt nichts, was ich für sie tun kann“, sagte er endlich.

„Keiner verlangt von dir, dass du irgendetwas wiedergutmachst.“ Alex fragte sich, ob Lucy wusste, dass sie ihn nicht länger mit ihrer alten Voreingenommenheit ansah. „Sie leiden genauso wie du und wollen einfach nur in deiner Nähe sein.“

Alex schüttelte den Kopf mit einem Gesichtsausdruck, der so leer war wie sein Herz. Er beobachtete ein Schiff, das an ihnen vorbeifuhr. „Ich kann das im Moment einfach nicht."

Lucy trat einen Schritt auf ihn zu und ihr zarter Duft umwehte ihn. „Ich weiß nicht, warum du solche Schuldgefühle hast, aber sie kommen nicht von Gott. Sie verleiten dich dazu, deine Familie zurückzustoßen."

Blitze kamen aus seinen Augen. Wie konnte sie es wagen, ihm zu sagen, dass er seine Schuldgefühle loswerden sollte? Als müsste er einfach nur mit den Fingern schnippen? Jeden Tag betete er zu Gott, dass er sie wegnehmen würde, zusammen mit dem unbarmherzigen Feuer, das ihn zu verschlingen drohte. Er musste seinen Bruder finden und er musste diese Wahl gewinnen. Nichts anderes zählte.

Er riss seine Augen von dem Schiff los und lenkte seinen Blick auf Lucy. „Dein Job", sagte er, „ist es, heute an meiner Seite zu sein. Das ist alles. Ich brauche weder deinen Rat noch deine Neugier."

„Ach ja, richtig." Er wusste, dass sie darüber nachdachte, wie sie ihn über Bord schmeißen könnte. „Denn ich bin ja nur eine vorübergehende Begleitung."

Sie war mittlerweile viel mehr als das. Aber Alex wusste nicht, was genau sie für ihn bedeutete, und hatte auch keine Zeit, heute Abend darüber nachzudenken und es herauszufinden. „Stehst du nun an meiner Seite oder nicht?"

„Mach dir keine Sorgen." Ihre Worte klangen giftig. „Ich lass dich nicht im Stich." Sie trat einen Schritt zurück und schien damit einen unüberbrückbaren Abstand zwischen sie zu bringen. „Du denkst vielleicht, du belügst nur die Welt, aber die eigentliche Tragödie ist dabei, dass du dich selbst belügst."

„Hey, da seid ihr beide ja."

Alex' eisige Erwiderung erstarb auf seinen Lippen, als Morgan und Chuck zu ihnen traten. Lucys Worte nagten an seinem Innersten, während sie sich einfach abwandte, ihn völlig ignorierte und mit ihren Freunden plauderte.

„Schöne Party." Morgan umarmte Lucy. „Fast so toll wie letzte Woche mit der Jugendgruppe bei McDonald's."

„Kann an eine Partie Minigolf aber nicht rankommen", sagte ihr Verlobter. In seinem schwarzen Anzug sah Chuck erwachsener aus, als

Alex ihn bisher gesehen hatte. Aber er schien sich auch unwohler als je zuvor zu fühlen.

Lucys Freund Sanjay quetschte sich an einer Gruppe junger Frauen vorbei, um zu ihnen zu stoßen. Schnell schnappte er sich ein Glas mit einem Shrimpcocktail und zwinkerte einer Blondine zu. In seinen puderblauen Hosen und den grauen Sportsocken mit gelben Sneakers war er ein absolutes Modedesaster.

„Fast hätten wir das Schiff verpasst“, sagte Sanjay, als sich noch ein paar der anderen Hobbits versammelt hatten. „Ich hatte einen Riesenstreit mit der Dame des Hauses.“

„Stress mit der Freundin?“, fragte Alex.

„Ja, so ähnlich. Ich habe ihr gesagt, dass ich den Müll raustrage, wenn ich Zeit dafür habe. Ich bin der Mann im Haus und sie soll mir nicht immer sagen, was ich zu tun habe.“

„Wenn du nachher nach Hause kommst, ist alles wieder gut.“ Chuck klopfte Sanjay ermutigend auf die knöchrige Schulter. „Lass deiner Mutter einfach Zeit, um sich wieder zu beruhigen.“

„Wie läuft es mit der Hochzeitsplanung?“, fragte Alex Lucys Freundin Morgan.

„Es ist anstrengend, aber es läuft gut.“ Morgans Gesicht wurde ganz weich, als sie ihre Freundin nun richtig in Augenschein nahm. „Lucy, du siehst wunderschön aus heute Abend.“

„Ja, das tut sie.“ Alex streckte seine Hand nach Lucy aus. „Ich bin mit der schönsten Frau auf dem ganzen Schiff gesegnet.“

„Riecht noch jemand toten Fisch?“ Lucy versuchte, einen Schritt von ihm wegzutreten, doch Alex hielt sie mit seinem starken Arm fest.

„Treffen sich die Hobbits wie immer am Donnerstag?“, fragte Sanjay. „Du bist mit Plätzchen-Backen dran, Lucy. Mach sie doch bitte wieder in Form einer fliegenden Untertasse, o.K.?“

„Ich wohne im Moment nicht in meiner Wohnung.“ Lucy warf Alex einen scharfen Blick zu. „Aber ich kann sicher bald wieder einziehen.“

„So schnell bestimmt nicht.“ Alex fand es gut, Lucy an einem Ort zu wissen, wo sie in Sicherheit vor der Presse war. Und obwohl er sich mit seiner eigenen Familie nicht auseinandersetzen wollte, war es sicher nur eine Frage der Zeit, wann Lucy ihrer Großmutter ihr Herz öffnen würde. „Aber ich bin sicher, Clare hätte nichts dagegen, wenn ihr eure Party bei ihr veranstaltet.“

„Wir machen keine Party.“ Sanjay schob seine Brille hoch. „Es ist ein informatives Treffen für Menschen mit ähnlichen intellektuellen Interessen.“

„Es ist ein Freak-Treffen, aber wir haben leckere Snacks.“

Morgan zeigte auf einen Tisch, der an der Reling stand. „Die Mädchen sehen atemberaubend aus.“

„Die Mädchen?“ Lucy sah über ihre Schulter. Alle dreizehn jungen Frauen aus Saving Grace winkten in ihre Richtung. Lucy sah Alex fragend an.

Er zuckte nur mit den Schultern. „Ich dachte, sie hätten bestimmt Spaß an so einer Party.“

„Das ist nur die halbe Wahrheit“, sagte Morgan. „Heute hatten sie alle einen Beautytag. Mit dem kompletten Programm – Shoppen, Haare, Make-up.“

Lucys Augen wurden groß vor stiller Verwunderung.

„Alles seine Idee.“ Morgan lächelte Alex widerwillig an.

„Alex, ich … ich weiß nicht, was ich sagen soll.“

Vom Kindergarten an bis zur Profiliga war Alex immer nur das Beste vom Besten gewöhnt gewesen. Sein Sponsor *Nike* hatte ihn mit Autos versorgt. Agenten hatten ihn in teure Restaurants eingeladen und Karten für die VIP-Lounge der Los Angeles Lakers geschenkt. Frauen hatten ihm Dinge angeboten, die seiner Mutter die Tränen in die Augen getrieben hätten. Aber niemals hatte ihn jemand mit einer solchen Ehrfurcht angesehen, wie Lucy es nun tat.

„Keine Ursache! Ich hatte nur gedacht, die Mädchen verdienen es, sich mal so richtig verwöhnen zu lassen.“

Dann war sie plötzlich in seinen Armen, drückte sich an ihn, als hätte er ihr gerade seine Kreditkarte geschenkt. Er legte eine Hand auf ihren Rücken und mit der anderen strich er ihr durchs Haar, das er sowieso immer und immer wieder berühren musste. Vor ein paar Sekunden hätte Lucy ihn am liebsten den Haien zum Fraß vorgeworfen. Und jetzt war er plötzlich ihr Held. Er wusste, dass man sie beobachtete, doch es war ihm egal. Er presste seine Lippen gegen ihre Schläfe und verharrte in diesem Moment der innigen Zweisamkeit.

26. Kapitel

Jede Party hatte eine Spaßbremse. Und die des heutigen Abends kam gerade in einem eleganten schwarzen Halstonkleid auf sie zu.

„Alex, Lucy.“ Clares Diamanten schwangen an ihren Ohren hin und her und klimperten an ihrem Handgelenk. „Verschiebt eure öffentlich zur Schau gestellten Zärtlichkeiten bitte auf später. Da sind ein paar Leute, die ihr treffen müsst.“

Widerwillig verließ Lucy ihre Freunde und blieb an Alex' Seite, während er sich nach und nach durch die verschiedenen Grüppchen im Raum arbeitete. Sie versuchte, so wenig wie möglich zu sagen, lächelte jedoch so strahlend und freundlich, dass sie nach einer Weile das Gefühl hatte, ihre Lippen würden gleich abfallen. In der Begleitung von Clare, die an ihrer Seite festgeleimt zu sein schien, fiel Lucys anfängliche Aufregung von ihr ab. Die ehemalige First Lady war ein Genie im Lenken von Unterhaltungen. So sehr, dass Lucy immer nur kurze Kommentare einwerfen musste, wenn es von ihr erwartet wurde. Ja, sie mochte Alex' neue Ideen für die Erneuerung des Pflegerechtes für Kinder. Sie wünschte sich sehr, dass die Menschen sahen, welches Herz in Alex schlug. Nein, sie glaubte nicht, dass Alex' Gegner das Wohl des öffentlichen Schulsystems wirklich am Herzen lag. Natürlich liebte sie Gucci. Die machten einfach die besten Schuhe.

Es brachte sie fast um den Verstand. Wollte denn keiner über die Eröffnung des neuen Second-Hand-Ladens in der Fußgängerzone reden? Oder darüber, dass gemunkelt wurde, es solle weitere Teile von *Avatar* geben?

Doch sie stand es durch. Und nur einmal passierte ihr ein kleiner Ausrutscher – nämlich, als sie auf Senator Coolidges Frau Bezug nahm und aus Versehen den Namen seiner Ex-Frau nannte. Clare hatte unauffällig gehüstelt und Lucy hatte ihren Fehler dankbar korrigiert.

Nachdem sie gemeinsam die Anstandsrunde gedreht hatten, gingen Alex und Lucy zu den Mädchen. Während Lucy mit ihnen plauderte, forderte Alex Marinell zum Tanzen auf und brachte das Mädchen zum Kichern. Dieses Geräusch war Musik in Lucys Ohren. Sie war so verzaubert, dass sie sich kaum auf die Unterhaltung konzentrieren konnte, während jedes ihrer Mädchen, das mutig genug war, mit einem amerikanischen Superstar zu tanzen, auf die Tanzfläche geführt wurde. Tyneisha hätte in ihrem knappen pinken Kleid die Zwillingsschwester von Beyonce sein können. Sie strauchelte zweimal, während Alex versuchte, sie durch einen Walzer zu führen. Und als das Mädchen dann seinerseits versuchte, Alex zu ein paar Hip-Hop-Schritten zu überreden, konnte Lucy ihr Lachen nicht mehr zurückhalten.

Die Musik wechselte schließlich zu einem Lied, das Lucy als „The Way You Look Tonight“ erkannte. Musik zum Verlieben.

„Ich habe mich gefragt, ob Sie nicht mit mir tanzen wollen, Ms Wiltshire.“

Mit in die Handfläche gestütztem Kinn blickte Lucy auf und sah Alex vor sich stehen. Er hatte ihr seine Hand erwartungsvoll entgegengestreckt. Sein Ärger schien gänzlich verflogen zu sein und in seinen Augen stand nun stattdessen ein Ausdruck, der sie verunsicherte.

„Ich weiß nicht.“ Sie legte ihre Hand in die seine. „Du hast mit fast jeder Frau hier getanzt.“

„Das war nur ein schwacher Ersatz für die Eine, die ich wirklich will.“

Sie lachte, als sie sich in seine Arme begab. „Du bist wirklich gut, Sinclair.“

Alex drückte sie sanft an sich und Lucy legte entspannt ihre Wange an seine Schulter, während sie sich über die kleine Tanzfläche bewegten.

„Für die Mädchen ist das mit Sicherheit der schönste Tag ihres Lebens“, sagte sie leise.

Seine Hand massierte ihren Nacken und sandte Schauer über ihren Rücken. „Ich bin froh, dass sie den Abend genießen.“

„Du bist ein guter Mann, Alex.“

„Das schreibe ich heute Abend gleich in mein Tagebuch.“

Sie beugte sich etwas zurück und sah ihm in die Augen. „Wissen all deine Supermodel-Ex-Freundinnen, dass du ein großes Herz hast?“

Seine Lippen verzogen sich zu einem Lächeln. „Nur für dich, Lucy.“

Er beugte sich zu ihr hinab und küsste ihre Stirn.

Es war alles nur Show, nur Fassade, doch es würde jeder Frau den Kopf verdrehen. Warum nur konnte er nicht der arrogante Macho bleiben? Er hielt sich nicht ans Drehbuch und Lucy wusste nicht, wie sie damit umgehen sollte.

Sie erschlich sich einen weiteren Blick auf ihn, während sie sich im Takt der Musik wiegten. Alex wirkte in seinem schwarzen Smoking gleichzeitig elegant und ungezähmt. Es war gut, dass jemand wie Matt mehr ihr Typ war. Beständig. Ruhig. Vorhersehbar. Alex war nichts von alledem. Er war launenhaft, intensiv, ein Mann, der allen Regeln trotzte.

Es hatte nichts zu bedeuten, dass sie so perfekt in seine Arme zu passen schien, während sie unter den Sternen auf der Tanzfläche dahinglitten. Oder dass ihr Herz immer schneller schlug. Das lag alles nur am Mondlicht und dem Zauber des Ozeans.

Lucy sah, wie sich einige ihrer Mädchen erhoben und unter die Gäste mischten. „Sie werden sich doch benehmen, oder?"

Er fuhr ihr mit der Hand über die Wange. „Warum sollten sie nicht?"

„Weil die Menschen hier alles besitzen, was sie nicht haben."

„Aber dafür haben sie dich."

Sie wandte ihren Kopf, sodass sie ihm ins Gesicht schauen konnte. Braune Augen trafen blaue. Unter Alex' Blick wurde Lucy ganz warm. Sie konnte ihre Augen nicht von ihm abwenden. Sie spürte nur, wie sie sich von Alex angezogen fühlte.

„Du bringst mich wirklich durcheinander", flüsterte sie, als sie ihre Hände auf seinen Brustkorb legte.

Er ließ seinen Kopf sinken. Seine Lippen schwebten direkt vor den ihren. „Genauso geht es mir mit dir."

Er würde sie küssen. War das Wirklichkeit? Teil des Plans? Kümmerte sie sich überhaupt darum?

Sie schloss die Augen, spürte die federleichte Berührung seiner Lippen.

Doch schon im nächsten Moment hob er seinen Kopf und ließ seinen Blick in die Runde schweifen. „Wir machen nachher an dieser Stelle weiter."

Ihr Gehirn war wie vernebelt, aber sie versuchte dennoch, wieder in die Wirklichkeit zurückzukehren. Er hätte sie fast geküsst. Sie hatte sich diesen Blick in seinen Augen niemals erträumt oder diese Anziehung erwartet, die zwischen ihnen herrschte. Lucy schüttelte verwirrt den Kopf und sah sich um.

Warum verließen alle die Tanzfläche? Wo gingen sie hin?

Lucy bemerkte, dass Alex und sie die Tanzfläche für sich alleine hatten. Sie war zu sehr mit ihren Gefühlen beschäftigt gewesen, um zu bemerken, dass die Menschen sich in einem großen Kreis um sie versammelt hatten.

Lucys Knie wurden weich.

Sie wandte sich Alex zu. Und da sah sie es in seinen Augen.

Es war so weit.

„Oh Mist", murmelte sie.

Das Orchester fing an, die Melodie von *Star Wars* zu spielen.

Alex ergriff Lucys Hand und drückte sie so fest, als wolle er ihr etwas von seiner Stärke vermitteln. „Bist du bereit?" Er küsste ihre Handfläche, wandte die Augen jedoch nicht von ihrem Gesicht ab.

„Nein", kam ihre atemlose Antwort.

„Ich finde jeden Tag mehr Gemeinsamkeiten zwischen uns." Sein Zwinkern ließ ihr das Herz in die Knie rutschen.

„Lucy Wiltshire." Seine Stimme war jetzt so laut, dass ihn alle Anwesenden ohne Probleme verstehen konnten, während er nun auch ihre andere Hand ergriff. „Ich kenne dich schon lange. Ich war ein junger, arroganter Narr, der zu Schulzeiten nicht erkannt hat, was für ein wunderbarer Mensch du bist. Ich bin damals an dir vorbeigegangen, ohne dich zu bemerken." Ein schiefes Grinsen trat auf sein Gesicht. „Zum Glück habe ich eine zweite Chance bekommen. Und als ich dich jetzt wiedersah, war mir klar, dass ich ohne dich nicht leben kann."

Das waren schöne Gedanken. Perfekt zurechtgelegte Worte, die Lucy umgarnten und ihm ihr Herz zuneigte.

„Wir sind noch nicht lange zusammen, aber es war die beste Zeit meines Lebens. Du nimmst mich, wie ich bin, mit all meinen Fehlern." Er zog die Augenbrauen hoch und sie beide mussten ob dieser offensichtlichen Lüge grinsen. „Wenn wir zusammen sind, kümmerst du dich nicht darum, wo ich herkomme. Du siehst nur mich – und die Person, die ich werden will – für dich.

Lucy stockte der Atem, als Alex in die Tasche seines Smokings griff und eine kleine schwarze Box hervorzog.

Oh nein. Das passierte gerade wirklich. Ihr Kopf schmerzte. Ihre Hände zitterten. Ihr Magen zog sich zusammen.

Mit einem kleinen *Plopp* öffnete sich die Box und es kam ein Ring zum Vorschein, der einer Prinzessin würdig war.

Er kniete sich nicht hin. Aber das hatte sie auch nicht erwartet. Alex

Sinclair beugte vor niemandem die Knie. Vielleicht hätte sie beleidigt sein sollen, aber so war es wenigstens etwas, was man nicht auch noch zu dieser ganzen Farce hinzurechnen musste.

„Lucy, ich frage dich vor all diesen Leute hier, vor deinen Freunden und den Damen aus Saving Grace: Würdest du mich zum glücklichsten Mann der Welt machen und meine Frau werden?"

Ja. Das Wort steckte ihr im Hals. Jetzt war sie dran. Es war ihr Part – und sie würde es vermasseln.

Alex' Augen wurden schmal. Sein Griff um ihre Hand wurde fester.

Lucy spürte, wie das Boot unter ihr schwankte, und sie fragte sich, warum sie nicht umfiel. Die Aufmerksamkeit von hundert Menschen, die sich nie zuvor auch nur im Mindesten für sie interessiert hatten, war auf sie gerichtet. Sie wusste, was sie dachten. *Warum diese Frau? Was fand er an ihr? Er könnte es so viel besser treffen.*

Es war alles falsch. Sie belogen die ganze Welt. Ihre Freunde. Alex' Familie. Gott. Doch sie wollte, dass es alles ernst gemeint war. Mehr als alles andere wünschte sich Lucy jemanden, der sie liebte, sich um sie kümmerte, sie verehrte und sie so ansah, wie Alex es gerade tat.

„Lucy?" Seine Stimme war ein leises Bitten.

Und endlich reagierte sie.

„Ja." Ihre Stimme war kaum zu hören. Sie blinzelte, überrascht über die dummen Tränen in ihren Augen. „Ja, das will ich."

Er hielt einen Moment inne – um ihr Gesicht zu studieren und zu erkennen, was in ihrem Kopf vorging –, aber sie schüttelte einfach nur den Kopf, wischte die Tränen weg und warf sich in seine Arme.

Das Publikum brach in Applaus aus. Die Hochrufe stiegen zum sternenübersäten Nachthimmel empor.

Er küsste sie schnell, nicht mehr als ein zartes Huschen über ihre Lippen. „Danke."

Alex nahm den Ring aus der Box, während Lucys Mädchen vor Begeisterung schrien und quietschten. Der Ring glitt auf ihren Finger und ließ sich perfekt an dessen Ende nieder. Alex hob ihre Hand und presste seine Lippen darauf. Wieder durchfuhr sie ein Schauer.

Dann umfasste er zärtlich ihr Gesicht. Seine Augen fixierten die ihren. Der Tumult in ihrem Magen, der sich ein wenig gelegt hatte, erwachte wieder zu neuem Leben und ihr Herz schien Pirouetten zu drehen.

Sie wusste nicht, wie ihr geschah, aber plötzlich küsste Alex sie behutsam, so als sei sie sein wertvollster Besitz. Ihre Hände glitten an seinem Rücken entlang und endlich konnte sie aus ihrer Rolle schlüpfen und den Moment genießen. Das hier war kein Schauspiel. Kein so tun als ob. Nur echte Gefühle.

Dann unterbrach eine vertraute Stimme den zärtlichen Moment.

„Ladies und Gentlemen."

Lucy löste ihre Lippen von Alex'. Er stand nur da und lehnte seine Stirn gegen ihre, sein Atem ging schnell. Und ein Sturm schien in seinen walnussbraunen Augen zu toben.

„Ich möchte gerne die Erste sein, die dem glücklichen Paar gratuliert", sagte Clare Deveraux und lenkte alle Aufmerksamkeit auf sich. „Auf Alex Sinclair, unseren zukünftigen Kongressabgeordneten. Und Lucy Wiltshire, meine geliebte Enkelin."

27. Kapitel

„Also kann der alte Spock am gleichen Ort sein wie der junge Spock?“ Clare nahm einen großen Schluck von ihrem Malzbier. „Unvorstellbar.“

Chuck lachte und sah Lucy an. „Machen Sie sich nichts draus, Mrs Deveraux. Sie werden schon noch dahinterkommen.“

Das zweiwöchige Meeting der Hobbits fand heute in Clares Haus statt, wo Lucy noch immer wohnte. Tagsüber ging sie ganz normal an die Arbeit und kam dann zum Abendessen und den allabendlichen Unterrichtsstunden nach Hause. Das Telefon war die ganze Woche über heiß gelaufen – seit Clare vor sechs chaotischen Tagen ihre unglaubliche Bekanntgabe gemacht hatte. Die lokalen und nationalen Berichterstatter hatten sich überschlagen: South Carolinas geliebter verschiedener Gouverneur hatte eine illegale Enkeltochter. Sogar *Good Morning America* hatte angerufen. Die Paparazzi waren vorher schon schlimm gewesen, aber das war nichts im Vergleich zu den letzten Tagen. Im Augenblick war Lucy wirklich dankbar für die Bodyguards, die Alex ihr zur Seite gestellt hatte. Kein Reporter kam näher als zwanzig Meter an sie heran. Clare hatte gesagt, Lucy würde früher oder später eine Stellungnahme abgeben müssen, aber momentan war sie noch nicht bereit dafür. Sie und ihre Großmutter hatten kaum über ihr Verhältnis gesprochen. Es gab noch so viele Fragen, die es zu stellen galt, doch Lucy konnte sie nicht mit ihrem Stolz vereinbaren.

Julian stupste Clare an und hielt ihr das Telefon hin. „Es ist dieser Kerl von der *Today Show*. Schon wieder.“

„Siehst du nicht, dass ich beschäftigt bin?“ Sie warf einen Blick auf die Tagesordnung, die Lucy für sie hatte erstellen müssen. „Außerdem sprechen wir hier gleich über irgendein Zombie-Buch, das ich schon lange hätte lesen sollen.“ Clare schüttelte den Kopf, sodass ihr weißer Bob auf und ab hüpfte. „Seht es ein, meine Lieben, Star Treck ist einfach albern. Im Weltraum fliegen und an zwei Orten gleichzeitig sein? Absolut verrückt.“

„Ma'am, jetzt gehen Sie aber zu weit.“ Sanjay richtete anklagend seinen Finger auf sie. „Ich muss Sie auffordern, das zurückzunehmen.“

„Nein", schnappte Clare. „Ich bin der Gast auf dieser Zusammenkunft. Ich kann sagen, was ich will." Sie hielt ihren Teller hoch. „Julian, wir brauchen mehr marsianische Gurkensandwiches. Wenn meine Damen aus dem Golfclub sie demnächst probieren, werden sie völlig verrückt werden."

„Das sind die meisten von ihnen auch jetzt schon." Julian stellte seinen eigenen Teller ab und machte sich daran, aufzustehen.

„Lassen Sie nur", sagte Lucy. „Sie können Clare den Rücken freihalten." Als die Hobbits die von Julian gezauberten Science-Fiction-Köstlichkeiten gesehen hatten, waren gleich zehn neue Freunde auf ihn zugestürzt. Larry, der Computer bei *Best Buy* verkaufte, hatte ihn sofort zur Grillparty seiner Firma eingeladen. Und Monique, die heute in ein komplettes Kampfstern *Gallactica*-Kostüm gekleidet war, hatte ihm ihre Telefonnummer zugesteckt, nachdem sie seinen Zylonen-Cocktail probiert hatte.

Lucy erhob sich von ihrem Platz in Clares zweitem, gemütlichem Wohnzimmer und machte sich auf den Weg zur Küche. Sie hatte gerade ein neues Tablett mit Sandwiches aus dem Kühlschrank gezogen, als Chuck und Morgan hereinkamen.

„Hey", sagte Lucy. „Sanjay hat Clare noch nicht zu einem Duell gefordert, oder?"

„Nein." Morgan nahm sich eines der kleinen Sandwiches und biss hinein. Sie hätte das ganze Tablett verschlingen können und es hätte ihre schlanke Linie nicht beeinträchtigt. „Aber sie hat ihn gerade gefragt, ob er ihr zeigt, wie sie ihr iPad benutzen kann."

Lucy lächelte, als sie sich gegen die marmorne Arbeitsplatte lehnte. Wenn sie ehrlich war, wuchs Clare ihr immer mehr ans Herz.

„Also ist Clare Deveraux deine Großmutter." Chucks Augen flogen zwischen Morgan und Lucy hin und her. „Noch etwas, was ihr beide vor mir verheimlicht?"

Lucy zog die Frischhaltefolie vom Tablett ab. „Würde mir jetzt nichts einfallen."

„Meine Gedanken sind wie vom Winde verweht." Morgans Stimme klang kein bisschen überzeugend.

„Nun, jetzt weiß es wahrscheinlich die ganze Welt", sagte Chuck.

Clares Bekanntmachung war auch für Alex und Lucy ein Schock gewesen. Als sie Clare gefragt hatten, was sie sich dabei gedacht hatte,

hatte Clare geantwortet, dass es Zeit gewesen war. Zeit für was? Um ganze Legionen von Paparazzi auf den Plan zu bringen? Um ein Mediengewitter auszulösen? Doch Alex' Umfragewerte waren gestiegen. Wieder einmal.

„Und was ist mit deiner Beziehung zu Alex?", fragte Chuck nun.

„Was soll damit sein?"

„Ich wusste, dass ihr es ernst meint, aber heiraten? Wo ist diese Idee denn plötzlich hergekommen?"

„Ja, woher ist sie gekommen, Lucy?", fragte Morgan zuckersüß.

„Ich kenne dich", sagte Chuck nun wieder. „Das bist nicht du. Du bist Miss Übervorsichtig – du stürzt dich nicht einfach in so eine Sache hinein." Jetzt machten sich die Jahre bemerkbar, in dem er als Jugendpfarrer seinen Jugendlichen oft die Wahrheit aus der Nase ziehen musste. „Ich denke, du überstürzt die Dinge."

„Nicht jeder zieht seine Entscheidungen bis zur Unendlichkeit in die Länge", warf Morgan ein.

„Ich habe gesagt, dass ich den Smoking anpassen lasse, und das werde ich auch."

„Nur, dass du den Termin schon dreimal verschoben hast."

„Ich mache das bald. Versprochen." Chuck warf sich ein Sandwich in den Mund und wechselte das Thema. „Habt ihr schon ein Datum festgesetzt? Ich würde gerne den Gottesdienst halten."

„Ähm ..." Dieses ganze Gespräch glich einem sinkenden Schiff. Der Titanic. „Am fünfzehnten Oktober."

„Den Termin halten wir uns natürlich frei." Morgan sah nicht wirklich aus, als würde sie es sich zu Hause in ihren Kalender schreiben. „Alex hat übrigens einen guten Geschmack, was Verlobungsringe angeht."

Lucy warf zum wohl tausendsten Mal einen Blick auf den funkelnden Stein an ihrem Finger. Er war nicht hollywoodmäßig, was Lucy gefiel. Der Diamant war geschmackvoll und gerade groß genug, um eine klare Ansage zu machen. Und obwohl sie nicht wirklich mochte, was er zu sagen hatte, konnte sie nicht aufhören, ihn zu betrachten.

„Wir könnten bald mit dem Ehevorbereitungskurs anfangen. Ich würde mich freuen, ihn zu übernehmen."

Lucy entging nicht der herausfordernde Unterton ihres Freundes. „Ich werde ... mit Alex reden." Sie würde lieber im Berufsverkehr auf die Autobahn laufen, als mit Chuck in einem Beratungsgespräch zu sitzen. Schon nach wenigen Minuten hätte er sie beide durchschaut.

„Also, ich finde es wirklich nobel von dir, dass du Clare vergeben hast“, wechselte Chuck wieder das Thema. „Es braucht einen starken Charakter, um so etwas hinzubekommen.“

Ihr vergeben. So weit war Lucy noch nicht gekommen. „Clare hat mich aufgesucht. Sich entschuldigt. Aber es ist immer noch schwer.“ Clare hatte ihre Mutter ausbezahlt und ihrer Enkelin damit ein Preisschild aufgedrückt. „Aber es tut ihr aus tiefstem Herzen leid. Wir sind immer noch nicht die besten Freundinnen, aber im Moment brauche ich ihre Hilfe. Wenn sie mir nicht gerade beibringt, wie man eine Lady wird, gehen wir uns so gut es geht, aus dem Weg.“

„Und seit wann interessiert es dich, was andere Menschen von dir denken?“, fragte Morgan scharf. „Vor allem die Leute in dieser Stadt?“

Zu welchem Zeitpunkt war es nicht so gewesen? „Was ist falsch daran, neue Dinge zu lernen?“

„Wie zum Beispiel, welche Schuhe du zu welcher Handtasche kombinieren sollst? Wie man redet, ohne wirklich etwas zu sagen?“ Mit einem tiefen Seufzen, das klang, als käme es geradewegs aus dem Schiffsrumpf, nickte Morgan. „Ich hoffe wirklich, dass du weißt, was du tust.“

Da waren sie schon zwei.

Eins der wirklich positiven Dinge daran, bei Clare zu wohnen, war der ständige Zugang zu Julians Kühlschrank. Lucy war gerade auf dem Weg in die Küche, als sie erstaunt bemerkte, dass im Treppenhaus immer noch Licht brannte.

Erst als sie auf der untersten Stufe ankam, hörte sie die Stimmen.

„Ich bin einfach nur ein alter Freund, der mit ihr reden möchte.“

Lucy erstarrte, die nackten Füße auf dem Holzboden, die Hände umklammerten das Geländer, während Matt Julian davon zu überzeugen versuchte, dass er das Haus betreten durfte. „Es ist wirklich wichtig, dass ich sie noch heute Nacht sehe.“

„Ich denke nicht, dass das eine gute Idee ist, aber ich richte ihr aus, dass Sie hier waren.“

„Warte!" Lucy rannte durch das Foyer und trat auf die Veranda hinaus. Im Licht der Lampen auf der Veranda sah Matt aus wie ein blonder Romeo, der auf der Suche nach seiner Julia war. „Es ist okay, Julian." Sie nickte trotz seines sorgenvollen Blickes. „Wir reden einfach kurz hier draußen."

Julian schürzte unentschlossen die Lippen, nickte dann jedoch. „Dann lasse ich Sie hier alleine."

„Was machst du hier?", fragte Lucy, als Julian die Tür hinter sich geschlossen hatte.

Matt starrte auf den Ring an ihrer Hand, der selbst jetzt verführerisch funkelte. „Ich dachte, eine Gratulation wäre angebracht."

„Danke."

Lucy hatte seit Tagen nicht mehr an Matt gedacht. Und jetzt, wo er vor ihr stand und sein gebrochenes Herz mit Händen zu greifen war, traf sie eine schreckliche Erkenntnis.

Sie vermisste Alex.

„Ich weiß, dass das komisch klingen wird." Matt legte seine Hände auf ihre Schultern. „Aber ich habe das Gefühl, dass du einen großen Fehler machst, wenn du Sinclair heiratest."

Sie vermisste Alex? Wie hatte das passieren können? Sie musste sich dringend hinlegen.

Die ganze Woche über hatte er von morgens früh bis abends spät arbeiten müssen und sie hatte ihn kaum gesehen. Sie vermisste sein Lachen, den Duft seines teuren Shampoos und die Art, wie seine Hand automatisch die ihre suchte.

Sie musste sich festhalten und griff nach dem Verandageländer, als ihr klar wurde, dass sie nicht anders war als alle anderen Frauen, die Alex' Charme schon erlegen waren. Aber noch konnte sie etwas dagegen tun. Noch war es nicht zu spät. Mit ein paar kühlen Gedanken und ein bisschen Selbstkontrolle.

„Hast du gehört, was ich gesagt habe?" Matt trat näher an sie heran. „Ich denke, dass du so handelst, weil du verletzt bist. Ich habe dich schlecht behandelt, Lucy, und jetzt bezahlst du den Preis dafür."

Sie zwang sich, ihre Aufmerksamkeit wieder auf Matt zu konzentrieren. „Nein, ich –"

Er zog sie an seine Brust. „Er kann dich nicht so lieben, wie ich dich liebe."

„Campbell, Sie haben zwei Sekunden, um Ihre Hände von meiner Verlobten zu nehmen."

Lucy zuckte zusammen, als sie die Stimme hinter sich hörte. Ihre Wangen fingen an zu glühen.

Alex trat in den Lichtkreis der Lampen auf der Veranda. Er sah müde und verärgert aus.

Matt ließ seine Arme sinken und trat einen Schritt zurück. „Ich wollte nur –"

„Gehen", beendete Alex seinen Satz.

„Ich will nicht, dass Lucy verletzt wird", sagte Matt.

„Das würde ich nie tun." In Alex' Augen war eine Leidenschaft zu erkennen, die Lucys Herzschlag zum Stolpern brachte. „Aber ich würde jeden verletzen, der sie anfasst, also sollten Sie vielleicht hier verschwinden, bevor die Wirkung des Espresso einsetzt, den ich eben getrunken habe."

Matts Schultern sanken, als er Lucy noch ein letztes Mal ansah. „Wenn du deine Meinung jemals ändern solltest –"

„Wird sie nicht."

Ihr Herz verwandelte sich in eine Azaleenblume, deren Blütenblätter auf den Boden fielen und vom Wind davongetragen wurden. „Auf Wiedersehen, Matt."

„Du weißt, wie du mich erreichen kannst." Da Matt Angst zu haben schien, Alex zu nahe zu kommen, ging er in einem großen Bogen um ihn herum zu seinem Auto.

Plötzlich war es so still, dass Lucy zu hören meinte, wie die Sterne blinkten. Alex hatte sich an eine Säule der Veranda gelehnt und beobachtete sie.

Fünf Sekunden lang konnte sie die Stille ertragen, dann brach es aus ihr heraus. „Es war nicht so, wie es ausgesehen hat."

Er betrachtete sie noch einen Augenblick. „Es sah so aus, als hätte dieser Kerl dich angefasst."

„Da war nichts, glaub mir." Der Gedanke, dass Alex eifersüchtig sein könnte, verunsicherte sie.

„Sag das lieber den Nachbarn. Wahrscheinlich hat die Hälfte von ihnen Fotos gemacht und zum *Enquirer* geschickt."

Und schon zerplatzte ihr schöner Traum. Alex war nur am Schein interessiert. „ Matt und ich haben … eine gemeinsame Vergangenheit."

Lucy war jetzt so böse, dass sie Alex am liebsten den selbstgefälligen Ausdruck aus dem Gesicht gewischt hätte. „Es war der Mann, den ich heiraten wollte."

Alex überbrückte die Distanz zwischen ihnen mit drei langen Schritten. „Und ich bin der Mann, dessen Ring du am Finger trägst." Ohne seine Augen von ihr abzuwenden, nahm er ihre Hand und presste einen ärgerlichen Kuss auf den beringten Finger. „Oder hattest du das vergessen?"

„Nein, das hatte ich nicht."

„Ich will Campbell nicht mehr sehen."

„Wenn du hier nicht mitten in der Nacht im Gebüsch herumlungern würdest, hättest du es auch nicht getan."

„Er ist ein Idiot und ich will dich nicht in seiner Nähe wissen."

„Warum bist du hier, Alex?"

Er stützte seine Hand gegen die Hauswand direkt über ihrem Kopf und seufzte. „Ich habe keine Ahnung."

Lucy konnte sich kaum konzentrieren, weil seine Finger mit der silbernen Kette um ihren Hals spielten. Seine Berührung brannte wie Feuer. „Willst du reinkommen?"

„Ich will Campbell den Kopf abreißen."

Sie strich sich eine Strähne aus dem Gesicht und ignorierte seine Worte. „Du siehst fertig aus."

„Harte Woche."

„Ich dachte, wir sehen uns erst morgen."

Er fuhr sich mit der Hand über die kurzen Stoppeln in seinem Gesicht. „Ich wollte meine liebenswürdige Verlobte sehen."

Lucy lachte. „Du spielst das echt gut, weißt du das?"

Alex sah sie wieder an und fuhr sanft mit einem Finger ihre Wange entlang. „Wer sagt, dass ich es nicht ernst meine?"

Ihr Herzschlag stolperte. Es gab nur einen Weg, einen Mann mit *diesem* Gesichtsausdruck auf andere Gedanken zu bringen. „Willst du was essen?"

In der Küche holte Lucy die Reste des Hobbittreffens hervor, während Alex sich an die Bar setzte und seinen Kopf in die Hände stützte.

„Erzählst du mir, was Campbell hier wollte?"

„Er will mich zurückhaben."

„Bis September gehörst du mir." Vor ein paar Wochen hätten sie diese Worte noch zur Weißglut gebracht, doch am heutigen Abend hatte sich irgendetwas verändert.

„Was ist das?“ Er nahm sich ein Fleischbällchen in Tomatensoße.

„Zombie-Eingeweide.“

„Das sollten wir beim Hochzeitsessen haben.“ Er klopfte einladend auf den Stuhl neben sich.

Die leibhaftige Versuchung saß vor ihr – ein ein Meter neunzig großer Mann mit Dreitagebart und einer Schwäche für Nahrungsmittel in Monsterform. Die stärkste Frau hätte ihm nicht widerstehen können und auch Lucys Immunität schmolz dahin.

Sie verließ ihren sicheren Platz neben dem Kühlschrank und kletterte auf den Barhocker neben ihm. Sein Knie berührte ihres, als er sich ihr zuwandte. „Erzähl mir, wie es diese Woche mit Clare lief.“

„Es wird leichter.“

„Was? Ihr Unterricht oder zu akzeptieren, dass sie deine Großmutter ist?“

Lucy musterte die kastanienbraunen Strähnen in seinem dunklen Haar. „Beides.“

Er betrachtete ein weiteres Häppchen, das Julian in Form eines Raumschiffes gestaltet hatte. Als er sie wieder ansah, war sein Gesichtsausdruck sehr ernst. „Es tut mir leid, das weißt du.“

„Was?“

„Wie wir alle dich früher behandelt haben. Dass die Deveraux’ dich verleugnet haben. Dein Leben kann nicht leicht gewesen sein.“

Seine Worte waren wie Regen in einer ausgetrockneten Wüste. Es waren Worte, von denen sie nicht einmal gewusst hatte, dass sie sie brauchte. „Ich habe es überlebt. Ich hatte eine großartige Mutter.“ Obwohl sie nicht die ehrlichste gewesen war. Es gab so viele Dinge, die Lucy sie gerne noch gefragt hätte. Aber es war zu spät.

„Du bist, wer du bist, weil du dein Leben ohne Steven Deveraux geführt hast.“ Alex biss in eine Karotte. „Und dafür bin ich sehr dankbar.“

„Ist das so?“

„Ja“, sagte er. „Wenn ich mit einer jüngeren Version von Clare verlobt wäre, hätte ich sie schon lange abserviert.“

Sie lächelte und reichte ihm ein weiteres Sandwich. „Wie waren deine Meetings heute?“ Er war durch seinen Wahlbezirk gefahren und hatte das Gespräch mit den Menschen gesucht.

„Erfolgreich. Es war gut zu hören, für was sich die Menschen interessieren. Außerdem konnten sie sich davon überzeugen, dass ich mehr bin als ein überbezahlter Idiot. Wir haben ein paar gute Ideen für Werbespots aus den Gesprächen entwickeln können." In der nächsten halben Stunde erzählte er ihr von den Leuten, die er kennengelernt hatte. Einen Besitzer eines kleinen Ladens, der kurz vor der Pleite stand. Eine alleinerziehende Mutter, die sich nichts sehnlicher wünschte als eine Krankenversicherung. Eine alte Dame, die seit vierzig Jahren Naturwissenschaften unterrichtete und es sich immer noch nicht leisten konnte, in Rente zu gehen.

„Ich glaube, dir gefällt so etwas. Mit Menschen zu reden, meine ich."

„Du hörst dich überrascht an."

Das war sie auch. Denn Lucy hatte erwartet, dass das alles für Alex nur ein weiteres Spiel war, das es zu gewinnen galt. Doch jetzt merkte sie, dass er mehr als nur sein Geld in diese Kampagne steckte.

Lucy legte zögerlich ihre Hand auf seine. „Will wäre wirklich stolz auf dich."

Sie erwartete, dass Alex sich anspannen oder seine Hand zurückziehen würde. Stattdessen nickte er langsam und umklammerte ihre Finger. „Das hoffe ich."

„Also nochmal, warum bist du überhaupt vorbeigekommen?"

„Weil ich wusste, wie sehr du mich vermisst und ich dir meinen unendlichen Charme nicht länger vorenthalten wollte."

„Ich hatte heute Abend ein ganzes Haus voller Männer."

„Kein Ersatz für mich."

Alex stand auf und streckte sich. „Also, wenn wir es uns jetzt nicht auf der Couch gemütlich machen und so tun wollen, als würden wir einen Film schauen, werde ich jetzt gehen."

„Deine Einladung hört sich verführerisch an, aber meine Lippen sind noch ganz erschöpft von Sanjay und Larry." Sie grinste ihn an.

Er lächelte nicht, sondern betrachtete sie, als wöge er eine schwierige Entscheidung ab. Dann umarmte er sie und küsste sie auf die Stirn. „Du bist anders, als ich es erwartet habe, Lucy Wiltshire."

„Wenn du nächstes Mal vorbeikommst, empfange ich dich mit Pompons." Ihre Arme legten sich ganz natürlich um seine Taille.

Seine Lippen verzogen sich langsam zu einem breiten Lächeln, während er Lucy betrachtete. „Bitte iss morgen mit mir zu Mittag." Er fuhr mit seinem Daumen ihre Unterlippe entlang. „Ich verspreche, dass es unvergesslich wird."

„Das sagen alle Kerle." Ihre Stimme war kaum mehr als ein Seufzen.

„Lucy?" Er senkte seinen Kopf.

„Ja?" Zu seiner Frage. Zu seinem Kuss. Zu was auch immer er wollte.

„Wir sollten etwas üben, damit wir demnächst verlobter aussehen." Er versuchte nicht einmal, überzeugend zu klingen. „Natürlich nur, um glaubhafter zu erscheinen."

Elektrische Blitze schienen zwischen ihnen hin und her zu zucken und Lucy lehnte sich gegen Alex. „Hört sich anstrengend an. Zweimal am Tag?"

„Zweimal am Tag ist was für Anfänger." Dann verschwand sein Lächeln und seine Lippen näherten sich den ihren.

Lucy schloss ihre Augen, hob ihm ihre Lippen entgegen und –

„Zombies!"

Clare kam in die Küche gerannt und ihre Hausschuhe klapperten hektisch auf dem Holzboden. Lucy zog sich schnell von Alex zurück.

„Ich brauche ein kleines Betthupferl. Kümmert euch nicht um mich." Clare trug ein neues *Mein Herz gehört Frodo*-T-Shirt über ihrem Seidennachthemd, ging zum Kühlschrank und steckte den Kopf hinein. „Ja, ich dachte, dass ich mir schnell etwas zu essen hole. Vielleicht von den Zombie-Sandwiches. Aber jetzt bin ich bestimmt für die nächsten Stunden wach." Sie streckte sich und fokussierte Alex. „Ich habe euch doch nicht bei irgendetwas gestört?"

„Nein." Alex verschränkte die Arme und sah so unschuldig drein wie ein Messdiener. „Ich habe Lucy nur gerade von meiner Kampagne berichtet. Ich hatte heute eine gute Zeit mit den Wählern."

„Ja." Clare biss dem Zombie den Kopf ab. „Scheint so, als wärst du sehr *aktiv*." Sie nahm sich noch zwei Sandwiches und wickelte sie in eine Serviette. „Also … ich denke, ich gehe wieder ins Bett. Lucy, gute Nacht, Liebes." Clare tätschelte Lucys Schulter. „Alex, schön, dich gesehen zu haben, junger Mann. Wir haben hier strenge Regeln, was Übernachtungsgäste angeht, also kommt nicht auf dumme Ideen."

„Ich tue alles, was in meiner Macht steht, um Lucys Einladung zu widerstehen."

Lucy spürte, wie ihr Gesicht rot wurde. „Ich bin auch sehr müde. Dann gehe ich mal lieber ins Bett."

„Träum süß", flötete Alex wie einer, der seine Verlobte vergötterte, und küsste sie tugendhaft auf die Wange. Doch sein Mund verweilte noch ein wenig neben ihrem Ohr. „Wir üben morgen weiter."

28. Kapitel

Ein Seniorenheim?

Lucy überprüfte noch einmal die Adresse auf ihrem Notizzettel und betrachtete dann kritisch das rote Ziegelsteingebäude. Golden Meadows Seniorenheim. Das war der Ort, an dem sie mit Alex zu Mittag aß?

Sie sprang aus dem Auto und ging den gewundenen Weg zum Haupteingang hinauf. Gekicher empfing sie und Lucy war klar, dass sie nur den albernen Frauenstimmen folgen musste, um Alex zu finden. Mit seinem Charme bezirzte er auch jede Achtzigjährige.

Heute trug Lucy Hosen und ein passendes Jackett von *Macy's*, das Clare ausgesucht hatte. Nach der Verlobungsfeier hatte die Beschützerin aller Etikette darauf bestanden, dass Lucy ihre Schwäche für Retrokleidung hintenanstellte und sich konservativer kleidete. Nur wenn sie zu Hause war, durfte sie anziehen, was sie wollte. Hinter ihrer Zimmertür hatte Lucy allerdings heimlich aufbegehrt und war noch immer stolz auf das Ergebnis – regenbogenfarbene Unterwäsche. Doch wenn nicht die Hose riss oder etwas Ähnliches passierte, würde Clare nie von diesem Akt der Rebellion erfahren.

Sie fand Alex in der Cafeteria, umgeben von einer Handvoll weißhaariger Damen und drei Herren. Sein Haar saß wie immer in perfekter Unordnung und erinnerte mehr an einen respektierten Rockstar als an einen Politiker. Er sah jung und hip aus, zwei Adjektive, die sie nie gebraucht hätte, um Matt zu beschreiben.

Als spürte er ihre Nähe, sah Alex auf. Er lächelte. Und als seine Schokoladenaugen auf ihr ruhten, löste sich etwas in ihr auf. Vielleicht ihr Herz. Oder ihr Verstand.

Sie würde sich *nicht* in ihn verlieben. In ein paar Wochen hätten sie es hinter sich. Sie würden sich die Hände schütteln und jeder würde seiner Wege gehen – er mit einem Sitz im Kongress und sie mit der Sicherheit für *Saving Grace*. So fühlte sich einfach jede Frau in Alex' Gegenwart. Die Sinclairanziehungskraft war wie eine Droge. Nur ein einziges Mal probieren und schon überflutete sie das Nervensystem und pulsierte im Blut.

Aber sie konnte ihm widerstehen. Sie war eine kluge Frau. Sie würde sich nicht von ihren Hormonen steuern lassen.

Oder diesem umwerfenden Lächeln.

„Lucy, komm zu uns." Alex verließ seine Groupies, um ihr entgegenzugehen. Als er bei ihr ankam, beugte er sich herab und presste ihr einen schnellen Kuss auf die Lippen, der jedoch ihre Knie erzittern ließ.

Jetzt muss ich die Oberhand gewinnen.

Er lächelte, aber seine Stirn legte sich in Falten. „Du siehst aus, als hättest du gerade schlechtes Sushi gegessen."

„Ich verarbeite nur den Kuss." Sie tätschelte seinen Arm. „Wolltest du mir zeigen, wie du es in der Highschool gemacht hast?"

Sein Lächeln war tödlich. „Fang hier keine Diskussion an, die du nicht wirklich beenden willst."

Sie standen inmitten eines Seniorenheimes. Lucy wusste, dass sie sicher war. „Vielleicht hatten die Mädels damals noch nicht so hohe Ansprüche."

Er trat so nah an sie heran, dass Lucy seinen Atem spüren konnte. „Du. Ich. Heute Abend." Lucy bekam eine Gänsehaut. „Ich hol dich um sieben ab. Keine Clare. Kein Julian. Nur wir beide und ein Dinner bei Kerzenlicht." Seine Augen wanderten zu ihren Lippen. „Dann zeige ich dir, wie es richtig geht." Mit diesen Worten wandte er sich auf dem Absatz um und ging zurück zu seiner Fangemeinde.

Lucy stand alleine neben einem Tisch, auf dem Plätzchen und Früchtepunsch angerichtet waren. Ihr Gehirn schien wie gelähmt. „Klar", brachte sie leise murmelnd hervor. „Ich kann's kaum erwarten."

Mit zitternden Händen schüttete sie sich einen Punsch ein und trank ihn in einem Zug aus.

„Ist schon in Ordnung, Liebes", sagte eine Frau und streckte ihr ein zweites Glas Punsch entgegen. Ihr T-Shirt, das mit einem Bild von Alex bedruckt war, hatte sie ordentlich in ihre türkische Hose gesteckt. „Ich führe auch manchmal Selbstgespräche."

„Oh." Lucy umklammerte ihr Glas und lächelte unsicher. „Ich habe nicht –"

„Schwester Hedley gibt mir dann immer diese violetten Tabletten." Sie zwinkerte wissend. „Ich würde ja mit Ihnen teilen, aber dann wirkt es nicht mehr so gut."

Lucy trat an Alex' Seite, gerade als seine Kampagnenmanagerin sich verabschiedete.

„Wir müssen noch etwas basteln, bevor wir Mittagessen können." Alex streckte ihr eine Handvoll Pfeifenputzer entgegen.

„Diese Frau dort hinten hat mir gerade verschreibungspflichtige Medikamente angeboten und ich bin sicher, dass der Punsch mit einem Betäubungsmittel versetzt ist."

„Es ist nur ein Abführmittel." Er sah auf sein Handy und schrieb eine kurze Nachricht, während er mit ihr redete. „Hilf mir mit dieser Sache hier, dann bringe ich dich nachher überall hin, wo du hinwillst."

„*Aliens übernehmen Thailand* läuft gerade im Kino."

„Du hast einen schrecklichen Geschmack."

„Ich weiß. Wenn du wüsstest, mit wem ich verlobt bin." Sie sah, wie er sich wieder seinem Handy widmete. „Alex, konzentrier dich. Das hier sind Menschen, die deine Leidenschaft für Handys nicht teilen."

Zögernd legte Alex sein Telefon beiseite. „Ich bräuchte mindestens noch zwei Klone von mir."

„Um die Welt in Schutt und Asche zu legen? Das haben wir nicht verdient." Sie streckte ihm ihre Hand entgegen. „Gib mir dein Handy."

„Auf keinen Fall."

Mr. Superstar wollte also schon wieder diskutieren. „Ich glaube nicht, dass du es von alleine schaffst, es in den nächsten dreißig Minuten zu ignorieren."

„Dreißig? Das ist alles?"

„Du überlebst nicht mal fünf Minuten."

Er lächelte einigen Fotografen zu, die da waren, um die Veranstaltung festzuhalten. „Lass es uns noch interessanter machen, ja?"

Ihr Magen zog sich zusammen. „Was schwebt dir vor?"

„Wenn ich gewinne, verbringst du den vierten Juli mit mir und meiner Familie – du weißt schon, die Sache, zu der du mich freiwillig bereit erklärt hast."

„Und wenn du verlierst?" Wie sie es von Clare gelernt hatte, lächelte Lucy engagiert in die Kamera, während sie auf Alex' Antwort wartete.

„Ich gehe mit dir in diesen dummen Film."

Schnell streckte sie ihm die Hand entgegen. „Abgemacht."

Alex ergriff ihre Hand und küsste sie zärtlich. „Sollen wir den Deal besiegeln?"

Sie nahm sein Handy an sich und seufzte hörbar, obwohl sie sich gar nicht danach fühlte. „Ich würde mich jetzt lieber der Arbeit widmen." Lucy betrachtete die Arbeitsmaterialien auf dem Tisch. Sie hatte lange genug in der Sonntagsschule unterrichtet, um zu wissen, dass sie hier gleich Futterröhren für Vögel basteln würden.

„Meine Damen und Herren, ich denke, wir können anfangen." Lucy konnte nicht glauben, dass es ihre eigene Stimme war, die sie hörte. Laut, klar, selbstbewusst. Ihre gesellschaftlichen Fähigkeiten mochten im Argen liegen, doch sie war ein Rockstar, wenn es darum ging, mit der Heißklebepistole zu arbeiten. „Alex und ich sind so froh, dass Sie uns zu Ihrer Bastelstunde eingeladen haben. Während er mit Ihnen über seine Ideen redet, wie die Wünsche unserer älteren Mitbürger erfüllt werden können, werde ich Ihnen helfen, wunderschöne Futterröhren für unsere heimischen Vögel zu bauen. Also nehmen Sie Platz, stellen Sie sich den Punsch bereit und lassen Sie uns an die Arbeit gehen."

Dreißig Minuten später sah Lucy auf ihre Armbanduhr und bemerkte, dass ihre Mittagspause vorbei war. Auf dem Hinweg hatte sie Marinell mit dem Versprechen am Kinderkrankenhaus abgesetzt, sie wieder mitzunehmen, wenn ihre Verabredung mit Alex vorbei war. Schnell schnappte Lucy sich ihre Handtasche, gab Alex einen flüchtigen Kuss und machte sich auf den Weg.

Während sie auf dem Highway unterwegs war, umklammerte Lucy das Leder ihres Lenkrades. Sie hatte das Seniorenheim überlebt, aber der Druck auf ihrem Herzen wurde immer größer. *Herr, hilf mir, dass ich konzentriert bleiben kann. Wer bin ich, dass ich mir hoffnungsvolle Gedanken über Alex mache?*

Sie stellte ihr Auto auf dem Parkplatz vor dem Krankenhaus ab und fuhr mit dem Fahrstuhl in den dritten Stock. Vor dem Zimmer von Marinells Bruder kamen ihr zwei hektische Schwestern entgegen, während das Mädchen weinend in einer Ecke stand.

„Was ist passiert?"

Marinell schüttelte den Kopf und Tränen rannen über ihre braunen Wangen. „Mein Bruder … irgendwas stimmt nicht. Er ist krank. Er konnte nicht wach bleiben. Und dann kamen all die Krankenschwestern und –"

„Langsam, Marinell." Lucy führte sie ins Wartezimmer und setzte sich mit ihr auf eine Bank. „Was haben die Schwestern gesagt?"

„Irgendwas mit einer Infektion. Einer der Ärzte hat von einer Operation gesprochen. Ich habe gar nichts verstanden. Meine Mutter muss heute ausziehen. Sie weiß noch nicht, wo sie heute Nacht unterkommt. Ich muss es ihr sagen." Sie schniefte und wischte ihre Nase ab. „Sein Gesicht ... er sah so schlecht aus." Marinells Schultern zuckten, als Lucy sie in eine Umarmung zog. „Ich hab solche Angst."

Lucy wusste, wie gemein das Leben sein konnte. Sie wusste, wie es sich anfühlte, wenn man für mehr verantwortlich war, als man in seinen jungen Jahren ertragen konnte.

„Wir finden deine Mutter."

Und dann sagte Marinell die Worte, die Lucy fast zum Weinen gebracht hätten. „Könnten ... könnten Sie ein Gebet sprechen? Könnten Sie ... Gott fragen, ob er meinem Bruder helfen kann?"

Lucy, die einen dicken Kloß im Hals hatte, atmete mehrmals tief ein, um ihre Stimme wiederzufinden. „Natürlich." Während sie Marinell in den Armen hielt, betete sie zu dem Gott der Heilung, der Hilfe und der Wunder. Sie bat ihn darum, Carlos' Niere zu heilen. Seine Angst wegzunehmen, Marinell Kraft zu geben und ihnen zu helfen, ihre Mutter zu finden.

„Amen", sagte Lucy endlich und hob ihren Kopf. „Und jetzt lass uns mit einer Schwester reden, damit wir wissen, was genau wir deiner Mutter sagen müssen."

Der flackernde Fernseher über Lucys Kopf zog ihre Aufmerksamkeit auf sich. Das bekannte Foto von Will Sinclair nahm den ganzen Bildschirm ein und Lucy schnappte sich schnell die Fernbedienung, um den Ton anzuschalten.

Die Stimme eines Reporters erfüllte den Raum.

„– die Nachricht erhalten, dass Ben Hayes, einer der beiden Reporter, von denen man geglaubt hatte, sie seien vor einem Jahr bei der Explosion einer Bombe in einer Schule in Afghanistan ums Leben gekommen, nun in einem Krankenhaus in Deutschland liegt."

Lucy stellte den Ton noch lauter und trat näher an den Fernseher heran.

„Laut Hayes waren er und der CNN-Korrespondent Will Sinclair in der Schule, Hayes sei jedoch direkt nach dem Anschlag aus den Trümmern geborgen worden. Er ist der einzig bekannte Überlebende der Tragödie. Weitere Informationen in unserer ..."

Alex. Sie musste ihn anrufen.

„Marinell, geh schon mal ins Schwesternzimmer. Ich komme gleich nach."

Lucy verlor keine Zeit. Hektisch durchsuchte sie ihre Handtasche, fand ihr Handy und wählte Alex' Nummer.

Und dann klingelte ihre Tasche.

Als sie wieder wie wild darin kramte, stieß sie schließlich auf das andere Telefon.

Alex' Telefon.

Sie hatte es im Seniorenheim an sich genommen und vergessen, es ihm wiederzugeben.

Als sie auf das Display schaute, sah sie, dass er sechsunddreißig Anrufe in Abwesenheit hatte. Die Hälfte davon waren von einer gewissen Kat. Eine Erinnerung flackerte in ihr auf, von der Nacht, als Alex in der Notaufnahme telefoniert hatte. Traf er sich mit dieser Kat? Hatte er die ganze Zeit über Kontakt mit ihr gehabt?

Sie schob diese Gedanken beiseite, als die schreckliche Wirklichkeit auf sie einströmte. Will Sinclair war tot.

29. Kapitel

Zwei Stunden, vier verlassene Häuser und drei Obdachlosenheime später hatte Lucy Esther Hernandez gefunden.

Auf dem verblassten Schild über der Tür stand ABBRUCHREIF, doch Marinell führte Lucy um den im Zerfall begriffenen Gebäudekomplex herum, nahm einen Holzschutz ab und schob ein Fenster hoch, das einmal zu einem Wohnzimmer gehört haben mochte.

„Kommen Sie?", fragte Marinell von drinnen.

Lucy schwang ihr Bein durch das Fenster und kleine Splitter zerrissen den Stoff ihrer Hose. Das hatte sie nun davon, dass sie auf Clare gehört und sich eine Hose für hundert Dollar gekauft hatte. Wer auch immer behauptete, gute Qualität sei teuer, konnte ihre vielfarbige Unterwäsche küssen.

„Mama?", rief Marinell.

Der stechende Geruch von verrottendem Müll stieg Lucy in die Nase und sie versuchte, nicht zu würgen.

„Mama?"

Geraschel erklang von der anderen Seite des Hauses. „*Mija*?"

Mrs Hernandez streckte ihren Kopf durch die mit Plastikfolie abgehängte Tür, die in Richtung Flur führen musste. Marinell rannte zu ihrer Mutter, sank in ihre Arme und erzählte unter Tränen, was mit Carlos passiert war. Lucy konnte sich kaum an den Spanischunterricht in der Schule erinnern, doch diese Szene brauchte keine Übersetzung. Mrs Hernandez sah aus, als könnte sie den Schmerz kaum ertragen.

„*Mi hijo – mein Sohn!*" Mrs Hernandez klammerte sich nun ihrerseits an ihre Tochter und gemeinsam teilten sie ihre Trauer. „*Mi hijo.*"

Lucy war eine Außenseiterin, die am Rande dieses Familienschmerzes stand und zum tausendsten Mal dachte sie an Alex. Sie konnte Marinell nicht alleine lassen, doch sie musste dringend zu ihm. Wenn sie in der Pause nicht so von seinem Charme eingenommen gewesen wäre, hätte sie bestimmt daran gedacht, ihm sein Handy zurückzugeben.

Auf dem Boden standen eine leere Sandwichdose und eine Saftflasche direkt neben einem schmutzigen Rucksack. Das erklärte Marinells angebliche Appetitlosigkeit. Sie hob das Essen für ihre Mutter auf. Das musste aufhören – sobald sie Mrs Hernandez aus dieser Bruchbude geholt hatten.

„Sie können nicht hierbleiben“, sagte Lucy zu Esther.

Die Frau wischte sich das Gesicht ab und schüttelte ihren Kopf. Marinell übersetzte. „Sie kann nirgendwo hingehen. Sie hat kein Auto und will so nah am Krankenhaus bleiben, dass sie zu Fuß dorthin kommen kann.“

Ein Familienmitglied in *Saving Grace* unterkommen zu lassen, war gegen alle Regeln. Doch die Last auf Lucys Gewissen war zu schwer. Gott selbst schien Mrs Hernandez eine Einladung geschrieben zu haben. „Packen Sie Ihre Sachen zusammen“, sagte Lucy schließlich. „Wir fahren alle zusammen nach *Saving Grace*.“ Esther konnte mit in Marinells Zimmer wohnen. Irgendwie würden sie es schon schaffen, zumindest für den Augenblick.

Mrs Hernandez Hände flogen durch die Luft, während sie mit ihrer Tochter sprach.

„Meine Mutter will Carlos sehen. Sie will hier nicht weg.“

„Mrs Hernandez, es bringt Ihrem Sohn gar nichts, wenn Sie auch noch in diesem Loch hier krank werden. Und genau das wird passieren, wenn sie nicht hier verschwinden.“ Lucy hörte überall Geraschel und sie war sicher, dass es sich nicht um freundliche Nachbarn handelte, die eine Überraschungsparty geplant hatten. „Sie können die Nacht in *Saving Grace* verbringen und ich sorge dafür, dass Sie ins Krankenhaus gefahren werden, wann immer Sie wollen.“ Marinell übersetzte ins Spanische, was Lucy angeboten hatte.

„Meine Mutter dankt Ihnen.“ Neben Marinell nickte ihre Mutter und neue Tränen rannen über ihre eingesunkenen Wangen.

Trotz Mrs Hernandez’ ungepflegten Haares und ihres strengen Körpergeruches, zog Lucy sie in eine Umarmung. „Alles wird gut werden.“

Doch Lucy hatte keine Idee wie.

Die abgedeckten Teller standen schon auf dem Tisch. Jeder gute Südstaatler wusste, dass es kein Leben ohne Grüne-Bohnen-Auflauf gab.

Alex saß in Marcus Sinclairs Heimbüro. Er hörte die Türglocke läuten und bedeutete seinem Vater, die Tür zu schließen.

Ben Hayes starrte vom Computerbildschirm zurück, offensichtlich geschwächt, aber am Leben.

„Und Sie sind sicher, dass er es war?" Es war das dritte Mal, dass Alex diese Frage stellte. Er konnte es einfach nicht glauben.

„Es tut mir leid." Hayes hielt sein Gesicht in die Laptopkamera in seinem Krankenbett in Deutschland. „Ich weiß, dass es nicht das Ergebnis ist, das Sie und Ihre Familie sich gewünscht haben."

Alex und sein Team hatten nur zehn Minuten gebraucht, um alle nötigen Anrufe zu tätigen, die sie mit Ben auf Skype verbunden hatten.

„Sie wurden aus den Trümmern und dem Feuer geborgen", warf Alex ein. „Woher wollen Sie wissen, dass nicht noch mehr Menschen gerettet wurden?"

Bens Stimme war schwach und rau. „Da ist alles zu Asche verbrannt." Er hielt einen Moment inne, um sich zu sammeln. „Ich war bei Bewusstsein, als sie mich geborgen haben. Ich habe ... ich habe die Schreie gehört." Alex schloss seine Augen, als Ben fortfuhr. „Es tut mir leid, Mr Sinclair. Das kann keiner überlebt haben. Es ist einfach unmöglich."

Das, was Alex empfand, konnte man nicht als Schmerz bezeichnen. Es waren brutale Wellen, die über ihn hereinbrachen, bis er das Gefühl hatte, an Ort und Stelle zusammensinken zu müssen. Sein Bruder. Tot.

Alex fuhr sich mit den Fingern durchs Haar. Er konnte seinen Vater hinter sich schniefen hören. „Wo war mein Bruder, als die Bombe im Gebäude explodiert ist?"

„Wenn ich mich recht erinnere ... erzählte er gerade eine Geschichte, die die Kinder mitspielten."

Das war ganz Will. Alex konnte ihn vor seinem geistigen Auge sehen, umringt von Kindern, die ihn anstrahlten.

Sein Vater zog seinen Stuhl näher an Alex heran. „Wie waren die letzten Tage meines Sohnes?" Er wischte sich die Tränen von den Wangen. „War Will glücklich?"

„Wir haben viel gelacht, Mr Sinclair." Hayes war erschöpft, doch er lächelte. „Die Kinder haben ihn geliebt. Er hat ihnen Geschichten erzählt, mit ihnen gespielt, jedem ein kleines Geschenk überreicht. Ihr Sohn ist bei dem gestorben, was ihn erfüllt und glücklich gemacht hat. Er hat die Welt verändert – sie zu einem besseren Ort gemacht."

Im Hintergrund konnte man Stimmen hören. Ben nickte jemandem zu, der hinter der Kamera zu stehen schien. „Ich muss zur Therapie. Aufstehen und die Flure entlangwandern. Wir bleiben in Kontakt."

„Vielen Dank." Alex' Worte klangen schwach und hohl. Sie spiegelten wider, wie es in seinem Herzen aussah.

Er schloss das Programm auf dem Laptop seines Vaters. Stille legte sich schwer und bleiern über den Raum. Bis sein Vater sich nach vorne beugte und das Gesicht in seinen Händen verbarg. Seine erstickten Schluchzer schnitten Alex ins Herz, sodass er sich fragte, warum er nicht anfing zu bluten. Das war sein Vater. Zerbrochen.

Alex rieb seine Hände. Er hatte keine Ahnung, was er tun sollte. Bisher hatte er alles in seinem Leben wieder richten können. Durch harte Arbeit, ein bisschen Geld. Es hatte nichts gegeben, was er nicht hatte haben können. Bis jetzt. Kein Geld der Welt konnte ihm seinen Bruder zurückbringen. Und kein noch so erfolgreicher Geschäftsabschluss konnte den Schmerz in ihm stillen.

Sein Vater hob langsam den Kopf. „Sohn –", rot geränderte Augen sahen Alex verzweifelt an, „– ich will, dass du für uns betest."

Er? Jetzt? Er war doch der Kerl, der Gott bis vor einem Jahr den Rücken zugekehrt hatte. Er hatte keinen Retter gebraucht. Doch nach den ersten Nachrichten von Will hatte er gemerkt, dass das alles Dummheit gewesen war. Einbildung. Seine Hände waren nutzlos. Sein Bankkonto wertlos. *Jetzt hast du wieder meine Aufmerksamkeit, Gott. Ist es das, was du wolltest?* Alex mochte Gott in den Hintergrund gestellt haben, doch er wusste immer noch, wer wirklich Wunder wirken konnte. Und seitdem hatte er jeden Tag um eines gebettelt.

Gegen den Kloß in seinem Hals anhustend, legte er eine Hand auf den Rücken seines Vaters. Marcus Sinclair lehnte sich gegen Alex, während sie ihre Köpfe beugten.

Alex öffnete seinen Mund und wartete den Moment ab, in dem ihn eine neue Welle des Schmerzes zu überwältigen drohte. Sein Körper fühlte sich an, als sei er gerade angefahren worden. „Gott ... wir bitten um Frieden für unsere Familie." *Hörst du zu? Hörst du mich? Ist es das, was ich von dir bekomme, weil ich mich so lange von dir abgewendet habe?* „Schenk uns Heilung und Trost. Hilf uns –" Er hielt inne. Sein Verstand suchte nach den richtigen Worten –, Worte, die den Gott seiner Kindheit widerspiegelten. Den Gott, dem er aus tiefstem Herzen vertraut hatte. Doch Alex war leer. Ausgetrocknet. „Hilf uns einfach, das alles durchzustehen."

Sein Vater umarmte ihn fest. „Amen." Marcus nahm ein Taschentuch von seinem Schreibtisch und putzte sich die rote Nase. „Ich sehe besser nach deiner Mutter. Du weißt ja, wie sie in Onkel Bills Gegenwart ist."

Alex folgte seinem Vater den Flur entlang in das große Wohnzimmer. Im Gegensatz zum vornehmen Äußeren des Hauses war das Innere gemütlich gestaltet. Es war das Heim einer Familie. Unter diesem Dach waren drei Kinder aufgewachsen. Es war schon immer eine Anlaufstelle für Freunde und Bekannte gewesen. In diesem Wohnzimmer hielten seine Mutter und sein Vater eine wöchentliche Bibelstunde ab. Trotz all ihres Reichtums waren seine Eltern einfach zwei Menschen, die Jesus, ihr Leben und ihre Kinder liebten. Aber jetzt war eines von ihnen gegangen. Dieses Zuhause würde nie wieder das gleiche sein.

Alex begrüßte zwei seiner Cousins, die auch in Charleston lebten. Er wusste, dass noch mehr Familienmitglieder unterwegs waren. Man sprach schon über einen Gedenkgottesdienst und Alex hätte am liebsten mit der Faust gegen die Wand geschlagen.

Seine Schwester stand in einer Gruppe von Freundinnen und hatte ihren Kopf gegen die Schulter ihres Freundes gelegt, über den sich ihre Eltern immer beschwerten. Abgesehen von dem Haar, das dem Jungen in die Augen hing, schien er ganz in Ordnung zu sein. Alex war froh, dass Finley Menschen hatte, die sie stützten.

Am anderen Ende des Zimmers redete seine Mutter mit ihrer jüngsten Schwester und ihrer besten Freundin Marcy, die sie schon aus Collegezeiten kannte. Die Augen seiner Mutter waren geschwollen. Alex wusste, dass sie trotz aller Zweifel immer die Hoffnung aufrechterhalten hatte, dass Will eines Tages zurückkommen würde. Jetzt war auch ihr Herz gebrochen.

Noch mehr Menschen betraten den Raum und Alex erhaschte einen Blick auf goldblondes Haar.

Lucy.

Seine Lungen füllten sich endlich wieder richtig mit Luft, als er sie sah. In ihren Augen stand das gleiche Mitleid, das er so oft an ihr gesehen hatte, wenn es um ihre Mädchen ging. An ihrer bronzefarbenen Jacke fehlte ein Knopf und ihre Hosen waren so schmutzig, als wäre sie durch den Wald gestiefelt. Doch sie war immer noch ein Bild reiner Anmut.

Er brauchte sie.

Lucy grüßte einige Leute, während sie den Blick durch den Raum schweifen ließ. Seltsam, dass sie noch gar nicht lange zusammen waren und er doch genau wusste, was sie dachte. Sie hatte eine Allergie gegen alles Feine, Hochgestochene. Sie war so gut, so anständig. Sie war alles, was er nicht war.

Alex steckte seine Hände in die Taschen, zum ersten Mal in seinem Leben unsicher, wie er sich einer Frau gegenüber verhalten sollte. Die Frauen, mit denen er sich bisher getroffen hatte, hatten immer etwas von ihm gebraucht. Es war nie anders herum gewesen.

Als ihre Augen ihn gefunden hatten, ruhten sie kurz auf ihm. Dann drängelte sich Lucy, seine Lucy, die öffentliche Liebesbekundungen hasste wie die Pest, an einem älteren Herrn mit Sauerstoffgerät vorbei und rannte direkt auf ihn zu.

Ihre Arme umklammerten ihn fest und sie presste ihn an sich. Er erwiderte ihre Umarmung und nahm alles in sich auf, was Lucy ihm schenkte – ihre Freundschaft, ihr Herz, ihre Kraft.

„Es tut mir leid", flüsterte sie, den Kopf gegen seinen Hals gelegt. „Es tut mir so schrecklich leid."

Er konnte nicht reden. Alles, was er tun konnte, war, sie an sich zu drücken, als wäre sie sein Rettungsanker, als könnte sie ihm etwas von ihrem Trost abgeben. Etwas von ihrem Glauben.

Als sie sich schließlich von ihm löste, umfasste sie sein Gesicht mit ihren Händen. „Erzähl mir alles."

Er zuckte mit den Schultern und schüttelte hilflos den Kopf. „Er ist tot."

„Ich habe es im Fernsehen gesehen." Tränen liefen ihr über die Wangen und jede schnitt ihm ins Herz. „Ich hatte dein dummes Handy noch in meiner Tasche und konnte dich nicht anrufen."

Und sie fühlte sich verantwortlich. Weil sie Lucy war. In ihrer Welt hatten Menschen nicht noch zwei weitere Telefone und hunderte von Leuten um sich herum, die sie über alles informierten. „Wir haben es erfahren, bevor es gesendet wurde. Etwa fünf Minuten, nachdem du das Seniorenheim verlassen hattest."

Sie zog das Handy aus ihrer Handtasche und reichte es ihm.

Er nahm es und hielt ihre Hand in der seinen. „Aber ich denke, immerhin habe ich die Wette gewonnen."

Ihr Lächeln war zittrig. „Was kann ich tun?"

Sei einfach du selbst. „Nichts."

„Ich habe auf dem ganzen Weg hierher für dich gebetet."

„Ich wusste, dass du das tun würdest." Dann küsste er sie. Weil er nicht wusste, was er sagen sollte und weil er etwas anderes als den stechenden Schmerz in seinem Herzen fühlen wollte.

Ihr Körper schmiegte sich an ihn und ihre Lippen berührten die seinen sanft. Er küsste sie nicht leidenschaftlich, sondern lud sie einfach ein, auf ihn zu reagieren. Sie erwiderte seinen Kuss und ihre Finger spielten in seinem Haar. Er konnte seine Augen nicht schließen. Konnte nicht aufhören, sie anzuschauen.

„Alex?"

Er ergriff ihre Hand und drückte sie an sein Herz. „Ich bin froh, dass du da bist." Die Worte klangen, als kämen sie von einem nervösen Sechzehnjährigen. Doch der Tod ließ einen das Leben aus einer neuen Perspektive betrachten. Es hatte so viele Dinge gegeben, die er seinem Bruder nie gesagt hatte.

„Mein Brautmagazin hat gesagt, dass ich meinen Verlobten unterstützen soll." Sie legte eine Hand auf seine Wange, und in ihren Augen stand etwas, das er nicht lesen konnte.

Fast hätte er in seiner Trauer Dinge gesagt, die er später sicher bereut hätte, doch dann klingelte sein Handy. Schnell nahm er den Anruf entgegen. „Hey, David." Er streichelte Lucys Arm. „Luce, ich muss kurz telefonieren. Kannst du noch eine Weile hier bleiben?"

„Ich bleibe hier", sagte sie. „So lange, wie du mich brauchst."

30. Kapitel

„Und deshalb kann man auch nicht irgendeine Aloe-Vera-Salbe kaufen. Meine kostet nur 29,99 Dollar und ist die Einzige, die auch ein seltenes Pflanzenextrakt enthält, das es nur in den südafrikanischen Regenwäldern gibt."

Onkel Bill hatte Lucy auf der Terrasse festgenagelt und wendete nun seine Verkaufsstrategien an. Lucy war drauf und dran, ihm ihre Geldbörse zu geben, damit er sie in Ruhe ließ.

„Und wenn Sie sich heute Abend nicht entscheiden können, kann ich Ihnen auch eine Probepackung einer Windelsalbe zukommen lassen, um Sie zu überzeugen."

„Ich habe keine Kinder."

„Ich auch nicht." Er kratzte sich an seiner großen roten Nase. „Aber ich habe noch immer eine Verwendung dafür gefunden."

Hinter ihnen öffnete sich die Glastür. Alex. Die Jungfer in Not würde gerettet werden. Sie und ihr Scheckbuch waren in Sicherheit.

„Ich bin ja eher für Cash, aber seit Neustem kann man bei mir auch mit dieser PayPal-Sache bezahlen und –"

„Onkel Bill, ich glaube, Finley will mit dir reden", sagte Alex, der seinen Blick nicht von Lucy abwandte. „Sie hat gerade ihr Geburtstagsgeld gezählt."

Bill war verschwunden, bevor Lucy noch ein Wort zu ihm sagen konnte.

„Du hättest deine Schwester genauso gut vor einen Bus werfen können."

Er spielte mit einer Strähne ihres Haares. „Wegen Finleys Eskapaden muss mein Vater höhere Blutdruckmedikamente nehmen. Sie wird mit Bill fertig, glaub mir."

Lucy konnte kaum einen zusammenhängenden Gedanken fassen, wenn er sie so ansah. Die Trauer tat seltsame Dinge mit einem Mann. „Wie geht es dir?"

„Ich hatte schon bessere Tage." Sein Gesicht war angespannt und Lucy hätte es am liebsten so lange gestreichelt, bis er wieder sein schiefes Grinsen trug. „Lass uns über etwas anderes reden als Bomben, Beerdigungen und was Onkel Bill wirklich mit seiner Aloesalbe tut. Zum Beispiel, warum ich einen Regenbogen durch ein Loch in deiner Hose schimmern sehe."

Lucy schloss ihre Augen und seufzte. „Ich hatte einen wirklich wilden Tag." Sie erzählte ihm von Marinell. „Und dann habe ich mir die Hose zerrissen, als ich durch das Fenster geklettert bin."

Alex ließ den Kopf sinken und musterte einen Moment lang den Boden, bevor er sie wieder anschaute. „Du willst mir sagen, dass du in ein abbruchreifes Haus eingebrochen bist?"

„Ich finde, ‚eingebrochen' ist ziemlich übertrieben. Es war eher ein kleiner Besuch", sagte sie. „Und es waren keine Fotografen in der Nähe, das habe ich extra überprüft."

„Darum geht es nicht." Seine Stimme war zu einem leisen Grollen geworden. „Worum es mir geht, ist, dass meine *Verlobte* in einem Haus herumspaziert, das unbewohnbar ist. Wo jederzeit die Decke herabbrechen oder ähnliche Dinge geschehen könnten. Oder dich ein Obdachloser überfällt, weil er gerade nichts Besseres zu tun hat. Soll ich weiterreden?"

„Ich denke, ich habe es verstanden."

„Und wo waren Lou und Squid?"

„Es könnte sein, dass ich eins der Mädchen aus *Saving Grace* dazu überredet habe, ein kleines Ablenkungsmanöver zu starten, sodass ich unbemerkt verschwinden konnte." Die Bodyguards waren eingetroffen, als Lucy gerade wieder aus dem Haus geklettert war. Und sie hatten nicht gelächelt.

„Wäre es zu viel gewesen, jemanden um Hilfe anzurufen? Wenn Marinells Mutter vermisst wurde, hättet ihr doch die Polizei holen können."

Lucy wandte sich um und betrachtete den grauen Abendhimmel.

„Alles, was mich drinnen erwartet, sind Onkel Bill und seine magischen Salben", sagte Alex hinter ihr. „Ich kann die ganze Nacht hier stehen und auf eine Antwort warten."

„Es ist kompliziert."

„Ich versuche, es zu verstehen."

„Esther Hernandez will keine Aufmerksamkeit auf sich lenken. Ihr Ehemann wird von ein paar nicht so netten Gestalten gesucht."

„Von wem?"

„Drogenbossen."

Alex trat einen Schritt zurück, als könnte er sich nicht sicher sein, dass er Lucy nicht gleich erwürgen würde. Es ermutigte sie nicht gerade, jetzt auch noch den Rest der Geschichte zu erzählen, doch sie fuhr fort und bemerkte, wie Alex' Wut mit jedem Detail wuchs.

„Also hat Esther die ganze Zeit über versucht, alleine für die Familie zu sorgen, weil sie ja auch nie wusste, ob es ihrem Mann gut geht oder ob er überhaupt noch lebt. Als sie die Kinder abgab, machte sie es so, dass Carlos all die Hilfe bekam, die er wegen seiner Krankheit brauchte. Und sie kann schlecht arbeiten *und* am Bett ihres Jungen sitzen, also ist sie … obdachlos."

„Und in Gefahr."

„Richtig."

„Und du fühlst dich verantwortlich."

Lucy trat an das Balkongeländer und legte ihre Hände auf den Handlauf. Sie erwartete nicht, dass er sie verstand. „Die Sache ist, dass Marinell sich verantwortlich fühlt und sich um alle kümmern will. Ich musste etwas unternehmen, Alex. Sie ist zu jung, um die Last der Welt auf ihren Schultern zu tragen. Sie sollte den Sommer genießen, sich auf die Schule konzentrieren, mit ihren Freunden abhängen."

„War denn dein Leben so, als du in Marinells Alter warst?"

Starke Hände glitten ihren Rücken hinauf und legten sich auf ihre Schultern. Lucy konnte nicht anders, als sich gegen ihn zu lehnen und in den gepflegten Garten hinauszusehen. Hier war Alex also aufgewachsen. Es war so viele Welten von der Einzimmerwohnung entfernt, die sie mit ihrer Mutter geteilt hatte.

„Ich weiß nicht, wie ich ihnen helfen soll", sagte Lucy. „Mrs Hernandez kann nicht länger als ein paar Tage in *Saving Grace* bleiben."

„Wir finden eine Lösung."

Lucy wandte sich in seinen Armen um und sah ihn an. „Wirklich?"

Er fuhr mit dem Finger über die weiche Haut ihrer Wange. „Wenn du mir versprichst, dass du dadurch die Schuldgefühle loswirst, die dich nachts wachhalten."

„Ich fühle mich nicht schuldig, ich –"

„Doch, tust du. Du wachst über deine Mädchen wie eine Mutter und dann machst du dir Vorwürfe, wenn doch nicht immer alles glattläuft und du nicht alles wiedergutmachen kannst."

„Wie in unserer Scheinverlobung? Ist es das, was du meinst?“ Lucy war zu angespannt, um sich zurückzuhalten. „Wo wir gerade beim Thema Schuld sind, was ist mit deiner Schuld, Playboy?“

„Geht es um den Artikel letzte Woche in der *OK!*? Denn ich habe Posh bestimmt nicht ausgeführt, auch wenn Beckham das behaupten sollte.“

„Aus irgendeinem Grund hast du dir in deinem arroganten Hirn ausgemalt, dass du verantwortlich für den Tod deines Bruders bist – oder sollte ich lieber sagen, für die Tatsache, dass du noch lebst?“

Er riss seinen Blick von ihr los. „Du weißt doch gar nicht, worüber du redest.“

„Ich habe schon in den ersten zehn Minuten unserer allerersten Verabredung gemerkt, dass mit dir etwas nicht stimmt.“

Ein warmer Wind kam auf, und Alex fuhr sich müde mit der Hand übers Gesicht. „Du würdest es nicht verstehen.“

„Es geht hier doch nicht um Football.“ Sie fuhr mit den Fingern sanft die Narbe über seinem Auge entlang. „Ich versuche einfach, es zu verstehen.“

Alex wandte sich um und schritt auf der Terrasse auf und ab. Erst nach einer geschlagenen Minute blieb er wieder stehen. Mit ins Nichts gerichteten Augen fing er an zu erzählen. „Will war der Gute von uns beiden. Der Heilige. Er war so ein wunderbarer Mensch. Er hat so viel bewirkt. Er war gottesfürchtig. Er hat sein Leben dafür eingesetzt, die Welt zu verändern … andere zu segnen und ihnen zu helfen. An seiner Seite konnte man glauben, dass die Welt gut ist.“

„Also war er ein charismatischer Typ – wie du.“

„Er hat Schulen gebaut und Berichte über Kinderarbeit und Kindersklaverei verfasst.“ Sein Lachen klang hohl. „Ich habe Football gespielt, Lucy. Mein Leben war eine Farce, ein Witz.“

„Das stimmt nicht.“

Er runzelte die Stirn. „Ich war so in mich selbst verliebt, dass ich mir nicht einmal die Zeit genommen habe, mich von ihm zu verabschieden, bevor er nach Afghanistan gegangen ist. Für mich war es nur ein weiterer Trip, den er nach Übersee unternahm. Das war das letzte Mal, dass ich ihn hätte sehen können, und ich habe abgesagt.“

„Du hattest auch deinen Job.“

„Er hat gesagt: ‚Eines Tages wird dich das wirkliche Leben einholen.

Und dann ist es zu spät für dich.'" Der Wind spielte mit Alex' Haar, während er die Zähne zusammenpresste. „Und jetzt *ist* es zu spät."

Lucy trat hinter ihn, umarmte seine Taille und legte ihren Kopf gegen seinen Rücken. „Du hast ihn geliebt. Das wusste er."

„Ich habe alles hintenangestellt – meine Familie, meinen Glauben, sogar meine eigene Identität. Ich war zu beschäftigt damit, ein Footballstar zu sein."

„Kandidierst du deshalb für den Kongress? Um etwas Bedeutendes zu tun – für ihn?"

„Vielleicht." Als er sich umwandte, stand Bitterkeit in seinem Gesicht. „Zuerst. Aber ich will es wirklich, Lucy. Ich will auch die Welt verändern und nicht länger mein Leben verschwenden."

„Dein Bruder ist tot." Ihre Stimme zitterte. „Aber deine Familie ist noch am Leben. Es würde ihnen sehr wehtun, wenn sie wüssten, wie du dich selbst bestrafst."

Er sagte nichts.

„Es ist nicht der gute Sinclair-Bruder, der tot ist. Deine Eltern haben *zwei* außergewöhnliche Männer großgezogen und einer von ihnen steht vor mir." Er versuchte, von ihr wegzugehen, doch sie ließ es nicht zu. „Will wusste, dass du ihn geliebt hast. Vergib dir selbst und höre nicht mehr auf diese verbitterte Stimme in deinem Kopf. Da drinnen im Haus ist eine Familie, die nicht auch noch ihren zweiten Sohn verlieren will."

Ein Vogel landete auf einem herabhängenden Zweig eines nahestehenden Magnolienbaumes und sang in den Abendhimmel. Dieser Baum hatte Jahrzehnte von Stürmen überstanden und stand immer noch aufrecht und stolz da. Lucy hoffte, dass der Mann, den sie umarmte, genauso stark sein konnte. Sie fragte sich, ob sie noch bei ihm sein würde, wenn seine innere Heilung endlich begann.

„Wir gehen lieber wieder rein und mischen uns unter die Familie." Er seufzte müde und umarmte sie noch einmal fest. „Es sei denn, du willst lieber mit mir im Gästehaus herumalbern."

Sie lächelte, den Kopf an sein T-Shirt gelehnt. „Nein danke."

„Ich bin ein trauernder Mann, Lucy."

Und einer, der langsam viel zu unwiderstehlich wurde. „Dann wird es dich umso mehr betrüben zu erfahren, dass ich zwei Tuben von Onkel Bills Bro-Klebstoff bestellt habe."

„Hört sich an, als hättest du ein Problem."

Sie kniff ihn frech in sein Kinn. „Ich habe es auf deinen Namen bestellt."

31. Kapitel

Wer auch immer Shopping als Therapie bezeichnete, war noch nie mit einer früheren First Lady im Einkaufszentrum gewesen.

„Ich habe meinen späten Frühstückstee verpasst." Clare reichte Julian ihre Handtasche. „Und der Lärm hier drin ist einfach nicht auszuhalten. Was muss ein Mensch tun, um ein bisschen Ruhe und Frieden zu finden?"

„Ich kenne ein gutes Seniorenheim." Julian warf seinen Starbucks-Becher in den Müll.

„Ich bin fast fertig mit meinen Einkäufen." Lucy konnte sich kaum zusammenreißen. Mittlerweile zweifelte sie an ihrem Verstand, weil sie Julian und Clare erlaubt hatte, sie zu begleiten. Was hatte sie nur geritten? Und sie brauchte immer noch ein paar Dinge für den Familienausflug ins Ferienhaus der Sinclairs am vierten Juli. Es ging auf die Isle of Palms, einer kleinen Insel vor der Küste, nicht weit von Charleston entfernt. Für Alex hatte Lucy schon ein Geschenk, doch sie brauchte noch ein weiteres.

„Meine Ohrringe funkeln so schön." Clare betrachtete ihre Neuanschaffung. „Sie sehen nach mindestens fünf Karat aus. Martha Beaumont wird denken, sie sind echt und ausflippen. Lucy, ist es das, was ihr Kinder Klunker nennt?"

Julian starrte sehnsüchtig in ein Schaufenster voller Kaschmir-Pullover. „Man nennt es schlechten Geschmack."

„Lasst uns etwas zu Mittag essen, ja?" Clare besah sich die Restaurants. „Ich wollte schon immer ein Happy Meal probieren. Es steht auf meiner Liste. Unter der Nummer zwölf."

Zehn Minuten später saß Lucy auf einem Stuhl neben Julian und beobachtete Clare, wie sie einen Milchshake schlürfte. Der Strohhalm quietschte im Plastikdeckel.

„Das ist das Geräusch deiner Arterien." Julian schüttete sich ein Dressing über seinen Salat und warf einen skeptischen Blick auf die Bodyguards am Nachbartisch.

„Sollen wir unseren Unterricht in Politikgeschichte fortsetzen?" Clare tunkte eine Pommes in einen Ketchupklecks.

„Mein Gehirn hat die letzte Stunde noch nicht verarbeitet", wandte Lucy ein.

„Sie schlagen sich wunderbar, Liebes." Julian tätschelte ihre Hand. „Die Umfragewerte in der heutigen Zeitung zeigen, dass Alex mittlerweile leicht vor Robertson liegt."

Lucy hatte sich für Alex gefreut, als sie es gesehen hatte. Sie hatten zur Feier des Tages gemeinsam in einem Café gefrühstückt, aber anstatt froh über den Erfolg zu sein, wollte Alex noch mehr. Er würde nicht zufrieden sein, bis er einen deutlichen Vorsprung vor seinem Gegner hatte. Und irgendwann hatte Lucy bemerkt, dass sie sich den Sieg genauso wünschte wie Alex. Während ihn der ganze Pomp und die offiziellen Anlässe nervten, genoss er die Zeit, die er in persönlichen Gesprächen mit seinen Wählern verbrachte, umso mehr. Und obwohl Alex es immer noch nicht zugab, hatte er, nachdem er letzte Woche mit drei arbeitslosen Shrimpsfischern gesprochen hatte, ein paar Tage später anonyme Schecks verschickt. Das waren die Taten, die ihm an der Politik am besten gefielen. Er hatte mehr mit Will gemeinsam, als er dachte.

Lucy stützte ihr Kinn in die Hand und seufzte wie Clare.

Jetzt, wo die Wahl näher kam, arbeitete Alex noch härter. Er schlief zu wenig, aß kaum noch etwas und wurde von Tag zu Tag unkonzentrierter.

In den letzten drei Tagen hatte er sich in seinem Büro eingeschlossen gehabt und bis auf das schnelle Frühstück heute Morgen hatte sich keine Gelegenheit ergeben, miteinander zu sprechen. Lucy fragte sich mittlerweile, ob die Arbeitswut wirklich der Kampagne galt, oder ob Alex sich nur nicht mit den Vorbereitungen für die Trauerfeier seines Bruders beschäftigen wollte. Die Familie hatte sich entschieden, bis nach dem vierten Juli zu warten, um das Leben von Will Sinclair zu ehren. Obwohl Alex ihr vor einer Woche einen Einblick in sein Herz geschenkt hatte, hatte er es nun wieder vor ihr verschlossen. Lucy machte sich Sorgen um ihn und betete für ihn.

Lucy wandte ihre Aufmerksamkeit wieder dem Gespräch am Tisch zu, gerade als Clare sich darüber ausließ, wie wichtig die richtige Rocklänge war. „Er darf auf keinen Fall zu kurz sein, aber du hast hübsche Beine – wie ich damals –, also gibt es keinen Grund, sie zu verstecken. Mit einem Pullover kann man da eigentlich auch nichts falsch machen, aber …"

Das Gerede über Modefragen hielt an, bis Lucys Handy in der Tasche vibrierte. Sie konnte es gar nicht schnell genug beantworten.

Eine tiefe Stimme erklang, die ihr eine Gänsehaut über den Rücken laufen ließ. „Was machst du gerade?"

„Ich höre Clares Abhandlung darüber zu, wie viel Bein ich zeigen sollte."

„Endlich mal ein Thema, bei dem ich mitreden kann." Sie konnte die Rockmusik im Hintergrund hören und wusste somit, dass Alex im Auto unterwegs war. „Kannst du dich losreißen?"

„Nur, wenn du mich nicht so quälst wie Clare. Die chinesische Wasserfoltermethode wäre dagegen ein Spaziergang."

„Dann hol Marinell und ihre Mutter." Er las ihr eine Adresse vor und sie schrieb sie hektisch auf eine Serviette. „Ich warte da auf euch."

Im Fernsehen lief der Disneykanal, als Lucy Carlos' Zimmer betrat. Marinell und ihre Mutter saßen in den blauen Sesseln am Fenster und betrachteten den Kleinen beim Schlafen. Er war auf eine Organspendeliste gesetzt worden und die Ärzte warteten immer noch auf die Testergebnisse, die aussagen würden, ob Marinell oder ihre Mutter als Nierenspender in Frage kämen.

Lucy sprach leise mit Marinell. „Alex hat angerufen und gesagt, dass ich euch beide mitnehmen soll. Er will sich mit uns treffen, weil er eine Wohnung für euch gefunden hat."

Marinell übersetzte das Gesagte für ihre Mutter und Mrs Hernandez warf einen ängstlichen Blick auf ihren Sohn.

„Wir werden nicht lange weg sein", sagte Lucy. „Es ist nur ein paar Straßen von hier entfernt."

Nachdem Marinell ihrer Mutter das erklärt hatte, nickte Mrs Hernandez. Sie ergriff ihre abgenutzte Tasche und beugte sich zu Carlos, um ihn auf die blasse Wange zu küssen.

Es war nur eine kurze Fahrt zur Warren Street und Lucy stellte ihren Honda neben Alex' Mercedes ab. Das Haus sah aus, als stamme es aus der zweiten Hälfte des neunzehnten Jahrhunderts, selbst die Schindeln schienen noch von damals zu sein.

Die Tür öffnete sich und Alex trat auf die Veranda. „Es sieht nicht sehr schön aus", sagte er entschuldigend. „Aber es ist das beste, was ich in der kurzen Zeit bekommen konnte."

Die Dielen knarrten, als die Frauen hinter Alex ins Wohnzimmer traten.

„In einer Stunde kann jemand hier sein, der saubermacht und vielleicht sollten wir auch ein paar Bilder an die Wand hängen." Alex steckte die Hände in die Taschen seiner grauen Jeans. „Aber das Krankenhaus ist von hier aus leicht zu erreichen. Die Wohnung gehört Ihnen, wenn Sie einverstanden sind."

„Wie viel?", fragte Marinell als Sprecherin für ihre Familie.

„Umsonst."

Marinell wusste nicht, was sie davon zu halten hatte. „Aber warum?"

„Weil ich es so will." Alex wandte seine Schokoladenaugen Lucy zu. „Und weil es Lucy glücklich macht."

Es tat mehr als das. Es ließ ihr Herz vor Freude so stark hüpfen, dass Lucy kaum atmen konnte. Alex konnte die ganze Straße kaufen, aber hatte er überhaupt eine Ahnung, was er damit für diese Familie tat? Was für ein Geschenk er ihnen machte?

Während Marinell und ihre Mutter sich berieten, trat Lucy zu Alex. Eine Million Worte lagen ihr auf der Zunge, aber keines schien angemessen zu sein. Sie konnte jetzt einfach nur ehrlich sein. „Du machst mich verrückt, Alex Sinclair."

Er strich ihr eine freche Haarsträhne aus dem Gesicht und legte dann seine Hand auf ihre Wange. „Du sagst das, als sei es etwas Schlechtes."

War es das nicht? Sie konnte es sich nicht leisten, diesen Mann zu lieben. Wenn die Wahl vorbei war, würde er weggehen. Und sie wäre alleine. Wieder einmal.

„Was du getan hast … ist unglaublich."

Ihr Herz flatterte, als er sie nun ansah. „Ich kann es nicht ertragen, dich traurig zu sehen."

„Das ist nicht der einzige Grund, aus dem du das getan hast." Sie tippte mit einem Finger gegen seine Brust. „Du hast ein großes, gütiges Herz in deiner Brust."

Er lachte und verschränkte seine Finger in den ihren. „Sag das keinem meiner ehemaligen Teamkameraden. Ich habe ein Image zu verlieren."

„Meine Lippen sind versiegelt."

Er beugte seinen Kopf zu ihr hinunter und küsste sie auf ihren lächelnden Mund. „Jetzt erst recht."

In der Ecke des Zimmers rief Esther Hernandez etwas auf Spanisch und nickte bestimmt. Offensichtlich war eine Entscheidung getroffen worden.

Lucy trat neben Alex, als die beiden Frauen auf sie zukamen. Mrs Hernandez starrte den riesigen Quarterback an, der sie um drei Köpfe überragte, dann warf sie ihre Arme um seine Hüfte und drückte ihn mit all ihrer Kraft an sich.

Marinell grinste. „Meine Mutter würde das Haus gerne nehmen."

32. Kapitel

„Könnte dieses Auto nicht noch klischeehafter sein?"

Alex steuerte seinen schwarzen Cadillac Escalade an einer Tankstelle vorbei, die Zigaretten und neonfarbene Wassernudeln im Angebot hatte. „Es ist ein sehr nettes Auto."

„Alles, was wir jetzt noch machen müssten, wäre, die Fenster runterzukurbeln und laut Rap-Musik zu hören."

Sein Lächeln machte alles nur noch schlimmer. „Da ist wohl jemand unleidlich."

Der Ledersitz schmiegte sich wunderbar an Lucys Rücken an, aber das würde sie schön für sich behalten. „Ich habe gar nicht auf die Felgen geachtet, aber ich bin sicher, sie sind silbern und widerwärtig."

„Du hast das ganze Wochenende Zeit, um dir meine Felgen anzuschauen."

Lucy warf ihm einen bösen Blick zu und biss in einen von Julians selbst gebackenen Keksen. Auf der Rückbank des Escalades sahen sich Clare und Julian gerade einen Film auf ihrem neuen iPad an.

„Ich verstehe immer noch nicht, warum wir sie mitgenommen haben."

Alex hielt an einer roten Ampel. „Weil sie sonst am vierten Juli alleine gewesen wäre und du ein schlechtes Gewissen gehabt hättest."

„Das hätte aber nicht sehr lange angehalten." Clare ging ihr mittlerweile ziemlich auf die Nerven, deshalb hatte Lucy sich auf ein Wochenende ohne sie gefreut. Ihre Großmutter wollte gerne mehr für sie sein als nur ihre Mentorin, aber Lucy war noch nicht bereit dazu.

Alex kaute auf ein paar Erdnüssen und spülte sie dann mit einem Sportgetränk hinunter. Er trommelte zu „Born in the USA" aufs Lenkrad und summte ein bisschen schief mit. Von seinem dunkelblauen Polo-Shirt bis hin zu seinen ledernen Flip Flops war er das absolute Bild von sommerlicher Urlaubsstimmung. Doch das war eine Lüge.

Ihm war die Spannung so stark anzumerken, dass Lucy davon Kopfschmerzen bekam. Ihre geplante Abreise um zehn Uhr vormittags hatte sich durch seine Meetings erst auf fünfzehn, dann auf siebzehn Uhr verschoben.

Alex' Tasche stand zu Lucys Füßen und sie beugte sich hinab, um darin etwas zu lesen zu suchen. „Das *Wall Street Journal.* Das ist doch alles nur Geschwätz."

Er atmete tief ein und warf ihr einen Seitenblick zu. „Du suchst Streit, wenn du nervös wirst."

„Nein, tue ich nicht." Dieser Mann war darauf geeicht, Signale zu erkennen. Es war einfach schrecklich.

Er lehnte sich zu ihr hinüber und stupste sie an. „Hast du wirklich so eine Angst vor diesem Wochenende?"

„Vielleicht. Aber was würde diese Tage von allen anderen unterscheiden?" Ihre Situation in dieser Scheinbeziehung hatte sie zu einem gereizten und ängstlichen Menschen gemacht. Es war ein Wunder, dass sie nicht mit dem Rauchen und schlimmeren Drogen angefangen hatte.

Seine Stimme klang nun tief und irgendwie nach Tom Jones. „Mache ich dich etwa nervös?"

„Nur, wenn du von Yards und Toren redest."

Seine Augen schlossen sich kurz in gespieltem Schmerz.

Lucy lächelte und fuhr mit den Fingern über das Leder ihrer Armlehne. Sie fühlte sich wie in einem teuren Fernsehsessel und wurde wieder daran erinnert, dass Mädchen wie sie in dieser millionenschweren Welt nichts verloren hatten.

Alex umschlang ihre Hand mit der seinen. Es waren Augenblicke wie diese, die sie am meisten vermissen würde, wenn ihre Verlobung beendet wäre. Das tröstliche Gefühl seiner starken Hand, die unerwartete Berührung ihres Gesichtes genau im richtigen Moment. Die stille Art, wie er ihr seine Unterstützung schenkte, seine Fürsorge. Sie war ihm wichtig, das war keine Frage. Sie wusste nur nicht, wie tief diese Gefühle gingen.

„Also, du wolltest mir gerade sagen, warum du so nervös bist."

Weil du mir zu nahe bist. Weil ich nur noch an dich denke. Weil ich nicht will, dass mein Herz in so viele Teile zerbricht, dass es nicht mehr geheilt werden kann.

Sie entschied sich, das Thema zu wechseln. „Alex …" Am liebsten hätte sie sein Lächeln sofort abgestellt. „Wer ist Kat?"

Bernsteinfarbene Blitze zuckten in seinen Augen und das Lächeln verschwand. „Niemand."

„Sie ruft dich an." Lucy dachte an die Nacht in der Notaufnahme. Und an all die Nachrichten auf seinem Handy. „Sehr oft."

Der vorsichtige Blick aus seinen Augenwinkeln war verschwunden und der Playboy saß wieder neben ihr. „Bist du eifersüchtig?" Er fuhr ihr sanft mit dem Daumen über die Hand.

„Machst du Witze?" Worüber redeten sie hier überhaupt? „Ich, ähm, hoffe nur, dass sie dich glücklich macht."

„Das ist dein Job."

„Weißt du, an dem Tag, als CNN den Bericht über deinen Bruder gebracht hat –"

„Ich habe einen ganzen Stab von Leuten, die für mich arbeiten." Jetzt beschrieben seine Finger eine Acht auf ihrem Handgelenk. „Sie ist nur eine von ihnen. Niemand, um den du dich kümmern müsstest."

„Hey, Alex?"

Er hob eine Augenbraue. „Ja, Luce?"

Sie beugte sich über die breite Armlehne zu ihm. „Wenn du mich anlügst, reiße ich dir die Arme aus und werfe sie Squid und Lou zum Fraß vor."

Sein Lachen erfüllte das Auto. „Verstanden."

„Nettes kleines Häuschen haben Sie hier", sagte Julian vom Rücksitz aus.

Das war die Untertreibung des Jahrtausends. Ein großes schmiedeeisernes Tor empfing sie und Alex streckte den Arm aus dem Fenster, um einen Code einzugeben. Schwankende Palmen und tropische Pflanzen zierten die Auffahrt und führten sie zu einem mintgrünen dreistöckigen Haus. Hinter drei weißen Säulen schien die ganze Fassade nur aus Fenstern und Türen zu bestehen, die von edlen, hölzernen Fensterläden umgeben waren.

Alex schnappte sich das Gepäck. Lucy ging ihm hinterher und bestaunte die Balkons, die von jedem Stockwerk aus in Richtung Meer zeigten. Er hatte ihr gesagt, dass es nichts Besonderes war, doch während Lucy über den Marmorboden ging, bezweifelte sie, dass diese Familie überhaupt in normalen Kategorien denken konnte. Obwohl es schrecklich groß war, war es gemütlich eingerichtet wie ein Ferienhäuschen. Muschelfarbene Wände. Deckenventilatoren im Kolonialstil, Cremefarbene Sofas mit blumenübersäten Kissen.

„Kommt rein! Kommt rein!" Donna Sinclair begrüßte sie überschwänglich. Die Mehlspur auf ihrer Wange sorgte dafür, dass Lucy sich sofort besser fühlte. „Marcus, hol die Limonade", rief sie nach hinten. „Ich habe sie gerade frisch gemacht." Sie umarmte ihren Sohn stürmisch und wandte sich dann an Lucy. „Ich bin so froh, dass Sie auch mitgekommen sind. Wir können uns besser kennenlernen und natürlich über die Hochzeit reden."

„Gerne." Lucy kämpfte darum, ihre Stimme nicht zu verlieren. „Über die Hochzeit."

„Alex hat gesagt, dass ihr schon ein Datum festgesetzt habt?"

„Hat er. Hat er das?" Sie warf Alex einen überraschten Blick zu. „Ich wusste nicht, dass wir das schon verkünden wollten." Alex lächelte nur.

„Der fünfzehnte Oktober steht schneller vor der Tür, als man denkt. Es war so ein schweres Jahr für die Familie, deshalb ist es wunderbar, dass wir uns auf etwas Schönes freuen können." Donna umarmte Lucy schnell.

„Lass es uns nicht übertreiben, Mutter. Wir beide wollen lieber eine kleine, schlichte Hochzeit, also gibt es gar nicht so viel zu planen."

Clare stolzierte ins Haus, Julian im Schlepptau, der ihre voll gepackten Lous-Vutton-Taschen schleppte. Trotz der Tatsache, dass es sich nur um einen Wochenendausflug handelte, hatte sie genug eingepackt, um halb Charleston einzukleiden.

„Hat jemand etwas von einer *kleinen* Hochzeit gesagt?" Clare schnalzte empört mit der Zunge und wackelte warnend mit dem Zeigefinger. „Das könnt ihr vergessen."

Lucys Gehirn ratterte und suchte nach einem unverfänglicheren Thema. Der Umgang mit Nuklearwaffen wäre zum Beispiel nicht schlecht. „Sie haben ein wunderschönes Haus hier, Mr und Mrs –"

„Ich habe an St. Lukes Chapel gedacht oder –"

„Auf keinen Fall", unterbrach Clare Alex' Mutter Donna. „Es muss groß sein. Vielleicht draußen in der Middleton Plantage. Susan Jiminez' Enkelin hat dieses Frühjahr dort geheiratet und es war einfach wunderbar unter den moosigen Bäumen und –"

„Ladies!" Alex legte wie zum Schutz seine Hand auf Lucys Hüfte. „Keine Hochzeitsplanung heute Abend. Jedes Mal, wenn Lucy mir eine ihrer Brautzeitschriften unter die Nase hält, bekomme ich noch mehr Lust, sie einfach mit nach Vegas zu nehmen."

Brautzeitschriften? *Na warte.* Bei dem Spiel konnte sie mithalten. „Liebling, du warst doch derjenige, der fragen wollte, ob Michael Bolton am fünfzehnten Zeit hat."

Sein Griff um ihre Hüfte spannte sich an und sein Lächeln erstarrte. „Ich glaube, du meinst Bono."

„Nein nein. Es war Mr Bolton." Jetzt legte sie ihrerseits den Arm um ihn und stupste ihn an. „Ich weiß es noch genau, weil deine erste Wahl Donnie und Marie Osmond gewesen waren, aber das konnte ich dann doch nicht akzeptieren." Sie zwinkerte den Frauen zu und lachte. „Er liebt diese schreckliche Retromusik."

Alex' Gegenangriff wurde vom Erscheinen seiner Schwester unterbrochen. „Das ist so gemein!" Sie starrte ihre Mutter böse an. „Dad hat mir das Handy weggenommen. Dazu hat er kein Recht."

Donna entschuldigte sich und ging zu ihrer aufgelösten Tochter. „Er bezahlt die Rechnung, also hat er jedes Recht der Welt. Wir wollen dieses Wochenende als Familie verbringen und miteinander reden. Wenn ich noch mal eine Kurzmitteilung von dir bekomme, wenn du direkt neben mir sitzt, schmeiße ich das Ding ins Meer."

„Aber wie soll ich dann mit Kyle reden?" Finley hatte ihr Teenagerjammern zu einer Kunstform ausgefeilt.

„Gar nicht", sagte ihr Vater, als er zu ihnen trat. „Und den Computer kannst du auch vergessen."

Finley starrte ihn entsetzt an. „Niemand behandelt seine Kinder so wie ihr. Ihr seid so daneben."

Donna warf ihrem Mann einen Blick zu. „Du bist so schrecklich alt."

Er nickte langsam. „Wenn ich doch nur cooler sein könnte. Vielleicht, wenn ich mir eine von diesen eng anliegenden Jeans kaufen würde ..."

Donna tätschelte den Arm ihres Mannes. „Du kannst einfach meine ausleihen."

Finley schnaubte, rollte mit ihren Sinclair-Herzbrecheraugen und stürmte die Treppe hinauf.

Marcus und Donna tauschten einen Blick aus, den nur tapfere Seelen verstanden, die Teenager großzogen. Oder Wölfe. „Willkommen in unserem glücklichen Heim", sagte Donna mit einem Seufzen. „Ich war einmal eine fröhliche, selbstbewusste Mutter."

„Und dann wurde Finley siebzehn.“ Marcus streckte ihnen ein Tablett mit Limonade entgegen. Er bediente Clare als Erste.

„Wenn Will und ich uns so benommen hätten, hättet ihr uns aus dem zweiten Stock geworfen.“ Alex nahm ein Glas und reichte es Lucy.

„Sie macht gerade eine schwere Zeit durch“, sagte Marcus. „Also versuchen wir, ihr ein bisschen Freiraum zu geben.“

„Die Nachricht von Will hat sie schwer getroffen“, sagte Donna. „Wir wollen, dass dieser vierte Juli etwas ganz Besonderes für sie wird.“

Marcus nickte. „Und wenn wir wieder zu Hause sind, gehen wir zu Plan B über.“

„Was ist Plan B?“, fragte Julian.

Donna lachte leise. „Im Moment denke ich über einen Elektroschocker nach.“

Ihr Ehemann lächelte. „Oder ein Kloster.“

Alex gab den Gastgeber und wies allen ihre Zimmer zu. Lucys lag seinem gegenüber im ersten Stock und während sie ihren Koffer auspackte, hatte er seinen neben ihren gestellt.

„Ich schlafe lieber auf der rechten Seite“, hatte er gesagt.

Mit einem Lachen hatte sie ihn aus dem Zimmer geschoben. Doch er war sofort wieder zurückgekommen und sie hatten sich eine Stunde lang zusammengesetzt und einfach nur geredet.

Es war eine Weile her gewesen, seitdem sie sich ohne Unterbrechungen hatten unterhalten können. Alex lag viel daran, dass Lucy sich entspannte. Wenn sie es nicht tat, würden sie dieses Wochenende niemals durchstehen. Es war klar, dass seine Eltern wegen dieser sich schnell entwickelnden Beziehung äußerst neugierig waren und sein Herz schmerzte, wenn er daran dachte, was eine aufgelöste Verlobung für sie bedeuten würde. Und er hatte keine Ahnung, was in Finleys Kopf vorging. Momentan war sie mit allem unglücklich. War es nicht erst gestern gewesen, als sie im Garten Hüpfseil gesprungen war? Und jetzt nahm sie ein Mittel gegen Menstruationsschmerzen.

Sein Handy klingelte und er zog es aus der Tasche.

Kat.

Er starrte den Namen auf dem Display an, bevor er es ausschaltete. Nicht heute Abend. Er wollte Zeit mit Lucy verbringen. Auf der Fahrt hierher hatte er entdeckt, dass sie ein wandelndes Kinolexikon war. Sie waren in eine hitzige Debatte geraten, welcher Hitchcock-Film der beste war und Lucy hatte immer wieder argumentiert, dass sie recht hatte, weil in ihrem Lieblingsfilm Cary Grant mitspielte.

Nach ein paar wichtigen Telefonaten, unter anderem mit der Managerin seiner Wahlkampagne, machte Alex sich auf die Suche nach seiner Verlobten.

Er folgte einfach den lauten Geräuschen und dem Kichern und fand sie im Medienraum. Alex lehnte sich in den Türrahmen und genoss das Bild, das sich ihm bot. Auf dem großen Bildschirm waren computeranimierte Rockstars zu sehen, die versuchten, ein Publikum zum Tosen zu bringen. Finley und Clare standen nebeneinander und hatten Gitarren umgehängt. Seine Schwester tanzte auf der Stelle, während auf dem Bildschirm Steven Tyler einen alten Hit schmetterte. Clare fummelte noch etwas hilflos an ihrem Instrument herum, während Lucy und Julian, die auf einem Sofa saßen, jede Bewegung der älteren Frau kommentierten.

Allein nur Lucy zuzusehen, brachte ihn schon zum Lächeln. Sie trug mittlerweile eine Yogahose und ein Supergirl T-Shirt. Er hatte sich mit vielen Models getroffen und exotische Schönheiten ausgeführt. Doch wenn er Lucy so sah, hatte er eine der bezauberndsten Frauen vor sich, die Gott je geschaffen hatte. Ihre blonden Locken flogen in Wogen um sie herum, als sie Clare das „Headbanging" erklärte. Er fragte sich, ob Lucy überhaupt bemerkte, dass sie ihre Großmutter bereits in ihr Herz gelassen hatte. Sie konnte einfach nicht feindselig und böse sein – das war nicht ihre Art. Das liebte er an ihr. Sogar seine Schwester war Lucys Charme verfallen und benahm sich kurzzeitig einmal nicht so, als befände sie sich im Kampf mit der ganzen Welt.

„Game over, Sahnetörtchen", sagte Julian. „Jetzt ist Daddy mit Rocken an der Reihe."

Clare umklammerte die Gitarre. „Ich habe gesagt, dass ich zwei Runden spielen will."

Julian verdrehte die Augen. „Das kannst du mir nicht antun."

„Es steht auf meiner To-Do-Liste."

Julian war von der früheren First Lady nicht im Mindesten beeindruckt. „Genau wie Pierce Brosnan zu küssen, aber diese Dinge werden niemals geschehen."

„Es ist schon fast Mitternacht", ging Lucy dazwischen. „Clare, du kannst morgen noch mal spielen."

„Ich bin schon eine ältere Dame." Sie klang so arrogant wie eine Königin. „Wer weiß, ob ich morgen früh noch einmal aufwache?"

„Ich bin gewillt, das Schicksal herauszufordern." Julian wollte sich die Gitarre schnappen.

Lucy wandte den Kopf um, während sie lachte. Und ihre Augen trafen auf Alex.

„Oh." Er hatte gewusst, dass sie rot werden würde. „Wie lange stehst du schon da?"

Er betrat den Raum. „Lang genug, um Clares Versuch eines Spagats zu sehen."

Clare zeigte auf die anderen. „Sie haben mir gesagt, das würde jeder Rocker tun."

Er winkte Lucy zu sich und konnte nur schwer dem Drang widerstehen, ihr einen Kuss auf die Wange zu geben. „Sie haben dich angelogen."

„Ich bin total fertig", sagte Lucy. „Ich gehe ins Bett."

Clare warf ihr nur einen kurzen Blick zu. „Morgen die Revanche?"

Alex ging mit Lucy die Treppe hinauf. Die letzten Tage hatten ihn ausgelaugt. Er hatte sich vor diesem Ausflug gefürchtet. Er hatte Angst davor gehabt, mit seiner Familie hier eingeschlossen zu sein. Die Zeit mit Menschen zu verbringen, die er liebte, aber von denen er nicht wusste, wie er sie glücklich machen konnte. Überall, wo er sich hinwandte, sah er Will.

Er griff nach Lucys Hand. Sie war sanft und stark zugleich. Sie hob ihre blauen Augen zu ihm auf, als sie vor ihrer Zimmertür stehen blieb.

„Danke, dass du mit mir hierhergekommen bist." Er war doch ein Meister im Smalltalk und das war nun das Beste, was er zustande brachte? „Ich meine, … ich …" Es war schrecklich. Der achtzehn Stunden Tag. Sein fehlender Bruder. „Ich bin froh, dass du da bist."

Ihr Lächeln war zögerlich. „Es war gar nicht schrecklich. Bis jetzt."

„Morgen ist Tag zwei mit Finley ohne Handy. Der Jüngste Tag wird dagegen wie Disneyland wirken."

„Alex", – sie strich ihm die Haare aus der Stirn – „es ist in Ordnung, dass du deinen Bruder vermisst."

Ein Blitz schien sein Herz zu treffen. Er entzog ihr seine Hand und trat einen Schritt zurück. „Es geht mir gut."

„Du hast kaum mit deiner Familie gesprochen."

„Und deshalb bin ich seltsam? Ich kann nicht einfach ein paar Tage freimachen und mich zurücklehnen."

„Doch, das kannst du."

Er verstand diese Frau einfach nicht. Alle anderen, mit denen er sich vorher getroffen hatte, schienen ihn für die Perfektion in Menschengestalt zu halten. Er hätte jetzt ein bisschen Verständnis und Mitgefühl gebrauchen können, doch das war nicht möglich bei Richterin Lucy in ihrem Supergirl-T-Shirt.

„Ich meinte doch nur, dass meine Kampagne auch vor Feiertagen keinen Halt macht. Die Uhr tickt und es gibt immer noch viel für mich zu tun." Vor allem jetzt, wo er endlich vorankam.

„Du könntest Zeit mit deiner Schwester verbringen."

„Und sie in ihrem Teenagerzorn stören?"

„Sie beobachtet dich, wenn du nicht hinschaust. Wenn du redest, hängt sie an deinen Lippen."

„Wenigstens einer", murmelte er.

„Finley braucht ihren großen Bruder. Und deine Eltern – sie wollen einfach nur ein paar Tage mit ihrem Sohn verbringen."

Er griff in die Hosentasche und suchte nach seinem Handy. Er musste nur kurz seine Nachrichten checken.

Lucy griff nach seiner Hand und hielt sie fest. „Kannst du nicht einfach wirklich *hier* sein?" Das flüssige Feuer in ihren Augen raubte ihm den Atem. „Hier geht es um mehr als nur um deine körperliche Anwesenheit. Sie wollen *dich* hierhaben."

Die Schuld flüsterte und verspottete ihn in seinen Gedanken. Selbst wenn er die Wahl gewinnen würde, wäre er nicht halb so gut wie Will. Alex hatte sein Bankkonto gefüllt, während Will Kindern das Leben gerettet hatte. Er wollte seinen Eltern – der Welt – einfach etwas beweisen.

„Gute Nacht, Lucy." Er war es müde, nachzudenken, und sein Körper sehnte sich nach Ruhe.

Sie schüttelte den Kopf und schenkte ihm ihr wissendes Lächeln. „Du hast Angst."

Wusste sie, dass er sie mit einer Hand hätte hochheben können? „Ja klar. Wir sehen uns morgen früh."

„Diese Menschen lieben dich.“

„Sie haben aber auch hohe Erwartungen, die ich nicht erfüllen kann.“

„Zum Beispiel?“

„Vergiss es.“ Er fuhr sich mit den Fingern durchs Haar. Diese Unterhaltung war beendet.

„Die Welt dreht sich nicht um dich.“ Ihre Stimme klang scharf. „Warum stehst du nicht deinen Mann und bist ein guter Sohn und Bruder?“

Kein Supermodel der Welt hatte es je gewagt, so mit ihm zu reden. Keines.

„Du kannst froh sein, dass du eine Familie hast, mit der du diese Tage verbringen kannst. Und anstatt deine Dankbarkeit zu zeigen, denkst du nur an dich und deine dumme Wahl und daran, wie lästig du bist.“

„Das stimmt nicht, ich –“

„Weißt du, wo deine Wähler sind, Mr Selbstverliebt? Sie sind zu Hause. Verbringen Zeit mit ihren Familien. Und weißt du, woran sie bestimmt nicht denken?“ Sie sah ihn an, als hätte sie den größten Narren des Universums vor sich. „An dich.“

Sie benahm sich falsch. Sie sollte doch eigentlich auf seiner Seite sein, die kleine Verräterin.

„Du hast mir mal gesagt, dass du im Spiel immer das Beste gegeben hast.“ Ihr Haar sprang bei jedem ihrer wütenden Worte auf und ab. „Tja, weißt du was, Spitzentyp? Im Moment sehe ich nur, dass du eine ganz armselige Show ablieferst.“

„Du verstehst das nicht.“ Er lehnte sich gegen den Türrahmen und hatte die Hände zu Fäusten geballt. „Ich kann das jetzt einfach nicht.“

„Natürlich kannst du es. Du tust doch auch so, als würdest du mich lieben.“ Ihr Lächeln fuhr ihm durch Mark und Bein. „Was bedeutet da schon ein weiterer kleiner Betrug?“

Sie schlug die Tür vor ihm zu.

Alex wandte sich um, nur um Julian mit großen Augen hinter sich stehen zu sehen. Er hielt die Controller der Wii-Station in seinen Händen.

„Frauen“, sagte er. „Man kann nicht mit, aber auch nicht ohne sie.“

33. Kapitel

Dem Duft von gebratenem Speck folgend, öffnete Alex mit nassen Haaren seine Zimmertür. Er beugte sich gerade nach unten, um seine Schuhe anzuziehen, als sich auch Lucys Tür öffnete und sie vor ihm stand. Ihr kalter Blick hätte selbst den stärksten New York Warrior umgehauen.

Mühsam richtete er sich zu seiner vollen Größe auf, um sie wenigstens so zu überragen. Sie hatte ihr Haar zu einem Pferdeschwanz zurückgebunden und blonde Strähnen umrahmten ihr zorniges Gesicht.

„Herzlichen Glückwunsch zum Geburtstag", murmelte sie.

Sie würde sich schon etwas mehr anstrengen müssen. „Du bist immer noch böse auf mich, aber unten sitzt meine Familie. Die denkt, wir seien verlobt, aber wenn du mich den ganzen Tag zornig anstarrst, könnte das negativ auffallen."

Mit diesem tödlichen Blick hätte sie sicher auf seinen Geburtstagskuchen gespuckt, wenn sie gerade die Möglichkeit dazu gehabt hätte. „Verlobte streiten sich."

„Wir nicht. Du bist zu verrückt nach mir." Er würde vor seiner Familie auf keinen Fall etwas anderes als das liebende Pärchen zeigen. „Also, wenn wir jetzt da runtergehen, hören wir meinen Dad zu, der verzweifelt versucht, nicht über das Geschäft zu reden, essen das Frühstück meiner Mutter und ignorieren Finleys verdrehte Augen."

„Gut." Er musste sich zurückhalten, um nicht die ganze Zeit auf ihre hübschen Lippen zu starren, denn wenn er sie jetzt geküsst hätte, hätte sie ihm mit Sicherheit eins auf die Nase gegeben. „Aber wage es nicht, mich anzufassen."

Es ärgerte ihn, ihren trotzig zusammengepressten Mund zu sehen. Gestern Nacht hatte sie eine Grenze überschritten – sie hatte ihm gesagt, dass er selbstsüchtig sei und seiner Familie die kalte Schulter zeige. Sie hatte ja keine Ahnung! Dank ihr hatte er sich die ganze Nacht von einer Seite auf die andere gewälzt und kein Auge zugetan. Also wenn Lucy dachte, dass sie das Opfer war und jetzt die Regeln festlegen konnte, hatte sie sich gewaltig geschnitten.

„Auf Seite sieben unseres Vertrages steht, dass wir uns jederzeit liebevoll zueinander verhalten." Ein leichter Kopfschmerz breitete sich in seiner Stirn aus, doch er würde das hier jetzt durchziehen. „Und das bedeutet auch, dass wir uns berühren dürfen."

„Ja klar. Und auf Seite zwölf steht, dass ich vor Übergriffen geschützt bin, wenn du dich wie ein kompletter Idiot aufführst."

„Sicher nicht." Er hatte immerhin selbst diesen dämlichen Vertrag aufgesetzt.

„Es stand in der überarbeiteten Fassung. Hat mein Anwalt sie dir etwa nicht zugeschickt?"

Seine Finger umschlangen ihr Handgelenk, als sie zornig einen Schritt auf ihn zuging. Sie roch nach Apfelshampoo und wütender Frau. „Wenn du mich jetzt im Stich lässt, informiere ich Clare darüber, dass du an ihrem nächsten Kaffeekränzchen teilnehmen willst."

Er hörte, wie Lucy nach Luft schnappte, und musste ein Lächeln unterdrücken. „Das ist wirklich die unterste Schublade, Alex Sinclair!"

„Weißt du, was mir letzte Nacht klar geworden ist?" *Als ich stundenlang wach gelegen und dich nicht aus meinem Kopf bekommen habe?*

„Dass ich im Recht bin?"

„Ich habe endlich dein Geheimnis herausgefunden. Du fängst an, mich zu mögen."

„Was?" Sie versuchte, einen Schritt zurückzugehen, doch er ließ es nicht zu.

Lucy schien plötzlich große Probleme zu haben, ihm in die Augen zu schauen. Sehr interessant. „Fängt unsere Abmachung an, dich zu stören?"

„Dein Ego fängt an, mich zu stören."

Etwas in ihm weigerte sich, nachzugeben. Er wollte, dass sie zugab, dass sie sich zumindest ein klein wenig für ihn interessierte – etwas, das über die bloßen Unterschriften unter dem Vertrag hinausging. Er war erwachsen genug, sich einzugestehen, dass er sich zu ihr hingezogen fühlte. Nur ein komatöser Mann wäre das nicht. Und er wusste, dass sie ihn in der Tiefe ihres Herzens auch anziehend fand.

„Weißt du was?" Er kam näher, und sie wich zurück, bis sie mit dem Rücken an der Wand stand. „Ich denke, noch vor Ende dieses Tages wirst du dir sehnlichst wünschen, dass ich dich küsse." Seine Finger fuhren ihre Wange entlang. „Aber bevor ich dann deine Bitten erhöre, will ich erst eine Entschuldigung haben."

„Eine Entschuldigung?" Sie war so sexy, wenn sie sich aufregte. Ihre Augen funkelten, und ihr Gesicht rötete sich vor Ärger. „Von mir?"

Er lächelte träge. „Ich bin froh, dass du das verstehst."

Sie stand sprachlos vor Wut vor ihm.

Er nutzte die Gunst der Stunde, zwickte sie in die Wange und ging.

Unten angekommen, fand Alex Clare und Finley schon am Frühstückstisch. Lucys Großmutter nippte an ihrem Tee, während seine Schwester ihren Mund zu einem Schmollen verzogen hatte.

Was er jetzt brauchte, war ein Kaffee. Das würde seinen Kopf freimachen und ihm genug Kraft geben, um den Rest des Tages zu überstehen.

Auf dem Weg in die Küche kam er an einem Fenster vorbei und blieb abrupt stehen.

Hinter dem Fußpfad, der sich durch die Dünen schlängelte, lag der Ozean. Hier waren Will und er aufgewachsen. Die Wellen rollten im gleichen Rhythmus, den sie in seiner Kindheit schon gehabt hatten. Doch sein Leben hatte sich verändert. Die Wellen wären immer da, eine Erinnerung an zwei Jungen, die glückliche Wochenenden hier verbracht hatten. Aber Will war tot. Alex konnte ihn im ganzen Haus spüren und er wusste, dass er auch da wäre, wenn er jetzt an den Strand ging.

„Morgen." Er griff nach einer Kaffeetasse, die neben seiner Mutter stand.

„Herzlichen Glückwunsch, Liebling." Sie küsste seine Wange und lächelte, aber Trauer stand in ihren Augen. „Es ist ein wunderschöner Tag draußen."

„Ja … das stimmt."

Seine Mutter hielt ihm die Kaffeekanne entgegen und schenkte ihm ein, während auf dem Herd der Speck brutzelte. „Wir hatten in letzter Zeit kaum Gelegenheit, miteinander zu reden." Die Freundlichkeit und Sorge auf ihrem Gesicht waren mehr, als er heute Morgen ertragen konnte. „Alex … wie geht es dir wirklich?"

Diese Frage hätte *er* ihr eigentlich stellen sollen, aber er war dazu einfach nicht in der Lage gewesen. „Gut." Er nahm einen Schluck Kaffee und ignorierte das Brennen, als ihm die heiße Flüssigkeit die Kehle hinunterrann. „Bin sehr beschäftigt. Und versuche, nicht darüber nachzudenken."

Seine Mutter presste die Lippen zusammen und nickte. „Du weißt, dass wir hier nicht nur über die Nachricht von Wills Tod sprechen. Du bist schon eine ganze Weile lang sehr distanziert."

„Es ist nichts." Nur ein täglicher Krieg in seinem Kopf. „Die Kampagne fordert meine ganze Aufmerksamkeit. Es wird bald besser werden."

„Und dann?" Sie legte den Kopf zur Seite und musterte ihren Sohn. „Ich bin stolz auf dich. Wir beide sind stolz auf dich. Aber du bist seit Jahren nicht mehr glücklich."

„Ich bin absolut zufrieden." Er hatte Häuser, Autos und Freunde in jedem Staat. Und eine Wahlkampagne, die sich komplett zu seinen Gunsten gewendet hatte und die zu gewinnen er sich jeden Tag sicherer sein konnte.

„Dein Vater war schockiert darüber, dass du dich so schnell mit Lucy verlobt hast." Lachfalten breiteten sich über ihr Gesicht aus. „Aber ich habe ihn daran erinnert, dass er und ich auch nur drei Monate zusammen waren, bevor wir geheiratet haben. Und ein Jahr später hatten wir schon euch beide." Sie griff nach einer Gabel und wendete den Schinken. „Wir mögen Lucy, Alex. Du solltest sie öfter mit zu uns bringen."

Er wusste, dass sie meinte, *er* solle öfter bei ihnen vorbeikommen.

„Finley ist überzeugt, dass du böse auf uns bist. Ich weiß nicht, wie sie auf diese Idee kommt." Hände, die schon so viele Familienfrühstücke vorbereitet hatten, drehten das Gas aus. „Du bist doch nicht böse auf uns, oder?"

„Natürlich nicht." Wie konnte er es ihr sagen? Dass etwas ihn seit Jahren verfolgte? Dass er jeden Abend mit Schuldgefühlen und einer Ruhelosigkeit ins Bett ging, die ihm keinen Frieden gönnte.

„Bist du *glücklich*? Das ist das Einzige, was uns Sorgen macht."

Die Anspannung in seiner Brust wurde größer. „Ja. Natürlich."

„Beschäftigt und glücklich sind zwei sehr unterschiedliche Dinge."

Sie klang genau wie sein Vater. Sie verstanden einfach nicht, dass er jeden Tag verzweifelt versuchte, das Glück zu finden. Bei Will hatte das alles so einfach ausgesehen. Aber je mehr Alex versuchte, sich ein Leben zu erschaffen, desto größer wurde die Leere in ihm.

„Ich liebe dich." Seine Mutter hatte die Gabel beiseitegelegt und umfing sein Gesicht mit ihren Händen, wie sie es immer getan hatte, als er noch jung war. „Du könntest Pfirsiche am Straßenrand verkaufen und wir wären immer noch stolz auf dich. Aber manchmal frage ich mich

…" Sie hielt inne und schüttelte den Kopf. „Ich habe einen Sohn verloren … und manchmal fühlt es sich so an, als würde ich den zweiten auch noch verlieren."

Die Familie setzte sich an den Tisch im hellblauen Esszimmer. Lucy schüttelte ihre Serviette aus und legte sie auf ihren Schoß, wie Clare es ihr beigebracht hatte. Sie wurde mit einem anerkennenden Lächeln ihrer Großmutter belohnt, die ihr gegenübersaß. Neben Lucy saß, natürlich, ihr lieber Verlobter. Alex wirkte müde und sie hoffte, dass er genauso schlecht geschlafen hatte wie sie. Wahrscheinlich nicht, weil er über ihr Gespräch nachgedacht, sondern weil ihm die mysteriöse Kat die ganze Nacht per Telefon ins Ohr gesäuselt hatte.

Mit dem Rauschen der Wellen als Hintergrundmusik sprach Marcus das Tischgebet. Als er für Wills Leben dankte, konnte sich Lucy kaum beherrschen, nicht zu Alex zu sehen. Sie konnte seine Anspannung wie einen Sonnenbrand auf ihrer Haut spüren.

Noch während des *Amens* reichte Alex Lucy eine Schale mit gemischten Früchten und berührte sie dabei am Arm. Musste er so dicht neben ihr sitzen?

„Hast du gut geschlafen, Schatz?" Er ließ eine Waffel auf ihren Teller plumpsen.

Sie blinzelte zutraulich und verstärkte ihr Lächeln. „So gut wie lange nicht mehr, *Liebling*."

„Wirklich?"

„Mhm."

„Also, ich habe nicht viel geschlafen." Clare zog mit dem Löffel lange Sirupfäden. „Wer auch immer die Controller der Wii-Station hat, soll sie gefälligst rausrücken, sonst bekommt Alex sein Geburtstagsgeschenk nicht."

Julian schnaubte. „Ich bin sicher, er wird zu traurig sein, wenn er seine „Weinkiste des Monats"-Abonnement nicht bekommt."

Donna nahm ihrem Ehemann die Butter weg und platzierte sie außerhalb seiner Reichweite. „Lucy, Alex hat uns von Saving Grace berichtet. Sie leisten dort ja eine unglaubliche Arbeit."

„Gott hat uns wirklich gesegnet", sagte Lucy.

Clare strahlte, ganz die stolze Großmutter. „Ein paar von den Mädchen sind schon etwas schwierig. Lucy führt sie liebevoll, aber bestimmt."

„Sie brauchen einfach nur jemanden, der auf ihrer Seite steht." Lucy wischte sich mit ihrer Serviette einen Krümel aus dem Mundwinkel. „Wir wissen, dass ihre Chancen auf ein normales Leben enorm steigen, wenn sie jemanden haben, der sie unterstützt."

„Ich liebe es, wenn jemand so leidenschaftlich bei seiner Arbeit ist", sagte Marcus. „Was inspiriert Sie?"

„Das ist eine lange Geschichte." Lucy schnitt ihre Waffel in kleine Stücke, wohl wissend, dass Kohlenhydrate und Bikinis sich nicht vertrugen. „Aber es ist definitiv das, was mein Auftrag ist."

„Lucy macht einen unglaublichen Job", warf Alex nun ein. „Ihre Mädchen lieben sie."

Sie würde sich nicht von seinen schmeichelnden Worten einfangen lassen. „So viele von ihnen wurden zurückgewiesen, ausgestoßen und sind mit dem Gedanken aufgewachsen, dass sie nichts wert sind." Erinnerungen stiegen in Lucy auf, doch sie schob die dunklen Wolken beiseite. „Sie müssen lernen, darauf zu vertrauen, dass sie für Gott unglaublich wertvoll sind."

Alex' Augen lagen auf ihr. „Kommt mir bekannt vor."

„Wo wir gerade von Ablehnung reden", sagte Finley. „Alex, wie alt warst du, als Ma und Dad dich zum ersten Mal alleine zu Hause haben übernachten lassen?"

Marcus warf seinem Sohn einen scharfen Blick zu.

„Ähm." Alex nahm einen langen Schluck von seinem Saft. „Achtundzwanzig?"

„Wir lassen dich nicht eine Woche lang alleine", sagte Marcus. „Und jetzt Schluss damit."

„Nächste Woche gibt es im CNN-Hauptquartier eine Ehrenfeier für Will, aber Finley kann es sich ihrer Meinung nach eigentlich nicht leisten, wegzufahren", erklärte Donna. „Sie hat ein Cheerleadingturnier."

„Ich bin alt genug, um auf mich selbst aufzupassen."

„Es ist eher dein Freund, der uns Sorgen macht." Marcus betrachtete seine Tochter. „So, wie du dich in letzter Zeit verhalten hast, können wir dir nicht vertrauen, wenn du alleine hierbleibst oder dich mit Freunden triffst. Also kommst du mit uns."

„Komm schon, Dad“, wandte Alex ein. „Vertrau ihr doch.“

„Vor drei Wochen hat sie sich aus dem Haus geschlichen.“

Marcus mochte so reich sein wie Donald Trump, doch auf der anderen Seite war er einfach nur ein besorgter Vater. Lucy bewunderte ihn dafür. Wie wäre ihr eigenes Leben verlaufen, wenn Steven Deveraux genauso integer gewesen wäre?

Dann kam ihr plötzlich eine Idee.

Aber sie konnte doch nicht … er würde sie umbringen.

„Sie könnte doch bei Alex wohnen.“

Ein ängstlicher Schauer lief ihr über den Rücken, als seine braunen Augen sich drohend auf sie senkten. „Ich bin zu beschäftigt“, sagte er. „Ich kandidiere für diese kleine Sache da. Du hast vielleicht schon davon gehört – den Kongress.“

Mit verschränkten Armen demonstrierte Finley äußerste Gleichgültigkeit. „Pfff. Als würde mein Bruder mich bei sich übernachten lassen!“

Lucy wollte nicht lockerlassen. Alex musste Zeit mit seiner Schwester verbringen. Außerdem wäre es eine nette kleine Revanche dafür, dass er sie so in die Ecke gedrängt hatte. „Natürlich würde er es tun. Erst neulich hat mir Alex erzählt, dass er dich viel zu selten sieht. Er hat gesagt, er wünschte sich, es gäbe mehr Möglichkeiten, Zeit mit dir zu verbringen.“ Sie schüttelte die Hand ab, die Alex mit warnendem Griff unter dem Tisch um ihr Knie gespannt hatte. „Stimmt's?“

Seine Rache würde schrecklich sein. „Ich bin nicht sicher, ob ich mich an den genauen Wortlaut erinnere – aber du ja ganz offensichtlich schon.“

„Ich denke doch.“ Lucy lächelte Finley an. „Er bekommt die Zeit mit dir, die er sich schon so lange gewünscht hat und du musst dein Cheerleadingturnier nicht absagen.“

Alex' Mutter sah nicht überzeugt aus. „Bist du sicher?“

„Natürlich ist er das.“ Lucy lehnte sich gegen ihn und legte tapfer ihren Kopf auf seine Schulter. „Vielleicht könnt ihr euch zusammen die Nägel machen lassen.“

„Maniküre?“ Julian nickte Clare bestimmt zu. „Wir sind dabei!“

34. Kapitel

Lucy hatte von der Sonne schon ordentlich Farbe bekommen. Ihr Haar war durch das Meerwasser ganz wuschelig geworden und der Sand in ihrer Bikinihose musste direkt aus der Hölle geschickt worden sein.

Der Tag war wunderschön und von Schwimmen, Radfahren, Spielen und Essen erfüllt gewesen. Sie hatten das Inselfeuerwerk vom Strand aus beobachtet und dann im Mondlicht gesessen, während Donna und Marcus von vergangenen Geburtstagen mit Will und Alex berichtet hatten. Alex hatte schweigend auf den Ozean gestarrt. Das einzige Zeichen dafür, dass er zuhörte, war, dass er Lucys Hand immer fester umklammerte. Sie war immer noch böse auf ihn, aber sie hätte ihn um nichts in der Welt losgelassen.

Trotz der Tatsache, dass sie den Tag für Finley schön und entspannt hatten gestalten wollen, schlich sich die Trauer immer wieder in ihre Herzen. Bei einer Geschichte, die Marcus von vergangenen Tagen berichtet hatte, war Donna aufgesprungen und ins Haus gerannt. Sie hatte sich entschuldigt und gesagt, sie wolle nach dem Kaffee schauen, doch Lucy hatte die Tränen auf ihren Wangen gesehen. Donnas Herz blutete.

Jetzt schleppte sich Lucy in ihr Zimmer, völlig übermüdet und nahe daran, sich einfach auf den Boden fallen zu lassen. Sie kramte in ihrem Koffer und zog ein Geschenk hervor. Nach dem Geburtstagskuchen hatte Alex seine Geschenke geöffnet. Lucy hatte ihm eine neue Golftasche gekauft, doch das war kein sehr persönliches Geschenk.

Während sie das Päckchen umklammert hielt, überquerte sie den Flur und stand vor seiner Zimmertür. Obwohl es kein Friedensangebot werden sollte, würde sie diejenige sein, die Größe bewies und die Fronten überschritt.

Sie klopfte leise, aber als sie keine Antwort bekam, öffnete sie vorsichtig die Tür.

Der Raum war leer. Als sie auf den Balkon trat, sah sie am Strand ein Lagerfeuer. Alex musste hinuntergegangen sein und es entzündet haben, um alleine zu sein. Und sie würde ihn dabei stören.

Lucy ging trotzdem nach unten. Ihre Füße sanken in den weichen

Sand ein und genauso sank auch ihr Herz. Der Wind wisperte im Gras, das in den Mulden der Dünen wuchs, während sie den kleinen Fußweg entlangging.

Alex saß zurückgelehnt in einem Stuhl und hatte die Hände auf dem Bauch verschränkt, während er ins Feuer starrte. Ihr Herz tat einen Sprung, als sie ihn sah.

Alex sprach, bevor sie es tat. „Mein Vater hat mir Wills Bibel geschenkt."

Lucy ließ sich neben ihm nieder. „Ich kann mir kein besseres Geschenk vorstellen." Die Flammen flackerten und sein Profil schien zu zucken. Sie war immer wieder erstaunt, wenn sie ihn ansah. Noch in vielen Jahren würde sie sein Gesicht auf Zeitschriften sehen und ihn für den bestaussehenden Mann der Welt halten. Er sah selbst jetzt, in seinen khakifarbenen Shorts und T-Shirt, eleganter aus als sie in ihrem besten Abendkleid.

Lucy zwang sich, sich auf die vor ihr liegende Aufgabe zu konzentrieren. „Ich bin nicht hier, um mich zu entschuldigen."

Sein Blick fiel auf das blau-weiß gestreifte Päckchen in ihren Händen. „Wenn das eine Bombe ist, bitte ich dich darum, wenigstens das Leben der anderen zu schonen."

„Du bist in Sicherheit. Vorerst." Sie streckte ihm das Geschenk entgegen und wurde von Sekunde zu Sekunde unsicherer. „Ich wollte es dir nicht in Anwesenheit der anderen geben. Es ist nichts Großes. Ich meine, es ist nur etwas, das ich für dich gemacht habe, also nichts Wichtiges –"

„Lucy" – er nahm ihr das Geschenk aus den zitternden Händen –„du tust es schon wieder."

„Was?"

„Du schwenkst deinen Minderwertigkeitskomplex wie eine olympische Flagge."

Warum war sie nochmal hierhergekommen? Sie hätte einfach ihrem Instinkt folgen und ins Bett gehen sollen.

Seine Finger fuhren unter den Rand des Geschenkpapieres und er öffnete es so vorsichtig, als enthalte es doch einen Sprengsatz. Als er das Papier entfernt hatte, hob er den Deckel der Box und sah hinein.

Er fuhr erstaunt mit dem Daumen über die Schrift auf dem Fotoalbum. *Das Leben von Will Sinclair.* Er hob die Augen.

„Mach es auf“, flüsterte sie.

Er starrte sie noch einen Augenblick lang an, als erwäge er, das Geschenk abzulehnen. Doch endlich öffnete er das Buch und schlug die erste Seite auf. Dann die zweite und dritte. Dort waren Fotos von Will und ihm als Kleinkinder am Strand. Will, der als älterer Junge von einem Baum hing und Alex, der darunterstand und lachte. Die beiden Jungen in ihren Highschooluniformen.

Er hatte es noch nicht ganz durchgeblättert, als er das Album wieder zuklappte. Erschöpft ließ er sich in den Stuhl sinken. „Ich … ich weiß nicht, was ich sagen soll.“

Sie zuckte mit den Schultern. „Es ist zu dunkel, um es wirklich zu sehen. Es ist nichts, wirklich. Nur ein kleines –“

„Hör auf damit. Sag das nicht.“ Er legte das Album auf einen Stuhl und ließ sich neben sie in den Sand nieder. „Es ist etwas. Es ist alles. *Du* hast das für mich gemacht.“ Seine Stimme klang rau und fragend, als er ihre Hände hielt. „Wie?“

Die Wellen trafen den Strand, nur um sich gleich wieder zurückzuziehen. Obwohl bereits der Mond über ihnen schien, erfüllte die Wärme der längst untergegangenen Sonne immer noch Lucys Haut. „Deine Mutter hat mir geholfen. Sie hat mir Bilder gemailt. Ich bin sicher, ich habe sie zu Tode genervt. Jetzt kann sie mich bestimmt nicht mehr leiden.“

„Sie ist von dir begeistert.“ Sein Blick lag auf ihr und war so intensiv, dass sie am liebsten zur Seite geschaut hätte. „Wie könnte man das nicht?“ Und dann küsste er sie.

Seine Lippen berührten die ihren mit einer Intensität, die ihr den Atem raubte. Lucy schlang ihre Arme um Alex. Er klammerte sich an sie wie an eine Rettungsleine, als wäre sie der Balsam für sein geschundenes Herz. Sie ertrank in ihm und konnte nichts dagegen tun. Sie wusste nicht einmal, ob sie es überhaupt wollte.

Alex hob seinen Kopf.

Ihre Augen trafen sich.

Sie fühlte seinen Herzschlag. Alex ergriff ihre Hände, und ihr Puls wurde immer schneller.

„Danke, Lucy Wiltshire.“

„Gerne.“

„Noch nie hat jemand so etwas für mich getan!“

Die Schatten der Flammen tanzten auf seinem Gesicht, doch sie wusste, dass sie nichts im Gegensatz zu den Schatten auf seinem Herzen waren. „Vielleicht kannst du dir in den nächsten Tagen den Rest anschauen." Sie drückte seine Hände. „Du hast eine wundervolle Familie, Alex. Sie lieben dich. Und ich weiß, dass dein Bruder dich auch geliebt hat. Man sieht es auf den Fotos."

Er nickte langsam. „Es ist im Moment schwer, in ihrer Nähe zu sein."

„Keiner zwingt dich dazu, dir die Zeit mit deiner Familie hier verdienen zu müssen. Dein Bruder würde nicht wollen, dass du ein Leben führst, als wärst du ständig auf der Flucht."

„Ich habe ihn im Stich gelassen, Lucy!"

„Nein, hast du nicht. Du bist ein eigenständiger Mensch. Du musst keine Kinder retten und dich Mörserbeschuss aussetzen."

„Ich will einfach mehr sein. Ich will, dass mein Leben einen Sinn hat."

„Aber das hat es doch." Lucy ließ seine Hand los und fuhr ihm durch das dunkle Haar. „Du bist ein guter Mann, der gute Dinge tut. Wann wirst du endlich damit zufrieden sein und dir selbst gestatten, glücklich zu werden?"

„Ich weiß nicht." Er schüttelte den Kopf. „Ich kann es im Moment einfach nicht."

Es gab nichts, was sie noch sagen konnte. In gewisser Weise war sein Schmerz zu ihrem geworden, aber er war derjenige, der die Wahrheit akzeptieren musste.

Gott, öffne ihm die Augen.

Alex räusperte sich etwas verlegen, bevor er aufstand. „Ich habe auch etwas für dich. Geh nicht weg." Er lief zum Haus und ließ Lucy mit ihren Gedanken alleine.

Ein paar Minuten später kam er mit einer pinkfarbenen Geschenktasche zurück.

Lucy riss voller Freude und Erwartung das weiche Seidenpapier heraus, das in die Öffnung der Geschenktasche gestopft worden war. Was sie dann erblickte, trieb ihr Tränen in die Augen.

Star Trek IV: Zurück in die Gegenwart..

„Oh." Sie hielt das Original-Drehbuch des Films in Händen. „Himmel!"

Alex tippte auf das Cover. „Und das hier vorne drauf ist –"

„William Shatners Unterschrift!“ Lucy konnte nicht mehr atmen.

„Du wirst jetzt aber nicht wieder ohnmächtig, oder?“

Sie konnte nicht aufhören, Alex anzustarren. Dann das Drehbuch. Dann wieder Alex. „Woher hast du das?“

„Ich habe Beziehungen.“ Sein Lächeln war schief, als er seine Hände in die Taschen schob. „Ich habe es aufgespürt, als dein Bild von Leonard Nimoy zerstört wurde.“

Lucy sog die Meeresluft ein. „Ich liebe es.“

„Hey, hör auf damit.“ Er wischte ihr eine Träne von der Wange. „Du weißt, dass ich nicht mit sowas umgehen kann.“

„Es ist … wundervoll. Es ist Captain Kirk. Es ist–“

Liebe.

Es war Liebe.

Der Gedanke ließ ihr Herz erzittern.

Alex war ihr Freund geworden, ihr Ritter. In gewisser Weise kannte sie ihn besser als Morgan. Mit Sicherheit besser als Matt. Er hatte sie in ihren besten und schlimmsten Zeiten gesehen. Er hatte sie zum Lachen gebracht. Und zum Nachdenken.

Aber Alex war Sportler, Strandhausbesitzer und Smokingträger.

Und sie war nichts von alledem.

Mit geschlossenen Augen verfluchte Lucy ihre Dummheit. Sie verehrte einen Mann, der sie niemals lieben würde. Einen, in dessen Leben eine Frau und eine Familie keinen Platz hatten.

„Stimmt irgendetwas nicht?“

Ja, dachte sie elend, als er sie an sich zog. *Etwas stimmt nicht.*

Sie hatte sich in ihren Verlobten verliebt.

35. Kapitel

Es war wie eine Woche altes Hackfleisch. Eine Wolke von Altem-Damen-Parfüm, zerplatzte Fliegen auf der Windschutzscheibe. Liebe … war einfach widerlich.

„Nochmal, Lucy. Ich halte dir zwei Bilder hin. Welches davon zeigt die Frau vom Abgeordneten Shiveley?"

Clare saß neben Lucy am Frühstückstisch und umklammerte ihre geliebten Lernkarten. In ein paar Minuten würde Alex sie zur Kirche abholen. Anstelle des normalen Gottesdienstes würden sie Chuck mit seiner Jugendgruppe helfen. Alex hatte sie gewarnt, dass sie sich umso weniger sehen würden, je näher die Wahl kam. Es war mittlerweile eine Woche her, dass sie den Strand verlassen hatten. Genug Zeit, den seltsamen Gedanken loszuwerden, dass sie in Alex verliebt war. Sie hatte immer noch die Hoffnung gehabt, dass das, was sie für Alex fühlte, nichts als eine Schwärmerei war. Vielleicht hätte man es auch als Abhängigkeit bezeichnen können. Aber nein.

Es musste Liebe sein. Es ging nicht mehr weg.

„Lucy –"

„Die auf der rechten Seite." Sie seufzte und nahm ihre Kaffeetasse.

„Du findest das vielleicht albern, Schatz, aber diese Frauen verkörpern wichtige Allianzen, die du vielleicht irgendwann einmal eingehen musst."

Nun, sie würde Alex nicht heiraten, was sollte also das Ganze? Ihre gesellschaftlichen Aufgaben fielen ihr mittlerweile leichter, aber nervig waren sie immer noch. Diese Woche war sie sogar nur mit Clare bei irgendeiner Veranstaltung gewesen, obwohl es ohne Alex die reinste Qual war. Sie passte einfach nicht zur politischen Elite und den Wohlhabenden South Carolinas. Sie würde niemals so glamourös sein können.

„Du hast bei der Spendensammlung am Dienstag einen Superjob gemacht." Clare steckte die Fotos zu dem Stapel auf ihrem Schoß. Sie hatte Lucy abgefragt, seit Julian ihnen Pfannkuchen mit Schinken serviert hatte. Vor fünfundvierzig Minuten. „Bis darauf, dass du Mrs Peabody mit ihrer Mutter verwechselt hast, ist der Abend glänzend verlaufen. Du hast dich weiterentwickelt." Sie streckte ihre Hand aus, um Lucys zu tätscheln. „Sehr gut weiterentwickelt."

Lucy sah auf ihre Uhr. Alex wäre frühestens in zehn Minuten hier. Er war immer pünktlich, aber nie zu früh. Sie vermisste sein Gesicht. Den Duft, der zu ihm gehörte. Und sein Lachen. Er hatte sie jeden Tag angerufen, aber anstatt wie sonst immer sofort ranzugehen, hatte sie ihn öfter auf die Mailbox sprechen lassen. Bald war die Wahl und danach würden sie beide ihrer Wege gehen. Er würde in den Kongresssonnenuntergang reiten und sie würde wieder die kleine Sozialarbeiterin und gesellschaftliche Außenseiterin sein. Es wurde Zeit, ein paar Grenzen zwischen ihnen zu ziehen und sich von der Droge namens Alex fernzuhalten.

„Würdest du gerne über deinen Vater reden?"

Lucy hob erstaunt über Clares nebensächliche Frage den Kopf. Sie konnte mit der Bezeichnung *Vater* immer noch nichts anfangen. Dies war ein Titel, den man sich verdienen musste. Einfach nur die eine Hälfte der Gene beizusteuern, das war eindeutig nicht genug.

„Nein." Lucys Stimme klang abweisend. „Ich weiß schon alles, was wichtig ist."

„Du bist mir natürlich zu nichts verpflichtet." Clares Gesicht mochte vom Chirurgen bearbeitet worden sein, aber im Moment sah man ihr jedes ihrer siebenundsechzig Jahre an. „Aber du schuldest es dir selbst, dass du ihm vergibst und deine Verbitterung loslässt. Und vielleicht … kannst du auch mir eines Tages vergeben."

Es gab im Moment zu viel, das in Lucys Kopf um Aufmerksamkeit schrie.

„Alles, worum ich dich bitte, ist, dass du ihn nicht hasst", sagte Clare. „Er hat ein verschwenderisches Leben geführt. Das war meine Schuld."

„Nein." Lucy erhob sich. „Du bist ein wunderbarer Mensch, Clare." Da. Jetzt hatte sie es gesagt. „Du hast ihn als Kind wahrscheinlich nicht oft genug auf die Nase fallen lassen, aber ab einem gewissen Punkt hätte er die Verantwortung für sein Leben selbst in die Hand nehmen müssen. Er hatte hunderte Chancen, mich zu erreichen. Aber das hat er nie getan. Und das ist nicht deine Schuld."

„Findest du mich wirklich … wunderbar?"

Lucy konnte die Worte nicht über die Lippen bringen, die Clare gerne gehört hätte. „Du hast dich weiterentwickelt." Sie verzog ihre Lippen zu einem schiefen Grinsen. „Sehr gut weiterentwickelt."

„Eines Tages … kannst du mir hoffentlich verzeihen."

Lucy wusste nicht, was sie sagen sollte. In ihrem Kopf hatte sie Clare längst vergeben, aber in ihrem Herzen war immer noch diese schreckliche Bitterkeit. Sie und Clare waren eine seltsame Allianz eingegangen – lebten zusammen, arbeiteten zusammen –, aber eine Freundschaft war zwischen ihnen noch nicht entstanden.

Mit einem Schnauben hob Clare ihre Nase und winkte dann ab. „Wie auch immer, neues Thema."

„Ich weiß." Lucy überflog vor ihrem inneren Auge ihren Terminkalender. „Ich habe am Dienstag ein Teetrinken mit dem Alphabetisierungsverein und am Mittwoch das Treffen mit der Landgenossenschaft."

„Darüber wollte ich gar nicht reden", erwiderte Clare. „Ich will über dich und Alex reden. Ich habe bemerkt, dass sich in dieser Woche einige Probleme aufgetan haben."

Der Kaffee schmeckte bitter auf ihrer Zunge. „Es gibt keine Probleme. Nichts hat sich aufgetan."

Clare hob ihre dünnen Augenbrauen. „Egal, was du von mir denkst, blind bin ich nicht. Ich habe gemerkt, dass du sehr nervös warst. Zuerst dachte ich, du würdest einfach deinen zukünftigen Mann vermissen." Sie durchbohrte Lucy mit ihren Falkenaugen. „Doch dann hat mir ein Vögelchen gezwitschert, dass du seine Anrufe nicht annimmst."

„Ein Vögelchen?", fragte Lucy. „Oder ein Verräter namens Julian?" Weitere Einladungen zu den Hobbit-Meetings konnte er vergessen.

„Ich glaube, wir haben die Wichtigkeit von Diskretion bereits in Woche zwei besprochen", sagte Clare. „Ich gebe meine Quellen nicht preis."

„Zwischen Alex und mir ist alles in Ordnung."

„Irgendetwas fehlt. Habt ihr euch gestritten? Eine Meinungsverschiedenheit? Ich frage nur, weil es wichtig ist, dass ihr ein glückliches, vereintes Paar repräsentiert. Du denkst vielleicht, du könntest die Welt hintergehen, aber das kannst du nicht."

Na ja, eigentlich machten sie doch einen ganz guten Job.

„Hat er dich verletzt?" Auf Clares Gesicht stand ehrliches Mitgefühl und Lucys Herz schmerzte. „Denn das würde ich nicht zulassen. Er sollte froh sein, dich zu haben. Du bist ein Diamant unter den Edelsteinen und jeder Mann sollte Gott danken, der dich in seinem Leben haben darf."

Jetzt war Lucy diejenige, die wie vor den Kopf gestoßen war. Der Blick in Clares Augen war grimmig und unerbittlich.

„Ich neige nicht zu Übertreibungen", fuhr sie fort. „Du bist klug, freundlich und wundervoll zu deinen Mädchen. Auch wenn ich deine Lesegewohnheiten etwas seltsam finde, glaube ich, dass Alex derjenige ist, der am meisten von eurer Vereinbarung profitiert."

Lucy konnte die alte Standuhr im Wohnzimmer schlagen hören. „Sei nicht albern." Doch Clares Worte gruben sich in ihr Herz und brachten sowohl Schmerz als auch Freude. Sie wollte dem Bild glauben, das Clare soeben gezeichnet hatte.

„Ich mache keine Witze. Du verdienst den allerbesten Mann. Deine Mutter hat eine wundervolle Frau großgezogen und es schmerzt mich, dass du mein Lob nicht annimmst."

Und Lucy verstand, dass Clare recht hatte. Die Mädchen in *Saving Grace* hatten nicht einmal einen vernünftigen Elternteil gehabt, doch sie war mit einer wunderbaren Mutter gesegnet gewesen. Ihre Mutter hatte ein lebensveränderndes Geheimnis für sich behalten, aber das konnte Lucy ihr nicht länger vorhalten. Sie würde ihre Mutter in Ehren halten als eine Frau, die alles für Lucy gegeben – und sie beschützt hatte.

Die Türglocke schellte und unterbrach die Unterhaltung mit der Ankündigung von Lucys Verlobtem.

Es gab immer noch Dinge, die Lucy zu Clare sagen wollte und die im Raum hingen wie Kristalle von einem Kronleuchter, bereit, jeden Moment hinabzufallen. Doch dann streckte schon Julian seinen blonden Kopf zur Tür herein und vermeldete, dass Alex da sei.

„Ihr Verlobter ist hier." Julian winkte ihn herein.

Alex lächelte, als er sie erblickte, und sah wieder einmal umwerfend aus in seinem schwarzen Anzug und dem limonengrünen Schlips. „Bist du fertig?"

Es musste doch ein paar Pillen gegen diese nervigen Schmetterlinge in ihrem Bauch geben. Ein magisches Elixier? Etwas von Clares heimlichen Abführmitteln?

Während Alex Lucy zum Auto brachte, hielt er ihre Hand in der seinen und schloss dann die Tür hinter ihr, als sie eingestiegen war. Als er selbst saß, schnallte er sich an und drehte den Schlüssel im Zündschloss.

Dann beugte er sich zu ihr und küsste sie.

Sie seufzte, als sich ihre verräterischen ungehorsamen Hände um seinen Nacken legten und gab sich geschlagen. Sie hatte ihn vermisst. Er hatte die ganze Woche über ihre Gedanken beherrscht und jetzt, wo er da war, konnte sie ihn nicht mehr loslassen. Er eroberte ihre Lippen, genau wie er es mit ihrem Herzen getan hatte.

„Jetzt, wo wir das klargestellt haben", beendete er den Kuss und fuhr mit seinem Finger über ihre Nase, „kannst du mir vielleicht sagen, warum du mich die ganze Woche über ignoriert hast." Als hätte jemand einen Schalter umgelegt, rückte er von ihr ab und setzte ruckartig das Auto zurück. „Ich warte, Lucy!"

Sie presste die Lippen aufeinander und ihre Hand gegen ihren Magen, als würde dadurch der Knoten verschwinden.

Die Sonne funkelte durch die Kronen der Bäume am Straßenrand. „Ich hatte in den letzten drei Tagen gerade mal sechs Stunden Schlaf, habe mir bei anderen Politikern den Mund fusselig geredet, meine Augen wollen mir aus den Höhlen springen und meine Verlobte hat nichts Besseres zu tun, als mir die kalte Schulter zu zeigen." Mit einem Finger trommelte er ungeduldig auf das Lenkrad, während er redete. „Meine Geduld ist erschöpft, also fang an zu reden."

Ich liebe dich. Ich hasse dich. Ich will nicht, dass das alles hier jemals aufhört.

„Ich war beschäftigt."

„Beschäftigt", wiederholte er mit einem Lachen. „Das ist gut. Sehr originell."

Sie hatte es eigentlich für eine gute Ausrede gehalten. „Es herrscht totale Hektik in Saving Grace. Und ich kümmere mich außerdem noch um Marinell und ihre Familie." Es war wie eine Achterbahnfahrt gewesen. Erst vor zwei Tagen hatten sie die Nachricht bekommen, dass weder Marinell noch ihre Mutter als Spender für den kleinen Carlos geeignet waren. Aber dank Alex hatte Mrs Hernandez wenigstens ein Dach über dem Kopf, das nicht jederzeit einstürzen konnte. Außerdem wurden zweimal die Woche Nahrungsmittel dorthin geliefert.

„Squid sagt, dass du ihn und seinen Partner immer wieder wegschickst. Ich bezahle die beiden für deine Sicherheit. Es ist schwer, sich auf das Gesundheitssystem zu konzentrieren, wenn ich mir Sorgen machen muss, dass vorlaute Paparazzi durch dein Bürofenster klettern."

„Ich brauche niemanden, der auf mich aufpasst. Ich habe mich jahrelang um mich selbst gekümmert, bevor du in meinem Leben aufgetaucht bist. Und danach werde ich ja auch wieder selbst auf mich achtgeben müssen."

Er warf ihr einen Blick zu, der Meteoritengestein zum Schmelzen gebracht hätte. „Und ich dachte, ich wäre der Unreife von uns beiden."

„Keine Angst, diese Eigenschaft bleibt dir erhalten." Sobald sie die Worte ausgesprochen hatte, hätte sie sie am liebsten wieder zurückgenommen. Aber warum regte er sich überhaupt so auf? Sie war die Dumme, die sich in ihn verliebt hatte. Was kümmerte sie es, wenn sein Ego angekratzt war?

„Habe ich irgendetwas falsch gemacht?", fragte er.

„Nein." Nur gefragt, ob sie ihn heiraten wollte.

„Willst du irgendetwas?"

Sie wollte, dass er sie liebte. Ihr sagte, dass er nicht ohne sie leben konnte.

„Teil der Abmachung war, dass du dafür sorgst, dass ich dich erreichen kann", sagte er. „Im Vertrag steht …"

Dieser Vertrag. Sie hätte ihn am liebsten aufs Raumschiff Enterprise gebeamt.

„Wenn du wegen irgendwas sauer bist, hab den Mut und sag es."

„Ich springe nicht auf Kommando. Tut mir leid, aber in dieser Hinsicht bin ich anders als all die Frauen, die du vor mir hattest." Alex würde niemals tiefere Gefühle für sie entwickeln. Das konnte er gar nicht. Sie war einfach nur ein Teil seines Spiels.

„Offensichtlich hatten deine Unsicherheiten und du eine harte Woche." Er raste über eine gelbe Ampel. „Aber jetzt reiß dich zusammen, denn wir haben viel vor. Ich hoffe, du stehst es durch."

Sein Handy klingelte und sie beide griffen danach. Lucy war schneller.

Kat.

„Deine Freundin ruft an." Sie klatschte ihm das Handy in die Hand. „Vielleicht streichelt sie ja dein angekratztes Ego."

„Lucy –"

„Nimm den Anruf an. Denn unsere Unterhaltung" – sie wandte sich in Richtung Fenster – „ist beendet."

36. Kapitel

Es war im dritten Spiel in Alex' erster Saison passiert. Dreißig Sekunden Restzeit im vierten Angriff. Lewis Simpson war frei und die Endzone in Sicht. Doch Alex hatte die Zeichen des Coaches falsch interpretiert. Er hatte einen bestimmten Spielzug verfolgt, sein Receiver einen anderen. Als er den Ball geworfen hatte, stand der Mann nicht mehr an seinem Platz. Ball und Spiel waren verloren. Der dumme Anfängerfehler eines unerfahrenen Neuen. Ein Fehler, den er nie vergessen hatte.

Da er unter Schlafmangel und zu viel Stress litt, hatte er sich Lucys schlagfertige Antwort zu Herzen genommen. Er hatte ihr am Strand sein Herz ausgeschüttet und was tat sie? Sie machte dicht.

Er hatte sie in der vergangenen Woche vermisst. Er hatte sich gewünscht, dass sie den Hörer abnimmt, damit er ihre Stimme und ihr Lachen hören konnte. Er hatte ihr von den Leuten erzählen wollen, die er getroffen hatte, und von den unterstützenden Worten des früheren Gouverneurs. Welcher Freund ignorierte einen einfach? Hatte sie nicht verstanden, dass ihm ihre meist seltsame Meinung wichtig war? Niemand rückte ihm den Kopf so zurecht wie Lucy.

Aber er hatte es vermasselt. Jetzt stand sie schäumend neben ihm in der Kirche, leicht abgewandt, und umklammerte ihre Bibel.

Als bräuchte er noch eine weitere Baustelle, um die er sich Sorgen machen musste. Die Zeit ohne sie hatte ihm eine Sache ganz deutlich gemacht. Lucy war eine Göre.

Und er wollte sie nicht mehr loslassen.

Sie war ihm wichtig und er fand, dass sie ein gutes Team abgaben. Ganz abgesehen davon, dass da eine enorme Anziehungskraft war, wenn er sie berührte. Sie spürte es auch – er hatte gesehen, wie sie es bemerkte und zu verdrängen versuchte. Sie könnten die Verlobung verlängern und einfach schauen, wohin es sie führte. Einfach weitermachen wie bisher. Es gab keinen Grund, die Dinge zu überstürzen, wenn er erst einmal seinen Sitz im Kongress sicher hatte. Sie konnte seinen Ring weiterhin tragen, aber er würde sie im Oktober nicht heiraten.

Eine Hochzeit passte jetzt nicht in seine Planung. Er hatte sich eine Karriere aufzubauen. Das würde sie bestimmt verstehen.

„Hey Leute." Chuck streckte Alex seine Hand entgegen und Alex schüttelte sie. „Schön, dass ihr da seid. Lucy, ich brauche am Ende des Gottesdienstes deine Hilfe, wenn die Jugendlichen nach vorne kommen können, um ganze Sache mit Gott zu machen.

Sie sah Alex immer noch nicht an. „Klar."

„Bereit für die Hochzeit?" Alex wusste, dass Chuck nicht gerade der engagierteste Verlobte war.

„Noch eine Woche." Chucks Lächeln schob seine runden Wangen nach oben. „Ich denke, ich bin wirklich bereit dazu." Er blätterte seine Bibel durch und holte ein paar Notizen hervor. „Heute Nacht bin ich um zwei aufgewacht und hatte das Gefühl, meine Predigt ändern zu müssen. Betet für mich." Chuck ging davon und einige Treppenstufen hinauf zur Lobpreisband im Altarraum.

Alex führte Lucy zu einem Sitzplatz. Er legte, trotz des Risikos, geköpft zu werden, seinen Arm auf ihre Rückenlehne und berührte mit der Hand ihre Schulter. Es war ein mutiger Schritt. „Wie lange willst du noch böse auf mich sein?"

„Nächstes Jahrhundert hört sich gut an."

„Ich habe dir ein Geschenk von meinem gestrigen Besuch in Mount Pleasant mitgebracht."

Sie warf ihm einen vernichtenden Blick aus dem Augenwinkel zu. „Gib es Kat."

Nach ein paar Liedern schnappte sich Chuck das Mikro und trat nach vorne. Flippige Straßenkunst hing an den mokkafarbenen Wänden und dicke Kerzen brannten in großen gläsernen Windlichtern, die auf der Bühne standen. Wenn in der Mitte nicht ein riesiges Kreuz errichtet gewesen wäre, hätte es auch ein Starbucks sein können. Der hölzerne Gegenstand wirkte fast ein wenig fehl am Platz inmitten der E-Gitarrenklänge und dem gedimmten Licht.

Die Menschen im Raum wurden still, als Chuck seine Bibel öffnete und aus dem Lukasevangelium vorlas. Vor den Augen der Zuhörer ließ er die Geschichte von Jesu Versuchung lebendig werden.

„Jesus hatte vierzig Tage lang gefastet. Satan wusste genau, wann es Zeit war, ein kleines Schwätzchen mit ihm zu halten – gerade dann nämlich, als er am schwächsten war. Jesus war entkräftet und alleine, also ratet mal, was der große Betrüger tat."

Chuck ging von der Bühne und trat in den Gang zwischen die Zuhörer. Sein Blick schweifte über die Reihen. „Für den Fall, dass es auch bisher noch keiner gesagt hat, sage ich es heute: Satan ist ein Lügner. Vielleicht belügt er euch jetzt gerade in diesem Moment. Und das Schreckliche ist, dass diese Lügen meistens einen Sinn ergeben. Glaubst du, dass du hässlich bist? Denkst du, du bist ein Verlierer?" Chuck hielt inne. „Lügen. Alles Lügen. Meine Freunde, Satan ist ein Terrorist. Ein Bandenchef. Die Bibel sagt, dass er euch bestehlen, töten und zerstören will. Und wisst ihr was? Bei vielen von euch bekommt er auch die Gelegenheit dazu."

Alex legte seine Hand in Lucys Nacken und massierte die verspannten Muskeln. Wie einfach wäre es, sich jetzt an ihn zu lehnen. Sie war müde und hatte den Streit zwischen ihnen satt. Insgesamt fühlte sie sich ausgelaugt. Überall, wo sie hinsah, wollte jemand etwas von ihr – die einen zu viel, die anderen zu wenig.

Chucks Schuhe quietschten auf dem Boden, als er durch den Gang schritt. „Dieser Typ stellt sich euch nicht als gehörntes Monster entgegen. Nein, er gibt sich wie ein netter Kerl. Habt ihr Angst vor Zurückweisung? Er wird das benutzen. Habt ihr vor irgendetwas anderem Angst? Das alles spielt ihm in die Hände."

Schauer durchfuhren Lucy. *Gott, sprichst du etwa zu mir – durch einen Highschoolgottesdienst?*

Der Jugendpfarrer hielt seine abgenutzte, viel gelesene Bibel hoch in die Luft. „Das ist deine Waffe." Er ging zurück zur Bühne und zeigte auf das Kreuz. „Und das ist der einzige Zufluchtsort, an den du dich wenden kannst. Sag dem Teufel, dass du ihm lange genug zugehört hast. Es wird Zeit, dass du endlich Gottes Versprechen, dass du sein geliebtes Kind bist, auf dich wirken lässt. Du wirst wert geschätzt. Du verdienst es, geliebt zu werden."

Du verdienst es, geliebt zu werden.

„Wenn wieder diese Stimme mit ihren Lügen in deinem Kopf auftaucht, behaupte einfach das Gegenteil. Sage ‚Ich bin schön. Ich bin erfolgreich. Ich meistere mein Leben gut'. Gott sind dein Geld, dein sozialer Status, deine Kleider nicht wichtig." Chucks Stimme war voller Leidenschaft. „Hör auf, in den Spiegel zu schauen und dort nach der Wahrheit zu suchen. Hör nicht auf das, was deine Freunde meinen. Hör auf, Zeitschriften zu lesen und zu denken, dass das die Wirklichkeit ist. Sie lügen dich an. Du bist wertvoll, so wie du bist. Du wirst *wirklich* geliebt." Er sah noch einmal auf das Kreuz. „Wird es nicht Zeit, sich endlich so zu verhalten?"

Chuck wischte sich die Stirn mit einem Taschentuch ab. „Willst du wissen, was dich zurückhält? Nicht das, was in deiner Tasche ist oder auch nicht. Es ist nicht deine Familie oder dein Gesicht. Es sind Lügen." Langsam ging er auf das Kreuz zu und berührte die raue Oberfläche. „Hier ist die Wahrheit. Jesus ist für dich gestorben. Nimm dieses Geschenk an."

Lucy konnte nicht atmen. Ihr Puls hämmerte in ihren Ohren.

„Wisst ihr, welche Lüge ich lange geglaubt habe?" Chuck lachte freudlos. „Ich heirate bald. Und seit ich meine wunderbare Frau kennengelernt habe, sagt Satan mir: ‚Du bist nicht gut genug für sie. Du bist zu arm. Zu dick. Zu langweilig.'" Seine Augen suchten Morgan, die in der ersten Reihe saß. „‚Du spielst nicht in der gleichen Liga und es ist nur eine Frage der Zeit, bis sie aufwacht und es bemerkt.' Am siebzehnten Juli werde ich der Ehemann einer richtig heißen Frau. Und ich werde Ja sagen, ohne diese Lügen im Hinterkopf zu haben." Chuck ging zu einem Tischchen, nahm sich einen Stift und ein paar Zettel, die er zu beschreiben begann. Schließlich hielt er sie hoch. „Hier habe ich aufgeschrieben, welche Lügen ich nicht mehr glauben will. Ich bringe sie zum Kreuz – denn genau da gehören sie hin."

Er nahm sich einen Hammer und Nägel und schlug die Zettel an das Kreuz. Die Schläge hallten in dem völlig stillen Raum wider. Jeder schien den Atem anzuhalten, als die Nägel in das solide Holz drangen.

„Sich Satans Lügen zu stellen, erfordert Mut." Chuck runzelte die Stirn, während er den Hammer in seiner Hand wog. „Ich will den Frieden erleben, den Gott versprochen hat. Und ich glaube, dass einige von euch das heute auch wollen. Ihr habt die Lügen satt, die euch eure Lebensfreude stehlen. Sie hören sich an wie die Wahrheit. Sie ergeben Sinn. Satan pflanzt Fragen in eurem Kopf und sagt: ‚Beantworte sie mit Logik.' Aber Gott sagt: ‚Nein, beantworte sie mit Glauben'. Wer von euch will heute gegen Satan angehen? Unter euren Stühlen liegen Zettel und Stifte. Seid ihr tapfer genug, euch eure Lasten von der Seele zu schreiben und sie ans Kreuz zu nageln?" Er streckte der Gemeinde den Hammer entgegen. „Wer von euch traut sich, frei zu leben, weil er wirklich geliebt wird?"

Der Keyboarder fing an zu spielen, aber das Rascheln der Zettel konnte nicht übertönt werden. Überall klickten Kulis. Hinter Lucy schniefte jemand. Neben ihr weinte ein Mädchen.

Sie hatte nicht gewusst, dass Chuck so unsicher gewesen war. Für sie war er immer der witzige, leichtlebige Kerl gewesen, der sich benahm, als ließe er sich durch nichts erschüttern. Und doch hatte er immer, wenn er Morgan angeschaut hatte, nur seine eigenen Unzulänglichkeiten gesehen.

Neben ihr saß Alex und starrte nach vorne auf das Kreuz. Sie fragte sich, was wohl gerade in seinem Kopf vorging. Sah er sich selbst? Er war ein Gefangener der Lügen, die er seit Jahren glaubte.

Und genauso war es mit ihr. Doch sie würde nicht mehr so weitermachen. Keinen Tag länger wollte sie so leben.

Clares Worte kamen ihr wieder in den Sinn. *Du bist klug, freundlich und wundervoll.*

Mit zitternder Hand kritzelte Lucy ihre inneren Lügen, die sie glaubte, auf die Zettel.

Nicht liebenswert.

Nicht wertvoll.

Alleine.

Sie sah zu, wie ein Jugendlicher nach dem anderen auf die Bühne ging und seinen Zettel an das Kreuz hämmerte.

Bei jedem Hammerschlag zuckte Lucy zusammen und stellte sich vor, wie die Lügen starben und alle freier atmen konnten.

Das wollte sie auch.

Gott, ich höre dir zu. Alles ist so verwirrend. Ich will, dass es einfach wird. Ich will die Wahrheit sehen. Nimm die Lasten von mir.

„Ich bin gleich wieder da." Während sie gegen ihre Verlegenheit ankämpfte, erhob sie sich und versuchte, an Alex vorbei aus der Reihe zu gelangen. Als er ihre Hand ergriff, hielt sie inne.

Sie blickte zu ihm und sah, wie er sie von seinem Platz aus ernst betrachtete.

Sie dachte, er würde etwas sagen, aber dann drückte er einfach nur ihre Hand. Und ließ sie los.

Mit klopfendem Herzen ging Lucy auf das Kreuz zu.

Gott hilf mir, dass ich diese Dinge wirklich an dich abgeben kann. Ersetze die Lügen durch deine Wahrheit.

Und dann schwang Lucy den Hammer.

Bis das Kreuz ihr alles abgenommen hatte.

37. Kapitel

Am Donnerstag wurde es kühler und Regen fiel vom Himmel. Das Wetter passte zu Lucys betrübter Gemütslage. Die Veranstaltung bei der Landgenossenschaft am Abend zuvor war sehr gut gelaufen. Alex hatte die Rolle des liebenden Verlobten gespielt und sich unter die Farmer gemischt, um mit ihnen über Politik und ihre Bedürfnisse zu sprechen. In den letzten zwei Monaten war er vom unnahbaren Athleten und Covermodel zum Sprachrohr des Durchschnittsbürgers geworden. Er hatte alle mit seiner charismatischen Art begeistert, während sein Gegner, ein Mann mit beeindruckendem politischem Lebenslauf, hinter ihm zurückgefallen war.

Die ganze Woche über hatte Lucy ihre Mittagspausen bei Alex im Büro verbracht, hatte mögliche Wähler angerufen und sie um ihre Unterstützung gebeten. Die Vorbereitungen zur Wahl waren in allen Nachrichten zu sehen und die Menschen verfolgten an den Bildschirmen, ob ihr Quarterback den ultimativen Touchdown landen würde.

Lucy stellte ihr Auto vor Clares Haus ab und rannte nach drinnen. Schon im Foyer konnte sie den köstlichen Duft des Abendessens riechen. Es roch nach Gebratenem, aber wie sie Julian kannte, wäre es nicht nur ein herkömmliches Rezept. Seit sie bei Clare eingezogen war, hatte sie drei Kilo zugenommen. Ihr Vermieter hatte sie darüber informiert, dass er mindestens noch eine Woche brauchen würde, um ihre Wohnung wieder herzurichten. Wenn Lucy nicht bald wieder nach Hause käme, würde sie sich neue Kleidung zulegen müssen. Mit Gummiband.

„Hierher, Liebes!"

Lucy folgte Julians Stimme ins Wohnzimmer, blieb aber in der Tür stehen. Er und Clare saßen nebeneinander auf der Couch. Clare barfuß und mit Brille auf der Nase. Und Julian mit einer Schlammmaske und seiner Bibel in Händen. Genau wie Clare. Wieder einmal ein Beweis dafür, dass Parallel-Universen existierten.

„Du kommst aber spät." Clare nahm ihre Brille ab. „Wieder lange gearbeitet?"

Der Vorwurf hing in der Luft und vertrieb fast den Duft des köstlichen Abendessens. Lucy wusste, was sie dachten – dass Lucy sie mied. So wie sie Alex gemieden hatte, bis ihre Pflicht sie gerufen hatte. „Ich war mit Marinell im Krankenhaus."

„Wie geht es Carlos?", fragte Julian.

„Schlechter. Ihnen läuft die Zeit davon und bis jetzt ist kein Spender in Sicht."

Marinell wohnte nun wieder bei ihrer Mutter, da die beiden sich ständig an Carlos' Bett abwechselten. Obwohl ihre Noten mehr als schlecht gewesen waren, hatte Marinell die Sommerkurse bestanden und konnte nun ihrem Bruder ihre volle Aufmerksamkeit schenken.

„Was macht ihr eigentlich hier?" Lucy betrat den Raum und setzte sich in einen Stuhl mit goldenen Streifen.

„Wir versuchen, in der Bibel zu lesen." Julian warf Clare einen frustrierten Blick zu. „Aber sie unterbricht immer wieder und stellt Tausende von Fragen."

„Wir wollen in einem Jahr das ganze Buch gelesen haben", warf Clare ein.

Julian verdrehte die Augen. „Aber seit drei Monaten stecken wir im ersten Buch Mose fest."

„Es ist eben verwirrend", erwiderte Clare. „Und ich denke an all die Fragen, die ich Jesus einmal stellen will, wenn ich bei ihm im Himmel bin."

„Wenn es erst so weit ist, *nachdem* du die Bibel fertig gelesen hast, wirst du hunderte von Jahren alt."

Lucy lächelte Julian an. Wenn sie hier auszog, würde sie ihn vermissen. „Was verstehst du denn nicht?", fragte sie schließlich.

„Na dann mal los." Julian lehnte sich zurück und verschränkte die Arme.

„Zum Beispiel diese Eva-Frau." Clare tippte mit einem burgunderfarbenen Fingernagel auf die Seite. „Sie bekommt immer die Schuld, aber so wie ich es verstanden habe, wurde sie betrogen. Wenn du an ihrer Stelle gewesen wärst, hättest du dich wahrscheinlich genauso von der Schlange überlisten lassen wie sie. Es klang alles so logisch."

Sätze aus Chucks Predigt erklangen in Lucys Kopf.

„Aber Gott hat ihr und Adam befohlen, nicht von dem Baum zu essen", warf Lucy ein. „Das war doch sehr deutlich."

„Aber er hat ihnen nicht gesagt, dass Satan kommen und sie überzeugen würde, etwas anderes zu tun. Er hat Eva dazu gebracht, seine Lügen zu glauben. Verstehst du das nicht?“ Clare krabbelte an den Rand der Couch und starrte Lucy an. „Ich bin Eva.“

Julian schnaubte. „Du meinst wohl eher Methusalem.“

Clare schüttelte ihren weißen Kopf. „Ich habe auch Lügen geglaubt. Ich dachte, mein guter Ruf wäre alles, worauf es ankommt. Der Teufel hat mich davon überzeugt, dass deine Mutter es nur auf unseren guten Namen und unser Geld abgesehen hatte.“

Lucys Finger klammerten sich in den teuren Stoff des Stuhles unter ihr.

„Ich habe nur das Schlechte in ihr gesehen.“ Clare hielt inne, um sicherzugehen, dass Lucy ihr zuhörte. „Und in meinem Sohn nur das Gute. Natürlich hört es sich heute albern an – vor allem aus deiner Sicht. Aber für mich war es damals so wahr wie die Tatsache, dass Rosen rot sind und Schnee kalt ist.“

Die letzten Tage waren auf dieses Gespräch hinausgelaufen. Gott hatte sie langsam auf diesen Moment vorbereitet. Und jetzt, wo er gekommen war, wusste Lucy nicht, was sie sagen sollte.

„Lucy, hast du noch nie Dinge über dich oder andere gedacht, die sich am Ende als falsch erwiesen haben?“

Julian nickte. „Ich habe mal geglaubt, mir würden Paisleymuster stehen.“

„Nun?“ Clare war eine Frau, die es gewöhnt war, Menschen und Situationen zu kontrollieren. Auch im Moment machte sie da keine Ausnahme.

„Doch, habe ich.“ Die Vergangenheit wollte Lucy wieder überwältigen, doch sie hatte die Lügen, die sie geglaubt hatte, ans Kreuz genagelt. Sie waren dort geblieben, damit in ihrem Herzen Frieden herrschen konnte.

„Ich dachte, ich beschütze meine Familie“, sagte Clare. „Das habe ich wirklich geglaubt. Was ist mit den Lügen, die *du* glaubst?“

Lucy wollte über dieses Thema nicht sprechen. Sie fühlte sich entblößt wie damals auf der Sinclair-Gala, als ihr Kleid kaputtgegangen war.

„An dir ist nichts falsch, Lucy. Du bist genauso gut wie alle anderen auch. Glaubst du, ich sehe nicht, wie du dich bei gesellschaftlichen Anlässen immer zurückziehst? Wie du manche Leute meidest?“ Clare legte ihre Bibel auf die Couch. „Als Kind wurdest du abgelehnt und ich würde alle meine Aktien hergeben, wenn ich das ändern könnte. Du hast dein ganzes Leben bisher damit verbracht, von anderen die kalte Schulter zu erwarten. Das kann so nicht weitergehen."

Tränen traten Lucy in die Augen, als sie in ihrer Erinnerung noch einmal die Hammerschläge hörte.

„Vergeben Sie Clare?", fragte Julian ungeduldig. „Ich denke, sie sehnt sich danach, diese Worte zu hören."

Lucys Verstand versuchte, die richtigen Worte zu finden.

Julian erhob sich. „Ich glaube, es gibt etwas, das Sie sich ansehen sollten, Lucy."

„Ich habe Hunger", sagte Clare schnell. „Vielleicht sollten wir erst –"

„Nein." Er stemmte die Hände in die Hüften und starrte die beiden Frauen an, als wäre er ein Racheengel. „Wir regeln das heute Abend. Es gibt Dinge, die Lucy wissen muss."

Lucy konnte eigentlich nichts mehr aufnehmen, doch sie erhob sich wortlos und folgte Julian in den Flur.

Er ging ins Büro und durchwühlte dort die Schublade eines alten Schreibtisches, bis er gefunden hatte, was er suchte.

„Hier." Julian ergriff ein Buch und schmiss es mit einem dumpfen Schlag auf den Schreibtisch. „Sehen Sie sich das an."

Lucy hörte, wie Clare den Raum betrat, aber sie sah sie nicht an. Das Buch, das vor ihr lag, zog sie magisch an. Es war ein Fotoalbum. Auf dem Deckel befand sich ein ovaler Ausschnitt und auf dem Bild dahinter war sie zu sehen. Mit drei Jahren.

„Sie sind nicht die Einzige, die ein Fotoalbum machen kann." Julian hatte ihr geholfen, das Album für Alex zusammenzustellen. Und er hatte die ganze Zeit über gewusst, dass Clare dieses hier besaß.

Lucy setzte sich hin und schlug die erste Seite auf. In der Mitte befand sich Lucys Geburtsanzeige, ein Zeitungsausschnitt. Der Name ihres Vaters wurde nicht erwähnt.

Sie blätterte weiter und ihr Herz füllte sich mit jedem Bild. Eins von ihr in der ersten Klasse bei einem Tanzabend. Ihr Pferdeschwanz war zerzaust und die beiden Schneidezähne fehlten. Lucy erinnerte sich daran, dass ihre Mutter sie nach der Aufführung hinter der Bühne abgeholt und ihr eine Rose geschenkt hatte.

Auf der fünften Seite befand sich ein Bericht, den sie in der achten

Klasse verfasst und für den sie eine Auszeichnung bekommen hatte. Fragend blickte sie auf. Wie war Clare da herangekommen?

„Sie dachten, Sie wären auf dieser snobistischen Schule, weil Sie ein Stipendium hatten." Er deutete mit dem Kopf auf Clare. „Hier ist Ihre Wohltäterin."

„Warum?", fragte Lucy.

Clare spielte mit der Goldkette an ihrem Hals. „Ich wollte, dass deine Mutter jeden Cent hat, um sich um dich zu kümmern. Mir war klar, dass sie dich nicht auf eine so teure Schule wie die Montrose Academy schicken würde. Aber ich fand es wichtig. Und auch, wenn du es dort nicht schön fandest, denke ich doch, dass es dich zu dem gemacht hat, was du heute bist – stark und unabhängig."

Lucy war beim Weiterblättern überwältigt von dem Album. Schließlich stieß sie auf ihre Collegezulassung an der University of Florida. Wieder hob sie ihre Augen. „Du?"

„Das hast du ganz alleine geschafft", sagte Clare schnell. „Aber vielleicht habe ich ja etwas von den Kosten übernommen."

„Wie viel?"

Julian antwortete für ihre Großmutter. „Alles."

Es dauerte einen Moment, bis sie den Kloß in ihrem Hals hinuntergeschluckt hatte. „Und meine Mutter wusste davon?"

„Nein, ich glaube nicht. Ich habe das Stipendium sehr offiziell und überzeugend aussehen lassen."

Stille hing im Raum. Lucy legte das Buch beiseite und ging zu Clare. Auf dem Gesicht der Frau stritten Unsicherheit und Angst miteinander.

Lucy umarmte ihre Großmutter und zog sie fest an sich. „Ich liebe dich, Clare." Der Schmerz war wie eine alte Patina auf ihrem Herzen, an die sie sich bereits gewöhnt hatte. Doch jetzt war es Zeit, sie loszuwerden. „Ich hätte nie erwartet, dass ich dich lieben könnte, und wollte es auch gar nicht. Aber ich tue es." Es war wie ein neues Thema in Lucys Leben, dass sie Menschen liebte, die sie nicht lieben wollte. Es tat gut, die Worte auszusprechen.

Die würdevolle alte Dame brach an Lucys Schulter in Tränen aus. „Sag mir, dass du mir vergibst. Bitte – ich habe so lange auf diese Worte gewartet."

Die Verbitterung über ihre Großmutter würde hier und jetzt sterben und niemals wieder ihr Leben beherrschen. „Ich vergebe dir, Oma."

Clare schloss ihre Augen und noch mehr Tränen rannen ihre Wangen hinunter. „Danke", sagte sie. „Du hast keine Ahnung, was mir diese Worte bedeuten – wie schrecklich lange ich auf sie gewartet habe." Sie zog ein Taschentuch hervor und tupfte sich das Gesicht ab.

„Aber ich muss aufhören, die Klamotten zu tragen, die du mir gibst. Ich muss ich selbst sein."

„Keine Hosenanzüge mehr?"

„So sehr werde ich niemals jemanden lieben, dass ich sie zu einem dauerhaften Bestandteil meiner Garderobe mache."

Julian grinste. „Ich helfe beim Verbrennen."

„Ich muss dir noch etwas geben." Clare atmete zitternd ein. „Zwei Wochen, nachdem ich deiner Mutter das Geld gegeben hatte, hat sie mir den Scheck zurückgeschickt." Sie ging zu dem beeindruckenden Schreibtisch und nahm einen Ordner an sich. „Anna hat das Geld nicht angenommen. Ich habe nie wieder von ihr gehört. Wenn sie mich auf deinen Schulveranstaltungen bemerkt haben sollte, hat sie zumindest nie ein Wort gesagt. An dem Tag, als ich das Geld wieder im Briefkasten hatte, habe ich es von meinem Finanzexperten für dich anlegen lassen. Er hat investiert." Sie reichte Lucy den Ordner. „Es ist deins. Alles."

Ein Frösteln umgab Lucy, als sie mit zitternden Händen den Ordner aufklappte. Der jüngste Kontoauszug war obenauf eingeheftet und Lucy las den Betrag. Und las ihn noch einmal. Es war ein astronomischer Betrag.

„Mein Finanzexperte hat ein sehr glückliches Händchen", sagte Clare. „Dein Vermögen hat sich gut entwickelt."

Lucy schüttelte den Kopf. „Ich kann doch nicht –" Sie konnte nicht atmen. „Das kann ich nicht annehmen. Das gehört mir nicht."

„Du kannst es und du wirst es." Clare hob ihre aristokratische Nase. „Seit Jahren belastet mich dieses Geld. Ich habe nur auf den richtigen Moment gewartet, um es dir zu geben – als ich wusste, du würdest bereit sein, es anzunehmen."

„Aber ich bin nicht bereit."

„Um dich geht es eigentlich auch nicht", winkte Clare ab. „Es geht um mich – endlich kann ich die Vergangenheit hinter mir lassen. Du hast keine Wahl, du musst es annehmen."

Die vielen Nullen auf dem Auszug verschwammen vor Lucys Augen.

Es war mehr Geld, als sie in ihrem ganzen Leben ausgeben könnte. Mehr als genug, um Alex' Geld abzulehnen und *Saving Grace* alleine zu retten.

„Ich hasse es, dir das so unter die Nase reiben zu müssen, Schatz." Clare legte eine Hand auf Lucys Schulter, wie um ihr Mut zuzusprechen. „Aber du bist reich. Sehr reich."

Oh, das war zu viel der Ironie. All diese Jahre hatte Lucy damit verbracht, sich als armes Mädchen von der anderen Seite der Stadt zu sehen. Sie war nicht gut genug gewesen. Anders. Unkultiviert. Und jetzt das. Gott musste sich totlachen.

Clare fuhr mit ihrer Hand über Lucys ungebändigte Locken. „Du hast mir ein Geschenk gemacht – eines, das größer ist, als ich je erhofft hatte."

„Oh, Gruppenkuscheln!" Julian umarmte die beiden Frauen und drückte sie fest an sich.

„Julian", erklang Clares erstickte Stimme. „Du beschmierst uns alle mit der Schlammmaske."

„Schätzchen" – er zwickte Clare in die Nase – „an ein bisschen Feuchtigkeitsmaske ist noch niemand gestorben."

38. Kapitel

Am nächsten Abend saß Lucy beim Abendessen und fragte sich, wohin die letzte Stunde verschwunden war. Irgendwann hatte sie ein bisschen was gegessen.

„Ich werde das einfach mal nicht persönlich nehmen", sagte Julian, als er das unangetastete Stück Kuchen zurück in die Küche trug.

In ihrem Kopf hingen Nebelschwaden und verhinderten, dass sie einen klaren Gedanken fassen konnte. Wenn sie Clares Geld vor ein paar Monaten bekommen hätte, hätte sie sich nie auf Alex' Angebot eingelassen. Sie hätte sich niemals in ihn verliebt.

Aber noch vor wenigen Tagen hätte sie Clares Geld gar nicht genommen. Immer noch war sie unsicher, ob sie es jetzt überhaupt tun konnte.

Julian kam wieder ins Esszimmer und hielt ihr das Telefon hin. „Eine Liebesbotschaft für Lucy Wiltshire", sagte er und ging zurück in die Küche.

Als hätte er ihre Gedanken gelesen, sagte Alex zu ihr: „Ich weiß, dass du noch sauer auf mich bist –"

„Ich *bin* nicht sauer." Sie war eine Million andere Dinge, aber nicht sauer.

„Ich bettle um Hilfe." Seine Stimme klang erschöpft, gestresst. „Ich habe Finley jetzt seit drei Tagen hier und verliere bald den Verstand."

Ihre Lippen verzogen sich zu einem Lächeln. „So schlimm kann es doch gar nicht sein."

„Sie hat mich gerade gefragt, ob ich ihr ein Päckchen Tampons mitbringe."

„Ich glaube, ich habe dafür noch Rabattmarken."

„Lucy, ich würde alles tun – nenn mir den Preis. Wenn du einen erwachsenen Mann betteln sehen möchtest, gebe ich dir Tickets für die erste Reihe. Aber bitte, *bitte*, komm her und hilf mir."

„Kann ich meine Kamera mitbringen und die Fotos an den Meistbietenden verkaufen?"

„Ich ziehe sogar mein Hemd aus."

„Dann bin ich gleich bei dir."

Alex riss die Tür auf, bevor Lucy klopfen konnte.

Er zog sie in eine feste Umarmung und schob sie dann ins Haus. „Geh nicht weg. Was auch immer passiert, geh nicht mehr weg."

Lucy lachte und genoss das Gefühl, von seiner Stärke umgeben zu sein. Seiner momentan eher verzweifelten Stärke.

Alex trat einen Schritt zurück, seine Hände blieben jedoch auf ihren Schultern. Seine braunen Augen sahen sie an, bis sie das Gefühl hatte, zur Seite blicken zu müssen. „Ich habe dich vermisst." Seine Stimme klang völlig ehrlich.

„Ich habe dich auch vermisst." Mehr, als sie es gewollt hatte. Denn egal, wie die Wahl ausging, er würde sie verlassen.

Sie erkannte diesen Blick und so war es für sie keine Überraschung, als er sich zu ihr beugte, um sie zu küssen. Seine Lippen legten sich sanft auf ihre und –

„Oh, ehrlich?"

Finley schüttelte den Kopf, als sie mit dem Handy am Ohr durch das Foyer schlenderte.

„Verstehst du, was ich meine?" Ein Muskel zuckte an Alex' Wange, als er seine Schwester wie eine unbekannte Kreatur musterte. „So ist sie schon die ganze Woche über."

„Wie, sie unterbricht dich jedes Mal, wenn du eine deiner Freundinnen küssen willst?"

„Genau." Sein Lächeln war kläglich, als er die Haustür schloss. „Wir wollten gerade zu Abend essen. Willst du auch was?"

Sie folgte ihm in die Richtung, in die seine Schwester verschwunden war, während Alex die ganze Zeit vor sich hin murmelte.

Noch in Schachteln verpacktes Essen vom Chinesen standen auf dem Tisch in Alex' Küche. „Kommen die Warriors vorbei?" Es war genug Essen da, um eine ganze Kompagnie zu versorgen.

„Finley konnte sich nicht entscheiden. Manches hat zu viel Fett. Anderes zu viele Kalorien. Dann ist ihr eingefallen, dass sie eine Sojasprossenallergie hat und jetzt können wir sowieso alles wegschmeißen."

Finley schüttete sich ein Glas Cola ein und setzte sich auf einen Barhocker. „Letzte Woche ist mir nach dem Essen schlecht geworden. Da kann das mit der Allergie doch sein. Und was tut Alex?" Finley wandte sich verständnisheischend an Lucy. „Er bestellt kantonesisches Huhn mit –"

„Mit Sojasprossen – ja, wir haben es verstanden. Ich bin wirklich der gedankenloseste Bruder der Welt."

„So weit würde ich nicht gehen", sagte Finley. „Aber ich glaube nicht, dass Mom und Dad mich noch mal hier wohnen lassen."

„Da kommen mir die Tränen." Alex sah aus, als wäre er in die Höhle eines Löwen geraten und nur knapp mit dem Leben davongekommen. „Siehst du, Lucy, mit was ich mich hier herumschlagen muss?"

Lächelnd setzte Lucy sich zu Finley an die Bar. „Was haben wir denn hier?" Sie hob einen Zettel mit Informationen hoch, auf dem stand, was Alex die Woche über mit Finley machen sollte.

„Meine Gefängnisregeln."

Alex setzte sich neben Lucy und rutschte so lange hin und her, bis ihre Beine sich berührten. „Anweisungen zur Haltung und Pflege tyrannischer Schwestern."

„Als wärst du überhaupt hier gewesen und hättest mich bemerkt."

„Ich habe schon gesagt, dass es mir leidtut, dass ich so viel arbeiten muss."

Lucy las von der Liste vor. „Die Hausaufgaben müssen bis neunzehn Uhr erledigt sein."

„Hausaufgaben in den Ferien", seufzte Finley. „Grauenvoll."

„Darf nicht nach der Sperrstunde noch draußen sein."

„Als hätte er mich überhaupt aus dem Haus gelassen."

Regel Nummer drei schien interessant zu sein. „Kein Kontakt mit Kyle?"

„Das ist ihr Freund." Alex fuhr sich mit der Hand über sein stoppeliges Kinn. „Dads Regel."

„Das ist die dümmste", murmelte Finley.

„Nicht, wenn du dich heimlich aus dem Haus geschlichen hast, um dich mit ihm zu treffen. Der Junge ist nicht gut für dich."

„Das interessiert dich doch sowieso nicht." Als sie den Gesichtsausdruck ihres Bruders sah, wurde ihre Stimme weicher. „Es ist Freitag. Ich will einfach nur mit meinen Freundinnen abhängen. Was ist so falsch daran? Ich werde nicht mal in Kyles Nähe sein."

Alex schüttelte den Kopf. „Wir haben noch einen Tag zusammen. Ich will dich Mom und Dad in einem Stück zurückgeben."

„Mir ist langweilig, Alex. Ich verspreche, dass ich nirgendwo hinfahre, wo ich nicht hindarf. Vielleicht nur ein Film mit den Mädels?"

„Ich fahre dich ins Kino." Alex versuchte es, doch es war zu spät.

Anstatt wieder ihr Gejammer anzustimmen, schüttelte Finley nur stumm den Kopf und aß schweigend weiter.

Plötzlich klingelte ihr Handy und sie schnappte es sich. „Hey, Rebecca", sagte sie. „Mhm." Ihr Gesicht fiel zusammen. „Nein, ich kann nicht. Ich weiß, dass es für den Wettkampf ist, aber mein Bruder lässt mich nicht." Sie senkte ihre Stimme zu einem Flüstern. „Weil ich nicht kommen kann! Ich verspreche, dass ich meinen Teil beherrsche und dann üben wir am Montag zusammen. Ja, das ist genug Zeit. Das klappt schon. Nein, ich werde euch nicht im Stich lassen und –" Finley starrte ihr Handy an und ließ es sinken.

„Hat sie aufgelegt?", fragte Alex.

„Ja." Sie schob ein paar Nudeln auf ihrem Teller herum. „Rebecca wird es überleben. Wir haben nächste Woche einen Wettkampf. Da ist sie einfach ein bisschen nervös."

Alex öffnete eine Reisschachtel. „Was ist das denn für ein Wettkampf?"

„Die Landes-Cheerleading-Meisterschaft. Ich konnte nicht mit meinem Team zusammen üben, weil ich hier bin."

„Finley –"

„Mach dir keine Sorgen." Sie trug ihren Teller zum Waschbecken und wusch ihn ab. „Ich gehe ins Bett und schaue, was noch im Fernsehen läuft." Sie ging an ihnen vorbei durch die Tür.

Alex seufzte wie ein resignierender Vater. „Okay."

Sie machte eine Kehrtwende und sah ihren Bruder an. „Hast du was gesagt?"

„Ich sagte, du kannst zu Rebecca fahren."

„Nein, ist schon in Ordnung. Wir proben am Montag."

„Ich will hier nicht der Sündenbock sein, Finley. Und ich will auch sicher nicht derjenige sein, wegen dem du deinen Wettkampf verlierst." Alex stand auf und zeigte mit dem Finger auf seine Schwester. „Sei vor elf zu Hause oder ich rufe das Sondereinsatzkommando an."

„Wow." Sie stand einfach da. „Danke."

„Lass es mich nicht bereuen."

ꝏ

„Finley hat ihr Handy hiergelassen.“, sagte Alex, als Lucy und er sich ins Wohnzimmer setzten. „Bestimmt ist sie auf Entzug, bevor sie überhaupt bei Rebecca ankommt.“ Er ließ sich auf die Couch fallen und zog Lucy zu sich. „Warum guckst du so?“

„Ich kann nicht glauben, dass du darauf reingefallen bist.“

„Worauf?“ Lucy war ein schöner Anblick für seine überanstrengten Augen. In letzter Zeit hatten sie sich selten gesehen. Und wenn sie zusammen gewesen waren, hatte Lucy es immer auf die Arbeit beschränkt. Alex hatte es zugelassen, weil er sie nicht unter Druck setzen wollte. Doch jetzt würden sie gemeinsam auf der Couch sitzen und eine echte Unterhaltung führen. Und sich dann küssen.

„Deine Schwester hat dich gerade total hinters Licht geführt.“

„Hat sie nicht. Wenn sich jemand mit Ausreden auskennt, dann ich. Meine Schwester ist auf dem Weg zu Rebecca, um die Welt mit ihrem Cheerleading-Team zu retten.“

„Sie fährt zu Kyle.“

Alex blinzelte verwirrt. „Das würde sie mir nicht antun. Auf keinen Fall.“

Die ganze Woche hatte seine Schwester die Eiskönigin gespielt. Er wusste, dass sie böse auf ihn war. Schon seit Will verschwunden war, hatte sie Alex behandelt, als wäre er nicht cool genug, um den gleichen Nachnamen wie sie zu tragen. Aber er konnte nicht glauben, dass sie ihn belogen hatte. Sie respektierte ihn doch.

Lucy griff mit ihrer Hand in seine Hosentasche und zog sein Handy hervor. „Du bist ein Mann mit Beziehungen. Finde heraus, wo dieser Kyle wohnt.“

„Ich weiß, dass ich recht habe, Lucy.“

„Gut. Dann lass es uns beweisen.“

39. Kapitel

„Ich fühle mich wie ein Perverser."

Wie hatte er sich nur von Lucy dazu bringen lassen können, Kyles Haus zu beobachten? Nur Idioten und Widerlinge taten so etwas und trotzdem saß Alex hier. Wenn Finley ihr Handy nicht daheim gelassen hätte, hätte er die Sache mit einem kurzen Anruf erledigen können. Alex' Beine schmerzten, nachdem er schon zwei Stunden in der Enge seines Wagens eingesperrt war.

Lucy starrte still aus dem Fenster. Die ganze Sache gefiel Alex nicht. Irgendwie waren sie vom richtigen Weg abgekommen.

„Ich stalke niemanden." Er wurde langsam grimmig und unruhig in diesem Auto. Lucy konnte doch wenigstens mit ihm reden. „Vor allem nicht meine Schwester."

Alex trommelte ungeduldig mit den Fingern auf seinen Oberschenkel und bedeutete Lucy damit, dass er sich langweilte.

„Wollen wir es uns auf dem Rücksitz bequem machen?"

Er sah Lucy im dämmrigen Inneren des Mercedes endlich lächeln. „Würde ich ja gerne, aber ich habe mir irgendwie den Rücken verrenkt."

Sein gelangweiltes Seufzen erfüllte das Auto. Dann saßen sie wieder still da, zwanzig Meter von Kyle Mulroneys Haus entfernt. Es hatte wieder angefangen zu nieseln und der Regen klopfte sanft an die Fenster.

Alex nahm Lucys Hand in die seine und spielte mit ihren Fingern. Er genoss das Gefühl ihrer zarten Haut. „Lucy?"

„Ja?"

Er küsste ihre Fingerknöchel und sah sie an. „Es tut mir leid wegen unserem Streit am vierten Juli."

„Das war vor zwei Wochen."

Er nickte und fühlte sich ein wenig aus dem Gleichgewicht gebracht. „Und seither warst du nicht mehr die Gleiche."

„Natürlich war ich das. Ich habe nur –"

„Ausreden erfunden", sagte er. „Gründe gesucht, um mir aus dem Weg zu gehen. Gründe, um nicht mit mir reden zu müssen, es sei denn, es ging um die Kampagne." Er beugte sich näher zu ihr und war ganz bezaubert von ihrer Gegenwart. „Ich dachte, wir wären Freunde!"

„Freunde!" Sie hielt gerade lange genug inne, um ihn noch unsicherer zu machen. „Ja, das sind wir wohl."

„Dann hättest du wenigstens ab und zu mal ans Telefon gehen können. Oder mutig sein und mir sagen, was los ist." Er blickte zur Seite, als er die Erwartung in ihren Augen sah. Er war es nicht gewöhnt, sich erklären zu müssen. Aber das hier war Lucy. Seine Lucy. Und sie wollte Antworten haben. „Kat ... ist eine Privatdetektivin", sagte er endlich. „Ich habe sie engagiert, als Will bereits eine Woche lang vermisst wurde und mir die Ermittlungen der Regierung nicht schnell genug vorankamen."

Ihr Gesicht entspannte sich. „Warum hast du mir das nicht schon vorher gesagt?"

„Weil es so ein verzweifelter, kläglicher Versuch war. Die Chance, Will noch lebendig aufzuspüren, war sowieso schon gering. Und dann, als wir die Nachricht erhalten haben, dass er tot ist – da dachte ich, du würdest mich für verrückt halten."

„Ich halte dich doch nicht für verrückt." Sie sah ihn mit Augen voller Mitgefühl an. „Ich halte dich für einen Mann, der seinen Bruder liebt."

„Ich wollte einfach nicht" – er atmete zitternd ein – „die Hoffnung aufgeben." Seine eigene Suche zu organisieren, das hatte ihn sich weniger nutzlos vorkommen lassen, aber jetzt erschien es ihm einfach nur noch jämmerlich.

„Er ist tot, Alex."

Er nickte, als er versuchte, diese Worte zu verdauen. „Ich weiß." Und es machte Alex' Entschlossenheit, die Wahl zu gewinnen, nur noch stärker. Er würde sie gewinnen. Für Will. Er würde ein Leben führen, auf das Will stolz gewesen wäre. Er musste Wills Lebenswerk fortführen.

„Ich brauche dich, Lucy." Seine Finger fuhren ihre Wange entlang. Sie nahm seine Hand und küsste seine Handfläche. Vorsichtig hob er ihr Kinn und erwiderte ihren Kuss.

Er hatte einen Plan, aber den konnte er ein wenig abändern. Eine Hochzeit war für ihn immer noch Lichtjahre entfernt, aber er sah nicht ein, warum sie ihre Verlobung auflösen sollten, wenn die Wahl vorbei war. Er konnte flexibel sein.

Lucy zog sich zurück. „Was meinst du damit?"

Etwas Gefährliches flackerte in ihren Augen und das machte ihn nervös. „Ich meine, dass das gut ist, was wir im Moment haben."

„Und was haben wir im Moment?"

„Ich denke –"

„Ich will nicht wissen, was du denkst, sondern was du fühlst", sagte sie. „Was *empfindest* du für mich?"

Er sah sich am Rande eines gefährlichen Abgrundes. Lucy zu lieben würde bedeuten, seine Lebensplanung aufzugeben. Sie hasste alles an seinem politischen Leben. Sie würde es niemals durchstehen. Er konnte keine Frau heiraten, die seinen Traum nicht teilte.

„Vergiss es." Ihre Stimme war nur noch ein Flüstern.

Er hatte gerade auf ganzer Linie versagt. „Lucy, ich –"

Scheinwerfer erhellten das Auto, als ein Geländewagen an ihnen vorbei und in die Einfahrt von Kyles Haus fuhr.

„Wir sind noch nicht fertig mit dieser Unterhaltung." Alex setzte sich aufrecht hin und konzentrierte sich auf sein neues Ziel. Er stellte die Scheibenwischer an, um durch die regennasse Scheibe einen besseren Blick auf das andere Auto zu haben, aus dem ein junger Mann ausgestiegen war.

Er öffnete die Beifahrertür, und Finley kletterte aus dem Auto.

„Ich bringe sie beide um." Alex erfasste den Türgriff. „Zuerst knöpfe ich mir ihn vor. Und dann füttere ich meine Schwester mit Sojasprossen, bis sie sich nicht mehr regt." Die Autotür prallte wieder zurück, so stark hatte Alex sie aufgeworfen. „Finley!", rief er. Der Regen benetzte seine Haut, doch das bemerkte er in seinem Zorn nicht einmal.

Sie wandte sich unter dem Regenschirm zu ihm um. „Was machst du hier?"

Alex lief zu dem Pärchen. „Ich dachte, du könntest Hilfe bei deiner Cheerleading-Performance gebrauchen." Er wandte sich an den Jungen neben ihr. „Und du musst Rebecca sein."

„Lass ihn in Ruhe", sagte Finley.

„Hey Kumpel, wir haben doch nichts Falsches gemacht."

Alex sah Kyle an, als stünde er zwischen ihm und der Endzone des Footballfeldes. „*Kumpel*, dass du auch nur atmest, ist für mich im Moment schon ein Fehler. Ich schlage vor, dass du deinen Hintern ins Haus bewegst und gut hinter dir abschließt. Denn wenn ich mit meiner Schwester fertig bin, könnte es sein, dass ich mir dich auch gleich zur Brust nehme. Aber mit dir werde ich kein Schwätzchen halten, glaub mir."

Kyle beugte sich zu Finley.

„Ich warne dich!", sagte Alex.

Der Junge verzog sein Gesicht, murmelte eine Entschuldigung und rannte in Richtung Haus.

„Du bist so ein Idiot!"

„Nenn mich, wie auch immer du willst." Der Regen drang durch Alex' Kleidung, aber er spürte es kaum. „Du hast mich belogen."

„Wen interessiert das?", rief sie.

„Mich!", schrie er zurück. „Du bist meine kleine Schwester."

„Tu doch nicht so, als würdest du dich wirklich für mich interessieren. Du hast das ganze letzte Jahr über kaum fünf Worte mit mir gewechselt!"

„Wir reden doch die ganze Zeit."

„Klar. Eine Sms hier, eine E-Mail da. Du bist letzten Monat nicht mal zu meinem Geburtstag gekommen."

„Ich war beschäftigt." Er hob seine Stimme, um gegen den aufkommenden Wind anzukommen. „Ich habe dir einen Gutschein fürs Einkaufszentrum geschickt."

Sie warf die Arme in die Luft. „Ich will dein Geld nicht. Ich will meinen Bruder wiederhaben!"

Das ließ ihn innehalten. „Steig ins Auto. Wir reden zu Hause weiter."

„Nein."

Er stöhnte innerlich, als er ihre zitternden Lippen sah. Eine weinende Frau würde ihn jetzt umbringen. „Steig ins Auto."

„Nein!" Der Wind fegte um sie herum und riss Finley den Schirm aus der Hand. Sie schubste Alex. „Ich hasse dich! Verstehst du? Ich verachte dich!"

„Sag das nicht." Der Regen tropfte ihm in die Augen und er durchsuchte seine Jackentasche nach einem Taschentuch. Nach irgendetwas. Seine Hände schlossen sich um ein Papier und er zog es hervor.

Die Zettel, die er nach Chucks Predigt beschrieben hatte.

Versagen.

Schuld.

Auch jetzt fühlte er all das. Während Lucy ihre Zettel an das Kreuz genagelt hatte, hatte er seine in die Jackentasche gestopft und mit sich herumgetragen. „Es tut mir leid, Finley“, sagte er leise. „Was auch immer ich getan habe.“

„Du weißt es nicht mal?“

Genauso lief sein Leben im Moment. „Sag es mir.“ Damit sie aus dem Regen kamen. Damit er es in Ordnung bringen konnte. Vielleicht konnte er dann auch verstehen, welches Problem Lucy mit ihm hatte. Er wollte, dass seine Schwester ihn wieder ansah, als sei er ihr Held. Und nicht ihre größte Enttäuschung.

„Will ist tot.“

Die Worte gingen ihm durch Mark und Bein. „Ich weiß.“

„Er ist gestorben und dich hat das noch nicht mal interessiert.“

„Natürlich hat es mich interessiert.“ Er war völlig aufgezehrt. Der Tod seines Bruders raubte ihm die Lebensfreude. „Ich habe ihn auch geliebt.“

„Ich hätte dich gebraucht.“ Finleys Haare klebten ihr im Gesicht. „Einer von uns ist gestorben und du hattest keine Zeit für mich. Ich war ganz alleine. Ich habe zwei Brüder verloren.“

„Das stimmt nicht.“

„Du warst zu sehr mit deinem Football beschäftigt. Dann hast du aufgehört, nur um stattdessen mit anderen Dingen beschäftigt zu sein. Ich hatte in deinem Leben keinen Platz mehr. Wir haben nicht mehr geredet. Ich konnte mich mit dir nicht über Will unterhalten. Über sein Leben. Er ist tot!“ Ihr Körper wurden von Schluchzern geschüttelt, als sie auf den Bürgersteig sank und ihr Gesicht mit den Händen bedeckte. „Will ist tot.“

„Hey.“ Alex ließ sich neben sie sinken. Er strich ihr die Haare aus dem Gesicht und zog sie an seine nasse Brust. Lucy saß immer noch auf dem Beifahrersitz und er fragte sich, was sie wohl in diesem Moment zu Finley gesagt hätte. *Gott, schenk mir die richtigen Worte. Ich bin ein verzweifelter Mann.*

„Du hast mich alleine gelassen.“ Sie drückte sich an ihn. „Wie konntest du das tun?“

„Ich weiß es nicht.“

Versagen.

Schuld.

Lügen, die er aus Schwäche nicht hinter sich hatte lassen können.

Gott, nimm diese Lügen weg. Ich kann nicht länger mit ihnen leben. Ich gebe sie dir.

„Ich habe auch gelitten.“ Die Wahrheit kam ihm nur schwer über die Lippen und stach in sein Herz. „Ich habe mich schuldig gefühlt.“ Wie konnte er es schaffen, dass dieses siebzehnjährige Mädchen ihn verstand? „Ich hatte das Gefühl, *ich* hätte derjenige sein sollen, der stirbt. Nicht Will.“

„Keiner von euch hätte sterben sollen.“

„Ich weiß. Das ist nicht fair. Und das Schlimmste ist, dass ich dich im Stich gelassen habe, als du mich am meisten gebraucht hast.“ Niemals in seinem ganzen Leben war er sich so nutzlos vorgekommen. „Ich wollte einfach etwas leisten, um alles wiedergutzumachen. Und im Endeffekt gab es nichts, was ich tun konnte.“

Augen, die den seinen so sehr ähnelten, starrten ihn an. „Ich wollte meine Familie um mich haben. Jemanden, der mir zuhört – der meinen Verlust verstehen kann.“

Er war so ein Idiot gewesen. Seine Familie hatte ihn immer geliebt. Und er hatte sie weggeschoben und damit noch Salz in die klaffenden Wunden geschüttet. „Ich will wieder dein Bruder sein.“ Er umklammerte seine Schwester ganz fest. „Ein echter Bruder. Noch ist es nicht zu spät.“

„Kommst du öfter zu Besuch?“

„Ja.“

„Zum Sonntagsessen?“

Er hasste den Hackbraten seiner Mutter. „Auf jeden Fall.“

Der Regen konnte die Hoffnung auf ihrem Gesicht nicht wegwaschen. „Ich habe dich vermisst, großer Bruder.“

Wieder drückte er sie an sich. „Ich gehe nicht wieder weg. Das verspreche ich.“ Er ließ seine Schuld, die falsche und die echte, hier in dieser Autoeinfahrt zurück. Es war Zeit, zu seiner Familie zurückzukehren. Zu Menschen, die ihn liebten, wie er war – wenn er sie nur ließ.

„Willst du Kyle immer noch verprügeln?“

„Natürlich nicht.“ Mit einem Arm um ihre Schulter brachte er sie zurück zum Auto. „Ich will Dad diesen Spaß nicht verderben.“

40. Kapitel

Die Harfenistin spielte die Titelmelodie von *Das Imperium schlägt zurück*.

Vom Umkleideraum in der Kapelle aus konnte Lucy das Rumoren der Hochzeitsgäste, die Streichergruppe und Sanjay hören, der die Leute anwies, sich in das Gästebuch einzutragen.

„Kannst du kurz nach Chuck sehen?", fragte Morgan. „Ich weiß, dass er nervös ist, und ich muss wissen, dass es ihm gut geht."

„Er liebt dich." Lucy lächelte ihre Freundin an. Chuck war offensichtlich nicht der Einzige, der nervös war.

Die Braut stemmte eine Hand in die Hüfte und zeigte mit der anderen in Richtung Tür. „Wenn du nicht in drei Sekunden nach meinem Ehemann schaust, wirst du mich kennenlernen."

„Bin schon unterwegs."

Lucy durchquerte den Korridor, klopfte und schlüpfte in den kleinen Raum, in dem Chuck wartete.

„Ich soll nachschauen, ob du aus dem Fenster flüchten willst."

Chuck warf einen Blick auf das kleine Loch in der Wand hinter sich. „Keine Chance."

„Du siehst wirklich adrett aus."

Er lächelte. „Und du siehst aus wie du selbst."

Lucy sah besser als gut aus. Sie erstrahlte in einem roten Chiffonkleid mit einer gerüschten Korsage und einem Rock, der ihre Knie umspielte. Clare wäre stolz auf Lucys Outfit, auch wenn die beiden Rosen, die Lucy an der Seite festgesteckt hatte, dem Kleid ihre ganz eigene Note gaben.

Make-up verdeckte die dunklen Ringe unter ihren Augen. Sie hatte die ganze Nacht wach gelegen. Nachgedacht. Gebetet. Und Julians Käsekuchen verdrückt. Heute war der Tag, an dem ihre beste Freundin heiratete. Und der Tag, an dem sie selbst eine Entscheidung treffen musste.

„Diese Leute gehen total skrupellos mit dem Gästebuch um", sagte Sanjay, als er den Raum betrat. „Ihre Versagen, sich dem Protokoll zu fügen, lässt mich am Schicksal dieser Welt zweifeln."

Chuck betrachtete sich selbst im Spiegel. „Da brauchst du nur die Offenbarung zu lesen."

Lucy sah, wie Sanjay sein iPhone hervorzog.

„Was machst du", fragte Chuck. „Willst du fotografieren, wie ich an meinen Achselhöhlen rieche? Denn wenn du das irgendwo postest, nehme ich die tolle Schreibfeder, die beim Gästebuch liegt, und schiebe sie dir so weit in die Nase, bis –"

Lucy trat lachend zwischen die beiden. „Du bist doch nicht nervös, Chuck, oder?"

„Wegen der Hochzeit? Doch", gab Chuck zu. „Wegen der nächsten fünfzig Jahre? Nein. In meiner Predigt letzte Woche habe ich die absolute Wahrheit gesagt. Ich hatte nicht einmal bemerkt, wie sehr mich all diese negativen Gedanken einschränken. Ich habe den heutigen Tag gefürchtet und mich immer wieder gefragt, ob ich das Zeug dazu habe, Morgan glücklich zu machen. Jetzt bin ich froh, dass ich diese Zeremonie mit einem reinen Gewissen begehen kann." Er sah sie im Spiegel an, während er sein Haar inspizierte. „Wenn es passt, dann passt es einfach. Verstehst du?"

„Ja." Aber was, wenn es noch nicht ganz passte? Gestern Abend war sie nicht bei Alex geblieben, da sie ihm und seiner Schwester Zeit füreinander hatte geben wollen. Doch heute würde sie nicht um die längst fällige Unterhaltung mit ihrem Verlobten herumkommen.

„Gut, ich denke, ich bin hier fertig", sagte Lucy. „Ich sehe dich am Altar."

„Hey, Luce?"

Sie hielt an der Tür inne und drehte sich noch einmal um.

„Es lohnt sich, auf die wahre Liebe zu warten. Alles andere sieht vielleicht auch toll aus, bringt dir für den Rest des Lebens aber nicht viel. Wie das Bananensplit, das ich heute zu Mittag hatte." Er legte seine Hände auf ihre Schultern. „Ich bin stolz auf dich. Du hast deinen Mädchen ein Zuhause geschenkt. Du veränderst Leben. Und du hast endlich deine Vergangenheit hinter dir gelassen und Alex eine Chance gegeben." Er schielte auf ihren funkelnden Verlobungsring. „Und sieh nur, wohin es dich gebracht hat."

Lucy stand hinter ihrer Freundin am Altar. Als Morgan Chucks Hand hielt, hätte sie in ihrem weißen, trägerlosen Kleid und den Unmengen an Tüll perfekt für ein Brautmagazin posieren können. Chuck grinste wie ein glücklicher kleiner Junge und konnte seine Augen nicht von ihr wenden. Genauso sollte es sein. Und sich anfühlen. Nicht wie eine entgleiste Achterbahn.

Als der Pastor das Brautpaar und die Gäste begrüßt hatte, wandte sich das Paar einander zu und trug die Ehegelöbnisse vor. Sie hatten sie selbst verfasst und als Chuck an der Reihe war, wirkte er völlig selbstbewusst und schien nicht mehr den geringsten Zweifel zu haben.

„Morgan, an dem Tag, als ich dich kennengelernt habe, hat sich mein Leben verändert."

Lucy ließ ihren Blick über die Hochzeitsgäste schweifen und bemerkte, dass Alex seinen Blick auf sie gerichtet hatte. Er lächelte und zwinkerte ihr zu. Er war der bestaussehende Mann in der ganzen Kirche, mit seinem schwarzen Anzug und den kastanienbraunen Strähnchen in seinem Haar, die von den Sonnenstrahlen erhellt wurden.

„… und ich habe aufgehört, mich einzuigeln. Mir war egal, dass du total heiß bist und ich dagegen dicker als ein Wookie." Chuck wandte seine Augen nicht eine Sekunde von Morgan ab, selbst als das Publikum lachte. „Es war mir egal, dass du kultiviert bist und ich das Dinner am liebsten mit den Fingern esse. Du hast mich geliebt, so wie ich bin. Und ich verspreche dir, Morgan Cramer, dass ich immer deine Bedürfnisse vor meine eigenen stellen werde. Du sollst wissen, dass du ein ganz besonderes Geschenk für mich bist."

Lucy brach der Schweiß aus, obwohl sich ihre Haut kalt wie an einem Wintertag anfühlte.

Gott redete zu ihr.

Wieder einmal.

Sie wusste, was sie tun musste. Sie hatte es bisher nicht getan, doch Clare hatte recht. Sie war gut genug. Sie war keine zweite Wahl und es wurde Zeit, dass sie endlich danach handelte.

Dort, in der fünften Reihe, saß Alex und wartete auf sie. Er wusste, dass sie nach dem Gottesdienst zu ihm kommen würde. Ihre Beziehung existierte nur in dieser seltsamen Warteschleife. Nun gut, Lucy Wiltshire würde ihre Zeit nicht einfach vergeuden. Jetzt galt es, ihr

Rückgrat wiederzufinden. Sie war damit fertig, nicht gut genug zu sein – für sich selbst und für alle anderen.

„Sie dürfen die Braut jetzt küssen."

Die Hochzeitsgäste klatschten und johlten. Einige Jugendliche standen auf und machten eine La-ola-Welle.

Die Gäste suchten sich ihren Weg nach draußen, während der Fotograf das Brautpaar mit Eltern und Trauzeugen fotografierte. Lucy musste sich anstrengen, sich auf die Kamera zu konzentrieren, während sie aus dem Augenwinkel bemerkte, dass Alex noch in der Kirche saß und auf sie wartete.

Die Kamera klickte endlich zum letzten Mal und die Verbliebenen machten sich auf den Weg nach draußen. Nur Lucy nicht.

Ihre High Heels klackerten auf dem Steinboden, als sie zu Alex ging. Er ergriff ihre Hand und zog sie neben sich. „Ich kann nicht aufhören, dich anzuschauen."

„Danke."

Er machte Anstalten, sie zu küssen, doch sie hielt ihn mit einer Hand auf Abstand.

„Hast du Angst, dass ich deinen Lippenstift ruiniere?"

Lucy sah ihn einfach nur an. Sie fühlte sich so stark zu ihm hingezogen, dass es sie erstaunte, keine Seile zwischen ihnen gespannt zu sehen. „Habe ich dir jemals von meinem Abschlussjahr erzählt?"

Er musterte sie und versuchte, ihre Gedanken zu lesen. „Nein."

„Meine Mutter und ich zogen nach Florida, um bei ihrem Verlobten zu leben, Robert", sagte sie. „Ich hatte dieses ganze Leben vor mir. Eine neue Schule. Das College." Auch nach all diesen Jahren hatten die Erinnerungen immer noch die Kraft, sie zu ersticken. „Dann hatte sie den Unfall … und war einfach tot. Und meine Träume von einem Zuhause und einer Familie waren mit ihr gestorben." Lucy atmete tief ein und zwang sich, weiterzureden, denn wenn sie es nicht tat, würde sie einknicken und Alex ihr Herz schenken. „Plötzlich war Robert alleinerziehend und konnte nicht damit umgehen. Ich war bei ein paar Pflegefamilien, aber das hat alles nicht funktioniert. Als ich bei der letzten Familie ausgezogen bin, hatte ich noch Monate vor mir, bevor ich mein Zimmer am College beziehen konnte. Also … lebte ich in meinem Auto."

„Schatz –" Er streckte seine Hand nach ihr aus, doch sie schüttelte sie ab.

„Ich weiß, wie Marinells Leben ist. Ich weiß, wie es ist, seine Familie so sehr zu lieben, dass einem alles andere egal ist. Und ich weiß auch, wie es ist, schrecklich alleine zu sein und nicht zu wissen, wie man den Tag überstehen soll. Wie man in einer Welt überlebt, die einen plötzlich als Erwachsene ansieht. Ich hatte Glück – viele überleben das nämlich nicht."

In Alex Gesicht stand ein solcher Schmerz, dass sie die Augen schließen musste, um weiterreden zu können. Er sorgte sich um sie, doch das war nicht genug. Nicht dieses Mal. „Gott hat mein Leben bewahrt. Aber jahrelang habe ich Satan gestattet, mich wegen meiner Geschichte herunterzuziehen. Ich habe alle möglichen Lügen über mich geglaubt. Aber ich bin damit fertig. Ich bin nicht mehr das Mädchen, das von allen verlassen wurde."

„Lucy." Er streichelte ihren Arm. „Ich hatte ja keine Ahnung."

Sie sah ihm in die Augen. „Liebst du mich?"

Er runzelte die Stirn. „Ich weiß, die letzte Nacht war verrückt. Vielleicht habe ich wirres Zeug geredet", wand er sich. „Nach der Wahl –"

„Rede dich nicht heraus, Kongressabgeordneter Sinclair." Es war keine Höflichkeit mehr in ihrem Tonfall. „Was genau fühlst du für mich?"

„Ich …" Er war in die Ecke gedrängt. Gefangen. Sie beide wussten es. „Ich denke, du bist eine wunderbare Frau. Ich liebe es, Zeit mit dir zu verbringen."

Das war es also. Sie war immer noch nur eine teure Requisite. Nicht mehr als eine politische Schachfigur. „Weißt du, ich dachte, mich als deine Scheinverlobte auszugeben, wäre schon der Fehler meines Lebens." Die Wände der Kapelle schienen immer näher zu kommen, während sie sprach. „Aber ich habe es tatsächlich noch schlimmer gemacht, indem ich mich in dich verliebt habe."

„Lucy, ich –"

„Sag es nicht." Sie entzog sich seiner Reichweite und wandte sich in Richtung Altar. Sie zog sich zurück. Ärgerlich wischte sie eine betrügerische Träne von ihrer Wange. „Fühlst du irgendetwas für mich? Oder bin ich einfach nur Mittel zum Zweck? War das Teil des Plans? Dass ich mich in dich verliebe, damit ich eine überzeugendere Verlobte abgebe?"

„Du bist mir wichtig." Er rutschte neben sie und zwang sie, ihn anzusehen. „Und es gibt keinen Grund, warum wir uns nicht wie bisher treffen können. Auch nach der Wahl. Du bist ein wichtiger Teil meines Lebens."

„Wie wichtig?"

Er sagte nichts.

„Was passiert am fünfzehnten Oktober?"

Alex atmete tief ein. „Wir sagen den Leuten, dass wir viel zu tun haben und mehr Zeit brauchen, um die Hochzeit vorzubereiten. Es wird kein Problem sein."

„Oh doch, es ist ein Problem." Ihr Lachen war bitter. „Verstehst du es nicht? Ich bin nicht besser als alle anderen. Ich habe mich in dich verliebt und dachte, ich sei etwas Besonderes. Weil das mit uns Frauen eben so ist, Alex. Wir alle dachten, wir seien etwas Besonderes für dich."

„Das bist du auch." Seine Stimme hallte von den Wänden der Kapelle wider. Er erhob sich. „Ich habe mein Leben noch nie so für jemanden geöffnet, wie ich es bei dir getan habe. Du und ich, wir passen gut zusammen – das musst du zugeben. Willst du das alles wegwerfen, weil ich noch keinen Trautermin reservieren will?"

„Und wo genau siehst du uns in Zukunft?"

„Ich will, dass wir zusammen sind. Warum müssen wir gerade jetzt über die Zukunft reden? Du willst doch nicht einmal die Frau eines Politikers sein."

Nein, aber sie wollte Alex' Frau sein.

„Eine Hochzeit passt nicht in meinen Plan", sagte er frustriert. „In dieser Hinsicht war ich immer ehrlich. Und du weißt auch, dass die Politik ein Teamsport ist. Bist du wirklich bereit, dein Leben an der Seite eines Abgeordneten zu verbringen und Tag aus, Tag ein von der Presse belagert zu werden? Willst du so etwas heiraten?"

„Du sagst, du wüsstest nicht, was nach der Wahl mit uns passiert, aber ich weiß es. Jeder, der schon mal einen Artikel über dein Privatleben gelesen hat, weiß es. Du wirst mich noch für ein paar Wochen um dich haben, mich dann eines Tages anschauen und dich fragen, warum du mich überhaupt gebraucht hast. Du wirst wichtige Dinge zu tun und Menschen zu treffen haben. Und ich werde nicht mehr in deinen Zeitplan passen."

„Das ist nicht fair."

„Und da sich die Geschichte immer wiederholt, wird dir irgendwann langweilig mit mir werden und du entlässt mich aus deinen Diensten. Ich bin sicher, du wirst das sehr charmant regeln – du wirst es so aussehen lassen, als könnte mir nichts Besseres passieren. Als würdest du mir damit einen Gefallen tun."

Er versuchte nicht einmal, sich zu rechtfertigen. Sein Spielzügebuch war kein Geheimnis.

„Also gehst du einfach weg?" Wut schwang in seiner Stimme mit. „Löst die Verlobung auf?"

„Ich stehe zu unserem Vertrag. Aber am Wahlabend bin ich weg. Du kannst dir die Geschichte zurechtbiegen, wie es für dich und die Presse am besten passt. Und du kannst sogar dein Geld behalten. Wie sich nämlich herausgestellt hat, bin ich sogar ein kleines bisschen reich." Sie zog sich den Diamantring vom Finger. Es war eine weitere Lüge, die sie sich nicht länger anschauen konnte. „Und den kannst du auch wiederhaben."

Er drehte ihn mit grimmigen Blicken zwischen den Fingern. „Gut." Lucy hatte seinen Stolz gekränkt und ihn da getroffen, wo es noch keine Frau gewagt hatte. „Dann geh doch. Dann bekomme ich meine Wählerstimmen und du bekommst was?"

„Hoffentlich das, was von meiner Würde noch übrig ist."

„Ich habe dir niemals etwas vorgemacht in Bezug auf unsere Vereinbarung."

„Stimmt. Aber ich habe mir selbst etwas vorgemacht." Ihr Herz war wie ein Glas, zerbrochen in seinen Sportlerhänden. „Aber dieses Mal werde ich nicht diejenige sein, die zurückgelassen wird."

Lucy ging alleine auf die Hochzeitsfeier in der Empfangshalle der Kapelle. Sie musste sich zusammenreißen, weil das heute Morgans Tag war und sie ihn nicht ruinieren wollte.

Kuchen. Sie brauchte Kuchen.

Lucy tauschte Nettigkeiten mit ein paar Freunden aus, die sie auf dem Weg in Richtung Buffet traf. Der Hochzeitskuchen hatte die Form des Millennium Falken, des Raumschiffes, das Han Solo benutzt hatte, um die Galaxie zu stürmen.

„Hallo, Lucy."

Sie steckte ihre Gabel in den Zuckerguss und wandte sich um.

„Hallo, Matt."

Sie wartete auf die Gefühle, die sicher gleich auf sie einstürzen würden, auf all die Erinnerungen. Doch sie kamen nicht.

„Nette Hochzeit", sagte er.

„Ja." Der Kuchen fühlte sich in ihrem Mund plötzlich staubtrocken an. Sie konnte ihn einfach nicht herunterschlucken. „Ich wusste nicht, dass du hier bist." Sie hatte nur für einen Mann in der Kapelle Augen gehabt.

In seinem anthrazitfarbenen Anzug sah Matt umwerfend aus. Trotzdem zeigte ihr Herz nicht die geringste Reaktion.

„Ich habe mich gefragt, ob wir beide uns irgendwann mal treffen könnten", sagte er. „Zum Reden."

Sie schüttelte den Kopf. „Besser nicht."

Er trat einen Schritt auf sie zu und sie konnte sein vertrautes Parfum riechen. „Ich kann das einfach nicht geschehen lassen", flüsterte er mit rauer Stimme. „Ich weiß, dass ich dich verletzt habe. Aber ich weiß auch, dass wir zusammengehören."

Sie stellte den Kuchenteller ab und schüttelte ein paar Krümel von ihren Fingerspitzen. „Matt, du magst mich, weil es angenehm war. Vertraut. In Dallas wurdest du aus deiner gewohnten Routine gebracht." Lucy lächelte schwach. „Sehr lange habe ich deine Stabilität geschätzt. Ich habe die Vorstellung von einer gemeinsamen Zukunft geliebt. Dass du jeden Tag zur Arbeit gehen würdest, mir ein Dach über dem Kopf bieten könntest und jeden Abend zum Abendessen zu Hause sein würdest. Ich konnte deiner Liebenswürdigkeit vertrauen und deiner Berechenbarkeit." Wieso hatte sie geglaubt, dass sie den Rest ihres Lebens mit Matt verbringen könnte? „Ich habe dich geliebt. Aber die Sicherheit, die du geboten hast, habe ich noch mehr geliebt."

Seine Augen durchbohrten sie. „Und was genau willst du von Sinclair?"

„Liebe ist alles, was ich will." Ihr Ringfinger sah schrecklich nackt aus. „Und dieses Mal werde ich mich nicht mit weniger zufrieden geben." Sie stellte sich auf die Zehenspitzen und küsste Matt auf die Wange. „Und das solltest du auch nicht tun."

41. Kapitel

Alex saß alleine in seinem Büro und drehte einen Kugelschreiber in der Hand. Er hatte allen für den Abend freigegeben und das Gebäude war leer.

Genauso wie er.

Er warf den Stift auf den Schreibtisch, wo er gegen das Telefon prallte und dann auf den Boden fiel.

Ich liebe dich.

Lucys Worte hallten in seinem Kopf wider. Ihren Gesichtsausdruck, als sie ihm diese Worte gesagt hatte, würde er nie wieder vergessen können. Und auch nicht, wie er sie von sich gestoßen hatte. Dass er ihr nicht geben konnte, was sie brauchte und verdiente. Es passte einfach nicht in seinen Plan. Abgesehen davon, dass Lucy ihm zu einem besseren Ruf hatte verhelfen sollen, hatte er sie auch deshalb ausgewählt, weil er geglaubt hatte, mit ihr auf der sicheren Seite zu sein. In jemanden wie Lucy würde er sich mit Sicherheit nicht verlieben.

Doch dann hatte er sie näher kennengelernt. Sie war ihm gewachsen gewesen. Hatte ihn zum Lachen gebracht. Sie hatte sich nicht von seinem Aussehen, seinem Namen oder seinem Geld beeindrucken lassen. Wenn Lucy ihn ansah, sah sie den wirklichen Alex.

Den Alex, den eigentlich niemand kennenlernen sollte.

Die Wahl war in zwei Wochen. Alex wusste nicht, ob Lucy ihr Versprechen halten und zu ihm stehen würde, aber er konnte sich nicht vorstellen, wie es ohne sie weitergehen sollte. Er brauchte sie immer noch. Das Problem war nur, dass sie ihn nicht brauchte. Sie besaß genug Geld und hatte feste Vorstellungen davon, was sie wollte.

In seinem Smartphone sah er sich die aktuellsten Umfragewerte an. Sein Vorsprung war gering, hatte sich aber stabilisiert. Der Gedanke daran, dass er verlieren könnte, hatte Alex nachts schweißgebadet aufwachen lassen. Sein Versuch, in den Kongress zu gelangen, war alles gewesen, was ihn bisher angetrieben hatte. Er hatte nicht weiter als bis zur Wahl gedacht. Wenn er nicht gewann, war er nur ein weiterer erfolgloser ehemaliger Spitzensportler. Doch was brachte ihm das alles, wenn Lucy nicht an seiner Seite war?

Gott, was soll ich tun?

Sein Bruder war weg. Jetzt Lucy. Vielleicht sogar seine Karriere. Was blieb ihm da noch übrig?

Lucy betrat Clares Haus und schloss die Tür hinter sich. Sie würde gleich ihre Sachen packen und dann morgen von hier verschwinden, egal ob ihre Wohnung fertig war oder nicht. Es war höchste Zeit, dass sie in die richtige Welt zurückkehrte.

„Da bist du ja!" Julian fing sie im Foyer ab. „Komm, komm." Mit wedelnden Händen bedeutete er ihr, ihm zu folgen. „Komm zu uns ins Wohnzimmer."

Lucy fand es immer noch seltsam, dass Julian und sie sich nun duzten, doch da sie in letzter Zeit so viel miteinander durchgestanden hatten, war es wohl nur die logische Konsequenz gewesen. Doch im Moment war sie so ausgelaugt, dass sie ihm nicht einmal widersprechen konnte und ihm nur willenlos folgte.

„Wo warst du?", fragte Sanjay, der neben Larry stand und gerade in den Flügel der Raumschiff-Hochzeitstorte schnitt. „Chuck und Morgan haben uns die Reste überlassen, also haben Julian und Clare uns hierher eingeladen." Er griff nach einem Teller, den er vorher auf einer Ming-Vase abgestellt hatte und reichte ihn ihr zusammen mit einer Gabel.

„Ich habe wirklich keinen Hunger", sagte Lucy.

„Hat dich die ganze Hochzeit so sehr mitgenommen?" Julian trat neben einige andere Hobbits, die sich nun um sie scharten. „Mach dir keine Sorgen. Ich stehe dir an deinem großen Tag zur Seite, wenn es so weit ist." Er verzog seinen Mund zu einem Schmollen. „Obwohl nur noch drei Monate Zeit sind und wenn einer verrückt werden sollte, dann ist es dein Hochzeitsplaner. Diese Angelegenheit organisiert sich schließlich nicht von alleine."

Clare betrat den Raum, in eine Unterhaltung mit einem von Sanjays neusten Hobbit-Rekruten vertieft. „Aber ich verstehe gar nicht, *warum* Sie sich überhaupt teleportieren lassen wollen." Sie biss in ihren Kuchen und sprach mit vollem Mund weiter. „Was, wenn Sie aus Versehen in New York City landen, Ihre Zellen sich verirren und Ihre Nase an ihrem –" Clare hielt mit offenem Mund inne, als sie Lucy bemerkte und ließ verwirrt ihre Gabel sinken. „Liebes, dein Make-up ist völlig ruiniert, ganz zu schweigen von deinem Haar! Komm sofort mit." Sie war aus dem Raum verschwunden, bevor Lucy etwas erwidern konnte. Sie hätte ohnehin nicht die Kraft dazu gehabt.

Mit einem ergebenen Seufzen folgte sie ihrer Großmutter den Flur entlang ins Büro. „Ich bin zu müde für so etwas. Ich weiß, dass ich schrecklich aussehe, aber –"

„Genug!" Clare schloss die Tür hinter sich. „Dein Aussehen ist mir völlig egal."

Lucy blinzelte. „Hast du Fieber?"

„Lucy, was um Himmels willen ist mit dir passiert?" Clares Gesicht wurde ganz weich und Lucy konnte nicht mehr an sich halten. Tränen traten ihr in die Augen und flossen schließlich ihre Wangen hinab. „Komm, Schatz." Clare streckte ihre Arme aus und Lucy schmiegte sich an sie. „Erzähl mir alles."

Doch Lucy schluchzte so heftig, dass sie kein Wort hervorbringen konnte.

„Hat Alex dir wehgetan?"

Lucy schüttelte den Kopf, nahm diese Antwort dann jedoch mit einem Nicken wieder zurück.

„Ich kann mich darum kümmern." Ihre Finger streichelten über Lucys Haar. „Ich kenne ihn gut."

Lucy schniefte, wischte ihre Nase ab und hob ihren schmerzenden Kopf. „Ich habe mit Alex Schluss gemacht."

Die Augen ihrer Großmutter wurden weit. „Warum?"

Nur noch ein Schritt, dann würde sie diesem Lügensumpf endlich entkommen. „Alex und ich" – die Scham ließ sie kurz innehalten, dann jedoch fuhr sie tapfer fort – „hatten eine Scheinverlobung."

Clare sagte nichts.

Vielleicht hatte sie nicht verstanden. „Wir hatten einen Deal – ich sollte so tun, als wolle ich seine Frau werden, damit er die Wahl gewinnt und er wollte mir das Geld geben, damit ich *Saving Grace* retten kann." Anscheinend stand Clare unter Schock. Erschüttert bis in die letzte ihrer pedikürten Zehen hinein. Lucy sprach langsam weiter. „Ich bin nicht wirklich mit Alex verlobt – wir haben die ganze Zeit nur so getan."

„Also Liebes, das weiß ich doch."

Jetzt war es Lucy, die nicht mehr wusste, was sie sagen sollte. „Was hast du gerade gesagt?"

Clare wedelte mit ihrer Hand in der Luft herum. „Ich bitte dich! Ich bin doch nicht von gestern. Ich bin schon viel zu lange in diesem Geschäft, um einen Betrug nicht zu erkennen. Euren habe ich kilometerweit gegen den Wind gerochen."

„Also … waren wir nicht überzeugend?"

„Doch doch. Ihr habt einen wunderbaren Job gemacht." Ihre Augen schimmerten. „So gut, dass du dich selbst weiter in diese Sache verstrickt hast, als es dir angenehm ist, nicht wahr? Du hast dich in Alex verliebt!"

Lucy wollte sich ins Bett legen und sich die Decke über den Kopf ziehen. „Vielleicht."

„Und mit vielleicht meinst du –"

„Dass mein Herz heute aufgehört hat zu schlagen und dass es jetzt bestimmt in meiner Brust verrottet." Sie war eine wandelnde Leiche. Nichts ergab mehr einen Sinn. Das sollte es aber – denn objektiv betrachtet hatte sie doch alles richtig gemacht. Sie hatte begonnen, alle Lügen aus ihrem Leben zu verbannen und die Frau zu werden, die Gott aus ihr machen wollte. Und trotzdem fühlte sie sich einfach … leer.

„Du ruhst dich heute Nacht erst einmal aus. Ich wette, dass Alex morgen früh vor der Tür steht und dich zurückhaben will, bevor Julian auch nur die Pfannkuchen wenden kann."

Nein, das konnte nicht sein. „Aber er liebt mich nicht."

„So ein Quatsch! Wie könnte er nicht?" Clares Gefühlsausbruch brachte Lucy fast zum Lächeln. „Du bist bezaubernd, wunderschön, intelligent und hast ein Herz aus Gold – obwohl deine geschichtlichen Kenntnisse besser sein könnten. Außerdem habe ich gesehen, wie er dich anschaut." Sie tätschelte Lucys Wange. „Der Junge liebt dich. Nur, dass er es vielleicht im Moment noch nicht weiß."

„Er ist ein kluger Mann. Er denkt, er weiß ganz genau, was er fühlt." Und er hatte Lucy einen Einblick in diese Gefühle gegeben.

„Mein Pfarrer hat mir gesagt, dass Momente wie diese kommen würden." Clares Gesichtszüge zeigten stahlharte Resolutheit. „Meine erste Gelegenheit, für jemanden zu beten, der es nötig hat. Ich kann es kaum erwarten, Julian davon zu erzählen. Lass uns zusammen vor Gott kommen."

Lucy hoffte, dass sie sich jetzt nicht einen von Clares stundenlangen Vorträgen anhören musste.

„Jesus, Alex ist ein Idiot. Du musst das regeln." Clare nickte. „Amen."

42. Kapitel

Er war wieder neunzehn.

Alex fuhr zum Haus seiner Eltern und erinnerte sich an die Zeit im College, als einer seiner Trainer plötzlich gestorben war. Während die anderen Spieler sich in ihrer Lieblingsbar getroffen hatten, um sein Andenken zu feiern, war Alex achtzehn lange Stunden nach Charleston gefahren, um den Trost zu erhalten, den ihm nur seine Familie geben konnte.

Nachdem er in die Einfahrt gerollt war, stellte er den Motor ab und starrte das Zuhause seiner Jugend an. Er vermisste sie – seine Eltern, Finley. Und Will. Oh Mann, wie sehr er Will vermisste.

Würden sie denken, dass es seltsam war, dass er nur zwei Stunden vor der abschließenden Debatte gegen Robertson auf ihrer Türschwelle stand? Würden sie denken, er wäre sprunghaft? Kindisch? Verwirrt?

All das war er nämlich. Und er wusste nicht, was er tun sollte.

Doch zu Hause war immer alles einfacher gewesen. In der Nähe von Menschen, auf die er sich verlassen konnte. Die er liebte. Die nicht einfach weggingen, wenn er sie am meisten brauchte.

So wie Lucy. Es war zwei Wochen her, dass Morgan und Chuck geheiratet hatten. Sie hatte zwar versprochen, ihre Abmachung zu erfüllen, doch seit sie ihm den Ring zurückgegeben hatte, hatte sie fast jeden politischen Termin verpasst. Marinells Bruder ging es wieder schlechter und Lucy verbrachte ihre gesamte freie Zeit mit der Familie im Krankenhaus. Nur ein Schwachkopf hätte ihr das vorhalten können.

Eines Tages hatte er zu ihr fahren und sie an den Vertrag erinnern wollen – nur um sich mit ihr zu streiten. Um sie wiederzusehen. Mit ihr zu lachen. Ihr zu erzählen, dass die Wahl vor der Tür stand und er Angst hatte, zu verlieren. Es hing alles an dieser letzten Debatte. Doch er und sein Team hatten hart gearbeitet und so war er nie zu ihr gefahren.

Und jetzt stand er vor dem Haus seiner Eltern, anstatt sich noch einmal seine Notizen durchzulesen.

Marcus Sinclair öffnete auf Alex' Klopfen hin. Er warf nur einen

Blick auf das Gesicht seines Sohnes und schüttelte beunruhigt den Kopf. „Ich mache uns einen Kaffee. Komm mit ins Wohnzimmer."

Alex ging unruhig auf dem Parkett auf und ab, als seine Mutter den Raum betrat. „Alex." Ihre liebenden Augen musterten ihn nur kurz. „Wir wollten uns gerade auf den Weg zu deiner Debatte machen. Ist alles in Ordnung?"

Sein Vater kam mit dem Kaffee. Mit einem Blick auf seine Frau schüttelte er nur ganz leicht den grauen Kopf. Donna ging zu ihrem Sohn und küsste ihn auf die Wange. „Wir reden später."

Marcus reichte Alex die Kaffeetasse und setzte sich auf die Couch. „Die Umfragewerte sehen gut aus. Ich schaue unter der Woche mal im Büro vorbei und erledige ein paar Anrufe. Deine Mutter und ich haben uns ein paar Tage freigenommen, damit wir dich bei deiner Kampagne unterstützen können. Die nächsten sieben Tage stehen wir auch noch durch."

Alex, der sich in einen Sessel hatte fallen lassen, starrte nur auf seine Hände. „Denkst du jemals über dein Leben nach und fragst dich, ob überhaupt etwas einen Sinn hat? Ob du überhaupt weißt, was du tust?"

Marcus nippte vorsichtig an seinem Kaffee. „Also, ich vermute, jeder denkt mal über so etwas nach. Aber normalerweise sehe ich einfach nur deine Mutter – und euch Kinder – und dann weiß ich, was im Leben wirklich zählt."

„Und dein Job", sagte Alex.

Marcus schüttelte den Kopf. „Nein. Vielleicht früher, als es mir wichtig war, die Firma aufzubauen. Aber was bringt es, wenn man beruflichen Erfolg, aber niemanden hat, mit dem man sein Glück teilen kann? Wenn ich nicht deine Mutter gehabt hätte, die mich liebt und sich um mich sorgt, wäre alles bedeutungslos gewesen."

„Will hat das schon früh verstanden." Bitterkeit stieg in Alex auf. „Er wurde geboren und hatte schon einen Sinn für sein Leben, eine Bestimmung."

Marcus betrachtete seinen Sohn. „Das bedeutet aber nicht, dass das bei dir nicht so war. Dein Leben hat dich zunächst einmal in eine andere Richtung verschlagen. Du hast dein Hollywoodleben geführt, bis Gott dich in die Realität zurückgebracht hat. Natürlich brauchst du Zeit, um dich einzuleben und zurechtzufinden."

„Lucy hat mich verlassen." Er konnte seinem Vater nicht von der

Scheinverlobung erzählen. Das wäre zu viel. Es war beschämend und überhaupt nicht das, was ein Kind von Marcus Sinclair jemals tun würde. „Vor zwei Wochen. Sie hat gesagt, ich könnte mich nicht binden."

„Ich würde sagen, der Ring an ihrer Hand hätte ihr das Gegenteil zeigen sollen."

Alex ließ das unkommentiert. „Ich konnte ihr nicht sagen, dass ich sie liebe."

„Tust du es denn?"

Alex ließ sich zurückfallen und bedeckte sein Gesicht mit dem Arm. „Seit ich in der Highschool war, ging es immer nur um Football. Darum, der Beste zu sein. Und ich musste mich nicht um Beziehungen bemühen. Sie waren einfach immer da."

„Aber mit Lucy war es anders."

In jeglicher Hinsicht. Und er vermisste das alles. „Sie wäre die Letzte gewesen, die ich mir ausgesucht hätte. Sie ist unabhängig. Sie ist klug und –"

„Sie betet dich nicht an?"

Alex sah seinen Vater von der Seite her an. „Nein."

„Und ich wette, sie kümmert sich nicht um die Dinge, für die sich die anderen Frauen interessiert haben – dein Geld, dein Aussehen, dein Ruhm." Marcus lächelte und fuhr sich mit einer Hand über die Bartstoppeln, eine Angewohnheit, die er an seinen Sohn weitervererbt hatte. „Und das macht dir Angst."

„Sie ist so …" Er konnte es nicht einmal in Worte fassen. „Sie ist einfach so gut."

„Und warum sollte einer meiner Söhne denken, dass er es nicht wert ist, mit so jemandem zu leben?"

„Das ist es nicht."

„Nicht?" Die Stimme seines Vaters klang ernst. „Du schaust Lucy an und siehst in ihr alles, was du nicht bist."

Die Wahrheit sank langsam in seinen Verstand ein und Alex schüttelte fassungslos den Kopf. „Sie und Will wären das perfekte Paar gewesen."

„Nein", sagte Marcus. „Sie hat dich gewählt. Weil sie genau das sieht, was wir alle in dir sehen."

Und obwohl sie die ganze Sache am Anfang nur vorgetäuscht hatten, *hatte* Lucy sich für ihn entschieden. Und er hatte sie vergrault.

„Das Leben ist vergänglich, Alex." Die Stimme seines Vaters wurde düster. „Sieh dir Wills Leben an – viel zu kurz. Wenn du heute sterben würdest, wärst du dann glücklich? Könntest du ohne Reue gehen?"

Er hätte ein Footballstadion mit den ganzen verpassten Chancen seines Lebens füllen können. War Lucy eine davon?

„Wenn ich dich anschaue, sehe ich immer noch den Sohn, den ich mehr liebe als mein eigenes Leben. Aber ich sehe auch einen Mann, der sich so weit von dem entfernt hat, was wirklich wichtig ist, dass seine Wahrnehmung völlig getrübt ist. Eine Familie ist wichtig. Ein Heim, in dem man sich wohlfühlt – das zählt im Leben. Menschen, die einen lieben und sich um einen kümmern. Du hattest eine phänomenale Karriere und dafür bin ich stolz auf dich. Aber es wird Zeit, dass du deinen Wert als Mensch nicht mehr von deinen Siegen oder Niederlagen abhängig machst. Du kannst dir dein Glück nicht kaufen. Du kannst es dir nicht verdienen. Gott interessiert sich nicht für das, was du dir erstreitest – und auch deine Familie nicht." Er hob eine Augenbraue. „Und erst recht nicht Lucy. Zum ersten Mal interessiert sich jemand für die Person in deinem Inneren – und du musst entscheiden, ob du es zulässt und der Mann sein willst, den sie braucht." Sein Vater wandte den Kopf zu einem Familienfoto auf dem Kaminsims. „Es ist ein Risiko. Aber eins, das ich nie bereut habe."

Aber er hatte Ziele. Einen Lebensplan. „Das passt nicht in meine Planung."

Sein Vater lachte. „Ich liebe es, wenn Gott die Pläne eines Menschen mit einem großen Rührlöffel durcheinanderwirbelt. Dann wird das Leben gut."

Alex konnte seine Mutter in der Küche hören. Sie würde sich durch ihre Kochbücher wühlen, wie sie es immer tat, wenn sie sich Sorgen machte. „Es tut mir leid, dass ich so lange nicht für euch da war, Dad."

Er lächelte. „Es wird uns allen bald wieder gut gehen. Solange wir uns an die Dinge halten, die im Leben wirklich zählen. Und du wirst entscheiden müssen, was das für dich bedeutet."

Alex warf einen Blick auf seine Armbanduhr. „Ich sollte jetzt gehen."

„Wir werden im Publikum sitzen. Für dich beten. Für dich jubeln." Sein Vater erhob sich und klopfte ihm auf die Schulter. „Glaub an dich."

Alex' Tasche vibrierte in der Stille des Raumes.

„Geh besser ran“, sagte Marcus. „Es könnte dein Mädchen sein.“

Und was wäre, wenn es so wäre? Alex nahm das Handy aus der Tasche und sah auf das Display.

Clare.

Wenn sie ihn anrief, um einen weiteren Karton *Wählt Sinclair!-Kulis* zu ordern, würde er sie erwürgen. „Ja?“

„Es geht um Lucy“, sagte Clare. „Sie ist verschwunden.“

„Was meinst du damit?“

„Marinell hat den Bus nach Tennessee genommen, um ihren Vater zu suchen. Carlos stirbt und sein Vater ist ein Spender. Nur er kann ihn noch retten.“

„Was hat das mit Lucy zu tun?“

„Sie versucht, Marinell aufzuhalten. Es ist sehr gefährlich, Alex. Mrs Hernandez hat Angst vor dem, was sie erwartet, wenn sie sich auf die Suche nach ihrem Mann machen.“

„Wann sind sie gefahren?“

„Marinell hat den Bus um vier Uhr genommen. Lucy muss eine Stunde später gefahren sein. Julian hat nur eine Nachricht von ihr gefunden.“

„Ich bin auf dem Weg.“

Alex rannte zur Tür. Er würde am Krankenhaus halten müssen, um Mrs Hernandez nach der Adresse in Tennessee zu fragen. Er musste sein Securityteam zusammentrommeln. Und seinen Kampagnemanagern Bescheid sagen.

„Alex?“ Sein Vater folgte ihm auf die Veranda. „Wohin willst du? Die Debatte fängt in einer Stunde an.“

„Es geht um Lucy“, sagte Alex. „Sie braucht mich.“

Und Gott konnte es nicht deutlicher machen, dass Alex sie auch brauchte.

Alex erklärte nichts. Verabschiedete sich nicht.

Er rannte nur wie ein Besessener zu seinem Auto.

Oder wie ein Verliebter.

43. Kapitel

Nashville. Wer suchte schon in der Stadt der Countrymusik nach Drogenbaronen?

Alex hatte eine halbe Stunde gebraucht, um die Adresse von der hysterischen Esther Hernandez in Erfahrung zu bringen. Eine weitere Stunde, um einen Privatjet für sich und sein fünfköpfiges Securityteam zum Nashville International Flughafen zu chartern. Der Pilot hatte einen völlig überteuerten Preis genannt, doch Alex hätte sogar seinen letzten Cent gegeben. Was auch immer es brauchte, um Lucy und Marinell heil nach Hause zu bringen. Und mit ein bisschen Glück würde er auch Mr Hernandez gesund mitnehmen können.

„Das ist das Ende deiner Karriere", hatte David Spear gesagt.

Lauren, seine andere Managerin, hatte dem zugestimmt. „Du wirst dich davon politisch nicht mehr erholen, Alex."

Sie hatten beide recht. Aber es war eine Chance, die er nutzen musste. Carlos' Krankenschwester hatte ein düsteres Bild gemalt. Wenn Jose Hernandez seinen Sohn retten konnte, musste Alex den Mann nach Charleston bringen.

Während sich das Securityteam im hinteren Teil des Flugzeuges besprach, sah Alex aus dem Fenster und beobachtete, wie die Wolken an ihnen vorbeizogen. Die Debatte war mittlerweile im Gange. Sein Gegner würde die Gelegenheit nutzen und noch einmal alle Argumente vorbringen, warum die Menschen ihm seine Stimme geben mussten. Und warum Alex nicht der Richtige für den Job war. David trat für Alex ein und würde gute Arbeit leisten. Aber er war nicht Alex. Und wenn Gott nicht durch einen Blitzeinschlag die landesweite Übertragung unterbrach, würde den Menschen der Unterschied auffallen.

Die Kampagne war vorbei.

Alex nahm einen Schluck Wasser und steckte die Flasche dann in seine Tasche. Er durchwühlte sie, ignorierte die *Sports Illustrated*, die *New York Times* und sogar seinen Laptop, bis er gefunden hatte, wonach er suchte. Seine Finger schlossen sich um das abgenutzte Leder von Wills Bibel.

Er blätterte durch das Buch und seine Augen flogen über die Verse, die sein Bruder markiert und zu denen er sich Notizen gemacht hatte. Alex konnte Will fast körperlich spüren.

Schließlich kam er an eine Stelle, an der ein ausgefranstes blaues Lesebändchen lag. Das Buch Lukas, von einem Arzt und Heiler geschrieben. Sein Bruder hatte diese Seiten verinnerlicht und sie auswendig gelernt.

Denn wo euer Schatz ist, da ist auch euer Herz.

Worte, die Will mit Rot umrahmt hatte. Und die er gelebt hatte.

Jesus, ich habe den Lügen zu lange zugehört. Sie haben meinen Verstand erfüllt und mich auf einen Weg geführt, der mich nicht weiterbringt. Ich habe so lange geglaubt, was Satan mir eingeflüstert hat, bis ich kaum mein eigenes Spiegelbild wiedererkannt habe. Es brauchte Wills Tod und Lucys harte Worte, damit ich erkennen konnte, wie ich meine Prioritäten setzen muss.

Ich will für dich leben, Jesus.

Ich will … endlich leben.

„Schnallen Sie sich bitte an", gab der Pilot durch. „Wir sind bereit zum Start."

Neun Stunden in einem Auto.

Lucys Nerven waren zum Zerreißen gespannt – und ihr Gesäß war taub. In der Dunkelheit des neuen Tages lenkte sie ihren Wagen mit einem Gebet auf den Lippen in den Busbahnhof. Wieder griff sie nach ihrem Handy und versuchte, Marinell zu erreichen. Immer noch keine Antwort. Genauso musste sich Alex fühlen. Ihrem Display nach zu urteilen, hatte er sie schon über zwanzig Mal angerufen. Und sie hatte nicht einmal abgenommen.

Doch es war für sie durchaus eine Versuchung gewesen, seinen Anruf entgegenzunehmen und ihm zu erzählen, was vor sich ging. Seine tiefe Stimme zu hören, die ihr versprach, dass er alles regeln würde.

Aber sie konnte es nicht. Sie konnte nicht zu ihm rennen, nur weil sie Angst hatte und jemanden brauchte, der ihr die Probleme aus dem Weg räumte.

Ihre flachen Schuhe klatschten auf den Asphalt, als sie auf die Greyhoundstation zurannte. Obwohl es jetzt schon fast achtundzwanzig

Grad warm war, hatte Lucy eine Gänsehaut und versuchte, sich nicht auf ihre Umgebung zu konzentrieren. Die alten Gebäude schienen sich über sie zu beugen und sie aus der Dunkelheit heraus genau zu beobachten.

Sie riss die Eingangstür zur Busstation auf.

Und sah Alex Sinclair.

Lucy blinzelte zweimal, um sicher zu sein, dass sie keine Vision hatte. Doch dort saß er, auf einem abgenutzten blauen Stuhl, die Ellenbogen auf die Knie gestützt. Und seine braunen Augen ruhten auf ihr.

Erleichterung umspülte jede Zelle ihres Körpers. Ihr sicherer Hafen war nur noch wenige Schritte entfernt.

Doch ebenso ihr Schmerz.

Es tat weh, ihn anzusehen.

„Was machst du hier?“ Sie versuchte, ihrer Stimme einen ruhigen Klang zu verleihen.

Er sprang auf. „Ich warte auf dich.“

Die Erschöpfung sorgte dafür, dass sie nicht richtig nachdenken konnte. „Warum?“

„Ich wollte einfach einen kleinen Rundflug unternehmen.“

„Clare hat dich angerufen.“ Langsam setzte sich das Puzzle in ihrem Kopf zusammen. „Alex, die Debatte –“

„Hast du wirklich geglaubt, ich würde dich alleine lassen?“

Sie sah auf die Uhr an der Wand. Nach allem, was sie für die Wahl durchgemacht hatten, ließ er die wichtigste Veranstaltung ausfallen? „Was denkst du dir denn dabei – einfach so zu verschwinden? Nach allem, was du in diese Kampagne investiert hast? Nach allem, was *ich* in diese Kampagne investiert habe!“ Sie grub ihren Zeigefinger in seine Brust. „Ich habe Hosenanzüge für dich getragen!“

„Wenn hier jemand eine Erklärung schuldig ist, dann ja wohl du.“ Alex versuchte nicht einmal, seine Stimme zu dämpfen. „Du willst Marinell helfen, einen Mann zu finden, auf den die Drogenbosse eine Todesstrafe ausgesetzt haben? Dachtest du, dass es in Ordnung ist, einer Achtzehnjährigen hinterherzufahren, um eine wandelnde Zeitbombe nach Charleston zu bringen?“

Lucy blinzelte wieder. „Ist dir aufgefallen, dass ich schreckliche Klamotten für dich tragen musste?“

„Ich liebe dich, Lucy.“

Ihre Augen wurden groß und sie trat einen Schritt zurück. „Tu das nicht, Alex."

„Ich weiß, dass das hier weder der richtige Ort noch die richtige Zeit ist, aber du musst wissen, dass ich verrückt nach dir bin. Ich hatte unrecht. Die ganze Zeit über hatte ich unrecht und es tut mir leid, dass ich so lange gebraucht habe, um die Wahrheit zu erkennen."

Diese Worte brachten ihr Herz ins Schlingern, doch ihr Verstand machte dicht. „Aber du hattest recht", sagte sie leise. „Mit uns beiden hätte es nie funktioniert. Ich wäre niemals die perfekte Frau für dich."

„Du bist perfekt für mich. Ich brauche dich."

Eine kleine Gruppe Neugieriger hatte sich um sie versammelt.

„Ich will dich", sagte er. „Genau so, wie du bist. Mit deinen verrückten Klamotten und den pinkfarbenen Schuhen. Und den Science-Fiction-Büchern. Und deinem Lachen. Und diesem schrecklichen Auto." Alex legte seine starke Hand an ihre Wange. „Ich liebe es, wie sehr du dich um deine Mädchen kümmerst."

„Hör auf", sagte sie, als sie ihre Stimme wiedergefunden hatte. „Ich kann das nicht."

„Du musst verstehen –"

„Das Einzige, was ich verstehen muss, ist, dass wir miteinander fertig sind. Es war dumm von mir, dass ich dir meine Liebe gestanden habe. Es war absurd, dass ich gedacht habe, wir hätten eine gemeinsame Zukunft."

„Du liebst mich, Lucy Wiltshire."

„Ja." Eine Hoffnung ergriff ihr Herz, doch sie drängte sie zurück. „Aber du liebst mich nicht. Du kannst es nur nicht ertragen, zu verlieren – mich oder die Wahl."

„Höchstwahrscheinlich habe ich heute Abend meinen Sitz im Kongress verspielt. Und es ist mir völlig egal." Seine Worte waren Balsam für die wunden Stellen in ihrem Herzen. „Denn ohne dich hat mein Leben keinen Sinn. Ich hatte die ganze Zeit über unrecht. Ich habe versucht, mich der Welt zu beweisen." Seine Hände wanderten zu ihren Schultern und er zog sie näher an sich heran. „Alles, was ich will, ist, den Rest meines Lebens mit dir zu verbringen."

Lucys Augen füllten sich mit Tränen. „Ich weiß nicht, was ich sagen soll", flüsterte sie. „Ich habe Angst, dass du weiterredest und plötzlich merkst, dass es ein Riesenfehler war."

Seine Augen hielten die ihren gefangen. Dann ging er vor ihr auf die Knie.

Seine Hand ergriff ihre und hielt sie fest. „Lucy“, sagte er mitten in der Greyhoundstation. „In Anwesenheit von Lou und Squid, zehn Reisenden und einem Landstreicher frage ich dich, ob du meine Frau werden willst.“ Auf seinen Wangen entstanden Grübchen, als er lächelte. „Vor ein paar Monaten haben wir eine Grenze überschritten, sind zu weit gegangen. Und trotzdem hat Gott es zu unserem Besten genutzt. Ich kann nicht mehr ohne dich leben. Bitte“, sagte er. „Bitte heirate mich.“

Liebe stand auf seinem Gesicht geschrieben. Seine Liebe für sie.

„Lass mich zu deiner Familie werden.“

Endlich hatte Lucy Wiltshire eine Heimat gefunden.

„Ja.“ Sie kämpfte um ihre Fassung und rang nach Luft. „Ja.“

Er griff in seine Tasche und zog ihren Ring hervor. Den gleichen, mit dem der ganze Schlammassel begonnen hatte. Nachdem er ihn ihr auf den Finger geschoben hatte, küsste er ihre Hand.

Die Zuschauer klatschten, als Alex aufstand und Lucy von ihren Füßen hob, um sie dann leidenschaftlich zu küssen.

„Sag mir, dass du mich liebst“, sagte er. „Ich muss es noch einmal hören.“

„Ich liebe dich, Alex.“

„Ich habe dich so sehr vermisst!“

„Ich bin so glücklich.“ Lucy hielt sich an ihm fest, bis ihr Puls sich wieder einigermaßen beruhigt hatte. „Also … abgesehen davon, dass du mitten in der Nacht an Bushaltestellen herumlungerst und Frauen Heiratsanträge machst, was willst du eigentlich hier?“

Alex hielt ihre Hand und sah glücklich auf den Ring, der endlich wieder an seinem rechtmäßigen Platz war. „Wir holen Marinell.“ Er nickte der rauen Truppe von Männern hinter ihm zu. Lou winkte zum Gruß. „Und dann holen wir diesen Jose Hernandez.“

„Wenn etwas von dieser Aktion in die Öffentlichkeit gelangt, kann das für Familie Hernandez tödliche Folgen haben“, sagte Lucy. „Du wirst der Presse niemals erklären können, wo du heute Nacht warst.“

„Das wusste ich, bevor ich das Flugzeug betreten habe.“

„Mir ist egal, was der Rest der Welt über dich denkt.“ Sie fuhr mit einem Finger an seiner Wange entlang. „Du bist ein wunderbarer Mann, Alex Sinclair.“

Eine Stunde später verließ Lucy mit Marinell die Busstation. Bevor Alex es ihr erklären konnte, wusste sie, dass der schwarze Cadillac Escalade auf dem Parkplatz ihr Mietwagen war.

„Kommt Wesley Snipes auch noch?“ Lucy kletterte neben Marinell auf den Rücksitz.

Alex verzog seinen Mund, als er sich neben seine Verlobte quetschte. „Jetzt versuchst du aber, meine Gefühle zu verletzen.“ Er lehnte sich zurück und legte seinen Arm um ihre Schulter.

„Seid ihr sicher, dass die Typen wissen, was sie tun?“ Marinell zeigte auf die beiden Riesen, die vorne im Auto saßen. Ein weiteres Auto fuhr ihnen voraus, in dem sich noch mehr muskelbepackte, schwarz gekleidete Männer befanden.

„Wir holen deinen Vater“, sagte Alex. „Ich habe schon zwei meiner Männer am Haus postiert und sie haben auch schon Kontakt zu deinem Vater aufgenommen.“ Sein lässiger Tonfall beruhigte Marinell. „Solang er sich an Squids Anweisungen hält, läuft die Sache.“

Lucy wünschte, sie könnte in Alex' Kopf klettern und die Wahrheit sehen. Sie hatte keine Ahnung, was sie erwartete, und ihre Angst wurde immer größer.

Alex strich über Lucys zur Faust geballte Hand. „Bitte vertrau mir. Ich lasse nicht zu, dass dir oder Marinell etwas passiert.“

Die halbe Stunde, bis das Auto endlich am Ziel angelangt war, wurde zur Ewigkeit. Die Scheinwerfer wurden ausgeschaltet und Squid verließ den Beifahrersitz. Die Türen wurden mit einem lauten Klicken verriegelt, und der Escalade stand alleine auf der verlassenen Straße. Die Telefonmasten waren das einzige Zeugnis der Zivilisation.

„Ich hoffe, es geht ihm gut“, flüsterte Marinell in die Stille hinein.

„Bestimmt“, sagte Lucy überzeugender, als sie sich im Inneren fühlte. „Hatte ich erwähnt, dass du bis zum Ende deines Lebens unter Hausarrest stehst, wenn wir wieder daheim sind?“

Marinells Pferdeschwanz wippte, als sie nickte. „Toilettenputzdienst?“

Lucy tätschelte ihr Knie. „Mit deiner Zahnbürste.“

Die nächste Stunde verbrachte Lucy mit Beten, ständigen Beteuerungen, dass es Marinells Vater gut ging, und der Verwunderung darüber, dass Alex wirklich hier war und sie nicht nur träumte.

Der Mann auf dem Fahrersitz berührte seinen Kopfhörer. Er sprach flüsternd, bevor er sich an Alex wandte. „Die Gegend ist gesichert. Die Zielperson ist auf dem Weg hierher."

Lucy entließ erleichtert den Atem, den sie unbewusst angehalten hatte, und umarmte Marinell. Alex lächelte nur.

Innerhalb weniger Minuten hielt der andere Mietwagen neben ihnen und die Hintertür schwang auf.

„Papa!"

Nach einem zustimmenden Nicken von Alex warf auch Marinell ihre Tür auf und flog in die Arme ihres Vaters.

Lucy beobachtete die Szene einige Sekunden, bevor sie sich an Alex wandte. „Danke", sagte sie. „Für alles, was du für diese Familie getan hast."

„Das war es wert."

„Heute Nacht", sagte sie. „Aber wird es das auch noch nächste Woche sein? Oder nächstes Jahr?"

„Alles in meinem Leben hat mich auf diesen Augenblick hingeführt, Luce. Du, ich, die Hilfe für Carlos. Das ist alles, was zählt." Er zog sie fest an sich und sie beide sahen zu, wie Jose die Freudentränen über die Wangen rannen, während er seine Tochter umarmte. „Weißt du eigentlich, wie sehr du mein Leben verändert hast?"

„Sag bloß, du stehst neuerdings auf *Star Treck*?" Lucy schmiegte sich in Alex' Arme und griff nach der Hand, die sie für den Rest ihres Lebens halten wollte. Lange Zeit waren sie in die falsche Richtung unterwegs gewesen, zwei verirrte Seelen, die nicht wussten, wie sie in dieser Welt überleben sollten. Doch Gott hatte sie zusammengebracht, trotz aller Widrigkeiten.

Alex war ihr Herz, ihr Leben, ihr weißer Gartenzaun.

„Wir müssen Clare anrufen, wenn wir wieder zurück sind", sagte Alex. „Und ihr sagen, dass sie eine Hochzeit planen muss."

Lucy konnte es jetzt vor ihrem inneren Auge sehen. Ihre neue Familie. Ihre Freunde. Marinell und den Rest der Mädchen. Mit Alex an ihrer Seite würde sie ein neues Kapitel beginnen. Sie würde seine Braut werden. Und es würde der schönste Tag ihres Lebens sein.

Solange Clare nicht ihr Kleid aussuchte.

Epilog

Drei Jahre später

Die Sonnenstrahlen bahnten sich ihren Weg durch die Palmblätter und umarmten Charleston mit ihrer sommerlichen Wärme. Weiße Wolken schwebten am Himmel und die Vögel trällerten ihre Lieder.

Es war ein perfekter Tag für diese Feier.

Lucy stand neben ihrem Ehemann, als sie die übergroße rote Schleife durchschnitten. Die Gäste hatten sich im Hof versammelt und klatschten, während die Fotografen der *Gazette* ihre Fotos machten.

Die kurze Zeremonie für die Presse war vorbei und Esther Hernandez trat aus dem Haus und auf die geschmückte Veranda. „Kommt alle rein", rief sie. „Wir essen Kuchen."

„Esther ist so umsichtig – oh, ich liebe das", sagte Julian und rannte förmlich an Lucy vorbei ins Haus.

Während die Familie und ihre Freunde sich alle für die weiteren Eröffnungsfeierlichkeiten ins Haus begaben, blieb Lucy draußen stehen. Mitten im Hof hielt sie inne und nahm alles in sich auf. Es war ein zweistöckiges Gebäude mit weißen Fensterläden und pinkfarbenen Holzschindeln, das die ganze Straße mit einem freundlichen Lächeln zu erhellen schien.

Alex stand neben ihr und hatte seinen Arm um ihre Schultern gelegt. „Man wird es nie leid, sich darüber zu freuen, stimmt's?"

Lucy lehnte sich gegen ihn und ihr Herz schien vor Freude überzuquellen. „Nein, nie."

Es war mittlerweile das siebte Haus für junge Frauen, das sie eröffnet hatten, ein jedes genauso individuell wie dieses hier. Vor vielen Jahren hatte Lucys Mutter in diesem Haus geputzt. Auf Knien hatte sie hier gearbeitet, damit es ihrer Tochter an nichts fehlte. Anna Wiltshire hatte sich für Lucy aufgeopfert, sie geliebt. Ihre Mutter hatte falsche Entscheidungen getroffen, aber der Ring an Lucys Hand bewies, dass die meisten doch richtig gewesen waren und Gott immer seine Hand im Spiel gehabt hatte.

Alex hielt Lucy die Tür auf und führte sie ins Esszimmer, wo alle versammelt waren. Es war eine lautstarke Angelegenheit, voller Gelächter, Neckereien und glücklichen Gesichtern. Gesichtern, die Lucy liebte.

„Setzt euch", sagte Esther und dirigierte Lucy in Richtung eines Stuhles. „Esst. Ich reserviere euch das beste Stück."

Lucy setzte sich neben Marinell, die Carlos ein Glas Punsch eingeschenkt hatte. Die Hernandez-Familie war hier eingezogen und Esther war nun die Hausmutter. Alles hatte sich zum Guten gewendet. Sie konnte zuschauen, wie Carlos jeden Tag kräftiger wurde, war in Marinells Nähe, die mittlerweile aufs College ging und konnte sich trotz allem noch um die Mädchen kümmern, die bald das Haus bevölkern würden. Jose Hernandez musste immer noch im Verborgenen leben, doch dank Alex' Zugang zu Sicherheitspersonal und Julians Geschick, wenn es um Verkleidungen ging, konnte er die meiste Zeit bei seiner Familie verbringen.

Ein vertrautes kindliches Quietschen brachte Lucy zum Lächeln und schon betrat Clare mit einem Einjährigen auf dem Arm den Raum.

„Komm her, Will." Alex schnappte sich seinen Sohn. „Hat diese gemeine alte Lady dich erschreckt?"

„Er hat einfach nur Hunger", erwiderte Clare trocken.

„Und freut sich, dich los zu sein", murmelte Julian und verdrehte die Augen. „Oma hat schon wieder die Lernkarten ausgepackt."

Clare hob ihre edle Nase. „Es ist nie zu früh, die Präsidenten unseres Landes kennenzulernen. Ich hoffe, dass ich eines Tages auch Wills hübsches Gesicht auf diesen Karten sehen werde."

Donna und Finley Sinclair halfen dabei, die Gäste mit Kuchen und Eiscreme zu versorgen. Dieser Moment puren Glücks erfüllte Lucy so sehr, dass sie vor Freude fast geplatzt wäre.

Marcus Sinclair stand auf und erhob seinen Pappbecher zu einem Toast. „Auf das *Anna Wiltshire Haus für Mädchen*!"

Lucy stieß mit Alex an und musste die Tränen zurückdrängen.

„Wann wird das neue Jungenhaus eröffnet?", fragte Finley sehr interessiert.

„Nächsten Monat." Alex reichte den kleinen, pummeligen Will an Lucy weiter. Ihr zweites Haus für Jungen war eins von dreien, die in den nächsten Jahren geplant waren und deren Schirmherr Alex war. Er hatte schon einige Freunde dazu verpflichtet, sich um die jungen Männer zu kümmern. Chuck war dabei. Und Sanjay. Und einige ehemalige

Football-Kollegen der Warriors, Panthers und Cowboys. Wenn Alex sich gerade nicht um ihre gemeinsame Stiftung kümmerte, sprach er vor dem Kongress über die Wichtigkeit von betreuten Wohnheimen für volljährige Jugendliche und forderte Neuerungen in der Gesetzeslage. Lucys Ehemann war zu einem Verfechter von Rechten junger Erwachsener geworden. Und in einigen anderen Staaten wurden sogar schon ähnliche Programme ins Leben gerufen.

Lucy küsste Wills kleine Faust, als er damit wild in der Luft herum wedelte.

„Mit der Kraft im Arm", sagte Alex, „hat unser Sohn seinen Football-Pokal am College schon sicher."

Lucy lachte und fuhr ihrem Sohn durch die zerzausten Haare. „Wir warten ab, was aus ihm wird – Sportler, Wissenschaftler, Anwalt. Wir setzen ihn nicht unter Druck."

„Denk nicht, ich hätte nicht mitbekommen, dass du ihm gestern Abend aus deinem *Star Wars*-Buch vorgelesen hast."

Lucy runzelte die Stirn. „Dadurch schläft er immer sofort ein."

„Aus Langeweile", lachte Alex. „Mach dir nichts draus, Schatz."

„Du hast ihn mit deinen Sportmagazinen verzogen. Das ist alles, was er noch will."

„Weil er ein Genie ist."

Lucy lächelte, als Alex sich neben sie setzte und Will ihm ein breites Grinsen schenkte. „Hast du dich jemals gefragt, was passiert wäre, wenn du zu dieser Debatte gegangen wärst?" Sie sah zu, wie Clare von der anderen Tischseite aus Grimassen für Will schnitt.

Alex beugte sich zu ihr und drückte lächelnd seine Lippen auf die ihren. „Dann hätten wir all das hier nicht."

Und das, was sie hatten, war mehr, als Lucy sich je erträumt hatte. Süßer als Eistee. Größer als die Südstaaten. Und weit über die Baumwipfel Charlestons hinaus gesegnet.

Heute Abend würde sie das Buch weglassen und ihrem Sohn stattdessen eine Geschichte erzählen. Eine Geschichte davon, wie einst ein Footballstar in ihr Büro gekommen war und um ihre Hand angehalten hatte. Wie eine First Lady ihre Großmutter geworden war. Wie Gott ihr geholfen hatte, ihre Vergangenheit hinter sich zu lassen.

Und wie sie alle glücklich geworden waren, weil Lucy Wiltshire endlich ja gesagt hatte.

Weitere Romane bei FRANCKE

Jenny B. Jones
Ein Sommer am See
ISBN 978-3-86827-222-2
320 Seiten, Paperback

Maggie Montgomery ist lebenslustig, mutig und unkonventionell. Ihr Job als Kamerafrau führt sie rund um den Globus. Doch ihre perfekte Welt steht kopf, als sie wegen eines Notfalls in ihre alte Heimat zurückkehren muss. Nichts scheut die furchtlose Maggie so sehr wie Ivy, das Städtchen ihrer Kindheit, die Begegnung mit ihrem Vater und … den See.

Ihre 10-jährige Nichte Riley, ein unbändiger kleiner Wildfang, treibt Maggie bald an die Grenzen ihrer Belastbarkeit. Doch damit nicht genug, reißt sie die Freundschaft zu dem attraktiven Tierarzt Connor Blake in einen Strudel von Gefühlen, der ihr Angst macht. Denn die echte Maggie hat Angst vor der Liebe, Angst vor dem Leben und Angst vor sich selbst. Aber am meisten fürchtet sie die Erinnerung an den Abend, an dem ihre Mutter im See ertrank …

Ein tiefgründiger, aber auch humorvoller und temporeicher Roman, der zeigt, dass die herausforderndste und befreiendste Reise nicht auf den Meeren oder über den Wolken stattfindet, sondern in uns selbst – hin zu dem Menschen, als den Gott uns geschaffen hat.

Linda Nichols
Sehnsucht nach Eden
ISBN 978-3-86827-179-9
432 Seiten, Paperback

Miranda DeSpain ist eine richtige Weltenbummlerin. Spanien, Italien, Frankreich – diese Länder lassen ihr Herz höherschlagen. Doch was niemand weiß: Ihre permanente Sehnsucht nach dem Neuen wurzelt in einer furchtbaren Tragödie. Mit 16 schwanger geworden, hatte ihre Mutter sie gezwungen, ihr Kind zur Adoption freizugeben. Nicht einmal sein Geschlecht durfte sie erfahren. Noch heute, Jahre später, treibt dieser Verlust Miranda um und lässt sie nirgendwo langfristig Fuß fassen.

Als Miranda unverhofft auf einen Hinweis stößt, der sie zu ihrem Kind bringen könnte, gibt es für sie kein Halten mehr. Ihre Spur führt sie direkt in das kleine Städtchen Abingdon. Die schrulligen Einwohner und die quirlige kleine Eden machen es ihr leicht, sich dort heimisch zu fühlen. Doch mit ihrer Suche kommt sie nur mühsam voran. Außerdem hat es der örtliche Polizeichef auf sie abgesehen. Er macht ihr das Leben schwer und verfolgt sie auf Schritt und Tritt.

Trotzdem gibt Miranda nicht auf. Sie weiß: Dies ist ihre letzte Chance. Dies ist ihre Gelegenheit, die Puzzleteile ihres Lebens zu einem vollständigen Bild zusammenzufügen und endlich nach Hause zu kommen.

Eine zu Herzen gehende Geschichte über Liebe und Gnade, Vergebung und die immerwährende Chance auf einen Neuanfang.

Linda Nichols
Sternstunden der Liebe
ISBN 978-3-86827-256-7
496 Seiten, Paperback

»Willst du mich heiraten?«
Lenore hätte nie gedacht, dass sie mit dieser einen Frage ihr ganzes Leben zerstören könnte. Aber so ist es. Denn ihr geliebter Daniel sagt Nein. Jetzt steht sie vor dem Nichts. Das Einzige, was ihr bleibt, ist ihr kleiner Sohn Scottie und die Hoffnung auf einen Neuanfang in einer fremden Stadt.

Lenore hat keinen Job, keine Ausbildung, keine Freunde. Doch während sie in tiefe Depressionen zu verfallen droht, treten bereits rettende Engel in ihr Leben. Menschen, die sich ihrer annehmen, die ihr auf die Füße helfen und sie mit einem Gott bekannt machen, dessen Pläne so viel größer sind als ihre eigenen. Plötzlich eröffnet sich Lenore die Chance auf ein überreiches Leben, von dem sie nie zu träumen gewagt hätte. Doch eine Lücke bleibt: Daniel.
Muss sie ihn wirklich für immer abschreiben?

Kristen Heitzmann
Das Schweigen der Nacht
ISBN 978-3-86827-021-1
450 Seiten, Paperback

Jill und Morgan hatten kaum ihren Schulabschluss in der Tasche, als das Leben – und ihre Eltern – die Teenager auf grausame Weise auseinanderrissen. Inzwischen sind sie erwachsen, doch die Wunden der Vergangenheit sind nie wirklich geheilt.
Morgan ist ein erfolgreicher Geschäftsmann. Er hat wie kein Zweiter die Gabe, Probleme zu erkennen und zu lösen. Doch sein eigenes Leben bekommt er nicht in den Griff. Zu tief hat der Verlust seiner Jugendliebe ihn verletzt.
Jill ist Lehrerin und schenkt ihren Schülern all ihre Liebe. Insgeheim sehnt sie sich jedoch nach einem anderen Leben. Als ein unerwarteter Brief Jills geregeltes Leben ins Wanken bringt, bleibt ihr keine andere Wahl: Sie muss sich Morgan stellen und ihm gestehen, was vor all diesen Jahren wirklich geschah. Doch wie wird er reagieren, wenn er erfährt, dass sie sein Kind geboren und weggegeben hat?

Ein wunderbarer Roman über zwei gebrochene Herzen, die sich nach Heilung sehnen. Und die lange brauchen, um zu erkennen, dass Gott Gutes für sie bereithält – trotz all ihrer Fehler.

Kristen Heitzmann
Die Villa im Weinberg
ISBN 978-3-86827-180-5
528 Seiten, Paperback

Lance Michelli ist auf der Suche nach etwas – er weiß nur nicht genau wonach.
Seine schwer kranke Großmutter konnte ihm lediglich verständlich machen, dass er sich auf die Suche nach den dunklen Geheimnissen ihrer Vergangenheit begeben soll.

Diese Suche führt ihn erst nach Italien und dann ins Sonoma Valley, Kalifornien. Die wunderschöne Villa, in der seine Großmutter als Kind lebte, gehört inzwischen einer Frau namens Rese Barrett. Diese renoviert das Anwesen, um darin ein Bed & Breakfast zu eröffnen. Kurz entschlossen lässt Lance sich als Koch und Mädchen für alles einstellen. Vielleicht kann es ihm so gelingen, den Geheimnissen seiner Nonna auf die Spur zu kommen.

Zuerst geraten Lance und Rese immer wieder aneinander. Doch dann kommen sie sich trotz ihrer Unterschiede näher. Und bald muss Lance sich fragen, ob es wirklich so eine gute Idee war, Rese über seine Motive im Unklaren zu lassen. Wie wird sie reagieren, wenn die Wahrheit ans Tageslicht kommt? Hat er womöglich jede Chance auf eine Zukunft mit ihr verspielt?

Marlo Schalesky
Für immer dein Paul
ISBN 978-3-86827-182-9
304 Seiten, Paperback

Eine Frau liegt bewusstlos im Krankenhaus. Ihr Ehemann harrt geduldig an ihrer Seite aus, hofft, bangt, drängt sie aufzuwachen und heimzukommen. Zwischen ihnen liegen ein Ozean der Angst und die Erinnerung an längst vergangene Zeiten. Die Erinnerung an Wunder. An Liebe. Erinnerungen an ein Mädchen namens Madison und einen Jungen namens Paul …

Madison Foster wusste, dass sie erblinden würde. Aber sie wollte kein Mitleid – weder von ihrer Mutter noch von ihrer Mitbewohnerin und schon gar nicht von ihrem besten Freund Paul – dem Mann, den sie heimlich liebte.
Paul Tilden schätzte kaum etwas so sehr wie seine Freundschaft zu Maddie Foster. Doch dann begann er sich in sie zu verlieben … ausgerechnet in dem Moment, in dem ihr Augenlicht sie im Stich ließ. Wie aber sollte er seine sture Maddie dazu bringen zu glauben, dass seine Gefühle nicht aus Mitleid geboren, sondern echt sind? Ihm und Maddie stand ein großer Kampf bevor – ein Kampf um ihre Hoffnungen, ihre Träume, ihre Liebe.

Jetzt muss Paul wieder um seine geliebte Frau kämpfen. Alles, was ihm geblieben ist, sind seine Worte, seine Erinnerungen und eine Liebe, die so stark ist, dass sie sie einfach hören muss … Doch kann er Maddie noch einmal dazu bringen, ihre Ängste zu überwinden und sich durch die Dunkelheit ans Licht zu kämpfen? Kann er sie davon überzeugen, dass er für immer ihr Paul ist – und dass er auf sie wartet?

Marlo Schalesky
Als wenn es niemals Morgen würde
ISBN 978-3-86827-223-9
304 Seiten, Paperback

Eine Liebe, die alles wagt

Kinna Henley hatte ihre Zukunft genau geplant: Krankenschwester werden, heiraten, Kinder bekommen. Ihren Traumberuf hat sie erlernt und ihre große Liebe Jimmy geheiratet. Jetzt fehlen ihr zu ihrem Glück nur noch die Kinder. Doch was, wenn die ausbleiben?
Kinna gibt alles für die Verwirklichung ihres Kinderwunschs. Aber kann man sein Morgen wirklich erzwingen? Dürfen Kinna und Jimmy auf ein Wunder hoffen? Und was hat es mit der mysteriösen alten Dame auf sich, die Kinna vor dem Ertrinken gerettet hat – und die sich seitdem hemmungslos in ihr Leben einmischt?

Lori Wick
Und hinter dem Horizont das Glück
ISBN 978-3-86827-215-4
496 Seiten, Paperback

Middleton/Wisconsin, USA, Oktober 1988
Ein tragischer Unfall zerstört das Leben der Familie Riley. Plötzlich steht Alec allein mit drei Kindern da. Wie soll er es neben seiner aufreibenden Arbeit als Bauunternehmer schaffen, drei Kinder zu beaufsichtigen und einen Haushalt zu organisieren? Trauer und Chaos überwältigen ihn …

Prag, Tschechoslowakei, Oktober 1988
Die junge Sophia Velikonja kann es kaum fassen: Ihr Name steht auf der Liste für genehmigte Ausreiseanträge! Endlich darf sie ihre kommunistische Heimat verlassen und in das Land der unbegrenzten Möglichkeiten reisen. Voller Gottvertrauen macht sie sich auf den Weg.

Aber war die Entscheidung, ihre Heimat zu verlassen, wirklich richtig? Diese Frage stellt sich Sophia immer wieder, während sie sich in Chicago als schlecht bezahlte Kellnerin durchschlagen muss. Doch dann erzählt ihr ihre Freundin Janet von einem möglichen neuen Job: Irgendwo in Wisconsin gibt es einen jungen Witwer, der dringend eine Haushälterin braucht …

Karen Witemeyer
Eine Lady nach Maß
ISBN 978-3-86827-300-7
272 Seiten, Paperback

Texas, 1881. Für die junge Hannah Richards ist es mehr als ein glücklicher Zufall, der sie in die Kleinstadt Coventry verschlägt. Sie erkennt darin die liebende Hand Gottes, der ihr die Möglichkeit eröffnet, ihren Traum vom eigenen Modegeschäft zu verwirklichen.

Ihr missmutiger neuer Nachbar Jericho »J.T.« Tucker sieht das ganz anders. Er befürchtet, dass mit der hübschen Schneiderin Eitelkeit, Missgunst und Sünde Einzug halten. Das kann doch nicht Gottes Weg für Coventry sein, oder? Seltsam nur, dass Miss Richards einen ebenso tiefen Glauben zu haben scheint wie er.

Dass sie sich anschickt, seine Schwester Cordelia von einem grauen Mäuschen in eine hinreißende junge Dame zu verwandeln, verstärkt J.T.s Widerstand – doch unerklärlicherweise auch die Zuneigung, die er unwillkürlich für seine starrköpfige Nachbarin empfindet. Was wird am Ende stärker sein: seine starren Überzeugungen oder die Liebe?

Cathy Marie Hake
Ein Schuss Liebe kann nicht schaden
ISBN 978-3-86827-304-5
304 Seiten, Paperback

Hope Ladley ist immer auf dem Sprung. Wie eine Pusteblume lässt sie sich von Farm zu Farm treiben und hilft bei der Versorgung der Erntekräfte, wo immer ihre Kochkünste gefragt sind.

Der Witwer Jakob Stauffer kann mit Hopes unkonventioneller, unbekümmerter Art wenig anfangen, doch seine kleine Tochter und seine Schwester sind völlig vernarrt in die neue Aushilfe. Und irgendwann kann auch Jakob nicht mehr bestreiten, dass Hopes sonniges Gemüt und ihre Angewohnheit, allem, was sie tut, einen Schuss Liebe hinzuzufügen, auf seiner Farm wirklich einen Unterschied machen. Doch lässt sich eine Frau wie Hope auf Dauer festhalten?